日本近代象徴詩の研究

Sato Nobuhiro
佐藤伸宏

翰林書房

日本近代象徴詩の研究◎目次

第一篇　上田敏論

第一篇　上田敏論

第一章　上田敏の翻訳態度――『海潮音』を中心として――

上田敏は、明治三十八年十月刊行の訳詩集『海潮音』（本郷書院）の序文に於いて次のように記している。

高踏派の壮麗体を訳すに当りて、多く所謂七五調を基としたる詩形を用ゐ、象徴派の幽婉体を翻するに多少の変格を敢てしたるは、其各の原調に適合せしめむが為なり。(1)

詩の翻訳に際しての「原調」の移植への腐心を語るこの一文は、敏の翻訳態度を考える上で極めて興味深い。『海潮音』所収の諸作品に認められる多彩な形式は、そのように「原調」への「適合」を企図した敏の試みの所産と考えられるからである。

後述するように、従来『海潮音』の訳詩に関しては、内容及び表現上の原詩との大きな隔たり、所謂日本的な歪曲化への批判が繰り返し行われてきたが、右の序文中に端的に語り出されている、詩の翻訳に向かう敏を支えていた方針自体については十分に検討されることがなかった。しかしその訳業の最も個性的な意義は、個々の訳詩が原詩に対応した声調を備えることを求めた敏の翻訳態度の裡にこそあったと考えられるのである。本章では、敏によるフランス象徴詩の翻訳について検討を行う前提として、如上の観点から、「原調」の移植に向けた敏の訳詩の試みの成果を具体的に分析し、更に近代日本の翻訳詩史上に於けるその意義について考察を加えてみることにしたい。

一　上田敏の翻訳観

外国文学の翻訳に携わる敏を一貫して支えていたのは、「翻訳は文芸である」(「小生の翻訳」、『読売新聞』明治四二・八・一、二)という見解であった。翻訳短編小説集『みをつくし』(文友館、明治三四・一二)刊行の後、西欧近代詩の翻訳へと向かった敏の活動を貫いていたのは、翻訳もまた一篇の優れた文芸作品であらねばならぬという揺るがぬ確信だったのである。『海潮音』序文中に記された「彼所謂逐語訳は必らずしも忠実訳にあらず」という言辞も、「独案内《ひとりあんない》」(「小生の翻訳」)ならぬ「文芸」としての翻訳を求める敏の発言として理解すべきであろう。即ち敏にとって翻訳詩とは、外国詩の翻訳でありつつ同時に自国語による一篇の詩作品として成立すべきものに他ならなかった。「翻訳は文芸である」という認識に立つ限り、訳詩も日本の新体詩(近代詩)としての在るべき様式を備えていなければならないのである。従ってその翻訳活動を方向付けていたと考えられる、敏の新体詩観がまず問われなければならない。

明治二十八年、敏は既に次のように記していた。

吾邦に於ても詩歌に声調を尊び、美文の大半も一種自由なる調律を有する散文を以てせられしかど、憾らくは近時西欧の詩歌を味ひて、其妙趣を喋々する人、徒らに思想を捉へむとするに汲々とし、早く其趣旨を会得せむとするに急なる、声調の如きは棄てゝ之を顧みず、ミルトンを論じ、沙翁を評するも、ゲエテをいひダンテを称するも、終に一言の声調に及ぶなくして已むもの多し。記せずや、音韻声調の詩歌に於けるは色

彩の絵画に於けるが如く、輪郭の彫刻に於けるが如き関係あるを。（「美術の翫賞」、『文学界』明治二八・五）

詩のもたらす感動の所以は何よりも「音韻声調の秀絶」にありとする敏は、右の引用部分に於いて、「趣旨」「思想」をのみ事として「声調」を顧みることをしない当時の詩の理解の在り方を鋭く批判している。このように「思想と声調、内容と外形との渾然たる一致融合」（「清新の思想声調」、『帝国文学』明治二九・一二）を説きつつ、詩に於ける声調の意義を強調する敏の発言は、以後も繰り返される。(2) そしてそこから、「忌憚なく言はしめば、今の新体詩は名にこそ負へれ、精醇の詩想を、清新の格調もて、歌ひたるものに非らず」（「文芸の本意」、『活文壇』明治三二・一二）という当代の新体詩への否定的評言が記されることにもなるのである。こうした「思想声調適和してめでたき新体の歌」（前掲「清新の思想声調」）を求める一連の発言を通して窺われるのは、詩に不可欠の声調の意義を閑却した同時代の詩的状況に対する敏の激しい苛立ちである。

としごろ折返し主張する如く、われは学風に於て細心精緻を尚び、芸術に於て内容外形を峻別せず、詩歌に声調を、絵画に色彩を、彫塑に線形を、音楽に階調を味はむとし、幾千年の伝統ありて、自然の発達を遂げたる祖国の人文は、一代の無智を以て急に放擲し去る可きものに非らずと信ず。この故に輓近学芸界の趨勢に対して心平なる能はざる也。（「芸術の趣味」、『帝国文学』明治三三・一）

「心平なる能はざる也」と語るこうした口吻の裡に、当時の一般的な新体詩理解に抗して、詩に於ける声調の意義を揚言する敏の立場が判然と示されていると言ってよいだろう。敏による詩の翻訳は以上のような認識を基盤として行われたと考えられるのである。

このような敏の翻訳の方針は、更に東西の種々の翻訳詩をめぐる論評を通しても窺い知ることが出来る。例えばグラッドストーンによるホラチウス翻訳を紹介した「虞翁の新著」（『帝国文学』明治二八・二）に於いては、その「訳詩の能く原意を伝へ且つ声調の美を失はざる」点を「激賞」し、そして「蓋しホラティウスの訳し難きはヅルギリウスに次ぎ、昔より名家の試みしもの数多あれども、典雅簡勁なる原調を伝ふるもの極めて稀なり。その訳に二法あり、一は原歌の意義を流暢平易なる英詩に移し、ひたすら佶屈ならざらむを勉む。其弊や往々冗漫に陥り原詩の雅純を毀く。スティイヴン、ドゥ、ヹギイア訳の如き此法に従へり。二は原詩の意を伝ふると共に声調を失はざらむと欲し、仮令時として難解の句を生ずるとも、簡潔典麗なる羅甸調を離れざらむとす。虞翁の法は即ち是にしてミルトン、コニングトン亦此法を用ゐぬ」と記される。またダンテ・ゲイブリエル・ロセッティの訳業については、「伊太利亜の原詩を味はざる人は、此深遠なる思想を歌へる声調の絶美なるを味はふによしなきを憾とす。バイロンの翻訳は、平板にして妙なく、ストレックフウス、フィラレテス、ロングフェロウ等のそれもなほ霊活の調を虧きて、独りロセッティの作、最もよく原詩の幽趣を伝ふ」（「神曲地獄界の二絶唱」、『国民之友』明治三〇・四・一七、二四、五・八、一五、六・一二）、或いは「ロセッティが初代伊太利亜詩人の翻訳は原意の増損なく、而も格律の厳正なるを以て顕はれ、又サッフオの断章ベルク版第九十三、九十四の翻訳は婉曲なる原詩の格調を伝へたりと称せらる」（「ロセッティの詩篇」、『文学界』明治三〇・一）と述べられている。これら敏の高く評価する翻訳詩とは、何れも原詩の声調を巧みに捉え得たものに他ならない。更に「細心精緻の学風」（『帝国文学』明治二九・八）では、「詩歌の声調色彩を他国の語に移すことの難きは古よりいふ所にして、ダンテも既にその著『饗宴篇』の第壹巻に詩神の羈絆をもて調へたるものは、其清秀なるもの其諧和したるものを破ることなくして他国語にうつす能はずと説いて、ホメエロス及び希伯来の詩篇を例に挙げたれど、学殖あり詩才ある人が熱意を以て誠実なる翻訳を試むる時は、原詩の妙趣を発揮すること、遙かに佶屈煩雑なる批判梗概の上にあり」として、フォス及びポープによるホメロス翻訳を例に引いた上で、当代の日本に於ける翻訳について次のように記している。

明治の大翻訳は疑もなく敬虔の信徒等が刻苦して大成せし旧新約全書なれども、爾来続出せる西欧文学の翻訳にして、能く原文の声調を味ひ辞章の措列を考へて或時は流麗暢達又或時は簡勁粗宕、一々欧文の機微を穿ちて訳出したるもの殆ど稀なり。

以上のような東西の訳詩に関する評言は、詩の翻訳に向かう敏の方針を明らかに告げている。即ち敏は、詩の翻訳に於いては原詩の声調を捉えることが肝要であり、かつ又それ故に個々の訳詩はそれぞれに原詩の「機微」に応じた声調を備えていなければならないと考えるのである。こうした立場が既述の敏の新体詩観と確実な対応を孕んでいることは言うまでもない。「文芸」としての翻訳詩は、原詩に即応した、日本語による声調を確かに備えた一篇の詩でなければならないのである。

ところでこのような敏の見解は、同時代の翻訳詩観とは大きく異なるものであった。例えば当時『帝国文学』誌上では詩の翻訳をめぐる論議が重ねられていたが、それらの殆どは原詩の形式面の移植の不可能性を主張するものに他ならなかった。

そも詩歌の感情は一種特殊なる形に於てあらはさるゝ也。是形即ち特殊なる言語の配列音韻の布置によりてその感情は感ふかく、力つよく、刺激大ならしめられたる也。是場合に於て形は決して単に想をつゝめる外被にあらずして実に其内容の一部たり。(中略) 之を変ぜんには従ひて内容の変動を生ずべく、之を代へむにはやがて又精神の変更を来すべし。これ詩歌の翻訳すべからざる最大の原因にあらずや。

と述べる「詩歌の翻訳」(無署名、『帝国文学』明治三三・一〇) はその代表的な意見であり、また「翻訳の二分面」(同上、明治三三・一二) では、「他国の詩歌を捉へて、之を自国語に翻訳するに当りてや、必原作の詩趣妙味の大半を没却するを常とす」という前提に立ち、「原作の言語の順序、詩形等に重きを措かず、専ら其意義を訳出せむとするもの、則内容を採りて、詩形に拘泥せざる」翻訳を唯一可能な詩の訳述法として提言するのである。このような詩の翻訳に関する当時の一般的な理解は、既述の敏の立場と明らかに拮抗している。換言すれば上田敏は、同時代の大多数の意見に抗して、原詩の声調の移植を詩の翻訳の枢要と見做す自己の方針を個性的に確立していたと見ることが出来るはずである。

さてこれら一連の敏の発言は全て、彼が西欧詩の翻訳に携わる前になされたものであった。即ち敏による詩の翻訳は明治三十五年に本格的に開始され、とくに明治三十八年に集中的に諸誌に訳載されるのであり、従ってその方針は実際に詩の翻訳に着手する以前に既に確実に形成されていたと考えられるのである。如上の用意の下に開始された敏による詩の翻訳について、以下に具体的に検討してみることにしたい。

二　「原調」移植の試み

周知の如く『海潮音』所収の作品の大半を占めるのはフランスの近代詩である。集中に収められた全五十七篇のうち、フランス詩は三十一篇に及ぶ。ここでは、『海潮音』の中心をなすこれらフランス近代詩の翻訳について考察を加えることとするが、既述のように「原調に適合せしめむ」とする敏の試みを検討しようとする時、次のような発言は極めて興味深いものと言わなければならない。

此訳詩は三章共に仏蘭西の今代の有名な詩人ヴルレエヌ氏の作である。それで三つある中で、最後の詩が一番名高い。象徴派のうち、ヴルレエヌの詩はマラルメの如く晦渋難解でなくて、俗謡に近い方の詩であります。殊に第三の詩は大変柔かで、寧ろ軽い調でありますが、此詩に依つて見ると、どうも軽くないやうに私には見える。此詩は日本従来の俗謡の調とか、或は五、五の調でも取られた方が却つて宣かつたらうと思ふ。

（「春鳥集合評」、『明星』明治三八・九）

右は、蒲原有明の第三詩集『春鳥集』（本郷書院、明治三八・七）に収録されたヴェルレーヌの訳詩に対する敏の評言である。ここで問題とされているヴェルレーヌの詩は、第三詩集 *La Bonne Chanson*（1870）の六番目に位置する無題の詩、四音節詩句の句型をもつ軽妙な調子の作品（《La lune blanche / Luit dans les bois; / De chaque branche / Part une voix …》）であるが、敏は有明の翻訳が原詩の「軽い調」を移し得ていない[3]ことを批判しながら、「日本従来の俗謡の調とか、或は五、五の調」が原詩の声調に適うものであると指摘している。同様の見解は例えば明治三十九年二月の『芸苑』に掲載された「鏡影録」中にも見出される。

坪内氏は訳詩の不可能を説く時、彼我国語の性質に相異あるを説きたり。これ自明理《トルイズム》なり。されど、英語のButを『されど』と訳すより『が』と訳す方、韻致を伝ふるに適せりとは、あまりにあつけ無き説明にして、殆ど洒落に近し、熟音の数を合せたるのみにて、韻致は伝はらず。欧州語の弱強五脚律一行は、日本の七五七一行ぐらゐと、同じやうに響く場合もあり。そを定むるは、訳詩家の耳にして、そを聞分くるは読者の耳なり。

ここでは坪内逍遙の訳詩不可能論[4]を論難した上で、英詩の大半を占める「弱強五脚律」（弱強五歩格、iambic pentameter）と七五七一行との音調上の対応が指摘されている。これらは何れも、発表時期から考えて敏自身の翻訳体験を踏まえての発言に他ならぬ故に、極めて重要である。「原調」の移植への意図の中で着手された敏の翻訳は、これらの発言が示唆する如く、原詩の句型や声調に照応する日本語のリズム自体の模索を前提として進められていったと考えられる。その探求の結果が、『海潮音』の訳詩の備える多様なリズム、形式として現れているのである。

さて『海潮音』に収められた三十一篇のフランス詩中、二十四篇までがアレクサンドラン（Alexandrin, 十二音節詩句）で綴られている。フランス詩の最も代表的な句型であるアレクサンドランによる作品が、『海潮音』に於いてはいかなる形式の下に訳出されているであろうか。

（Ⅰ）七五調――ヴェルハーレン「水かひば」（初出『明星』明治三八・六）、レニエ「愛の教」（但し一部五七調、同上）・「花冠」（但し一部五七調、同上）、コッペ「礼拝」（一部破調、『中学世界』明治三五・一）

（Ⅱ）五七五調――ユゴー「良心」（『帝国文学』明治三六・四）

（Ⅲ）五七五・七五五七交互調――エレディア「出征」（『明星』明治三八・一）

（Ⅳ）二重七五調――ルコント・ドゥ・リール「真昼」（『明星』明治三八・八）・「大饑餓」（同上、明治三八・七）・「象」（初出未詳）、エレディア「珊瑚礁」（『明星』明治三八・九）、ボオドレール「信天翁」（同上、明治三八・七）・「人と海」（同上）・「薄暮の曲」（初出未詳）、ヴェルレーヌ「よくみるゆめ」（『明星』明治三八・七）、ヴェルハーレン「法の夕」（同上、明治三八・六）、ローデンバック「黄昏」（同上）、モレアス「賦」（但し一部破調、同上、明治三八・九）

（Ⅴ）二重五七調――エレディア「床」（『明星』明治三八・七）、ボオドレール「破鐘」（同上、明治三八・九）、プリュドム「夢」（『白百合』明治三六・一一）

（Ⅵ）八七六調――ヴェルレーヌ「譬喩」（初出未詳）

（Ⅶ）五五五七調――マラルメ「嗟嘆」（『明星』明治三八・九）

（Ⅷ）自由律――ヴェルハーレン「火宅」（『明星』明治三八・九）・「畏怖」（同上）

『海潮音』に於けるアレクサンドランの詩の翻訳を、その詩形に於いて分類してみるならば、右の通りである。ここに明らかなように、二重七五調、即ち七五の反復による二十四音で一行を構成する形式が最も多く採用されており、それらは全て明治三十八年六月から九月にかけて発表されている。それ以前の敏は、七五調、五七五調及び五七五・七五七交互調によるアレクサンドラン訳出を試みているが、それらの訳詩は何れも大きな問題を孕んでいる。例えば七五調で訳されたヴェルハーレン「水かひば」は極めて省略の多い翻訳となっている。

水《みづ》かひば

ほらあなめきし落窪《おちくぼ》の、
夢《ゆめ》も曇《くも》るか、こもり沼《ぬ》は
腹《はら》しめすまで浸《ひた》りたる
まだら牡牛《をうし》の水《みづ》かひ場《ば》。

（第一連）

L'Abreuvoir

En un creux de terrain aussi profond qu'un antre,
Les étangs s'étalaient dans leurs sommeil moiré,
Et servaient d'abreuvoir au bétail bigareé,
Qui s'y baignait, le corps dans l'eau jusqu'à mi-ventre.(5)

絵画的性格を強く帯びた原詩に対して訳詩では細部の描写の多くが省略されて輪郭が不鮮明となっている。原詩の十二音節の詩句を通して呈示される内容を、七五調一行では十分に捉えきれなかったと言えよう。そして原詩の備えるソネ（十四行詩）の定型の枠組に制約されて、敏の訳詩は原詩の性格に反する意訳となってしまっているのである。また同じく七五調のリズムを基調として訳出されたレニエの「愛の教」「花冠」では、意訳に陥ることを避けたため訳詩の行数が原詩の約一・五倍に増大している（「愛の教」―原詩二二行、訳詩三三行、「花冠」―原詩四六行、訳詩六八行）。更に初期の翻訳であるユゴー「良心」の五七五調も原詩の内容を十分に伝えていない極端な意訳となっている。これらは何れも、七五調或いは五七五調の詩形は、アレクサンドランの容量に対応し得ないことを端的に示しているはずである。一方、五七五・七五七交互調という特異な形式をもつエレディア「出征」についても基本的には事情は変わらない。

高山《たかやま》の鳥栖巣《とぐらす》だちし兄鷹《せう》のごと、
身《み》こそたゆまね、憂愁《いうしう》に思《おもひ》は倦《うん》じ、
モゲルがた、パロスの港《みなと》、船出《ふなで》して、
雄誥《をたけ》ぶ夢《ゆめ》ぞ逞《たく》ましき、あはれ丈夫《ますらを》。
（第一連）

原詩の引用は省略するが、訳詩の独自の形式から感得されるリズムと各行の完結性が原詩の格調との対応を示してはいるものの、やはり省略の大きい、不明瞭な翻訳となっていると言わなければならない。従ってこれらの試みは、アレクサンドランの訳出法として十分な成功を収めてはいないと見做すべきであろう。換言すればこうした経験を経て、上田敏は二重七五調をアレクサンドラン訳出の最も有効な、そして安定した形式として採用するに至ったと考えられるのである。

さて二重七五調は島崎藤村が既に「鷲の歌」（『一葉舟』明治三一・六、初出『文学界』明治三〇・五）に於いて用いていた形式である。敏はそれを十二音節詩句の容量に対応する詩形として自身の訳詩に採用し、その上で更に「原調」との「適合」への配慮の中で種々の工夫を凝らすことになる。二重七五調で訳出されているのは、高踏派（ルコント・ドゥ・リール、エレディア）と象徴派（ボオドレール、ヴェルレーヌ及びヴェルハーレン、ローデンバック、モレアス）の詩人たちの作品であるが、それらは原詩の性格に応じて様々に訳し分けられている。

まず高踏派の中心的存在ルコント・ドゥ・リールの訳詩「大饑餓」を取り上げてみよう。

夢圓《ゆめまどか》なる滄溟《わだのはら》、濤《なみ》の巻曲《うねり》の搖蕩《たゆたひ》に
夜天《やてん》の星《ほし》の影《かげ》見えて、小島《をじま》の群《むれ》と輝《かゞや》きぬ。
紫磨黄金《しまおうごん》の良夜《あらたよ》は、寂寞《じやくまく》としてまた幽《いう》に、
奇《く》しき畏《おそれ》の滿《み》ちわたる海《うみ》と空《そら》との原《はら》の上《うへ》。

無邊《むへん》の天《てん》や無量海《むりやうかい》、底《そこ》ひも知《し》らぬ深淵《しんゑん》は
憂愁《いうしう》の國《くに》、寂光土《じやくくわうど》、また譬《たと》ふべし、炫耀鄕《げんえうきやう》。
墳塋《おくつき》にして、はた伽藍《がらん》、赫灼《かくやく》として幽遠《いうゑん》の
大荒原《だいくわうげん》の縱横《たてよこ》を、あら、万眼《まんがん》の魚鱗《うろくづ》や。

青空《せいくう》かくも莊嚴《さうごん》に、大水更《たいすゐさら》に神寂《かみさ》びて、
大光明《だいくわうみやう》の遍照《へんぜう》に、宏大無邊界中《くわうだいむへんかいちゆう》に、
うつらうつらの夢枕《ゆめまくら》、煩惱界《ぼんなうかい》の諸苦患《しよくげん》も、
こゝに通《かよ》はぬその夢《ゆめ》の限《かぎり》も知《し》らず大《おほ》いなる。

（第一―三連）

Sacra fames

L'immense mer sommeille. Elle hausse et balance
Ses houles où le ciel met d'éclatants îlots.
Une nuit d'or emplit d'un magique silence
La merveilleuse horreur de l'espace et des flots.

Les deux gouffres ne font qu'un abîme sans borne
De tristesse, de paix et d'éblouissement,
Sanctuaire et tombeau, désert splendide et morne
Où des millions d'yeux regardent fixement.

Tels, le ciel magnifique et les eaux vénérables
Dorment dans la lumière et dans la majesté,
Comme si la rumeur des vivants misérables
N'avait troublé jamais leur rêve illimité.

原詩はルコント・ドゥ・リール晩年の代表作であり、対称的均斉を示す構成、重量感に溢れたやや生硬な表現、輪郭明瞭な絵画的イメージが鏤められた詩句、そしてイメージや色彩の対照的な布置による効果など、高踏派の特徴を典型的に具備した作品である。上田敏の訳詩に眼を転じると、その二重七五調の形式は、アレクサンドランで綴られた原詩の動きとの十分な調和を見せている。壮大な海景を描き出す原詩冒頭部、十二音節詩句の伝える重く緩やかな調べが二重七五調を通して見事に捉えられていることが知られよう。そして同時に、こうした訳詩の形式に於いてかなり息の長くなった詩行は、漢語の頻用によって緩みのないものとなっている。即ち漢語の歯切れ良く強い音調が一行のリズムに弛みのない緊張を与えているのである。例えば訳詩第三連、「青空《せいくう》かくも荘《さう》厳《ごん》に、大水《たいすゐ》更《さら》に神寂《かみさ》びて、／大光明《だいくわうみやう》の遍照《へんぜう》に、宏大《くわうだい》無《む》邊界中《へんかいちゅう》に」の部分では、原詩句（「さほどに見事さ限りなき天空と敬うべき海水とは／光明に包まれ、荘厳さの裡にまどろんでいる」）に比して佶屈さがやや目立つにしても、原詩の備える荘重な格調を捉える上で、漢語の音調が極めて効果的な役割を果たしていることが理解される。七五調反復による息の長い詩行の中で繰り返される漢語の重く強い音響を通して、敏の訳詩は、流動性や柔軟さに欠け重量感溢れた詩句で綴られた原詩の格調の高さに確かに呼応しうる声調を生み出していると言ってよいだろう。このような「高踏派の壮麗体」に対して、「象徴派の幽婉体」の場合はどうか。

黄昏《たそがれ》

夕暮《ゆふぐれ》がたの蕭《しめ》やかさ、燈火《あかり》無《な》き室《ま》の蕭《しめ》やかさ。
かはたれ刻《どき》は蕭《しめ》やかに、物静《ものしづ》かなる死《し》の如《ごと》く、
朧《おぼろ》々《おぼろ》の物影《ものかげ》のやをら浸《し》み入《い》り廣《ひろ》ごるに、
まづ天井《てんじやう》の薄明《うすあかり》、光《ひかり》は消《き》えて日《ひ》も暮《く》れぬ。

Douceur du soir! Douceur de la chambre sans lampe!
Le crépuscule est doux comme une bonne mort
Et l'ombre lentement qui s'insinue et rampe
Se déroule en fumée au plafond. (…)

右は象徴派の詩人ローデンバックの“Douceur du soir”の訳詩及び原詩の第一連である。原詩冒頭の一句が明示する如く、本篇は薄明に包まれた夕暮時の情調を口籠もるような音楽と流動的な律動にのせて描き出している。作品全体を通じて反復される詩句《douceur》は静かで穏やかな、やや甘美な情感を表す語であり、それはこの詩に於いて《silence（沈黙）》と殆ど重なり合い、融和して一篇の基調をなす。本篇が詩集『沈黙の領域（*Règne du Silence*）』中の詩章「沈黙について（*Du Silence*）」に収められている所以である。さて敏の訳詩は、そうした原詩の性格をかなり良く捉えていると言えよう。和語を多用して綴られた二重七五調は緩やかにうねり流れる律動を形成し、また和語の滑らかな音調と［shi］－［hi］の重韻法的な効果が訳詩全体のひそやかな声調を生み出している。先の高踏派の訳詩の場合とは異なり、漢語の音響を活かす代わりに和語のなだらかな声調が積極的に用いられることによって、原詩の朧ろに響くしめやかな音調が見事に移し入れられていると言ってよい。『海潮音』中で十一篇を数える二重七五調による訳詩に於いては、以上のように原詩の声調への適合を企図した様々の訳出上の工夫がなされているのである。

これらに対して二重五七調の訳詩も三篇見出される。その三篇、エレディア「床」、プリュドム「夢」、ボオドレール「破鐘」は何れも教訓的な性格を帯びた、或いは人生的感慨を滲ませた、瞑想的な作品である。そのような原詩の性格との対応に於いて、七五調に比べて渋滞感が強く、重く沈んだ調子をもつ五七調の反復の形式が採用されたと考えてよいだろう。発表時期から考えて、それらは二重七五調による訳出のヴァリエーションと見るべきかも知れない。何れにしろ敏はアレクサンドランの訳出に際して、七五調反復による一行の構成を原詩に対応する形式として最も多く採用し、同時に「原調」との照応を求めて訳語の選択に於ける様々の配慮と苦心を重ねていたのである。

さて以上のような試みの後、上田敏は『海潮音』刊行直前に発表した翻訳に於いて破格の新形式を案出することになる。

マラルメ「嗟嘆《といき》」は、明治三十八年九月の『明星』に訳載された作品である。まず原詩を掲げてみよう。

Soupir

Mon âme vers ton front où rêve, ô calme sœur,
Un automne jonché de taches de rousseur
Et vers le ciel errant de ton œil angélique
Monte, comme dans un jardin mélancolique,
Fidèle, un blanc jet d'eau soupire vers l'Azur!
——Vers l'Azur attendri d'Octobre pâle et pur
Qui mire aux grands bassins sa langueur infinie
Et laisse, sur l'eau morte où la fauve agonie
Des feuilles erre au vent et creuse un froid sillon,
Se traîner le soleil jaune d'un long rayon.

一読して明らかな如くこの詩の最も大きな特徴は、うねり流れる持続的、流動的な律動にある。アレクサンドランを用いながらも、その伝統的な規範を脱して〈平韻（rimes plates）〉を用い、また極めて自由に〈句切り（césure）〉を行うことによって、淀みなく続く豊かな流動性が生み出されている。そしてそうした律動にのせて、一人の女性の相貌と重ね合わされた外界の形象が次々に点綴されてゆくのである。このような特徴を見せる“**Soupir**”を敏はどう訳し出したか。

静《しづ》かなるわが妹《いもと》、君《きみ》見《み》れば想《おもひ》すゞろぐ。
朽葉色《くちばいろ》に晩秋《おそあき》の夢深《ゆめふか》き君《きみ》が額《ひたひ》に、
天人《てんにん》の瞳《ひとみ》なす空色《そらいろ》の君《きみ》がまなこに、
憧《あこが》るゝわが胸《むね》は、苔古《こけふ》りし花苑《はなぞの》の奥《おく》、
淡白《あはじろ》き吹上《ふきあげ》の水《みづ》のごと、空《そら》へ走《はし》りぬ。

その空《そら》は時雨月《しぐれづき》、清《きよ》らなる色《いろ》に曇《くも》りて、
時節《をりふし》のきはみなき鬱憂《うついう》は池《いけ》に映《うつ》ろひ
落葉《らくえふ》の薄黄《うすぎ》なる憂悶《わづらひ》を風《かぜ》の散《ち》らせば、
いざよひの池水《いけみづ》に、いと冷《ひ》やき綾《あや》は亂《みだ》れて、
ながながし梔子《くちなし》の光《ひかり》さす入日《いりひ》たゆたふ。

この訳詩に於いて最も注目されるのは五五五七調のリズムである。一行二十二音節は原詩の句型の二倍近い音節数となっているが、五音句を三度繰り返して七音句で閉じる形式は極めて特異なものと言ってよい。五音句の反復が生み出す渋滞無く流れる律動的効果については、次章に述べるように、敏は既にヴェルレーヌの「落葉」（初出『明星』明治三八・六）に於いて十分に確認済みであった(6)。そしてこのような五音句の連続に、行末の七音のゆったりとした句調が入り混じり、独特のリズムが生じるのである。更にこの五五五七調は、森亮氏が指摘するようにリズムとしては二重七五調よりも長い周期を持つ(7)。従ってリズム周期の長い一行の中で五音句が重ねられることによって、流動する持続的な律動が生まれると同時に、連続する、息の短い五音句に於いて様々の映像が小刻みに並列的に歌い込まれてゆくことが可能となるのである。こうした訳詩の形式が、既述の原詩の特色を捉

える上で如何に有効であるかは最早説明を要しないだろう。原詩に対応した見事な新詩形の創出である。

ところで原詩 "Soupir" は極めて複雑な構造を備えた作品である。即ち一つの主語名詞《Mon âme（わが魂）》と一つの述語動詞《monte(r)（昇る）》による単純極まる骨組を持ちながら、倒置された前置詞《vers》によって《monte》の状況補語が導かれ、更にその昇る様の喩としての《jet d'eau（噴水）》の吹き上げる方向を示す《vers l'Azur（〈蒼空〉の方へ）》が六行目以下の映像を導き出してくるという手の込んだ構造となっている。従って冒頭の主語《Mon âme》は十行詩の全てに響き渡り、作品全体が緊密に絡み合いつつ自立性、統一性を強めているのである。敏の訳詩はこうした構造を顧みることなく、五行二連に分断されている。従来「嗟嘆」の欠陥として批判されてきた[8]こうした点については、後章に於いて詳細な検討を加えることとするが、ここで注目すべきは、敏の腐心が明らかに原詩を貫く内部韻律の移植にあったことに他ならない。破格の新形式を通して敏は、原詩独特の豊かな声調を捉えることに専心していたのである。訳詩「嗟嘆」に於いて最も特徴的な持続的、流動的な音楽性が、何よりも敏の意図の所在を告げていよう。僅かの例外を除いて多くの漢語に和語のルビが付され、全篇が和語、雅語のなだらかな音調で覆われていることも、そうした敏の姿勢の現れと見做しうる。「原調に適合せしめむ」とする敏の努力の跡を、ここに確実に読み取ることが出来るはずである。

更に自由律による翻訳も同様の意図に基づくものに相違ない。ヴェルハーレンの「畏怖《おそれ》」は次のような作品である。

北《きた》に面《むか》へるわが畏怖《おそれ》の原《はら》の上《うへ》に、
牧羊《ぼくやう》の翁《おきな》、神樂月《かぐらづき》、角《かく》を吹《ふ》く。
物憂《ものう》き羊小舍《ひつじごや》のかどに、すぐだちて、
災殃《まがつび》のごと、死《し》の羊群《やうぐん》を誘《さそ》ふ。

（第一連）

省略した原詩“La Peur”はアレクサンドランのソネの詩形を備えており、戦く魂の心象風景を描き出す。全篇が激しい恐怖の情に覆われた作品である。一方、敏の訳詩は定型の動きを完全に脱した自由律で綴られている。各行は平均して凡そ十九音の音節数で構成されており、アレクサンドラン訳出の形式としてはやや短小であるため、全体に渡って省略が少なからず認められる翻訳となっている。しかしまたこの訳詩では、自由律の故に途切れつつ渋滞する調べが鬱屈した不規則なリズムを生み出すに至っており、その沈鬱な調子が、原詩の伝える魂の戦慄と確実に照応しているのである。周知のように『海潮音』所収の作品の殆ど全ては五音句と七音句を基調として訳し出されている。これまで屢々問題視されてもきたこうした訳述法の背後には、実は、「従来の七五、五七等に満足せず清新の詩形を求め」よう（「新体詩管見」、『心乃花』明治三七・四）としながらも、「国語の性質上より生じてきた詩形」として「所謂七五、五七は勢力を失ふまいと思ふ」（前出「春鳥集合評」）とみる敏の明晰な判断が存していたのである。そのような自覚の下に、既述の如く五音句、七音句を基調とした多様な訳詩の形式が模索されていたのであるが、この「畏怖」に関しては、そうした五音句、七音句の織り成す階調と原詩の性格との間の齟齬、不調和に敏は深く思い至ったに相違ない。原詩に溢れる激しい恐怖、戦慄は、五七・七五の滑らかな調べによっては到底捉えることが出来ないと判断された時、この自由律による翻訳は生まれることになったと考えられる[9]。それは在るべき詩の翻訳に向けた敏の周到な配慮の結果に他ならないのである。

十二音節詩句で綴られたフランス詩の訳述法に関する以上の考察から明らかなように、敏は原詩の句型に対応する、自国語の詩としての形式を模索しつつ、更に「原調」の移植のために様々の工夫を重ねていたのである。そうした態度は、言うまでもなくアレクサンドランよりも短小な句型の詩の翻訳に於いても判然と認められる。例えば八音節詩句の作品であるボオドレール「梟」（初出未詳）は七五調、六音節・八音節・十音節の詩句が組み合わされた〈自由詩〉であるヴェルハーレン「鷺の歌」（『明星』明治三七・一）は七五調で訳出されており、またサマン「伴奏」（『明星』明治三八・八）では、原詩の十二音節と八音節の詩行がそれぞれ二重五七調と五七調に訳し分けられている。更に三音節と四音節の詩句からなるヴェルレーヌ「落葉」は周知の如く一行五音の破格の新形式による翻訳である。

このように翻訳に際しての原詩の句型への留意は、敏にとって「原調」の移植のための一つの有効な手段であったと考えられるが、それは日本語とフランス語が律動の基本単位を音節数に置く点で共通していることからして一定の妥当性をもった訳出法だったと見做される。そして『新体詩抄』（丸善、明治一五・八）所収の訳詩を初めとして、『海潮音』以前の翻訳詩の殆ど全てが、原詩の句型や音節数を顧慮することなく、七五調の形式で訳出されていたことを考えるならば、こうした敏の翻訳態度は極めて独創的なものであったことが明らかとなる。例外があるとすれば、森鷗外を中心とする新声社の訳業「於母影」（『国民之友』第五八号、明治二二・八・二、「夏期附録」）である。「於母影」では、「意」訳、「句」訳、「韻」訳、「調」訳の四種の訳述法が採用されているが、そのうち「句」訳は「従原作之意義及字句者」として原詩の音節数への配慮を見せている。但しそれは具体的には、原詩の音節数の二倍の長さで訳出するというものであった。即ち「ミニヨンの歌」では原詩の十音節の詩句を一行二十音の構成で翻訳し、また「あしの曲」は八音節と七音節の詩句の交互の組み合わせからなる原詩を八七調で一行を構成する形式で訳出したものとなっており、極めて機械的、形式的な翻訳法に他ならない。従って敏の翻訳は、「於母影」の先駆的な試みを継承していたにせよ、それよりも一層深く個々の原詩の内部に踏み込んだ形でなされたものであった。このように原詩の声調の移植を求めて様々の形式を模索し、また訳語の選択に於いて漢語や和語の効果的な使用等の種々の工夫を凝らした敏の翻訳の方法は、極めて個性的な試みだったと言うことができる。『海潮音』中の「各の原調に適合せしめむ」という意図の表明は、敏独自の翻訳態度を端的に告げる言葉だったのである。

三　翻訳詩史上の位置

上田敏の『海潮音』は従来、内容及び表現に於ける原詩との懸隔がその欠陥として度々指摘されてきた。『海潮音』刊行直後の小山内薫による「「和らげ」過ぎた傾」への指弾[11]以来、現在に至るまでそれらの訳詩に見られる日本的な歪曲化に対する批判が繰り返し行われてきたのである。[12]しかしながらそうした傾向は、ひとり上田敏にのみ認められるものでは決してなく、寧ろ『海潮音』以前の数々の翻訳詩にこそ顕著に認められるあり方であったと言わなければならない。

『新体詩抄』所収の尚今矢田部良吉訳「グレー氏墳上感懐の詩」は集中の佳作として多くの読者に愛誦された作品である。[13]そこには既に日本化された自由訳が判然と認められるのであるが、[14]この訳詩に関して池袋清風は注目すべき批評を加えている。即ち西欧詩の翻訳もあくまで「古来ノ和歌」の表現の類型を踏まえ、伝統的な詩情に即応したものであるべきことを説く池袋は、実は既に日本的な歪みを見せていた「グレー氏墳上感懐の詩」に対して、更に徹底して日本の文学的伝統に依拠すべきことを要請するのである[15]（「新体詩批評」、『国民之友』明治二二・一、二、四）。このような池袋の主張は、恐らく外国詩の翻訳に関する当時の最も代表的な見解であったと見倣される。明治二十年代から三十年代にかけての日本の翻訳詩は、まさにこうした池袋の提言に対応する性格を明瞭に示しているからである。詳細は省略せざるを得ないが、国漢の学者や歌人（落合直文、井上通泰、市村瓚次郎）を動員して生まれた既述の「於母影」は、その流麗な翻訳の巧みさによって高く評価されているが、それは佐藤春夫が「鷗外が信頼した専門家たちも、専門家であるがために甚だ巧妙に、といふのは結局どこまでも日本風に洗練された語感によつて日本風の詩趣に富んだ語彙によつて西洋の詩を見事に手際よく処理して人々によく納得させた。その見事に手際よく処理したといふのは或は実のところあまりに日本風に処理されて居すぎたのではなからうか」と評した[16]ような性格を確かに備えていた。また発表当時、多大の反響を呼んだ塩井雨江訳スコット『今様長歌　湖上の美人』（開新堂書店、明治二七・三）は、巻頭に「原書は西洋、訳するは東洋、風俗も変り、事柄も等しからず、言語も同じからず、志想も異れり。彼れは薔薇と云はむ所は、おのれは桜と云はまほしく、彼れにては面白く思ふ所も、我目にては拙く、（中略）おなじく嬉しき事、悲しき事、勇ましき事いはむと思ふにも、いひ方を異にせり。かゝる有様なれば、まゝ彼の意を取りて、我が国風に歌ひたる事もあり。」という「ことわりがき」を掲げていた。大和田建樹『欧米名家詩集』全三巻（博文館、明治二七・一〜三）や尾上柴舟『ハイネの詩』（新声社、明治三四・一一）についても事情は同様である。『新体詩抄』以降、明治三十年代に至る日本の翻訳詩の歴史を概観してみる時、そこには日本の文学的伝統を不可欠の基盤として西欧詩を訳出する姿勢、即ち日本化の精神が一貫して認められる。従って上田敏の訳詩の欠陥として批判されてきた日本的な歪曲化の傾向とは、寧ろ先行の翻訳詩を貫いている性格に他ならない。敏の訳詩にもそうした言わば明治の啓蒙期の翻訳としての共通性格が確かに認められるのである。後述するように敏の姿勢もまた、外国の作品を出来る限り自国在来の伝統の中で生かそうとする啓蒙的な意図と配慮の裡にあったと言ってよい。或いはそれは、「消化吸収」時代の翻訳[17]としての性格と言い換えてもよいだろう。しかし同時に、基本的にそうした埒内にありながらも、敏は翻訳という営為に極めて自覚的、意識的であった。その翻訳態度は、同時代の新体詩に対する否定的評価に裏打ちされつつ、何よりも「各の原調に適合せしめむ」という方針に確かに支えられていたのである。「翻訳は文芸である」との前提に立ち、個々の訳詩が原詩に照応した、自国語の詩としての声調を備えることを求めて、敏は様々の工夫と配慮を重ねたのであった。それは、先行する日本の翻訳詩の備える形式や、訳詩の可能性に関する当時の一般的な理解を考慮に入れるならば、確かな見識に基づく極めて個性的な態度であったことが明らかとなるはずである。敏によるフランス象徴詩の訳出もまた詩の翻訳に対するこうした自覚的な姿勢に支えられていたと言うことが出来る。

明治二十五年五月、同人雑誌『無名会雑誌』に発表した「拈華庵漫筆」の中で、敏はシェリーとバイロンそれぞれの翻訳を試みた上で、「前のは意を失はざらんとつとめて辞断裂し、後のは国文の脈をとらんとして反りて意をそこなひぬ。みるひと匡してよ」と書き付けている。ここには、翻訳に際して原詩本意と訳詩本意の二つの立場の間でためらう敏の苦渋が示されている。既述の敏の翻訳態度は、この十九歳の折の体験の遙かな帰結であったと言ってもよいかもしれない。そして「原調」の移植を求めたその固有の試みは、現在に於いても、在るべき詩の翻訳の所在を示唆する重要な意義を担い続けているのである。

以下の第二章では、本章に於いて論及した敏による象徴詩の翻訳について、ヴェルレーヌの「落葉」を取り上げることによって更に詳細な検討を加えてみることにしたい。

注

（1）　上田敏の作品の引用は全て『定本　上田敏全集』全十巻（教育出版センター、昭和五三・七〜五六・一〇）に拠る。

（2）　例えば「典雅沈静の芸術」（『帝国文学』明治二八・九）、「詩文の格調」（『韻文学』明治三一・四）、「芸術の趣味」（『帝国文学』明治三三・一）等が挙げられる。このような敏の発言には、当時の所謂〈形想論争〉が背景として関与していたと考えられる。「想形の論も久しいかな」と述べたのは島崎藤村である（「聊か思ひを述べて今日の批評家に望む」、『文学界』明治二八・五）が、明治二十年代の新体詩壇に於いては詩の本質の所在をめぐって内容と形式の間で二者択一的な議論が交わされていたのであり、その論議は島村抱月「新体詩の形に就いて」（『早稲田文学』九九〜一〇二、明治二八・一一、一二）で一つの決着をみる。抱月はこの長編評論に於いて、「言語の不完全にして、到底情の一面を伝ふるに足らざる」故に、「詩に律呂あるは、（中略）却りて既定の内容を助けて、其の美を容易く感受せしめんの方便」であると指摘する。そして「抒情的詩歌の自然に律語的ならんとし必然律語的ならざるべからざる」と述べて、「内容と外形」が「共に円現して微翳なからん」ことを要請するのが、美学的な立場からの抱月の結論である。「思想と声調、内容と外形との渾然たる一致融合」を求める敏の立場は、こうした抱月の「具象的一元論」と通底する面を備えているが、しかし敏の場合には、あくまで当代の新体詩に対する否定的評価に裏打ちされた、「めでたき新体の歌」の創成に向けられた提言であったと言うべきであろう。

(3) 但し有明の翻訳は、Gertrude Hall による英訳のヴェルレーヌ詩集 *Poem of Paul Verlaine.* (1895) に基づく重訳である。

(4) ここで敏が言及している逍遙の評論がいかなる文献であるかは未詳である。但し逍遙は、「翻訳すべき外国文学」(『早稲田文学』明治二四・一一)、「英文学教授者の心得」(『英詩文評釈』東京専門学校出版部、明治三五・六)、「訳詩」(『英語青年』明治三八・一〇)その他に於いて、詩の翻訳の困難さを論じている。

(5) 『海潮音』の原詩の引用は、敏が用いたテクストを底本とした安田保雄編『海潮音原詩集』(河出書房新社、昭和五一・八)に拠る。

(6) 「落葉」に関しては、本書第一篇第二章「〈秋の歌〉―敏訳ヴェルレーヌ「落葉」考」を参照されたい。

(7) 森亮「『海潮音』の声調　律動篇」(『島根大学論集(人文科学)』第一三号、昭和三九・二)参照

(8) 例えば篠田一士氏は訳詩「嗟嘆」を強く批判する一人である。「訳詩糾問」(『詩的言語』小沢書店、昭和六〇・七)、「堀口大学」(『現代詩大要』小沢書店、昭和六二・一)参照。

(9) ヴェルレーヌ「譬喩」(初出未詳)は、八七六調を基本に訳出されているが、定型律と見做しうる程の明瞭な律動は感得されず、寧ろ散文的な語りの口調として沈静した調べを備えている。それは、原詩の敬虔な祈りの調子に良く対応しているのである。これも七五・五七調を脱した新形式の案出の一例に数えることが出来よう。

(10) 鈴木信太郎『フランス詩法』第二章「律動」(『鈴木信太郎全集』第三巻、大修館書店、昭和四七・六)及び荒木亨「日本語とその詩歌のリズム」(『ものの静寂と充実』朝日出版社、昭和四九・九)参照。尚、荒木氏は「文学における言葉の機能」(同上)に於いて、フランス語のアレクサンドランは日本語の五七(七五)二行に相当することを指摘している。

(11) 鸚鵡公(小山内薫)「詩壇漫言『海潮音』」(『帝国文学』明治三九・一)

(12) その最も代表的な例は、折口信夫「詩語としての日本語」(『現代詩講座』第二巻、河出書房、昭和二五・五)による批判である。

(13) 国木田独歩「独歩吟　序」(宮崎湖処子編『抒情詩』民友社、明治三〇・四)や蒲原有明「創始期の詩壇」(『飛雲抄』書物展望社、昭和一三・一二)は、この訳詩が多くの読者に愛誦されたことを伝えている。

（14）例えば訳詩第九連「富貴門閥のみならず　みめうつくしきをとめこも／浮世の栄利《えのり》多けれど　いつか無常の風ふかば／草葉の露もおろかなり　黄泉《よみぢ》に入るの外ぞなき」の部分は、原詩句《The boast of heraldry, the pomp of pow'r, / And all that beauty, all that wealth e'er gave, / Awaits alike th'inevitable hour. / The paths of glory lead but to the grave.》から大きく隔たった、日本的な歪曲を判然と示している。

（15）池袋は「和漢ト欧米トノ雅味ノ区別」の認識を前提に、「我国ノ歌ニハ辞ト同シク四季ノ感情ヲモ分ツベキ自然ノ規則アリ今日妄ニ古来ノ詞ヲ変フベカラザルト等シク此規則モ一人ノ気儘ニ変フベカラズ必之ニ従フベシ」と述べ、とくに訳詩「グレー氏墳上感懐の詩」第二連の詩句（「四方を望めば夕暮の　景色はいとゞ物寂し／唯この時に聞ゆるは　飛び来る虫の羽の音」を取り上げて「和漢ニテハ古来秋野ノ虫声ヲ詩歌ニ用ヒタル習慣アルノミナラズ実際夕暮草村ニ虫ノ鳴ク音ハ物寂ク悲キ感情ヲ発スル事其飛フ音ノ比ニアラズ斯ル処ハ愈彼辞ニ拘泥セズシテ彼寂キ「テースト」ヲ取ルベキ也」と指摘している。

（16）佐藤春夫「新体詩小史」（『近代日本文学の展望』講談社、昭和二五・七）

（17）中島健蔵「同時代的影響の展開（一）」（近代日本文学講座Ⅱ『近代日本における外国文学の影響』河出書房、昭和二八・一）

第二章　〈秋の歌〉——敏訳ヴェルレーヌ「落葉」考——

上田敏の訳詩集『海潮音』を代表する一篇「落葉《らくえふ》」は、フランスの詩人ポール・ヴェルレーヌの詩、**“Chanson d'automne”**（「秋の歌」）の翻訳であり、『明星』明治三十八年六月号に初出の作品である。人口に膾炙したこの訳詩については従来、原詩の備える音楽性を見事に移し入れた稀代の名訳との高い評価が下される[1]一方で、前章に於いて触れたように、内容及び表現上での原詩との大きな隔たり、日本的な歪曲化への批判も繰り返し行われてきた[2]。そのように日本風に「「和らげ」過ぎた」訳詩への非難は、『海潮音』刊行直後から敏に差し向けられていたのである[3]。

ところで詩の翻訳に於いて、原詩との比較照合をとおして明らかとなる歪曲や隔たりは、直ちに訳詩の重大な欠陥として指弾されるべきことなのであろうか。そのような批判が実は、詩の翻訳は可能であるという前提——一篇の詩を他国語の中で完璧に再生させることが出来るという認識——に立つものであることは言うまでもない。しかしながら、詩の「固有性」が、ヴァレリィの指摘するように、「その形《フォルム》のままで自らを再現させようとする傾向」の裡にある（**La poésie se reconnaît à cette propriété qu'elle tend à se faire reproduire dans sa forme : elle nous excite à la reconstituer identiquement**）[4]とすれば、原詩の一字一句を他国語に置き換えることそれ自体が原理的に不可能事とならざるをえない。即ち詩的言語の特性たる言い換え不可能性は、詩の翻訳という営為の不可能性そのものの原理的根拠となるのである。そのように一篇の詩を異なる言語体系の裡に忠実に移し換えること、逐語訳的に再現する作業が原理的に不可能であると考えるならば、我々は詩の翻訳について根本的な再考を余儀なくされるはずである。敢えて言えば、原詩と訳詩は別の詩であると見做す立場がそこで不可避的に要請されることになるだろう。翻訳者は異国語で書かれた詩の理解を試み、その了解の中で自国語による一篇の詩を作り上げる。その時、翻訳詩は、訳者の理解の契機によって生み出されている故に原詩との間に或る種の対応関係を保ちつつも、「その形のまま」の忠実な「再現」とは全く異質な、その意味で原詩とは別の詩として成立することになるのである。前引の如く「翻訳は文芸である」と述べ、「彼所謂逐語訳は必らずしも忠実訳にあらず」と宣言した上田敏の訳詩についても、同様に考える必要があるだろう。(5) 従って問題は、原詩と訳詩の逐語的な照合による両者の隔たりやずれの確認ではなく――それは寧ろ自明の前提である――、訳者が原詩への如何なる了解によって、またどのような翻訳の意図の中で、如何なる性格の下に一篇の詩としての訳詩を生み出しているかという点にこそ存しているはずである。前章に論じた敏の翻訳態度がこの点に深く関与していることは言うまでもない。

本章では、以上のような観点から、上田敏による象徴詩の翻訳に改めて焦点を据える。“Chanson d'automne”と「落葉」双方の詩的世界の分析を通して「落葉」の訳詩としての性格を明らかにし、その上で敏の翻訳を通して提出された象徴詩が担う性格について検討を加えてみることにしたい。

一　“Chanson d'automne”評釈

ポール・ヴェルレーヌの“Chanson d'automne”は、第一詩集 *Poèmes Saturniens*（『土星びとの詩』）（Lemerre, 1866）所収の作品である。この処女詩集には、高踏派の詩人たち、そしてとりわけボオドレールの影響が判然と認められる作品が多く見出されるが、同時に、詩集の中心をなす二つの詩章〈Melancholia〉及び〈Paysages tristes〉にはヴェルレーヌの独自性を確かに窺わせる詩篇が収められており、既に個性的な音楽を響かせている。[6] "Chanson d'automne" は、その〈Paysages tristes（悲しき風景）〉中の五番目に位置する詩であり、一八六五年の執筆と推定されている。[7]

Les sanglots longs
Des violons
　De l'automne
Blessent mon cœur
D'une langueur
　Monotone.

Tout suffocant
Et blême, quand
　Sonne l'heure,
Je me souviens
Des jours anciens
　Et je pleure;

Et je m'en vais
Au vent mauvais

Qui m'emporte
Deçà, delà,
Pareil à la
Feuille morte.(8)

六行詩節から成るこの作品は、一読して明らかなように極めて独自の音楽性を備えている。各詩節とも4a4a3b4c4c3bの形をとり、四音節と奇数の三音節の詩句が用いられることによって、独特の不安定で切迫したリズムを生み出している。また最も特徴的なのは母音と子音のもたらす効果である。即ち第一詩節について見るならば、[ɔ] または [ɔ̃] の母音が反復されており、それに同系列の母音 [o] [ɑ̃]、更に [œ] を加えると、この六行詩節の全母音の半数以上が [ɔ] を基調とする、暗く籠もったような音を響かせる母音で占められていることになる。このような半諧音の効果とともに、子音については、前半三行では流音の [l]、後の三行では柔らかい鼻子音 [m] [n] が繰り返されることによって畳韻法の妙技が発揮されている。こうした母音、子音そのものの効果が各詩節に豊かな諧調をもたらし、それが既述の独特のリズムと相俟って、作品の内容と深く照応する、絶妙な音楽を生み出すこととなっているのである。

さて第一詩節冒頭部は、外界の秋を描き出す。秋の奏でる様々のヴァイオリンの音色、それは咽び泣くような音を立てて吹きめぐる秋の風である。《sanglots》という語が含意する悲しみや苦痛、[ɔ] を基調とする暗い母音の連続の中に響く《violons》の鋭い [i] の音が、この秋の風に悲痛の色合いをもたらす。その悲痛な声をあげて外界の秋の中を吹きめぐる風が「私の心を傷つけ」、「憔悴(langueur)」へと陥れるのである。第一詩節ではこのように「私」を苛むものとして外界が捉えられているが、そうした「私」に敵対する外界という構図、或いは両者の対立関係が実はこの詩全体の骨格を成していると言ってよい(9)。第一詩節で秋の風に傷付けられた「私」は、

第二詩節に至って突然鳴り響く鐘の音に激しく心を乱す。句跨ぎと脚韻（suffocant — quand）の唐突な響きによるリズムと諧調の乱れの中で、鳴り渡る鐘の音に「色蒼ざめ、息がつまる」。そして過ぎ去った日々を思い起こし、涙にくれるのである。外界に鳴り響く鐘の音に激しく動揺する「私」の心の動きそのものが、種々の身体的表現（《Tout suffocant / Et blême》《je pleures》）を通して一つ一つ鮮明に描き出される。そして最終連、敵対する外界の「意地の悪い風」（vent mauvais）に吹かれて「私」は立ち去らざるを得ない。《je m'en vais》という表現は、立ち去り、歩み去る動きそのものを示しており、ここでも「私」は外界に突き動かされているのである。末尾の詩句《Deçà, delà, / Pareil à la / Feuille morte》は、風に吹き散らされ、弄ばれる枯葉の如き「私」の姿を描くものであると同時に、《morte》という一語が作品に死の予感さえ漂わせることになるだろう。このように“Chanson d'automne”には、「私」に敵対する外界の秋という構図を背景として、外界に絶えず苛まれ、突き動かされ、翻弄され続ける「私」の姿が描き出されている。第二、三詩節に繰り返される《et》は、そうした余儀ない心の動きを巧みに跡付けており、また様々の身体的表現は外界に突き動かされる「私」の動揺の深さ、激しさを効果的に捉えている。そのような「私」の悲嘆、憂愁が、既述の音調的効果、喘ぐようなリズムと見事に調和しながら、作品全体を包み込むのである。

　ところで〈秋の歌〉というテーマは多くの詩人たちによって取り上げられ、歌い継がれてきたが、結実や収穫、豊穣の季節としての秋に、悲しみやノスタルジックな想念が結び付けられるのは、前《プレ》ロマン派の時代以降のことであるという[10]。こうしてルソーやシャトーブリアン、ラマルチーヌ、ユゴー、ボオドレール等によって秋の悲しみが繰り返し歌い出されることになる。ヴェルレーヌの場合もこうした系譜を受け継いでいると言ってよいが、同時に、ヴェルレーヌに於ける秋とは、既に指摘されているように[11]北フランスのそれである。ロレーヌ地方北部の町メッツ Metz 出身のヴェルレーヌは北フランスの風景を深く愛し、父方の叔母の家の所在地パリズール Paliseul や愛する従姉エリザの婚家の在るレクリューズ Lécluse に幾度も滞在している。とりわけノール県のレクリューズ村の自然は、エリザへの思慕と相俟ってヴェルレーヌの詩想を培い、*Poèmes Saturniens* とくに〈Paysages tristes〉中の詩篇に色濃い影を落としているとされる。[12] 従ってヴェルレーヌの“Chanson d'automne”に於ける〈秋〉とは、北フランスの秋、万物凋落した、寧ろ冬枯れに近い荒涼とした季節であり、また作中を吹きめぐる「意地の悪い風」は、草木を枯らし、枯れ葉を舞い上げる北風なのである。凋落、衰微、枯渇、そして死に通じる北フランスの秋、それが「私」を傷つけ、突き動かし、立ち去らせる。作品の展開を導くのは、まさにこのような荒涼として酷薄とも言うべき秋そのものなのである。“Chanson d'automne”という表題はこうした含意の下に選び取られているに相違ない。

“Chanson d'automne”は、章題の〈Paysages tristes〉、そして詩集名の《saturnien》が示す《triste, mélancolique》（*Robert*）という意味と確かに通底する深い悲しみを描き出す。その痛切な悲しみが、何よりもこの詩の独特のリズムと諧調そのものを通して伝えられるのである。その意味でこの作品は、高踏派の影響を完全に脱し、後年定式化される《De la musique avant toute chose（何よりも音楽を）》という「詩法（*Art poétique*）」（*Jadis et Naguère*, Vanier, 1884）を先取りした、ヴェルレーヌの個性が存分に発揮された一篇と見做すことが出来るのである。

二　敏訳「落葉」評釈

落葉《らくえふ》

秋《あき》の日《ひ》の
ヸオロンの
ためいきの

身《み》にしみて
ひたぶるに
うら悲《がな》し。

鐘《かね》のおとに
胸《むね》ふたぎ
色《いろ》かへて
涙《なみだ》ぐむ
過《す》ぎし日《ひ》の
おもひでや。

げにわれは
うらぶれて
こゝかしこ
さだめなく
とび散《ち》らふ
落葉《おちば》かな。

上田敏『海潮音』所収の「落葉」は、初め『明星』明治三十八年六月号に、「象徴詩」の総題の下、ヴェルハーレン「法の夕」その他六篇とともに発表された。初出との異同は、第二連最終行が初出では「おもひでに」となっている他、初出稿には多くの読点が施されている(13)。

「落葉」に於いてまず注目されるのは一行五音節の形式である。この極めて短小な形式は、それまでの日本の近代詩には見出し得ない破格の新形式と言ってよく、息の短い五音の反復によって途切れがちの、ひそやかな律動が生み出されている。

さて「落葉」第一連では、秋のひと日、吐息のようにかすかに響きわたるヴァイオリンの音色に触発された悲しみが描き出される。冒頭三行の［オ］の母音の六度に及ぶ繰り返しが、暗くくぐもった柔らかな音を響かせながら、断続的なリズムに流動性をもたらすが、しかし続く二行は［イ］の母音の連続によって苦痛の調子を帯び、胸中でかみしめる「うら悲し」さに一連の焦点があてられる。穏やかな秋の情景を描き出すかに見えた第一連は、こうして悲哀の情の表現へと向かう。しかしその悲しみは悲痛な鋭さをもったものではない。「ひたぶるに」と強調されているにしても、それはヴァイオリンのかすかな音色に誘われた、心中の何となき悲しみ（「うら悲し」）に他ならない。冒頭三行の部分も、「秋の日」、「ギオロン」、「ためいき」が助詞「の」によって緩やかに連結され、重ね合わされることによって、かすかでほのかな物憂さ、物悲しさを漂わせていると言ってよい(14)。第一連はこのようにかすかに物憂げで悲哀を帯びた気配に浸されて胸中に浮かび来る悲しみを、漠として柔らかにしみ通る情調として描き出しているのである。

続く第二連では、鐘の音が心を揺り動かす。既述の如く初出に於いて最終行が「おもひでに」であったことからすれば、「涙ぐむ」のは過去を思い起こした故のことである。鳴り渡る鐘の響きに鬱屈した思いに捉われ（「胸ふたぎ」）、顔色を変え、そして過ぎ去った日々の追憶へと誘われて涙を催す（「涙ぐむ」）。冒頭「鐘のおとに」の六音は、この詩の一行五音のリズムを一瞬乱して心中の動揺を巧みに写し出している。初出の際、第二連第一行から四行にかけて執拗に読点が付されていたのも、リズムを中断させることによって心情の揺らぎを伝えようとする試みに他ならなかっただろう。ただし「涙ぐむ」という表現は、痛切な悲しみの発露を示すものでは決してない。先の「うら悲し」同様、それは心中に蟠る漠たる悲哀の情感を伝えているのである。更に『海潮音』収録の際、末尾の一句が「おもひでや」に改められることによって、この第二連は過ぎ去った日々への詠嘆のニュアンスを強める。こうして過去に向かう時間の流れが作品の内部にひそかに流れ込むことによって過去と現在の対比の視点が導入される。最終連では、そうした中で「われ」の現在の境遇が語り出されるのである。「げに」という副詞は、過去に向かう意識を背後に潜めながら、零落した（「うらぶれて」）現在の「われ」の身の上を確認し、強調する。そして「さだめなく／とび散らふ／落葉」――「とび散らふ」は、反復・継続の意を表す接尾語「ふ」によって飛び散り続ける落葉の様を示す――との一体化を通して、宛て所無く流浪を重ねる、落魄したわが身の境遇が描き出されることになるのである。このように一篇の焦点は、まさに風に弄ばれるがままの「落葉」の如き、諦め、意気阻喪した惨めな「われ」の姿に絞られる。寄る辺ない漂泊を重ねる零落した現在の境遇を脱することも、忘れ去ることもせず、ただ諦めの裡にそれに身を委ねているような「われ」の悲しみが、第一、二連で描き出された漠たる悲哀の情感と融け合い、作品全体を厚く覆うのである。その意味で、この作品に於いては繰り返し同質の悲哀の情感が洩らされていると言ってよいだろう。「秋の日の／ヰオロン」も、「鐘のおと」も、「われ」の胸中に蟠り続ける悲しみをかみしめる契機にほかならない。そのような「われ」の姿を象る「落葉」という表題は、まさにこの一篇の内容を集約するものなのである。

三　「秋の歌」と「落葉」

ヴェルレーヌの“Chanson d'automne”と上田敏の「落葉」について以上のように考えた上で、この両篇を対比してみることにしたい。

“Chanson d'automne”の重要な特色は、第一にその独自の音楽性にあった。四音節及び三音節の例外的に短小な句型による喘ぐ様なリズム、そして半諧音、畳韻法による絶妙な諧調によってヴェルレーヌの個性的な音楽が生み出されていたのであるが、それに対して敏の「落葉」ではまず一行五音節の極めて息の短い形式が採用されている。既述の如く一行を五音で構成する音数律は類例のない新詩形であり、それが原詩のリズムに対応させるための敏の工夫の結果であったことは疑いを容れない。前章で指摘した、アレクサンドランの句型をもつフランス詩を、二重七五調の形式で訳出した敏の試みと同断である。更に原詩の諧調、とくに半諧音の効果に敏が極めて意識的であったことも疑いない。とりわけ訳詩第一連に於ける［オ］の母音の繰り返しは、“Chanson d'automne”第一詩節の［ɔ］を基調とする母音の生み出すアソナンスと見事に照応している。《violon》を敢えて原語の発音のままに訳出したのも、そうした意図の中での配慮に相違ない。付け加えるならば、「落葉」第二連冒頭「鐘のおとに」のみ六音節の破格となっているが、これも原詩第二詩節前半三行の既述のリズムと諧調の乱れに呼応するものとして、同様に心中の動揺を写し取っていると言ってもよいだろうし、また初出時に施されていた読点も原詩のリズムに対応させるための方策に他ならなかっただろう。このように“Chanson d'automne”と「落葉」は、音楽的性格に於いて見事に対応しているのであるが、それは取りも直さず、原詩の声調を鋭敏に理解し、それを自身の翻訳に移し入れようとした敏の姿勢を示しているはずである。前章に於いて考察した「原調に適合せしめむ」とすることに腐心する敏の翻訳態度をここに判然と認めることが出来よう。

　次に“Chanson d'automne”の言わば骨格を成していた、外界と作中の主体との関係について考えてみよう。“Chanson d'automne”に於いて外界の秋は、「私」を傷つけ、突き動かし、ついには宛て所無く立ち去らせる存在であった。換言すればそうした敵対的な関係の中で絶えず外界に苛まれ、翻弄される「私」の姿、心の動きが一つ一つ辿られてゆく。そして《Blessent mon cœur》—《Tout suffocant / Et blême》—《je pleures》—《je m'en vais》という展開を通して、次第に深まりゆく痛切な悲しみが伝えられるのであるが、上田敏の「落葉」はそれとは全く異なっている。そこに在るのは、胸中の漠たる悲しみをかみしめる「われ」の姿ばかりである。外界の存在は、その胸中に蟠り続ける悲しみを繰り返しかみしめる契機として現れるに過ぎない。或いはそれは、「われ」の内なる悲哀が投影された心象風景として作品の背後に退いていると言ってもよいかも知れない。何れにしろ外界の秋は、「われ」の悲しみに相応しい、或いはそれと調和した気配を漂わせながら、作品の背景を成しているのである。そのような両者の相違は、表題そのものに典型的に現れている。"Chanson d'automne"（「秋の歌」）と「落葉」、これらの表題がそれぞれに両作品に於ける焦点の所在を語り出しているはずである。

更に作品中の秋という季節の担う意義について考えてみたい。ヴェルレーヌに於ける秋、とりわけ〈Paysages tristes〉所収の詩に見られる秋は、北フランスの荒涼たる季節に他ならなかった。それは既述の如く、凋落、衰微、枯渇そして死へと通じている。それ故、引き攣ったような音を立てて容赦なく吹きつける秋の風は「私の心を傷つけ」、「憔悴」させ、またその「意地の悪い風」に吹き払われる「枯葉」を通して死のイメージが作品に導入されることにもなるのである。そのような酷薄な秋に対して、「秋の日の／ヸオロンの／ためいきの」と始まる「落葉」は、かすかに物憂げで悲しげな秋の気配を漂わせている。そのひそやかな哀感を湛えた「秋の日」が、「われ」の悲しみと調和した背景として描き出されているのである。ところでそのような秋の気配が「身にしみて」、「うら悲し」さをかみしめるという第一連、そして飛び散り続ける「落葉」に落魄流浪の身の上を重ね合わせる第三連は、例えば次のような和歌の描き出す世界と別のものであろうか。

おほかたの秋くるからにわが身こそかなしき物と思ひしりぬれ

（『古今和歌集』巻第四・一八五、よみ人しらず）

秋風にあへずちりぬるもみぢばのゆくへさだめぬ我ぞかなしき

（『古今和歌集』巻第五・二八八、よみ人しらず）

あさぢはらたまくくずのうら風のうらがなしかるあきはきにけり

あきふくはいかなるいろのかぜなれば身にしむばかりあはれなるらん

（『後拾遺和歌集』巻第四・三二六、恵慶法師）

（『詞花和歌集』巻第三・一〇九、和泉式部）[15]

日本の伝統和歌に於いて、悲秋や蕭殺たる秋風を詠んだものは枚挙に暇がない。また落葉に零落した身の上を仮託した作品は謡曲にも見出される。[16] 上田敏の「落葉」は、このような日本的コノテーションに於ける秋に通じるものとして生み出されていると言ってよいだろう。"Chanson d'automne" が〈北フランスの秋〉を描いているのに対して、「落葉」はまさに〈日本的な秋〉を背景としているのである。そしてこうした秋という季節の捉え方の相違は、それぞれの作品に於いて喚起される悲哀の情感の質にも関係している。一方が、酷薄な秋との対峙という言わば空間的な場の中で、作品の展開とともに次第に深まってゆく痛切な悲しみを描いているとすれば、他方に於いては、過去と現在の対比という時間的な性格を帯びながら、周囲の秋の気配との調和の中で、静的で漠とした悲哀の情調が漂い、作品全体を覆うのである。このように作中に於ける秋の含意が両詩篇に於いて決定的に異なっていること、それがこの二つの詩の世界の懸隔を生む要因となっているのである。

"Chanson d'automne" と「落葉」との対比を通して明らかとなった、以上のような一致と相違に於いて、その差異の点を以て「落葉」の欠陥と見做すことは恐らく妥当ではなかろう。敏は明治二十九年三月、ヴェルレーヌの死を報じた「ポオル、ヹルレエン逝く」（『帝国文学』明治二九・三）の中に次のように記している。

試みに彼が「秋の歌」を読むに、「秋のギオロンの長き吐息[17]は疲れたる単調を以て吾心を傷ましむ」等の句あり、（以下略）

即ちこの一文は、明治二十九年の時点で敏がヴェルレーヌの“Chanson d'automne”について直訳的な、その意味で忠実な把握をしていたことを示している。従って問題は、この直訳的な「秋の歌」理解から一篇の訳詩としての「落葉」を生み出すに至る、その背後の敏の了解、認識、意図を問うことにこそある。

四　訳詩「落葉」成立の背景

明治二十三年九月、第一高等中学校在学中の上田敏は、同人雑誌『無名会雑誌』に発表した「落葉のはきよせ」に於いて、「もし此の如く従来わが国文をもと、し欧文学の粋を加味するのことにして成就せんか『ゲーテ』の所謂世界文学《ウェルト・リテラツール》の成立期して俟つべし」と述べている。十七歳の折に記されたこの一文は、後年の敏の文学的営為を貫く方針を予告するものとして極めて興味深い。明治二十八年一月の『帝国文学』創刊とともに本格的な文学活動を開始した敏は、『文芸論集』（春陽堂、明治三四・一二）、『最近海外文学』正続二巻（文友館、明治三四・一二、明治三五・三）その他、「西欧詩文の紹介を試みた」著作を陸続と発表するが、それらを支えていたのも、「祖国の人文を保育し、趣味の改善を企図せむとするは著者の微意にして、伝統ある自国の文化に浴せず、漫に異俗の皮相を摸擬せむとする大言壮語派を好まざるも持論の一端なり」（「文芸論集序」）という認識であった。そのように日本の文学的伝統を尊重しながら同時代のヨーロッパ文学を積極的に移入することによって、明治近代日本の「新文芸」が育まれることを企図した敏は、如上の西欧文学の紹介を背景として翻訳活動に取りかかる。こうしてヨーロッパ当代の短編小説の翻訳を集成した『みをつくし』（文友館、明治三四・一二）に続いて、明治三十五年以降、とくに明治三十八年に集中的に翻訳、発表された一連の西欧詩を以て編まれたのが『海潮音』一巻なのである。上田敏がヨーロッパの近代詩に眼を向けるに至ったのは、以上のような経緯に於いてであった。そしてそのような敏の関心を最も強く惹きつけたのが、フランスの「清新体」（『海潮音』「序」）たる象徴詩だったのである。

敏によるフランス象徴詩乃至は象徴派への言及は明治二十九年に遡る。敏が象徴派について最初に触れた「ポオル、ヹルレエン逝く」（前出）には、こう記されている。

彼が其詩風の骨髄として主張実行せし所は、章句押韻の間隠約なる幽致を写し、幻影を托して、音楽の特趣と競はむとするに在り。

Car nous voulons la Nuance encor,
Pas la Couleur, rien que la nuance !
Oh ! la nuance seule fiance
Le rêve au rêve et la flûte au cor…

何となれば吾等の望む所は影にして色に非らざればなり。あはれ影のみぞ夢を夢に結び笛と角とを調ぶべき。

此主義は彼の処女作を出し、比より唱道し且実行したる所にして其終にSymboliste派中に数へられし所以なり。試みに彼が「秋の歌」を読むに、「秋のギオロンの長き吐息は疲れたる単調を以て吾心を傷ましむ」等の句あり、以てヹルレエヌの詩が諸の審美的感触を仮りて前人の敢て言はざりし所を述べたるを知るべし。

ここで敏は、「詩法（*Art poétique*）」の一節を引きながらヴェルレーヌの「詩風の骨髄」を、「音楽の特趣と競はむ」とし、それによって「影」（Nuance）を捉えようとした点に認める。そしてそうした「主義」を以てヴェルレーヌを「Symboliste派」（象徴派）の一人と認定した上で、「秋の歌」をその範例として取り上げるのである。このように敏は、象徴派への最初の言及に於いて既にヴェルレーヌの「秋の歌」と「詩法」に触れ、その枢要をなすものが「音楽」であると指摘しているが、同様の見解は以後も繰り返される。例えば「仏蘭西詩壇の新声」（『帝国文学』明治三一・七）では、ボオドレール、ヴェルレーヌに「サムボリスト」「ヅル、リブリスト」（自由詩派）の創始者の位置を与えた上で「かの有名なるヅルレエヌが秋の歌の如きは此新派の源を発する所なるべし」と述べ、“Chanson d'automne”を原文のまま引用する。そして「仏蘭西新体詩家の詩想感情は実に『パルナッシャン』が絵画的詩格を以て現はしう可きに非ず、ヅルレエヌ等が籾めたる音楽的声調に頼らざる可からざるなり」と指摘するのである。敏はこのようにフランスの象徴詩に関心を寄せる中で、「縹緲として幽婉の妙を感ぜしむる陰影」（「幽趣微韻」、『江湖文学』明治三〇・五）を捉えたヴェルレーヌの「音楽的声調」を注視続けていたのである。「落葉」が「象徴詩」の総題の下に初出発表され、また『海潮音』に収録される際、「仏蘭西の詩はユウゴオに絵画の色を帯び、ルコント・ドゥ・リールに彫塑の形を具へ、ヅルレエヌに至りて音楽の声を伝へ、而して又更に陰影の匂なつかしきを捉へむとす」という訳者の附記が添えられたのも同じ理解によることだろう。当時の上田敏による象徴詩の紹介、翻訳に於いて、創始者の一人であるヴェルレーヌは〈象徴詩〉―〈陰影〉―〈音楽的声調〉―〈「詩法」〉―〈「秋の歌」〉という一貫した認識の下に捉えられていたのである。[18] そしてそのような理解に基づくフランス象徴詩の紹介は、前章に論じた同時代の日本の新体詩の状況に対する敏の否定的評価に裏打ちされたものであった。詩のもたらす感動の所以は何よりも「音韻声調の秀絶」にあり（「美術の翫賞」、『文学界』明治二八・五）とする敏が、当代の新体詩に於ける「清新の思想声調」の欠落を激しく批判していたことは既に指摘したとおりである。そうした現今の新体詩への強い不満の下に、「詩想声調適和してめでたき新体の歌」（前掲「清新の思想声調」）の確立を求めてヨーロッパ近代詩の「移植」を試みようとする敏にとって、フランスの象徴派、ヴェルレーヌこそが、日本の新体詩に欠如していた「新声の美」（『海潮音』「序」）を体現する存在に他ならなかったと言えよう。第一章に於いて言及した、高踏派の作品と対照的な象徴派の詩の訳述法は、そうした敏の象徴詩理解に確実に支えられていたのである。「象徴派の幽婉体」（『海潮音』「序」）という評言は、以上のような敏の認識を端的に告げるものに他ならない。

しかしまた敏は単なる西欧文学の信奉者、追随者、或いは紹介者であった訳では決してない。敏の自認する使命とは既述の如く、「わが国文をもと、し欧文学の粋を加味する」ことによって「新文芸」の樹立を図ることにあった。「伝統ある自国の文化に浴せず、漫に異俗の皮相を摸擬せむとする」ことは、敏の強く退けるところだったのである。従って「伝統ある自国の文化」は、常に「もと」として「新文芸」の基盤をなすものであらねばならない。「民衆の趣味に根底を置かざる芸術は、終に生命ある発展を遂ぐる事難し」（「芸術家の任務」、初出未詳、『文芸論集』所収）、或いは「祖国の人文に盲なるもの、何ぞ異邦の文芸に深邃の透察あらむや」（「芸術の趣味」、『帝国文学』明治三三・一）という発言も同様の意識から発せられたものと見てよいだろう。そのような自覚に立つ敏にとり、しかし問題は、「わが国文」に「欧文学」をどのように「加味」するかという点にあった。前掲「芸術家の任務」に於いて、美術を例に取りながら、東西芸術の「折衷」、「融合」、「調和」を「如何にすべき」かを論じ、「是等の難問は、刻下美術に同情ある者が真摯の研究を傾く可きものなり」と述べているように、「伝統ある自国の文化」と西欧文学との「融合」「調和」を可能とする具体的方策こそが「難問」だったのである。その「難問」は、「翻訳は文芸である」（前掲「小生の翻訳」）限り、外国文学の翻訳に際しても敏の腐心を強いるものであったに相違ない。そして「芸術家の任務」という評論が「芸術の界に於ても、今日は論議の時にあらずして、実行の期なり」との一文を結論としていたように、その「難問」への解答は何よりも「実行」そのものを通して模索され、見出されるべきものであった。それ故、敏の翻訳は、東西文学の融和の方途をめぐる「難問」に対する解答としての意味を担うものでもあったのである。

以上のように考えてくる時、先に検討した“Chanson d'automne”と「落葉」との間の異同の所以も理解されるのではあるまいか。“Chanson d'automne”に於ける酷薄な秋、北フランスの「意地の悪い風」が吹き捲く秋を、敏は寧ろ日本的な秋の風情に置き換えていた。即ち日本の風土、季節感と余りに異質な北フランスの自然を、日本的コノテーションに於いて捉え直したところに、「落葉」は生み出されているのである。それは、何よりも移植された外国詩が日本の文学的土壌に根付くことを求めての、日本の文学的伝統を基盤としたフランス近代詩の摂取、受容であったと言ってよいだろう。[19] そのように日本的コノテーションに依拠しつつ外国詩を「伝統ある自国の文化」に接合し、「融合」「調和」させること、それこそが言わば啓蒙期の翻訳者として敏が既述の「難問」に対して提出した解答であったと考えられる。そして一方、「落葉」に於いて原詩の音楽的性格が見事に移し入れられていたのは、まさにその「音楽的声調」にヴェルレーヌ、そしてその象徴詩の本質があり、またそれこそが当代の日本の新体詩に欠落しているものであると当時の敏が理解していたからに違いない。ヴェルレーヌ翻訳の最大の意図は、その「新声の美」の移植にこそあったはずである。明治二十九年の時点で既に深い関心の裡に捉えられていた **"Chanson d'automne"** が、「落葉」という一篇の訳詩として成立するに至る過程には、以上のような様々の契機が関与していたと考えられるのである。

本章冒頭に触れたように上田敏の訳詩については従来、原詩との内容上、表現上の隔たり、日本的歪曲化への批判が繰り返し行われてきたが、しかしそれらの所謂〈欠陥〉とは、前章に論じた如く明治の啓蒙期、「消化吸収」期の翻訳の共通性格に他ならなかった。敏はそうした時代に身を置きながらも、翻訳の担う意義と可能性について極めて意識的な追求を重ねていたと見做されるべきであろう。そこに翻訳者としての敏の固有の位置が認められる。原詩への理解と共に、自らの文学者としての使命への自覚、翻訳の役割についての認識、当時の新体詩界の状況への批判、訳詩に於ける「原調」の移植への腐心、日本の文学的伝統に対する配慮、そして東西文芸の融和の方途の模索の中で意識的に作り上げられたのが、この一篇の自国語の詩としての訳詩「落葉」だったのである。敏によって精力的に進められたフランス象徴詩の翻訳は、如上の経緯の下になされた自覚的、意図的な営為に他ならなかったと言えよう。

次章では、フランス象徴詩の紹介と翻訳を通して窺われる上田敏の象徴詩理解の内実について、更に詳細な検詩を加えてみることにしたい。

注

（1）例えば内藤濯「落葉」（中島健蔵・矢野峰人監修『近代詩の成立と展開』有精堂、昭和四四・一一）参照。

（2）後藤末雄「象徴詩と和歌との関係」（『国語と国文学』昭和三〇・一二）、吉田精一「上田敏」（『日本近代詩鑑賞　明治篇』天明社、昭和二二・七）等。

（3）鸚鵡公（小山内薫）「詩壇漫言『海潮音』」（『帝国文学』明治三九・一）。また折口信夫「詩語としての日本語」（『現代詩講座』第二巻、河出書房、昭和二五・五）も同様の批判を行っている。

（4）Paul Valéry, "Poésie et Pensée abstraite", in *Paul Valéry, Œuvres.*(Gallimard, Bibliothèque de la Pléiade.1968) tom. I, p.1331

（5）敏は「『王子羅世刺斯伝』序」に於いて「ジョンソン嘗て曰く、ポウプ氏のホメエロス訳は真に巧なる詩也。而もこれ実はホメエロスならずと。これ豈に翻訳家の就て学ぶ可き言ならずや。」と述べているが、これも同趣旨の発言と見做されよう。

（6）Cf.J. Robichez,"Poèmes saturniens. Introduction.", in *Verlaine, Œuvres poétiques.*(Garnier, 1971) p.10

（7）J.-H. Bornecque, *Les Poèmes saturniens de Paul Verlaine.*(Nizet,1971) p.189

（8）引用は、*Œuvres poétiques complètes.*(Gallimard, Bibiliothèque de la Pléiade,1973) に拠る。

（9）Cf. E.-M. Zimmermann, *Magies de Verlaine.*(Slatkine,1981) pp.19-22. 但し Zimmermann は第三詩節を、外界と主体の一体化、融合と見ており、その解釈には与しない。

（10）J.Mourot, *Verlaine.*(P. U. de Nancy,1988) pp.119-120

（11）J.Mourot, *ibid.* pp.34-5

（12）J.-H. Bornecque. *op. cit.* pp.82-95

（13）初出の「落葉」に於いては、第一連第五行、第二連第一～四行、第三連第二、三行の末尾に読点が施されている。

（14）ヴァイオリンの奏でる響きについて、敏は、ボオドレールの"Harmonie du soir"の翻訳「薄暮《くれがた》の曲《きょく》」に於いても原詩句《le violon frémit》を「ヰオロン楽の清掻《すががき》や」と訳出しており、物憂げで悲しげな風情を帯びた音色と捉えていたようである。

(15) 以上の和歌の引用は、『新編国歌大観』第一巻勅撰集編（角川書店、昭和五八・二）に拠る。

(16) 例えば謡曲「放下僧」など。尚、島崎藤村は恐らくこうした謡曲の先例を受けて、「草枕」「秋風の歌」（『若菜集』春陽堂、明治三〇・八）や「農夫」（『落梅集』春陽堂、明治三四・八）等の作品で同様のイメージを描き出している。このような日本的コノテーションに於ける秋の問題に関しては、川本皓嗣「夕暮れの歌―「秋夕」の類型的コノテーション―」（講座比較文学1『世界の中の日本文学』（東京大学出版会、昭和四八・六）、のち『日本詩歌の伝統―七と五の詩学』（岩波書店、平成三・一一）所収）参照。

(17) ここでも敏は《sanglots》を「吐息」と訳しているが、そうした捉え方は当時必ずしも誤解（誤訳）ではなかったかも知れない。例えば中村秀穂『仏和辞書』（開新堂、明治三三・一）には、《sanglot》の訳語として「呻キ、息ソヽリ、溜息」とある。

(18) 但し、敏の象徴主義観に於いて、明治三四、五年頃より次第にマラルメの存在の比重が増大してゆくことになるが、その事情に関しては次章を参照されたい。

(19) ヨーロッパの詩を日本的コノテーションに於いて訳出している例は、『海潮音』中に数多く見出すことが出来るが、一例だけ挙げるならば、ボオドレールの“La Cloche fêlée”の翻訳「破鐘《やれがね》」の第一連では、《Il est amer et doux, pendant les nuits d'hiver, / D'écouter, près du feu qui palpite et qui fume, / Les souvenirs lointains lentement s'élever / Au bruit des carillons qui chantent dans la brume.》という原詩が以下のように訳出されている。――「悲《かな》しくもまたあはれなり、冬《ふゆ》の夜《よ》の地爐《ゐろり》の下《もと》に、／燃《も》えあがり、燃《も》え盡《つ》きにたる柴《しば》の火《ひ》に耳傾《みゝかたむ》けて、／夜霧《よぎり》だつ闇夜《やみよ》の空《そら》の寺《てら》の鐘《かね》、きゝつゝあれば、／過《す》ぎし日《ひ》のそこはかとなき物思《ものおもひ》やをら浮《うか》びぬ」。敏のこの訳詩は明らかに、冬の山里に籠もる中世の隠者の姿をなぞるものとなっている。

第三章　「象徴詩」の理念

前章に述べたように、明治二十八年一月の『帝国文学』創刊とともに本格的に開始される上田敏の文学活動は、「欧文学の粋を加味する」ことによって「一大文学を東洋の一隅に創立」（前掲「落葉のはきよせ」）しようとする意図に貫かれていた。西欧文化の源流、基盤に眼を向けた『耶蘇』（博文館、明治三一・三）・『詩聖ダンテ』（金港堂、明治三四・一二）、文芸一般及び新旧のヨーロッパ文学に関して縦横に論じた『文芸論集』（春陽堂、明治三四・一二）、また同時代のヨーロッパ文学を精力的に紹介した正続二巻の『最近海外文学』（文友館、明治三四・一二、明治三五・三）等の敏の著作には、西欧の文化・文学を根底から理解しながら、同時代のヨーロッパ文学を積極的に移入しようとする姿勢が判然と読み取られるはずである。そのように「西欧文芸の趣味を吾文壇に輸入移植して国民文学の大成に貢献あらむと欲する」（「仏蘭西文学の研究」、『帝国文学』明治三〇・八）敏は、如上の西欧文学の紹介を背景として、翻訳活動に取りかかる。こうして明治三十年から三十四年にかけて、主として『帝国文学』に訳載されたフランス、イタリア、ドイツ、ロシアその他のヨーロッパ当代の短編小説の集成として『みをつくし』（文友館、明治三四・一二）が出版される。そしてそれに続いて、明治三十五年以降、とくに明治三十八年に集中的に翻訳、発表された一連の西欧詩をもって一巻を編んだのが、訳詩集『海潮音』（本郷書院、明治三八・一〇）なのである。

従来、『海潮音』はフランスの象徴詩を日本に移植した訳詩集と見做されてきたが、実は象徴詩以外の作品が集中の大半を占めている。ただし敏は、その「序」に於いて「巻中収むる所の詩五十七章、詩家二十九人、伊太利亜に三人、英吉利に四人、独逸に七人、プロヴンスに一人、而して仏蘭西には十四人の多きに達し、曩の高踏派と今の象徴派とに属する者其大部を占む」と述べて、象徴詩が「今」の詩、当代の「新声」であることを強調し、その上で象徴派の「清新体」の解説を行うのである。こうした序文の筆致には、同時代の「新声」たる象徴詩を積極的に紹介、移入しようとする敏の意図が明瞭に窺われる。

以下、本章では上田敏による象徴詩の紹介に焦点を据え、その象徴詩理解の内実について考察を加えることによって、訳詩集『海潮音』が日本近代詩壇に提示した「象徴詩」の性格を明らかにしてみることにしたい。

一 上田敏の象徴詩観

上田敏が、所謂フランス象徴主義に関わる詩人に最初に言及するのは、『帝国文学』創刊号（明治二八・一）に掲載された「白耳義文学」に於いてである。敏はそこで、《Jeune Belgique》（若きベルギー派）の詩人たちの活動に触れる中で、「「新白耳義」の歌を読むにボドレエルの余韻、措辞の間に顕はれ、色彩の形容詞を畳みて、微かなる美想の幽玄をほのめかし、声調の自ら凄婉深邃なるは実によく近代の思想を伝へたるものなり」と述べてボオドレールの影響を指摘している。(1)更に「新白耳義」派の成立の背景として十九世紀末のフランス文壇の状況を略説しながら、フローベールらとともにヴェルレーヌとボオドレールの名を列挙するのである。しかしこのエッセイに於いて、ボオドレールとヴェルレーヌはフランス象徴主義との関連に於いて捉えられている訳では決してない。その点に言及することになるのは、翌年発表の「ポオル、ヴェルレエン逝く」（『帝国文学』明治二九・三）である。前引の如く、敏はここで、この年（一八九六年）一月に没したヴェルレーヌの詩的歴程を辿りながら、「幽婉縹緲たる新声調」をもたらしたヴェルレーヌを「Symboliste派」の一人に認定している。そして著名な“L'art poétique”の一節を引用した上で、「影」（Nuance）の表現の裡にその「詩風の骨髄」を認めるのである。更にこうしたヴェルレーヌの詩風については、「幽趣微韻」（『江湖文学』明治三〇・五）の中で、ボオドレールとの共通性に於いて、

仏蘭西近代の抒情詩人、ポオル、ヴェルレエヌ（一八四四―一八九六）が揚言して「われらは色彩を望まず、たゞ陰影を捉へむと欲す」（L'art poétique）といひ、又曠世の鬼才を奮て、幽聳奇抜の新声を刱めたるボドレエル（一八二一―一八六七）が、其散文詩中に、「詩人の望む所は親子眷属の愛にあらず、又権勢利達にもあらず、美は其欲する所なれど、未だ最上の目的にあらず、まして黄金をや。彼が日夜輾転反側して熱望する所のものは幽婉縹緲、捉ふべからざるかの陰影なり」といへるは共に近代詩人の思想を代表せるものにして、其神経の多感なるを証し、自然人生の美に於いて、幽婉微妙なる細緻の趣を掬まむとする熱意を示せるものなり。

と記される。即ち「幽婉微妙なる細緻の趣」を捉えた、「近代詩人の思想を代表せる」存在として、ボオドレールとヴェルレーヌの二詩人が揚言されるのである。このようにして一貫してボオドレールとヴェルレーヌに向けられていた敏の視線は、つぎのようなかたちで焦点を結ぶことになる。明治三十一年七月発行の『帝国文学』に掲載された「仏蘭西詩壇の新声」の冒頭部である。

仏蘭西詩壇の格調はユウゴオ以来頗る変更せしが其後ルコント、ドゥ、リイル等の唱導せし「パルナッシヤン」詩社の声調も近時は大に其勢力を失ひぬ。ボドレエルの鬼才は近世の文学史上特筆すべき価値あり。彼が幽聳奇抜なる詩才は其狂なるが故に棄つべきにあらず。ヴェルレエヌが縹緲たる夢寐の調も其怪なるが為に貶す可きにあらざるなり。彼等の勢力は彼の「ロマンティック」詩社を破りて文壇の覇を称せし「パルナッシャン」詩社がそれをも今や圧倒せむとす。此流を汲みて仏蘭西詩壇の新声を刱めむとする者を名けて「サ

ムボリスト」Symbolistes といひ又「ヹル、リブリスト」Vers-libristes と称す。

ここに明らかな如く、敏はボオドレール及びヴェルレーヌに対して「サムボリスト」、「ヹル、リブリスト」（自由詩派）の先駆者、或いは象徴詩の創始者の位置を与える。明治二十八年以降、ボオドレールとヴェルレーヌを絶えず視野に収めながら行われてきたフランス近代詩の紹介は、ここでその両者を「仏蘭西詩壇の新声」をもたらした「サムボリスト」[2]の源流に位置する詩人と認定することで一つの帰結を見るのである。そして敏がサンボリストとしてのボオドレールとヴェルレーヌの詩的世界の裡に見出していた共通性格は、これまでの断片的な引用からも理解されるように、「幽婉縹緲」たるニュアンス（「陰影」）の表現に他ならなかった。前引の「幽趣微韻」中で言及されているボオドレールの「散文詩」は、*Le Spleen de Paris*（1869）巻頭の一篇、**"L'Etranger"**（「異邦人」）であるが、敏によって「幽婉縹緲、捉ふべからざるかの陰影」と訳出されているのは、原詩末尾の詩句**《les nuages qui passent…là-bas…là-bas…les merveilleux nuages!》**（「過ぎてゆく雲…あそこを…あそこを…あのすばらしい雲」）である。**"L'Etranger"**に於いて「この世の外」「彼方」の世界への憧れを象る特権的なイメージとして描き出されている「雲」[3]が、敏にあっては「陰影」、「幽婉縹緲」たるものの表象として捉えられている。そしてそれが、直前に引用されているヴェルレーヌの詩の一句「陰影（Nuance）」と対応しながら、「幽趣微韻」という表題の所以を解き明かすのである。このようなボオドレールの詩句の捉え方自体に、敏の関心の所在が判然と示されていると言ってよいだろう。即ち敏は、前章に於いても既に確認したようにボオドレールとヴェルレーヌを始発とするサンボリストの詩的営為の核心を、微かで捉えがたい、微妙なニュアンスの表現の裡に見ていたと考えられるのである。更にまたそうしたサンボリストは十九世紀末の「近世的精神」を体現する存在に他ならなかった。「芸術の後には常に其代表する風潮時運なくむばあらず」（「仏蘭西詩壇の新声」）とする敏は、サンボリスト登場の背景として、「神経」が「鋭敏多感」となり「微妙なる陰影を識別」するに至った「近世思潮」の存在を指摘する（「幽趣微韻」）[4]。

かくして敏は、同時代の日本の新体詩に対する既述の否定的評価に促されつつ、「幽婉奇聳の新声、今人胸奥の絃に触る、にあらずや」（『海潮音』「序」）と述べて、言わば時代的必然としてのサンボリストの「新声」に耳を傾けるべきことを説くことになるのである。そしてこうした象徴詩に対して一貫して「幽婉」という表現が用いられていることは注目に値する。敏はこの語を明治二十八年より用い始め、翌二十九年以降、独自の美的様相を示す評語として頻繁に使用することになるが、そこには縹緲として陰影に富む「新体」として象徴詩を紹介しようとする敏の意図が明瞭に窺われる。(5) こうして明治二十九年来の敏の象徴詩観は、「象徴派の幽婉体」（『海潮音』「序」）という一句に集約されることになるのである。

さてこれまで言及してきた一連のエッセイは何れも『文芸論集』（明治三四・一二）に収録されることになるが、同書の刊行に際して敏は多くの「補遺」の文章を書き加えており、前掲の「仏蘭西詩壇の新声」末尾にも次のような一文を付している。

（補遺）「パルナッシャン」詩社がルコント、ドゥ、リイルを祖とする如く、「サムボリスト」の新派はステファン、マラルメを父とす。

敏はこう記して、マラルメの後期ソネの一篇、所謂「白鳥のソネ」の原詩を引用する。ボオドレールとヴェルレーヌの「流を汲みて」サンボリストが成立したとする「仏蘭西詩壇の新声」の内容との齟齬をさえ感じさせる右の「補遺」の文章は、実は以後の敏の象徴派に向ける視線の微妙な変容を確実に予告するものに他ならない。即ち『海潮音』の序文冒頭に於いては

近代の仏詩は高踏派の名篇に於て発展の極に達し、彫心鏤骨の技巧実に燦爛の美を恣にす。今茲に一転機を生ぜずんばあらざるなり。マラルメ、ヴェルレエヌの名家之に観る所ありて、清新の機運を促成し、終に象徴

を唱へ、自由詩形を説けり。

として、象徴詩の創始に於けるマラルメの存在が強調される。また集中のヴェルハーレンの訳詩「鷺の歌」末尾に付載した一文でも、

ボドレエルにほのめき、ヹルレエヌに現はれたる詩風はこゝに至りて、終に象徴詩の新体を成したり。此「鷺の歌」以下「嗟嘆」（マラルメの詩―引用者注）に至るまでの詩は多少皆象徴詩の風格を具ふ。［訳者］(6)

と記して、ボオドレールとヴェルレーヌを象徴派に先行する存在として定位しつつ、ヴェルハーレン、ローデンバック、アンリ・ドゥ・レニエらとともに「象徴詩の新体」を確立した詩人としてマラルメを位置付けることになる。更に『海潮音』上梓の翌年には「象徴詩釈義」（『芸苑』明治三九・五）の表題の下に、マラルメの後期ソネの評釈が行われるのである。このように敏の内部で、ボオドレール、ヴェルレーヌからマラルメへと比重が傾いていく中で、それと相応ずるようにして敏の象徴詩理解は変容を示してゆく。即ち『文芸論集』刊行時から『海潮音』編集の時点に至る過程で、(7)敏の認識は「象徴派の幽婉体」という理解を骨子としながらも、新たな広がりを見せてゆくのである。そこに認められるのは、既述の啓蒙期の翻訳者にとどまらぬ、サンボリスム理解のために腐心を重ねる敏の姿に他ならない。

二　『海潮音』に於ける象徴詩の定義

上田敏は、『海潮音』に収録したマラルメの訳詩「嗟嘆《といき》」の末尾に次のような文章を掲げている。

物象を静観して、これが喚起したる幻想の裡、自から心象の飛揚する時は「歌」成る。先の「高踏派」の詩人は、物の全般を採りて之を示したり。かるが故に、其詩、幽妙を虧き、人をして宛然自から創作する如き

享楽無からしむ。それ物象を明示するは詩興四分の三を没却するものなり。読詩の妙は漸々遅々たる推度の裡に存す。暗示は即ちこれ幻想に非ずや。這般幽玄の運用を象徴と名づく。一の心状を示さむが為、徐に物象を喚起し、或は之と逆しまに、一の物象を採りて、闡明数番の後、これより一の心状を脱離せしむる事これなり。

［ステファンヌ・マラルメ］

右は、一八九一年三月にジャーナリストのジュール・ユーレによって行われたアンケート、“Enquête sur L'Evolution littéraire” に応じた、晩年近いマラルメの談話の中の著名な一節の翻訳である。敏はこのマラルメの談話を、明治三十七年八月に入手した Bever と Léautaud の編になるアンソロジー *Poètes d'aujourd'hui*（Mercure de France, 1900）巻末の “Appendice（附録）” の中に見出したことが指摘されているが[8]、「《象徴主義》及び《自由詩》に関する幾つかの定義（Quelques définitions du《Symbolisme》et du《Vers Libre》）」と題されたこの巻末附録に於いて、右の一節は「象徴主義について（SUR LE SYMBOLISME）」という項目の冒頭に掲げられており、敏がそれをマラルメによる象徴主義の定義として読み取ったことは疑いない。原文は以下の通りである。

《La contemplation des objets, l'image s'envolant de rêveries suscitées par eux, sont le chant:les Parnassiens, eux, prennent la chose entièrement et la montrent; par là, ils manquent de mystère; ils retirent aux esprits cette joie délicieuse de croire qu'ils créent. Nommer un objet, c'est supprimer les trois quarts de la jouissance du poème qui est faite du bonheur de deviner peu à peu; le suggérer voilà le rêve. C'est le parfait usage de ce mystère qui constitue le symbole; évoquer petit à petit un objet pour montrer un état d'âme, ou, inversement, choisir un objet et en dégager un état d'âme par une série de déchiffrements …》 STÉPHANE MALLARMÉ: *Enquête sur l'Evolution Littéraire*, 1891.[9]

ここでマラルメが高踏派の詩を批判しながら述べているのは、暗示という表現手法の担う意義についてである。《**allusion**》《**suggestion**》或いは《**evocation**》、即ち暗示や喚起の手法はマラルメ詩学の枢要の一つをなすものであり、右の一節に於いても「対象を名指すことは、少しずつ謎を解いてゆくという幸福から成り立っている詩の喜びの四分の三を奪い去ることになる。暗示すること、そこに夢がある。この神秘を完全に使いこなす時はじめて象徴が形作られる」として、暗示の重要性が語られることになる。但しこのマラルメの談話で注意を要するのは、末尾の部分に於いて、暗示によって表現されるのが《**état d'âme**（気分、心持ち）》であるかの如く語られていることである。周知のようにマラルメ詩学に於いて詩的言語による喚起が企てられたのは、他ならぬ《**notion pur**（純粋観念）》であった[10]。マラルメにとって暗示とは、現実との指向的関係を拒絶することによって、理念的なイデーを発散せしめる方法なのである。このようなマラルメの詩的理念は、敏がマラルメの詩の翻訳の際に用いたテクスト[11] ***Vers et Prose***（Perrin, 1893）所収の詩論“**Divagation première**（Relativement au vers）”中に明言されており[12]、また前掲のアンソロジー ***Poètes d'aujourd'hui*** の巻末附録に於いてマラルメの文章に続いて掲載されているジャン・モレアスの所謂「象徴主義宣言」では、マラルメの強い影響の下に詩に於けるイデーの重要性を強調しながら、「サンボリスムの詩は、《イデー》に可感の形象を纏わせようとするのであるが、しかしその可感の形象の方は詩そのものの目的ではなく、《イデー》を表現する役割を果たしながら従属的であり続ける（la poésie symboliste **cherche à vêtir l'idée d'une forme sensible qui néanmoins ne serait pas son but à elle-même, mais tout en servant à exprimer l'idée demeurerait sujet.**）」と定義されてもいるのである。こうした「純粋観念」「本源的イデー」の生成への主張は、マラルメを中心とするサンボリスムの枢要を成す点に他ならない。それ故、先のマラルメの談話は、イデーを中枢に据えるマラルメの、そしてサンボリスムの詩学を十全に説き明かすものとは言い難い。寧ろ誤解を招く発言であったと見做されるべきであろう。既述の如く敏はこのような一節をマラルメの訳詩「嗟嘆」の末尾に訳載する（初出『明星』明治三八・六）のであるが、この翻訳に於いて注目すべきは、《**C'est le parfait usage de ce mystère** qui constitue le symbole.（この神秘を完璧に使いこなすことによって、初めて象徴が形作られる）》というマラルメの言辞を、「這般幽玄の運用を象徴と名づく」と捉えていることである。即ちマラルメは「暗示」の表現がもたらす「神秘（謎・分かりにくさ）」の作用そのものを通して「象徴」の成立が果たされると述べて、「暗示」の手法の重要性を指摘しているのであるが、それに対して、敏の翻訳では「幽玄」[13]の活用それ自体を「象徴」と見做しつつ、その「暗示」という「幽玄」な表現が「一の心状」を喚起するところに象徴詩の成立を認めているのである。従って先の翻訳から窺われる敏の理解は、「心状」の「暗示」という点に「象徴」の内実を限定するものであると言うべきだろう。勿論マラルメの詩的理念に於いて暗示は大きな比重を占めているのであるが、マラルメの所謂暗示とは、詩的表現に於ける「神秘（謎）」の意識的、方法的活用をとおして、既述の如く実在の指示対象と結び付く言語の機能を解消せしめ、厳密に虚構の次元に限定された「純粋観念」の喚起に向けられるものに他ならなかった。それ故マラルメ詩学に即して考えるならば、この談話に於いてマラルメは、「暗示」の機能の重要性について縷説しているのであり、[14]《état d'âme》そのものを強調している訳では決してなかったと見なければならない。そのようなマラルメの返答の主旨に対して、敏はマラルメの用いた《état d'âme》という語を重視しつつ、暗示的表現による「心状」の喚起という手法に還元する方向で「象徴」の内実を捉えていったものと考えられる。そして既述の如く *Poètes d'aujourd'hui* の「附録」を通して、敏はそれをマラルメによるサンボリスムの定義として理解していたに相違ない。

　さて『海潮音』刊行直前の「明治三十八年初秋」執筆の「序」に於いて、敏は改めて象徴詩に解説を加えることになる。既に触れたように冒頭に於いて「象徴派の幽婉体」の「新声の美」を揚言した敏は、更にヴェルハーレンの訳詩「鷺の歌」を例に挙げて象徴詩の解釈に及ぶのである。この「鷺の歌」評釈が Visié-Lecocq, *La Poésie contemporaine, 1884-1896*（Mercure de France, 1897）に全面的に依拠して執筆されていることは夙に指摘されている[15]とおりであるが、敏の解釈の典拠となった一節を含む同書第七章 "L'art symboliste（象徴主義芸術）" に於いて、ヴィジエ＝ルコックは主としてサンボル（象徴）の備える意味作用について論じている。即ち「予め手にされているイデーに可感のフォルムを与え」、「イデーを具象化する」アレゴリーとは異なり、サンボルは「イデーとイマージュを直観的、総合的に捉える（le symbole saisi de façon synthétique et intuitive l'idée et l'image.）」ものであり、サンボルに於いてイデーとイマージュは分かちがたい同時性の裡にあること（PP.210-212）、従って「このようなサンボルを解釈することは殆ど不可能（Et cela est si vrai que d'expliquer un symbole est presque impossible）」なのであるが、寧ろそれ故にこそ「象徴の総合的表現に於いてはあらゆる解釈の余地がある（Dans la synthèse symbolique il y a place pour toutes les interprétations.）」こと（PP.212-213）が指摘されているのである。更にそのようにあらゆる解釈を許す、多義的な意味作用を備える象徴が可能であるのは、象徴に於ける「我［自己・自我］（moi）」が「この上なく広い内包をもつ我、個々に適合するのに十分な程一般的なフォルムによって表現された全ての人の自我」である故のことであり、換言すれば「全ての人間に共通する普遍的な様相に於いてのみ存在する」のが象徴である（P.223）、とヴィジエ＝ルコックは言う。こうして象徴詩は、読者に個々の自由な、多様な解釈を許しながら、言わばそうした個別性を超えた普遍的な相に於いて存在することになるのである。ヴィジエ＝ルコックはまたこのような象徴的表現の成立の背景として、内部（「魂」）と外部（「自然」）の照応《コレスポンダンス》に基づく「宇宙の調和的な一致（les concordances harmonieuses de l'univers）」への認識についても言及しており（P.209）、所謂象徴主義の基底を成すイデアリスムに関わる重要な指摘がなされている。***La Poésie contemporaine, 1884-1896*** の第七章には大凡以上のような見解が提示されているのであるが、その中で多義性というサンボルの意味作用を解説するための実例として、ヴェルハーレンの詩 **"Parabole**（「比喩」）**"**[16] が取り上げられているのである。

上田敏はこのようなヴィジエ＝ルコックの見解を踏まえながら、次のように象徴詩を定義している。

象徴の用は、之が助を藉りて詩人の観想に類似したる一の心状を読者に与ふるに在りて、必ずしも同一の概念を伝へむと勉むるにあらず。されば静に象徴詩を味ふ者は、自己の感興に応じて、詩人も未だ説き及ぼさざる言語道断の妙趣を翫賞し得可し。故に一篇の詩に対する解釈は人各或は見を異にすべく、要は只類似の心状を喚起するに在りとす。

ヴィジエ＝ルコックの論旨との対比に於いて考えてみる時、右の敏の定義は注目すべき特色を備えている。即ち「象徴的表現に於いてはあらゆる解釈の余地がある」というヴィジエ＝ルコックの見解を受けて、「一篇の詩に対する解釈は人各或は見を異にすべく」と述べながらも、敏は「詩人の観想に類似したる一の心状」の「喚起」に最大の比重を置いているのである。更にそのような「類似の心状を喚起する」象徴詩の用例として、敏はヴィジエ＝ルコックに倣ってヴェルハーレンの“Parabole”＝「鷺の歌」を取り上げる。そしてサンボルの多義的な意味作用を具体的に解説した“Parabole”評釈の一節（*La Poésie contemporaine, 1884-1896.* PP.213-214）を逐語訳的になぞった上で[17]、「而して此詩の喚起する心状は皆相似たり」という、ヴィジエ＝ルコックの原文には見出し得ない一文を付加する。こうして敏の序文の解説は、象徴詩の定義としての一貫性を保つことによってヴィジエ＝ルコックの見解から大きく隔たると共に、極めて観念的な性格の強い「寓意詩」＝“Parabole”を象徴詩の範例として提示することとなっている[18]のである。

ところでこのような『海潮音』「序」に於ける象徴詩の定義が、既述のマラルメの談話――訳詩「嗟嘆」の末尾に付載されたマラルメの返答の一節と極めて類似した語句をもって綴られていることは注目に値する。とりわけヴィジエ＝ルコックの見解との懸隔を端的に示しながら敏の強調する「心状」という語は、マラルメの語った《etat d'âme》に充てられた訳語であり、また「心状」の「喚起」とはマラルメの発言を通して敏が受容したサンボリスムの定義に他ならなかったはずである。即ち敏はサンボルの意味作用についてヴィジエ＝ルコックの解説に依拠しながらも、「心状」の「喚起」という象徴詩の機能を強調することによって、マラルメの定義との整合性を確保しようと試みているのに相違ない。換言すればヴィジエ＝ルコックの見解とマラルメの言辞とをやや強引に接合、連結したところに、『海潮音』「序」に於ける象徴詩の定義が成立していると考えられるのである。

『文芸論集』の「補遺」（明治三四・一二）、マラルメの談話の翻訳（初出、明治三八・六）、『海潮音』「序」（明治三八・「初秋」）という一連の訳述、解説を通して窺われるように、敏の内部でマラルメが重要性を増してゆくにつれて、ボオドレール及びヴェルレーヌの作品を通して把持していた象徴詩の「幽婉体」という理解に新たな観点が付与されることになる。『海潮音』の序文に於いては、「幽婉体」としての象徴詩への認識を前提としつつも、サンボリスムの定義と見做されていたマラルメの言辞が、ヴィジエ＝ルコックの象徴論と連結されながら象徴詩の定義の中核をなすものとして摂取されており、集中の訳詩の配列にもそれは反映していたのである。このように敏の象徴詩観は、ボオドレール、ヴェルレーヌを中心とする理解、ヴィジエ＝ルコックによるサンボルの多義的な意味作用に関する解説、更にアンケートに対するマラルメの返答という、相互に異質であり、矛盾さえ孕む見解や立場の整合的な総合化を試みようとする意図の中で形成されていったと言ってよいだろう。

三　『海潮音』に於ける「象徴詩」

『海潮音』に於いてマラルメの訳詩「嗟嘆」は、既述のアンケートへの返答として語り出された詩論とともに、「象徴詩の風格」を備える一連の作品の掉尾に配列されている。

嗟嘆《といき》

静《しづ》かなるわが妹《いもと》、君見《きみみ》れば想《おもひ》すゞろぐ。
朽葉色《くちばいろ》に晩秋《おそあき》の夢深《ゆめふか》き君《きみ》が額《ひたひ》に、

天人《てんにん》の瞳《ひとみ》なす空色《そらいろ》の君《きみ》がまなこに、
憧《あこが》る、わが胸《むね》は、苔古《こけふ》りし花苑《はなぞの》の奥《おく》、
淡白《あはじろ》き吹上《ふきあげ》の水《みづ》のごと、空《そら》へ走《はし》りぬ。

その空《そら》は時雨月《しぐれづき》、清《きよ》らなる色《いろ》に曇《くも》りて、
時節《をりふし》のきはみなき鬱憂《うついう》は池《いけ》に映《うつ》ろひ
落葉《らくえふ》の薄黄《うすぎ》なる憂悶《わづらひ》を風《かぜ》の散《ち》らせば、
いざよひの池水《いけみづ》に、いと冷《ひ》やき綾《あや》は乱《みだ》れて、
ながながし梔子《くちなし》の光《ひかり》さす入日《いりひ》たゆたふ。

「嗟嘆」の初出は『明星』明治三十八年九月号であり、またマラルメの談話は同誌の明治三十八年六月号に訳載されている。先に指摘したように敏がマラルメの翻訳に際して用いたテクストは、詩作品に関してはマラルメの詩文集 *Vers et Prose*（1893）、詩論はアンソロジーの *Poètes d'aujourd'hui*（1900）であると推定されるが、これらのマラルメの詩と詩論が『海潮音』に於いて並置されることとなっている。*Vers et Prose* 所収の原詩“Soupir”は次のような作品である。

Soupir

Mon âme vers ton front où rêve, ô calme sœur,
Un automne jonché de taches de rousseur
Et vers le ciel errant de ton œil angélique

Monte, comme dans un jardin mélancolique,
Fidèle, un blanc jet d'eau soupire vers l'Azur!
——Vers l'Azur attendri d'Octobre pâle et pur
Qui mire aux grands bassins sa langueur infinie
Et laisse, sur l'eau morte où la fauve agonie
Des feuilles erre au vent et creuse un froid sillon,
Se traîner le soleil jaune d'un long rayon.

一八六四年四月の執筆と推定されている“Soupir”は、『第一次高踏派詩集（Le Parnasse contemporain）』（一八六六）初出の作品であり、マラルメの初期詩篇を構成する一篇である。この詩は、既述の如くアレクサンドランの句型をもつ十行詩の形式を備えながら、〈平韻〉による脚韻の採用と〈句切り〉の自在な布置によって、伝統的なフランス詩法を大きく逸脱したところに成立している。そこには伝統的形式美を遵奉する高踏派の詩風を確実に脱したマラルメ詩の性格が顕著に認められるが、しかし同時にマラルメの初期作品としての特質もその構造の裡に判然と刻み込まれている。第一章で既に言及したこの詩について、ここで改めて詳細な検討を加えてみることにしたい。

“Soupir”の前半五行は明らかな上昇の動きに貫かれている。冒頭の主語《Mon âme（わが魂）》を受ける述語は四行目の《Monte》であるが、その「立ち昇る」方向を示す状況補語が、述語動詞の前に倒置された二つの前置詞《vers》によって導かれている。更にその昇る様の比喩として「〈蒼空〉に向かって（vers l'Azur）」白く水を噴き上げる噴水（jet d'eau）のイメージが呈示される。こうして《Mon âme》は「君の額（ton front）」――「君の天使のような眼の揺らめく空（le ciel errant de ton œil angélique）」――「〈蒼空〉（l'Azur）」の方へとひたすら昇り行くのである。前半五行が鮮やかに伝えるこうした上昇の動きに対して後半部はどうか。そこに描き出されるのは地上の「大きな池（grands bassins）」の映像である。「果てしない物憂さ（langueur infinie）」を映し出すこの池水は、前半部に於ける上方を志向する運動とは対照的に、地上の水平的、平面的な広がりのイメージであり、《l'eau morte（澱んだ水）》として殆ど静止した様相を呈している。更にその水の上で枯葉が風に漂い、「黄色い太陽（le soleil jaune）」が長い光を這わせている。後半五行を支えているのは、このような動きの停滞した水平的なイメージに他ならない。前半から後半部へ移行する中で、作品空間を構成する視線の向かう方向が上方（蒼空）から下方（地上）へと確実に転換し、それと同時に定着されるイメージの性格も反転してゆく。“Soupir”はこのように作品世界を二分する極めて対蹠的なイメージによって構築されているのである。そして〈鏡の構造（structure spéculaire, architecture en miroir）〉としてのこうした二元論的構造が、この詩の初期作品としての性格を判然と告げていると言わなければならない。[19]“Soupir”に明瞭に認められる〈上―下〉、〈蒼空―地上〉の対立的な関係を基軸とする二元論、二極性こそが、マラルメの初期詩篇の基本的構造を要約するものに他ならないのである。

“Soupir”は以上のように極めて複雑な構造を備えた作品である。冒頭の主語と述語動詞の間が大きく引き伸ばされつつ、そこに倒置された状況補語が連ねられ、また五行目末尾の《vers l'Azur》が次行冒頭で反復される中で、その《Azur》の裡に一旦全てが吸収され、溶け込み、またそこから後半部の全詩句が導き出されてゆく。こうした錯綜化した統辞法の中で、前半五行の垂直的な上昇のイメージと後半部の水平的な停滞のイメージとの対照的な様相が、作品空間の〈上―下〉、〈蒼空―地上〉の対立という二極性を構成している。そしてそのような対極的なイメージの運動、様態そのものの裡に、「果てしない物憂さ」に覆われた心の状態のもとで尚かつ理想に向けて上昇する魂の動きを、言わば存在の本質的形態として刻み込んでいるのである。[20]

このようなマラルメの詩“Soupir”に対して、敏の訳詩「嗟嘆」はどうか。

一見して明らかなように敏の翻訳は五行二連という原詩とは異なる形式を備えている。原詩に於いては五行目末尾と次行冒頭の同一詩句《vers l'Azur》が言わば蝶番の如く機能して対照的な前半部と後半部を連結し、所謂〈鏡の構造〉を形成していたのであるが、訳詩では前後二連に判然と分かたれている。同時に訳詩冒頭一行目は原詩からの極度の隔たりを示している。「静《しづ》かなるわが妹《いもと》、君見《きみみ》れば想《おもひ》すゞろぐ。」という一行は、全篇の主題を端的に提示する詩句と言ってよいだろう。「すゞろぐ」とはそわそわと落ち着かぬ気分を表すが、それは「憧《あこが》る、わが胸《むね》」、即ち「君」に思慕、憧憬の念を抱く〈われ〉の内面の揺らめきを伝えるものに他ならない。そして前半一連に於いては全ての詩句が、「憧《あこが》る、わが胸《むね》」という簡潔な一句に収斂する形で連ねられる。この明確に提示された主題を中核として、個々の表現とイメージは整序され、平準化されるのである。一、二行目に於いて、「君《きみ》が額《ひたひ》」と「君《きみ》がまなこ」が等置されて次行の「憧《あこが》る、わが胸《むね》」に続く統辞構造は、原詩の錯綜したシンタックスとは無縁の明快さを見せている。こうして各行が安定し、完結した内容を呈示する中で、「嗟嘆」を構成するイメージは極めてスタティックな様相を見せてゆくのであり、そうした映像の裡に「わが胸《むね》」の憧れの情が象られることになる。また三行目「天人《てんにん》の瞳《ひとみ》なす空色《そらいろ》の君《きみ》がまなこに」という一行は、原詩に於ける《le ciel》と《ton œil》との重層化を通して喚起されるイメージの上昇運動が全く考慮されていないことを証していよう。前半一連がこのように提示された主題へと全ての詩句が整合的に収束する明快な構造を備えるに至った時、一行の空白をもって分断された後半部は自ずと作品の背景としての位置に退いてゆくことになる。

　後半の一連に描き出される外界の情景は、原詩に比べて独自の色合いを強く帯びている。例えば「鬱幽《うついう》」「憂《わづ》悶《らひ》」はそれぞれ原詩の《langueur（物憂さ・気怠さ）》《agonie（臨終・断末魔の苦しみ）》の訳語として採用されているが、和語を基調とした訳詩の表現の中にあって一際強烈な印象をもたらすそれらの漢語は、「曇りて」「乱れて」という、原詩句（《pâle》《creuse》）との明らかな格差を孕む語と結び付きながら、後半部に暗い苦しみのニュアンスを漂わせてゆく。更にそれらと交差する形で連ねられる「映ろひ」、「いざよひの池水」、「たゆたふ」の詩句は、原詩の《mire》《l'eau morte》《Se traîner》という表現よりも一層定めなく揺らめき渋滞する動きを伝えている。

こうした詩句相互の連鎖を通して後連の呈示する外界の光景は、苦痛、苦悩の色合いを帯びた渋滞する気分に包み込まれることになるのである。後半部は既述の如く作品の後景に退きつつ、その外部の自然の映像を通して、苦痛、悲嘆に揺らめく陰鬱な気分を喚起している。そして前連末尾の「空《そら》へ走《はし》りぬ」の一句が「たゆたふ」という結尾の一語と鮮やかな対照を示しているように、前後二連は、生動的なイメージの裡に象られた憧憬の情と渋滞する気分の滲む苦渋の念という対蹠的な心情を伝えているのである。「嗟嘆」はこのように前景と後景の対照性を通して、「君《きみ》」に「憧《あこが》る、わが胸《むね》」の背後に疼く苦渋の思いという内面の状況を表現することに向けられている。「嗟嘆」という漢語に「といき」のルビが付された表題の孕む二重性は、そうした「わが胸《むね》」の状況を端的に告げるものに他ならない。原詩を枠付けていた〈上―下〉の対立という二重構造は寧ろここで憧憬と嗟嘆に引き裂かれた内面の様態に置き換えられ、その内的状況が、分断された前景と後景の対照的な二重の様相の裡に形象化されているのである。そしてとりわけ前半部に於いて原詩のイメージが備える上昇の運動性が弱められ、作品全体の構造が整序化されることによって、「嗟嘆」は、原詩の担うイメージの流動性に比べて絵画的な静止性としての性格を強めていると言ってよいだろう。

　このように考える時、原詩と訳詩との間に横たわる大きな懸隔を確認することが出来る。作品世界の二元的構造そしてイメージの孕む対照的な運動性それ自体の裡に、表題の《Soupir》という語が含意する「愛の苦悩」[21]に包まれた「魂」の動きを彫り込んだ原詩に対して、「嗟嘆」に於いては個々の絵画的イメージが「わが胸」の状況と一体化し、それを象る心象風景的な映像と化す。原詩と比較するならば、この訳詩には、そうした内面と外界との照応関係が明瞭に認められよう。同時に、統辞法の錯綜化を通して強化されたイメージの運動性それ自体の裡に「魂」の動きを刻み込むという原詩の在り方は、フランス象徴主義に於ける詩的言語の問題に確実に通底している。周知の如くサンボリスムは、描写や再現の道具としての日常的な言語の機能を拒絶し、言語の本来的な属性であるイメージや音楽性の備える表現力そのものの自覚的な追求を試みる。この詩的言語の革新こそが、サンボリスムを貫く本質的な要請であり、「象徴主義の真の発見」[22]に他ならないのである。マラルメの“Soupir”には、そうした詩に於ける言語の機能に関する認識の象徴主義的変革へと確かに通じる性格が判然と認められるのであるが、訳述の筆を執る敏にそうした原詩の性格が十分に理解されていたとは言い難い。訳詩「嗟嘆」は寧ろ原詩とは異質の作品と見做されるべき性格を備えているのである。翻訳に於いて生じたこのような歪曲や偏向はしかし、前章で指摘したように自明の事柄に属すると言わなければならない。そしてその様々の要因を想定することも可能であるだろう。[23]先に論じたように啓蒙期の翻訳としての性格をそこに認めることは容易であろうし、また「嗟嘆」に関しては既述の如く何よりも「原調」の移植に腐心する中でなされた、原詩の内部韻律への「適合」を図る試みであったと言うことが出来る。そのように原詩との大きな隔差を孕んだこの「嗟嘆」が、「象徴詩」として『海潮音』に収録される。そして「嗟嘆」は、敏の象徴主義観の変移を背景とした新たな意味付けの下に、『海潮音』に於いて特権的な位置を占めることになるのである。

既述の如く『海潮音』に於いて「嗟嘆」の末尾にはマラルメの談話の翻訳が付載されているが、その詩論は、敏の訳筆を通して「暗示」的表現による「心状」の「喚起」という「象徴詩」の手法を語り出していた。そうした象徴詩論の主旨は、実は敏の訳詩「嗟嘆」の性格そのものを説き明かす解説の一文として理解しうるものとなっていると言えよう。原詩とは極めて異質な性格を備える「嗟嘆」が伝えるのは、外界の自然の映像との重層化の裡に喚起される「わが胸」の憧憬と悲嘆という「心状」に他ならない。そのような「心状」の暗示、喚起の詩たる「嗟嘆」は、まさに敏の訳述したマラルメ詩論の実践として捉えることが十分に可能な作品となっているのである。実は一八六四年に創作されたマラルメの初期の詩と晩年の詩論とを結び付けることにはそもそも大きな問題が存していた。マラルメが初期詩篇の世界を解体、脱却し、後期のソネとその詩学を確立するのは、一八六六年の所謂〈危機〉の体験を経て以後のことである。「不幸にも、詩句をここまで深く掘り下げて来て、私は二つの深淵に遭遇し、これらが私を絶望させた」という著名な言葉によって〈危機〉の体験の始まりが告げられたのは、一八六六年四月の書簡に於いてであるが、その〈危機〉は“Hérodiade”、とくにその“Ouverture ancienne”の執筆を契機にもたらされたものであった。そしてこの「古序曲」以後のマラルメは、初期作品の世界を就縛していた〈上―下〉の対立からなる二極構造の解消という課題に取り組むことになる。〈危機〉の体験はまさにその解答を見出すための戦いであったと言ってよい。そうしたマラルメの初期詩篇と晩年の詩論とが、敏の翻訳を通して明らかな対応関係が付与されつつ『海潮音』の中で並置されるに至った時、「嗟嘆」はまさしくマラルメの象徴詩論の具現化の意味を担う作品として位置付けられることとなったのである。「象徴詩の風格」を備えた一連の作品の末尾に置かれた訳詩「嗟嘆」は、こうしてマラルメの詩的理念に支えられた「象徴詩」の範例として意義付けられるに至る。換言すれば『海潮音』に於いて「象徴詩」は、マラルメの詩と詩論を中核として、外界の映像との重層化の裡に内面の「心状」を「暗示」的に表現する詩の様式として提出されることとなったのである。そしてそれは、『海潮音』「序」の中でヴェルハーレンの作品を例に語り出された「象徴詩」の定義とも緊密に対応するものであったと言えよう。

　また先に指摘したように「嗟嘆」に於いて「鬱憂《うついう》」という訳語は、原語《langueur》との差異を孕みつつ、極めて強烈な印象をもたらしているが、この「鬱憂」及びその類義語が、「鷺の歌」から「嗟嘆」に至る一連の「象徴詩」の翻訳の中で再三にわたって用いられていることも見過ごしがたい。

　また知《し》らず、日《ひ》に夜《よ》をつぎて／溝《みぞ》のうち花瓶《はながめ》の底《そこ》／鬱憂《うついう》の網《あみ》に待《ま》つもの／久方《ひさかた》の光《ひかり》に飛《と》ぶを。

（ヴェルハーレン「鷺の歌」）

Ni que ce qu'il guette, le jour, la nuit, / Pour le serrer en des mailles d'ennui, / En bas, dans les vases, au fond d'un trou, / Passe dans la lumière, insaisissable et fou.

かぎりもなき、わが憂愁《いうしう》の邦《くに》に在《あ》りて、　（ヴェルハーレン「畏怖」）
Au fond de mes pays de tristesse sans borne,

憂愁《いうしう》を風《かぜ》は葉並《はなみ》に囁《さゝや》ぎぬ。　（アンリ・ドゥ・レニエ「銘文《しるしぶみ》」）
Le vent à tes feuilles chuchote sa plainte,

げにこゝは「鬱憂《うついう》」の／鬼《おに》が栖《す》む国《くに》。　（同右）
Et l'Ennui à qui veut te suivre / Lui prend la main.

あゝ、聞《き》け、楽《がく》のやむひまを／「長月姫《ながつきひめ》」と「葉月姫《はづきひめ》」、／なが「憂愁《いうしう》」と「歓楽《くわんらく》」と　（アンリ・ドゥ・レニエ「愛の教」）
Et, quand le chant se tait, au loin, tu peux entendre/ Ce que le bel Août dit au calme Septembre / Et ce que dit ta joie à ta mélancolie.

死《し》の憂愁《いうしう》に歓楽《くわんらく》に／霊妙音《れいめうおん》を生《う》ませなば、　（フランシス・ヴィエレ・グリファン「延びあくびせよ」）
De ta douleur de mort et de sa joie / Procréant quelque Verbe harmonieux

もの恐《おそ》ろしく汚《けが》れたる都《みやこ》の憂《うれひ》　（モレアス「賦《かぞへうた》」）
Et le vulgaire ennui de l'affreuse cité

右に明らかなように《ennui（倦怠・憂鬱）》の他、《mélancolie（憂鬱・物悲しさ）》、《plainte（嘆声）》、《tristesse（悲しみ）》、《lassitude（疲労・倦怠）》、《douleur（苦痛・苦悩）》、《langueur（衰弱・無気力）》等の多様な原語が「鬱《うつ》憂《いう》」「憂愁《いうしう》」の訳語で捉えられている。[24] それらの語彙が『海潮音』所収の十四篇の「象徴詩」の中で頻繁に繰り返され、強調されることによって、〈憂鬱・憂愁〉の情が「象徴詩」を特徴づける基底的感情としての意義を担うことになる。更に一連の「象徴詩」を通観する時、その殆どの作品の背景として黄昏、落日の光景が描き込まれていることは注目に値する。[25] とくに「法の夕」、「畏怖」、「銘文」そして「賦」中の数章は、「嗟嘆」と全く同一の〈晩秋〉の〈落日〉のイメージの上に作品が成立しているのである。もとより十九世紀末期のフランス象徴詩に於いて、《ennui》《mélancolie》或いは《spleen》や凋落の時としての秋の落日の光景は、同時代の世紀末的感情を表象するキー・モチーフに他ならないが、『海潮音』所収の「象徴詩」にもその特徴的な性格が直接的に反映し、一層強調されていると言うことが出来よう。

『海潮音』に収録された十数篇の「象徴詩」はこのように、上田敏の「象徴詩」理解に基づいて或る統一的な性格に収斂する方向を内在させている。訳詩集の冒頭に位置する「鷺の歌」に関する序文の解説と、末尾に配された「嗟嘆」に付載のマラルメの発言との対応の裡に、それらの作品は枠付けられる。『海潮音』に於いてマラルメの「嗟嘆」は、序文に記された「象徴詩」の釈義とマラルメの詩論に支えられながら、一連の「象徴詩」の性格を集約的に体現する、「象徴詩」の範例としての位置を占めているのである。外界の映像の裡に象られる内面の「心状」の「暗示」的表現、基調をなす感情としての「鬱憂」、そして作品世界の背景をなす「晩秋《おそあき》」の「入日《いりひ》」の光景——上田敏は『海潮音』を通して、原詩との大きな懸隔を孕むこうした作品「嗟嘆」を「象徴詩」の典型として提出したのであった。『海潮音』に託されていた敏の意図は、以上のような本訳詩集の編成の在り方の裡に明瞭に窺うことが出来るはずである。[26]

注

（1） 敏がこの「白耳義文学」を執筆するにあたって、William Sharp, "La Jeune Belgique", in *Nineteenth Century*(1893) を参照していたことは確実である。引用箇所に関しては、同書の以下の部分が踏まえられている。《A nicer estimated would be one that ranked him a brilliant apprentice to the great poet of *Les Fleurs du Mal*. Baudelaire, indeed, is the paramount influence in the moulding of the collective poetic genius of Young Belgium. Even in one point where some of our not too widely read newer critics attribute novelty to the productions of certain of the younger French and Spanish poets, to the Dutch "sensitists", and to one or two English imitators — the use of colour-words to convey particular emotions or conditions — even here the new note, clear and mellow, was sounded by Baudelaire.》

（2） 敏が「サンボリスト（symboliste）」に「象徴派」の訳語を宛てることになるのは、「仏蘭西近代の詩歌」（『明星』明治三六・一）以降である。尚、「象徴派」や「象徴主義」という訳語は当時未だ広く用いられてはいなかった。《Le Symbolisme》を「象徴」と訳した中江兆民（『維氏美学』下巻、明治一七・三）に続いて、森鷗外がフォルケルトの翻訳「審美新説」（『めさまし草』明治三二・二～明治三三・九、九回にわたって連載、のち単行本として明治三三年二月刊行）の中で「象徴主義」「象徴派」の語を用いている（この点については早く斎藤茂吉が「『象徴』といふ語　補遺」（『文学直路』昭和二〇・四）の中で言及している）が、同時に「標示派《シンボリズム》」（金子筑水「現時の仏蘭西文学の大勢」、『早稲田文学』明治二七・一）や「記号主義」（無書子「デカダン論」、『帝国文学』明治三六・五）、その他「表象派」（岩野泡鳴）、「標象派」（島村抱月）、「表徴派」（永井荷風）等、多様な名称が用いられていた。

（3） Ch. Baudelaire: *Petits Poèmes en prose (Le Spleen de Paris)*, éd. par H. Lemaître(Garnier, 1962). note au bas de la page 12-13.

（4） 同様の指摘は、「ヒュイスマン」（『帝国文学』明治二八・六）、「仏蘭西詩壇の新声」（前出）、「仏蘭西文学の研究」（『帝国文学』明治三〇・八）に於いても繰り返されている。

（5） 敏がこの「幽婉」という評語を最初に用いるのは、「エドマンド、ゴッス」（『帝国文学』明治二八・二）に於いてである（「夢みるごとき幽婉の調」）が、翌年より極めて頻繁に使用することになる。それ以前の敏は屢々「幽玄」という語を用いている。この「幽玄」に関しては、鷗外が石橋忍月と交わした所謂幽玄論争の中で「具象的の美に於て理路の極闇処に存ずるもの」としてドイツ語の「ミュステリウム」(Mysterium ——鷗外は「深秘」と訳す。鷗外訳ハルトマン『審美綱領』参照)に相当するものと捉えていた(「答忍月論幽玄書」、『しがらみ草紙』明治二三・一一)し、また敏も参加した『文学界』同人たちによっても、とくに人間界とは対照的な神秘的、神仙的な世界に対して「幽玄」の語が繰り返され、《mystery》の訳語として用いられている。例えば「所謂幽玄《ミステリイ》を本とする想詩」について語る北村透谷「他界に対する観念」(『国民之友』明治二五・一〇・一三、二三)や、ワーズワースの詩句《an invisible thing, / A voice a mystery.》を「この眼に見えざるものよ、一の声よ、幽玄よ」と訳出する島崎藤村「郭公詞」(『女学雑誌』明治二五・七)などである。敏の場合にも基本的には右のような明治に於ける「幽玄」の用法に連なると言ってよい(後掲の注(13)参照)。

　さて明治二十九年以降、敏が頻用する「幽婉」の用例を辿ってゆく時、「幽婉熱烈の新声」「幽婉縹緲たる新声調」(前掲「ポオル、ヹルレエン逝く」)、「清新幽婉」(「南欧詩話」、『世界の日本』明治二九・一〇)、「ヹルレエヌ派の幽婉縹緲たる新体」(「伊太利の新作家」、『帝国文学』明治三一・五)、「所謂新声の幽婉」(前掲「仏蘭西詩壇の新声」)等、多くの場合、当代の「清新体」に対して用いられていることが注目される。即ち敏は、「陰影」と「音楽的声調」を包摂した、縹緲として嫋々たる清新の美を強調しようとする意図の中で、この評語を盛んに採用したと考えられる。

(6)　この一文は、『海潮音』編集時の付記であるが、ここに言う「象徴詩の風格」を備えた作品として訳詩集中に収録されているのは、ヴェルハーレン以下、ローデンバック、レニエ、ヴィエレ＝グリファン、サマン、モレアス、マラルメの詩、全十四篇であり、それらは巻末近い位置に配列されている。ボオドレールとヴェルレーヌの作品はそこには含まれず、訳詩集の前半部、高踏派の詩に続く位置に置かれている。このような詩の配列の仕方にも、訳詩集編纂の時点に於ける敏の象徴詩観が示されているはずである。

(7)　小沢次郎氏は、「『海潮音』刊行の計画が具体化したのは明治三八年六月以降のことであり、同年一〇月までの短期間に編纂された」と指摘している。小沢次郎「『海潮音』の成立背景」(『芸文研究』五二、昭和六三・一)参照。

(8)　島田謹二『近代比較文学』(光文社、昭和三一・六)三〇一頁、及び安田保雄『上田敏研究』(有精堂、昭和四四・一〇)七六頁参照。

(9)　Ad. Van Bever et Paul Léautaud, *Poètes d'aujourd'hui* (Mercure de France, 1900) 2 vols. tom.II, p.361.

(10)　このようなマラルメの認識はすでに一八八六年頃に確立していたと考えられる。即ちマラルメ詩論の集大成と言うべき"Crise de vers", in *Divagations* (Charpentier, 1897) の中核部分が、一八八六年刊行のルネ・ギル『言語論』の序文として掲載されているからである。Cf. S. Mallarmé, "Avant-dire au Traité du Verbe", in *Œuvres complètes* (Gallimard, 1974) p.857

（11） 敏の用いたマラルメのテクストが *Vers et Prose* であることは、「仏蘭西詩壇の新声」の「補遺」及び「象徴詩釈義」中に引用された原詩のヴィルギュルの位置から確実である。マラルメ詩のヴァリアントに関しては、*Œuvres complètes de S. Mallarmé*. tom. I Poésies (Flammarion, 1983) 参照。

（12） Par ex. 《Je dis : une fleur! et hors de l'oubli où ma voix relègue aucun contour, en tant que quelque chose d'autre que les calices sus, musicalement se lève, idée même et suave, l'absente de tous bouquets.》, S.Mallarmé, *Vers et Prose* (Perrin, 1893), p. 189

（13） このマラルメの談話の翻訳に於いて敏は《mystère》に「幽玄」の訳語をあてているのであるが、同様に例えば「ヒユイスマン」（『帝国文学』明治二八・六）の中でユイスマンスの小説 *Là-bas* の一節を引用しながら、《La mystique》を「幽玄」、《La nuit obscure》を「神秘幽玄の暗夜」と訳出している。このように敏は「幽玄」という語に、捉えがたい神秘、不可知の謎の意を込めていると考えられる。注（5）に示したように、《mystère, mystique (mysterium, mystery)》に「幽玄」の訳語を用いるのは、鷗外や文学界同人達と共通の姿勢である。これら明治の文学者によって「幽玄」が測り難い神秘的な様相を示す語として用いられていたことは注目してよいだろう。

（14） マラルメは、この談話の引用部の直前に於いても、「暗示」の重要性について、《Je pense qu'il faut, au contraire, qu'il n'y ait qu'allusion.》と述べている。

（15） 注（8）に掲出の島田『近代比較文学』、一九四頁以下参照。

（16） 敏が「鷺の歌」の表題で訳出したヴェルハーレンの詩の原題"Parabole"とは、比喩・寓話の意であり、従ってこの作品が観念象徴（寓意詩）であることをそれは明示しているのである。

（17） この点については、拙稿「日本に於けるエミール・ヴェルハーレン―明治・大正期を中心に―（上）」（『宮城学院女子大学研究論文集』六二号、昭和六〇・六）参照。

（18） ここから、敏の象徴詩理解を観念象徴に偏したものと見做す見解が生じる。例えば島田謹二氏は「どうしても上田敏の理解した「象徴」は、近代美学にいう「観念象徴」のにおいが濃く、せいぜいのところ「情趣的観念象徴」をさすものととってさしつかえなさそうである」と述べている。島田氏、前掲書、三〇二頁参照。

(19) J.P.Chausserie-Laprée, "L'Architecture secrète de l'《Ouverture ancienne》", in *Europe*, avril-mai 1976. p.82 ; *Œuvre de Mallarmé*. édition de Yves-Alain Favre (Garnier, 1985). p.473.

(20) Jean-Pierre Richard, *L'Univers imaginaire de Mallarmé*. (Seuil, 1961). pp.51-9.

(21) *LE PETIT ROBERT* によれば、《SOUPIR》という語は〈詩語〉として《Plainte, expression douloureuse de l'amour.》の意味をもつ。

(22) Guy Michaud: *Message poétique du Symbolisme*. (Nizet, 1947) p.409.
また詩的言語の機能についてのマラルメの根本的な認識に関しては、敏がマラルメ翻訳の際に用いたテクストである *Vers et Prose* に於いても次のように語り出されている。――《Narrer, eiseigner, même décrire, cela va et encore qu'à chacun suffirait peut-être, pour échanger la pensée humaine, de prendre ou de mettre dans la main d'autrui en silence une pièce de monnaie, l'emploi élémentaire du discours dessert l'universel *reportage* dont, la littérature exceptée, participe tout entre les genres d'écrits contemporains. / A quoi bon la merveille de transporter un fait de nature en sa presque disparition vibratoire selon le jeu de la parole, cependant : si ce n'est pour qu'en émane, sans la gêne d'un proche ou concret rappel, la notion pure?》(pp.188-9)

(23) 訳詩「嗟嘆《といき》」と原詩との間に認められる懸隔や歪曲に関して、果たしてそれは敏の翻訳の欠陥としてのみ捉えるべきであろうか。そこには寧ろ、"Soupir"の如きフランス詩を日本語で訳出することの困難さ、或いは不可能性が露呈しているように思われる。例えば「嗟嘆」とほぼ同時期に発表された"Soupir"の翻訳を以下に掲げてみよう。

嘆　息

わが魂は、ああ淋しき妹《いも》よ。
枯葉《かれは》飛《と》ぶ秋の宿れる君が額を慕ふかな。
憂愁の庭に迸《ほとばし》る白き水青空に向ひて息《いき》つく如く、

我が魂は汚《けが》れぬ君が眼の定まらぬ空の色をば慕ふかな。
蒼ざめて澄みし『十月』の色もやさしき青空。
その限りなき疲《つか》れは広《ひろ》き池水に映りけり。
枯《か》れし葉の悩《なや》みの色の風にさまよひ、
漣《さゞなみ》の冷《つめた》き痕《あと》きざむ死したる水《みづ》に、
黄《き》ばみし日《ひ》はいと長き一条《でう》の光《ひかり》を流す。
その蒼《あを》ざめて澄《す》みし『十月』の青空をわが魂は慕ふかな。

（永井荷風訳）

嘆

静な姉妹《しまい》、わが霊《たま》は褐色なせる
葉も散りて秋かなしまぬ汝《な》が眉に
はた天使《ゑんぜる》の瞳《まなざし》逍遥《さすら》ふ空に
蒼穹に白く悲嘆《なげか》ふ忠実《まめやか》な
噴水、寂びし庭のもに噴《ふ》き騰るやう
（わが霊は）蒿《たかま》る。青き清かな
大空に知る十月《かんなづき》悲しさうにも。
青空《あをぞら》に盡きぬ凋落映《うつ》る時
泉に、白き水上に枯葉《かれは》も写る
風に舞ふ土《つち》は冷き褐いろの
畝《うね》を造りぬ、一条の長き終焉《をはり》の
光線放《ひかりな》げ黄《きば》める夕陽《ゆうひ》沈みつゝ。

（高浜長江訳）

嗟　嘆

わが魂よ、平穏の姉妹、そこには珍らかに憂ひて
秋が既にそのどす赤葉と共に散らばつてるが、
また汝が天使の眼をきょろ付かせる御空の方《かた》に、
山々は、さながら憂鬱の庭園に吹き上つて
或信仰深き噴水が白く歎くやうに青空《あをそら》の方《かた》に！
――青空の方に、青白く純潔なのは悲しい十月ぞ知る、
時しも、その深みの底《そこ》々映したのは疲労の無限、
そして苦悶の落ち葉は水白き上《うへ》に、
風のまに漂つて、たどつた水皺《みしわ》は冷やかに又どす黒い、
そこに、一の長い最後の光線中に、黄いろい太陽がためらつた。
（岩野泡鳴訳）

右の三篇のうち高浜長江訳「嘆」（『東亜之光』明治四二・一、のち『煉獄へ』（今古堂書店、明治四二・六）所収）と岩野泡鳴訳「嗟嘆」（泡鳴訳、アーサー・シモンズ『表象派の文学運動』（新潮社、大正　・一〇）所収）は、アーサー・シモンズによる英訳“Sigh”（この英訳が孕む問題については、拙稿「〈中心〉と〈周縁〉―日本に於けるフランス象徴詩受容の一側面―」（東北大学文学部『社会と文化における中心と辺境』平成七・三）参照）からの重訳であり、少なからぬ誤訳も見出されるものの、それぞれに訳出上の工夫を認めることが可能であろうし、また永井荷風訳「嘆息」（『スバル』明治四二・一〇）は見事な声調を備えた名訳と見做してよいだろう。しかし何れも原詩の本質的性格を移植しているとは到底言い難い。上田敏の訳詩の欠陥を指摘するにあたっては、こうした詩の翻訳の可能性の問題そのものを考慮に入れる必要があるだろう。

（24）こうした多様な語彙に対する「鬱憂」「憂愁」という訳語の採用は、当時の訳語の水準から逸脱する、敏の意図的な選択であったと考えられる。例えば「嗟嘆」第二連二行目「鬱憂」の言語は《langueur》であるが、同時代の代表的な仏和辞典に掲げられている訳語は以下のとおりである。

・中村秀穂『仏和辞書』（開新堂、明治三三・一）——「羸弱」
・野村泰亨、中澤文三郎『仏和辞典』（大倉書店、明治三四・三）——「1．羸弱、衰弱　2．恋慕　3．不活発」
・野村泰亨、森則義『仏和辞典』（大倉書店、明治四一・九）——「①羸痩、衰弱、疲労　②恋慕　③不活発」
・Arthur Arrivet, *Dictionnaire Français-Japonais.*（丸善株式会社書店、明治三一・一〇）——「衰弱」

「鬱憂」が当時の訳語の規範から外れるものであることは明らかであり、敏の意図がそこに判然と窺われる。

(25)『海潮音』所収の十四篇の「象徴詩」の裡、黄昏、落日の光景が描き込まれていない作品は、「時鐘《とけい》」「愛《あい》の教《おしへ》」「花冠《くわくわん》」「延《の》びあくびせよ」「伴奏《ばんそう》」の五篇のみである。

(26)『海潮音』に於いて以上のような意義を担うマラルメ「嗟嘆」が、日本の〈象徴詩〉の性格を規定することにもなったと言ってよい。但し『海潮音』の「象徴詩」がもたらした影響の内実が、本章に論じた上田敏の意図にのみ還元される訳ではないことは言うまでもない。例えば『海潮音』所収の一連の「象徴詩」を、既述の敏による意図的な配列の枠組みとは別に、個別の作品として読み解いてゆく時、それらは一元的な性格に統合され得ない、象徴詩としての多様な様式を備えてもいることが明らかとなる。従って『海潮音』の読者は、それらの個々の訳詩自体に基づいて、それぞれの理解の下に〈象徴詩〉を受容し、〈象徴詩〉に関する認識を形成していったと考えることも可能なのである。即ち上田敏の意図とは別途に、そのような受容者の観点から、『海潮音』の提出する「象徴詩」の問題を捉え直す必要があるだろう。その点については、第二篇第二章に於いて、有明の『海潮音』受容の検討の中で、考察を加えることとする。

第四章　「象徴詩」の再定義——「象徴詩釈義」考——

明治三十八年十月刊行の訳詩集『海潮音』によって、日本近代詩壇への象徴詩の移植を果たした上田敏は、その翌年、明治三十九年五月号の『芸苑』に、「象徴詩釈義」と題する詩論を発表する。この詩論のなかで敏は、マラルメの詩作品の原詩と翻訳を掲げ、それに評釈を加えながら、象徴詩の定義を行っている。『海潮音』が序文による解説と翻訳を通して象徴詩の範例を提出し、それを契機に詩壇に於いて象徴詩をめぐる議論が旺盛に交わされていた状況のなかで、敏が改めて象徴詩の定義を試みるに至ったのは何故のことであったのか。

本章では、「象徴詩釈義」の発表に託された上田敏の意図の検討を行うことを中心的課題としつつ、日本に於けるフランス象徴主義の受容史上に於いてこの詩論が担う意義について考察を加えてみることにしたい。

一　「象徴詩釈義」考

「象徴詩釈義」は、「ステファンヌ・マラルメ　Stéphane Mallarmé（一八四二—一八九八）は仏蘭西象徴詩家の翹楚にして、且つ最も難解の詩人と称せらる。」という一文に始まる。以下、マラルメの初期から晩年に至る詩的歴程を簡略に紹介するなかで、「晩年の作詩」が「半言隻辞の彫琢益々巧を盡して、毎語鏘々たる響あれど、全篇の意為に捕捉し難きに至り、あらゆる評家をして辟易せしめた」ことを指摘し、その上で、「就中其最も曖昧なる一篇」として次のようなマラルメの後期ソネとその翻訳を掲げている。

Qelle soie aux baumes de temps
Où la Chimère s'exténue
Vaut la torse et native nue
Que, hors de ton miroir, tu tends !

Les trous de drapeaux méditants
S'exaltent dans notre avenue:
Moi, j'ai ta chevelure nue
Pour enfouir mes yeux contents.

Non ! la bouche ne sera sûre
De rien goûter à sa morsure
S'il ne fait, ton princier amant,

Dans la considérable touffe
Expirer, comme un diamant,
Le cri des Gloires qu'il étouffe.

絹《きぬ》には『時《とき》』の薫《くん》ずれど
『妄執《まうしふ》』の色褪《いろあ》せにたり、
鏡《かゞみ》のそとに溢《あふ》れたる
雲《くも》の御髪《みぐし》に如《しか》めやも。

心《こゝろ》急《いら》れの旗《はた》じるし
道《みち》の衢《ちまた》にいきほへど、
われはた君《きみ》がねくたれを
枕《まくら》ぎてあらむ、眼《め》もきりて。

げに唇《くちびる》のいとせちに
憧《あこが》るとてもあやなしや、
君恋《きみこ》ひわたる貴人《あてびと》が
丈長髪《たけながゞみ》のふくだみに
玉《たま》を擲《なげう》つこゝちして
『名利《みやうり》』の叫《さけび》ふたがずば。

ここに取り上げられたマラルメの詩は、雑誌 *La Revue Indépendante* の一八八五年三月号に“Sonnet”の表題で初出の後、マラルメの分冊詩集 *Les Poésies de Stéphane Mallarmé*（La Revue Indépendante, 1887）の第九分冊に「後期ソネ（Derniers sonnets）」として収録された一篇であり、更にマラルメ生前刊行の詩集である *Vers et Prose*（Perrin, 1893）および *Les Poésies de S. Mallarmé*（Deman, 1899）に再録された作品である。[1]

八音綴の句型を備えるこのマラルメの後期ソネを、上田敏は七五調で訳出している。原詩と訳詩の形式的な容量は必ずしも十分に対応しているとは言い難く、敏の翻訳には全体を通じて原詩の表現の省略や意訳が認められる[2]のであるが、更にこの訳詩は固有の特色を示していると言わなければならない。

訳詩前半の二連は何れも助詞「ど」による逆接の構文として成立している。原詩にはそうした構造は認められず、第二連二行目のドゥ・ポワン（：）も同格的列挙の機能を果たす記号に他ならない。こうした逆接の構造は、取りも直さず訳詩第一、二連に二元論的枠組を付与するものと言えよう。即ち訳詩に於いては、「絹」と「御髪」（第一連）、「旗じるし」と「君がねくたれ」（第二連）という二元的対立の関係が、原詩よりも一層強調されているのである。それ故に、第二連後半二行の翻訳では、原詩の確認の詩句（「私には、満ち足りたわが眼を埋めるための／お前の露わな髪がある」）に対して、「われはた君がねくたれを／枕ぎてあらむ」という二者択一の意志を明確に表明する表現[3]が用いられることになる。敏の訳詩は「絹」・「旗」と「君」の「髪」との対立の中で、「君」を選び取ろうとする「われ」の決意を、原詩よりも一層明瞭に示す内容となっているのである。そして本作品後半部に於いても、こうした訳詩前半の性格との整合性に於いて翻訳が行われてゆく。原詩は三行詩節冒頭の強い否定辞《Non !》が作品展開に於ける転換点の役割を果たしているのに対して、訳詩に於いては「げに」という是認の詩句によって前半部との内容上の統一性が保たれる。原詩の「唇は、噛んでみても／何も確かに味わえないだろう」の二行が、「唇のいとせちに／憧るとてもあやなしや」という訳詩前半の性格に直接対応する表現として訳述されている点も同断のことと言えよう。更に末尾二行《Expirer, comme un diamant, / Le cri des Gloires qu'il étouffe》は、とくに《Expirer》の一語の担う両義性を通して、後述するように重層的な内容を備える詩句と見做すべきであるが、敏はそれを、「玉を擲つこゝちして／『名利』の叫ふたがずば」として一義的な明快さの下に訳出しているのである。

以上のような特色を見せる翻訳が、敏自らの原詩理解に基づいて生み出されたものであることは言うまでもない。その敏の理解は、「象徴詩釈義」に於いて訳詩に続く次のような注解によって示されている。

> 絹織の古りたる布は百代の香に染みて、連想豊かになよびたる絲の手触りは、美人の雲髪をかきわくる思あらしむ。たゞもとより人工の成せる物なれば、由緒いかばかり深くとも、生命の活動なし。（中略）されば明鏡に雲髪を櫛けづる麗人の美に比していかなる綾絹も如かじとなり。
>
> 第二解に及びて楽欲と名利との争は起りぬ。旌旗は大道に聳ぎて、功名の念を誘へど、英雄の心寧ろ翠帳の阿嬌に牽かる。あなたには軍の馬印、こなたには愛染の旗印、両々相対して象徴の妙を極む。所謂万物の照応《コレスポンダンス》これなり。第三解第四解に至りて、楽欲は終に名利を壓しぬ。ヘラクレエス Herakles はオムファレ Omphale に屈し、タアンホイゼル Tannhäuser はヱヌス姫 Frau Venus に迷ひ、サムソン Samson がダリラ Dalilah に計られ、アントニウス Antonius がクレオパトラ Cleopatra に痴れたるは此理なり。

こうした敏による原詩の解読は、更に「これ英雄の麗人を頌する意、楽欲と名利との衝突なり」という一文に簡潔に要約されているが、「楽欲と名利との争」から「楽欲」の勝利に至る展開に本作品の中核的内容を見出すところに、敏の見解の骨子があったと言えよう。既述の訳詩の性格は、このような原詩理解と正確に対応するものに他ならないのである。

ところで敏は、そうした「争」「衝突」の表現が「万物の照応《コレスポンダンス》」に基づくものであると指摘する。即ち「功名の念」と「阿嬌」への欲望、そして「道の纛」にたなびく「旗じるし」と「君」のしどけなく乱れた「髪」とが「両々相対」する映像が、「英雄の心」の「楽欲と名利との争」を「象徴」するという、「万物の照応」によってこの作品は成立していると捉えているのである。換言すれば、「雲髪」と「旗じるし」という外部の具体的なイメージが、それぞれ「楽欲」と「名利」と対応しつつ相対峙する構図が、取りも直さず「英雄」の内面の葛藤を象徴的に描き出すことになる。そのような外部と内部との照応関係としての「コレスポンダンス」が、このマラルメの「象徴詩」の構造を支えていると述べられているのである。「こゝに詩人は雲髪旌旗の象徴を用ゐて、時処の差別を除きたる一世相の真體を詠ず」という「象徴詩釈義」末尾の一文は、そうした「万物の照応」を根底に据えた敏の見解の表明であると言ってよいだろう。以上のようなマラルメ詩の解釈を背景として、敏はこの詩論の中で「象徴詩」を次のように定義する。

　象徴詩の特色は思想感情の本質その物を捉へて、時処の約束羈絆より脱出せしめ、その最高最広の意義を明にするに在り。

敏の理解する「象徴詩」がこのように「思想感情の本質その物」「真體」の把捉に向かうものである時、そうした詩的世界の成立を可能とするのが、マラルメのソネ評釈を通して具体的な説明の加えられた「万物の照応」に他ならないのである。「象徴詩釈義」によって提示された「象徴詩」とは、以上のように「コレスポンダンス」に基づき、具象的なイメージを通して、普遍的な「本質」・「真體」の表現を指向するものであったと言えよう。

　このような上田敏の「象徴詩」論に関しては、従来様々な批判が行われてきた。例えば日夏耿之介は「象徴詩釈義」について「大体に於て象徴詩新体の精神を握つてゐることは争はれない」としながらも、次のように不備を指摘する。

　もし上田敏が一般読書人に向つて象徴詩を正しく説かんとするならば、この程度の解釈ではかへつて読者の誤解を招く怕れがないではない。各句各語の特別の駆使に於ける作者の懸念、少くとも一見些々たる譬喩にすぎないやうな表面の意味の奥にかくれたる作者のふかい心持ちと神経の揺曳とを、語句の配置と行間の重視との説明によつて今少し細かに説くところがなければ、流俗はかへつて之れを組し易き譬へばなしか説教と速断する。(4)

こうした批判は更に「この解説では一種の寓意ととられても仕方がない」（河村政敏）という評言(5)によって繰り返されることになる。「象徴詩釈義」に於けるマラルメの「象徴詩」の解釈が「譬へばなし」「寓意」に傾斜していると見るこれらの批判の妥当性について検討を試みる前に、本詩論の担う位相について、マラルメ研究史の視野の中で更に考察を加えてみることにしたい。

二　マラルメ "Sonnet" 評釈史と「象徴詩釈義」

《Quelle soie aux baumes de temps》という一行に始まるこの無題の作品は、マラルメの後期ソネの中でさほど重要視されてきた訳ではない。マラルメ研究の進展を背景に、この詩が考察の対象に取り上げられるのは、一九二〇年代に入ってからのことである。その最も早い論及として、例えばアルベール・チボーデの名を挙げることが出来る。チボーデは、*La poésie de Stéphane Mallarmé* に於いて、「〈詩人〉は、国家の祝日に掲げられる旗よりも、また彼自身の栄光を祝うあらゆる祭りよりも、恋人の解いた髪を好む」ことを描いた「愛のソネ」として本作品を捉えている。(6) このように〈栄光〉と〈愛〉との対立、葛藤に於いて、〈栄光〉への要求を放棄して個人的な〈愛〉を選び取るという二者択一的なテーマを読みとる見解は、一九四〇年代に至るまで繰り返し提出されており、(7)こうした理解の立場が本作品の解釈の最初期の段階を示していると言うことが出来る。そしてこの初期の解釈に対する異議申し立てを行ったのが、A.R. チザムである。チザムは、一九五九年に発表した論文[8]に於いて、それまで問題にされなかった三行詩節冒頭の《Non !》に着目し、それがこのソネの「転換点（turning-point）」をなすと指摘する。即ちこの一語は《That's all very well, but...》という含意をもって作品展開の方向を変換し、「このきらきら光る現実の髪は好色家にすばらしい報酬を差し出してくれるが、しかしその代償はあまりに高いだろう（but the price would be too high）」との意味を後半部に付与すると見做すのである。「恋人が自らの夢を犠牲にすること」「彼がその芸術への渇望の叫びを押し殺すこと」が余りに高すぎる「代償」と受け止められていると解釈することによって、このソネは、明白な二者択一を提示しているのではなく、寧ろその留保、「髪」を選ぶことへのためらいをこそ最終的に伝える作品として捉えられることになる。二者択一のテーマを中核に据えた初期の解釈に対して大きな軌道修正を迫ったチザムの見解は、その後、L. J. オースチンによって全面的に支持される[9]。《Non !》の一語の担う「転換点」としての役割を解明したチザムの解釈を高く評価するオースチンは、その意見を継承しつつ更に端的に「髪の官能的現実による誘惑にも係わらず、詩人は遂に自らの理想に忠実であり続ける」と指摘する。

四行詩節に於いて詩人は二度にわたって芸術家の夢および兵士の夢よりも髪のほうを選ぶと宣言しているように見える。それから《Non !》という語が炸裂する。そして二つの三行詩節はその拒否を説明しているのである。

従来の理解の全面的な訂正を要求するこれらの見解が、以後の本ソネの再検討のための新たな方向を示したと言うことが出来る。

一方、初期の解釈を基本的に踏襲しながら、作品の末尾に現れる「ダイヤモンド（diamant）」のイメージに、詩作品の成立、獲得の含意を認める見解が提出されている。例えばモソップは「ダイヤモンドは犠牲にされた詩ではなく、創造された詩、象徴的な死を通して創造された（created through the figurative death）詩である」と述べているが、[10]この指摘は、コーンによる《Expirer》の一語の孕む両義性の解明、[11]即ちこの語が、従来の解釈が基づいていた《die》「息絶える、死ぬ」の意味とともに《breathe out》「吐き出す」の語義を兼ね備えた両義的性格を担っていることの確認によって補強され、本作品の新たな解釈を導くことになる。「詩人は、世間の外面的な栄光を放棄し、それよりも彼が情熱的に髪を抱いている恋人の方を選ぶ」のであるが、その「放棄という行為そのものの中でこのダイヤモンドを手に入れるのだと思われる。ダイヤモンドは常に死それ自体からの生の噴出、非在から生じた存在を表象するからである」と指摘するファーブルや、[12]《Expirer》の両義性を前提に、「栄光の放棄」によって成就された「詩そのものの製作」という含意を読みとるワインフィールドなどの見解は、[13]そうした方向での新たな解釈の試みであると言って良いだろう。

更にコーンの指摘を踏まえつつ、先のチザム、オースチンの解釈に修正を加えるオーヴィンは、この詩の「最後の選択は曖昧なままである」として次のように述べている。[14]

この《expirer》の両義性がこの詩の結び目を解く鍵を提供している。一方でそれは、もし彼が〈栄光〉の叫びを彼女のたわわな髪の中にダイヤモンドのように吐き出させるならば、その時にのみ彼は成功するだろうとの意で解釈される。この叫びとは、（中略）愛を通して、そして愛にも係わらず、彼が生み出さなければならない詩作品である。他方、もし彼が自らを完全に愛に委ね、詩と未来の栄光の全てを忘れ去るならば、そして彼が〈栄光〉の叫びを、光が当たらず輝きを失っているダイヤモンドのように、恋人のたわわな髪の中で息絶えさせるならば、その時にのみ彼は愛を成就するだろう。マラルメはこの詩の中で選択をしてはいないのである。

以上のように、一九二〇年代に始まるこのマラルメのソネの研究史は、二者択一を作品のテーマと見なす初期の段階から、個々の詩句の担う機能や両義性に注目することによって作品世界の重層的構造や奥行きを解明する方向への解釈の深まりと広がりの過程であったと言えよう。そうした中で、単純な二者択一のテーマに回収されえない、この詩の備える重層的、両義的な性格が明らかにされてきたのである。(15)

このような作品解釈の進展の中に上田敏の「象徴詩釈義」を位置付けてみるならば、既述の如く「楽欲と名利との争」から前者が「名利を壓」するに至る展開として本ソネを捉える敏の見解は、明らかに初期の時点の解釈と同一の立場を示している。寧ろ明治三十九年、一九〇六年に発表された敏の詩論は、本作品の理解に係わる最も早い時期の発言に他ならなかったと言えよう。恐らくこの無題のソネに最初に言及したのは、C・オーディックであると思われる。オーディックは、一八九五年のエッセイ(16)に於いてこの詩に触れて、「作者はここで野心と愛との永遠の二律背反(l'éternelle antinomie)を表現している」と述べている。オーディックや敏の指摘は、この作品の本格的な研究が開始される以前になされた、研究の初期段階を先取りする先駆的な解釈の提示であったのである。

このような一義的な明快さを備えた敏の見解に対する既述の批判、即ち敏の理解が「譬へばなし」「寓意」に傾斜しているという指弾は、従って初期段階になされたこの詩の解釈の全てに妥当するものと言わなければならない。そしてまた敏のこの詩論は、マラルメの「象徴詩」を単なる「寓意」として解説する内容のみに尽きるものではない。改めて「象徴詩釈義」の本文に立ち返ってみよう。敏は原詩と翻訳の掲出に続いてこう記している。

上記の十四行小曲は卒読して何の獲る所無く、曖昧なる数個の幻想おぼめくを知るのみなれど、漸くにして一の心情を浮びいづ。これ英雄の麗人を頌する意、楽欲と名利との衝突なり。

ここには敏によるマラルメ詩の解読のプロセスが極く簡潔に語られている。個々のイメージが観念的な意味内容を伝達する寓意的機能を果たすことによって明瞭な形で主題が形成されるのではなく、寧ろ作品全体を通して生成する「曖昧なる数個の幻想」が相互に連鎖、連関し、照応する中から「一つの心情」、詩のテーマが喚起されることになると敏は言う。その点は、第一連に加えた評釈に於いて「絹織の古りたる布は百代の香に染みて、連想豊かになよびたる糸の手触りは、美人の雲髪をかきわくる思あらしむ」と指摘しているところにも示されている。冒頭部に描き出される「絹織」のイメージが「連想」によって「美人の雲髪」を呼び起こし、そしてそれは言うまでもなく、第二連のたなびく「旗じるし」の映像へと連関してゆく。こうした三つのイメージを連結するアナロジーの関係が、この作品を構造化しつつ主題を喚起することになるのである。敏は、このような作品の成立の機構への言及を怠ってはいない。敏の理解が単なるスタティックな寓意詩のレヴェルに止まるだけではないことを、これらの記述は告げていると言ってよいだろう。そして敏は、既述の如くそうしたイメージ間の関係が内面の「争」「衝突」を象るという「万物の照応」を、本作品を「象徴詩」として成立せしめる最も重要な性格、本質と見なしている。即ちこの「コレスポンダンス」が「象徴の妙」を発揮しつつ、「時処の差別を除きたる一世相の真體」を喚起すると指摘しているのである。従って敏の解説の最も大きな力点は、「万物の照応《コレスポンダンス》」に置かれていたと言わなければならない。勿論、マラルメのソネを例として示されたこうした「コレスポンダンス」の捉え方が十全なものであるとは見做し難い。象徴主義的なコレスポンダンスは、精神界と物質界、内―外の照応関係に止まるのではなく、小宇宙と大宇宙との対応という超越的な性格を備えるものであるとすれば、敏の解説そのものは寧ろ隠喩的な詩的表象の機能に限定される内容を示しているに過ぎない。そもそもこのマラルメの詩を「コレスポンダンス」を中核に据えて解釈すること自体の妥当性も問題となりうるだろう[17]。しかし寧ろそれ故にこそ、この「象徴詩釈義」に於ける敏の意図が、他ならぬ「コレスポンダンス」の強調にあったことがそこに判然と窺われる。明治三十九年五月の発表になる「象徴詩釈義」は、マラルメのソネに解釈を施しながら、「象徴詩」を、

「コレスポンダンス」を通して普遍的な「本質」「真體」を主題的に喚起する作品として定義する点に趣旨があったと考えられるのである。

三　「コレスポンダンス」をめぐって

上田敏が、訳詩集『海潮音』によって日本の詩壇に「象徴詩」という当代の「新体」の移植を試みたことは周知のとおりである。『海潮音』全体を通して窺われる敏の象徴詩観は、既に前章で考察を加えたように、「象徴」の多義的な意味作用によって内面の「心状」を「暗示」的に表現する詩という理解を骨子としていた。

ここで注目すべきは、『海潮音』に至る一連の「象徴詩」をめぐる敏の発言に於いて、「万物の照応」への言及が一切行われていなかったことである。「象徴詩釈義」以前に発表された数多くの詩論の中で「コレスポンダンス」が問題とされることは全くなかった。換言すれば敏は、「象徴詩釈義」に於いて初めて「万物の照応」について指摘を行ったのであり、更にそれを「象徴詩」の本質をなすものとして論じていたのである。ここには上田敏の「象徴詩」理解の変化、新たな深まりが認められよう。実際、この時期以降、敏は「コレスポンダンス」への言及を繰り返してゆくことになる。例えば「マアテルリンク」（『明星』明治三九・五、六）と題された評論には次のような一節が見出される。

文学史の見地からすれば、今日の仏蘭西に象徴詩の発生したのは、従前の堅い彫刻絵画の様な詩に対する反動で、更に深く観察すれば、近世人の思想が愈精緻になつて来て、幽玄不可説の心情を捉へむとする自然の成行である。仏蘭西の詩人に就いて、系統を求めると、ジェラアル・ドゥ・ネルヴァル Gérard de Nerval や、シャルル・ボドレエル Charles Baudelaire に象徴詩の萌芽が見える。万物照応 Correspondance の説に基き、一団の景物を叙述すれば、之に照応して、朦朧とはしてゐるが、幽玄で意味深長な他の一団の思想が浮ぶ。勿論それと明言しない、又明言できないほど深遠であるから、読者の異るに従つて、多少解釈は違ふ。唯、皆類似した了解を得るのである。言ひ換れば、今の詩人は象徴を用ゐて読者に一の心情を起さしめ、それより以上は、各自一家の解悟に任せるといふ遺方で、一見した処では、廻りくどい難解の方法であるが、実の所、尋常言語の道断えた事物真相の闡明には、これが最も適当な方法であらう。

ここに見られる「一団の景物を叙述すれば、之に照応して、朦朧とはしてゐるが、幽玄で意味深長な他の一団の思想が浮ぶ」という「万物照応 Correspondance」の作用に関する指摘は、「象徴詩釈義」に於いてマラルメの詩に即して行われた「あなたには軍の神の馬印、こなたには愛染の旗印、両々相対」するイメージの関係、構図が、内面の「楽欲と名利との争」を喚起するという「万物の照応《コレスポンダンス》」の解説と全く同一である。また「万物照応」を通して「真相」「真體」が闡明されるとの見解も同断であろう。このように敏は、明治三十九年以後、「コレスポンダンス」の原理を「象徴詩」の本質的基盤と見做す新たな見解を提示してゆくことになるの(18)であるが、しかし同時に、こうした発言と、『海潮音』を通して既に提示されていた「象徴詩」の定義との間に、敏によって整合化がはかられていることも事実である。即ち前引の「マアテルリンク」に於ける、「万物照応」によって喚起される「幽玄で意味深長な他の一団の思想」について「読者の異るに従つて、多少解釈は違ふ。唯、皆類似した了解を得る」とする指摘は、『海潮音』「序」の「象徴の用は、之が助を藉りて詩人の観想に類似したる一の心状を読者に與ふるに在りて、必らずしも同一の概念を伝へむと勉むるに非ず。されば静に象徴詩を味ふ者は、自己の感興に応じて、詩人も未だ説き及ぼさゞる言語道断の妙趣を翫賞し得可し。故に一篇の詩に対する解釈は人各或は見を異にすべく、要は只類似の心状を喚起するに在り」という一節との明らかな近似を示していると言えよう。敏はこうして自らの定義の一貫性を保とうとしていると考えられるのであるが、しかしそのことは、そうした補いを必然とする程に「コレスポンダンス」の強調が、『海潮音』に於ける「象徴詩」の定義から逸脱する性格を孕んでいることを示唆しているはずである。

実は敏は、『海潮音』に於いて「象徴詩」の定義を行うに至る過程で、「コレスポンダンス」の理論に触れていなかった訳ではない。『海潮音』「序」に披瀝された認識は既述の如くヴィジエ＝ルコックの象徴主義芸術に関する解説に全面的に依拠しているのであるが、そのヴィジエ＝ルコックの著作の中で、「コレスポンダンス」への言及がなされているのである。それによれば、フランス十九世紀末の象徴主義の文学を特徴づけるのは、「宇宙の調和的な一致（les concordances harmonieuses de l'univers）」についての固有の認識であり、その「先駆者」の位置を占めるボードレールが「象徴主義に〈定式（formule）〉を与え、例のコレスポンダンスから新たな効果を引き出したのだ」という。そして「詩に於いて様々の微妙な類縁関係が果たす役割（le rôle des affinités subtiles dans la poésie）を正確に表している見事な詩」としてボードレールの“Correspondances”の第一連が引用されるのである[19]。更に敏が参照したことが確実な象徴主義関係の書物として、アーサー・シモンズの『象徴主義の文学運動』を挙げることが出来るが、本書に於いても、「眼に見える世界と見えない世界との間の永遠の照応関係（the eternal correspondences between the visible and the invisible universe）」としての「コレスポンダンス」を象徴主義の核心と見なす見解が提出されているのである。従って「象徴詩」の理解のために参看したこれらの書物を通して、敏は、象徴主義の根幹をなす「コレスポンダンス」[20]の問題に確実に触れていたはずであり、しかしそれにも拘わらず、その点を閑却し、不問に付していたと言わなければならない。換言すれば、『海潮音』上梓後の時点で、敏は「象徴詩」に於いて「コレスポンダンス」の担う意義の重要性を確実に認知するに至ったに相違ない。『海潮音』刊行の翌年、改めて「象徴詩」の「釈義」を行い、「万物の照応」を強調するに至った敏の意図は、先に自ら提示した「象徴詩」理解の不備を補い、修正を試みるところにあったと考えられるのである。

更にこのような「コレスポンダンス」の問題は、『海潮音』刊行前後の詩壇に於いて活発に交わされた「象徴詩」をめぐる議論の中でも全く取り上げられることがなかった点にも留意すべきであろう。

蒲原有明の第三詩集『春鳥集』（本郷書院、明治三八・七）そして『海潮音』の公刊を契機に詩壇に生じた「象徴詩」論議に於いては、「象徴詩」の性格、意義をめぐって多様な意見が提出され、旺盛に議論が交わされたのであるが、その論点は大凡次のように整理することが出来る。即ちまず「象徴詩」の成立に関しては、象徴主義の文学を自然主義との連続性に於いて捉える見解が提出される。「象徴詩」論議のなかでいち早く発言を行った片山正雄は「神経質の文学」（『帝国文学』明治三八・六〜九）と題した長編の評論に於いて、象徴主義について「自然主義の末期に於ける一種の文学で、近代文明の産物たる神経質の徴候がいちじるしく現はれてゐる」、或いは「自然主義に反抗すると声言しつゝも実は自然主義を継承し、更に之を極端にしたので有る」と述べ、「文芸の原動力たる創作力と形成力とが衰弱の極に達したこと」に批判的に言及している。このように「象徴詩」を自然主義の末期的状態として退廃と「衰弱」に陥った文学と見なす見解[21]は数多く見出されるが、それに対して、日本に於ける「象徴詩」の成立が全くの模倣にすぎないという指摘も行われる。「象徴主義的傾向は如何にして生じたるか」について、「吾人は今日の象徴主義的傾向を以て、詩人が欧西の象徴詩を読み之を愛し之を崇拝し之を模倣し、かくて遂に自ら之を創作せんと擬するに至りたる個人的好尚より生じたるものと為さんと欲する者なり」と語る桜井天壇「象徴詩を論じて有明の春鳥集に及ぶ」（『帝国文学』明治三八・八）の他、

> 我が詩壇の所謂新傾向なるものは要するに此の如き一種の模倣主義のみ、そは何等切実なる人心の要求より来れるにもあらず、（中略）たゞ西欧文壇の流行を逐ふて、其の新を競はんとせるのみ、此の如くして仏蘭西に起れる新詩風は其の固有の美と力とを失ひ、更に其の形式主義の弊を極端にして我が詩壇に移植せられたり。

と指摘する中島孤島「乙巳文学（暗黒なる文壇）」（『読売新聞』明治三八・九・一七〜一一・一二にかけて七回に亘って連載）等は、「新傾向」としての「象徴詩」がフランスの詩の模倣にすぎないことを以て、詩壇に於ける流行に根本

的な疑問を投げ掛けている。これらの見解は、「象徴詩」を自然主義文学の末流と捉えるにせよ、単なる模倣の所産と見るにせよ、その日本近代詩壇への「移植」の必然性と意義に関する疑念の表明であったと言えよう。それは、有明と敏の詩集の刊行を背景に、「象徴詩」への傾斜を示し始めていた詩壇の動きに対する異議申し立てであったのである。

このような成立をめぐる議論とともに、「象徴詩」の性格に関わる発言も活発に提出されている。先に触れた片山正雄は「続神経質の文学」（『帝国文学』明治三八・一二）および「駁論二則」（『中央公論』同上）の中で、ドイツ美学、とくにフォルケルトの「象徴法（Symbolik）」の定義に基づき、「象徴詩」を「情緒象徴詩」であるとして「此詩派の長所は寧ろ技巧に在つて詩の本質ではない。技巧とは情緒象徴術（Stimmungssymbolik）である」と述べている。このように「象徴詩」をドイツ美学の象徴論に依拠して定義する試みは他にも見出されるが、同時にここには、「象徴詩」を「技巧」の詩と見なす立場が判然と示されている。実は「象徴詩」の本質を「技巧」の裡に見る見解は、当時の「象徴詩」理解の共通の前提とされたものに他ならないのである。これまで挙げた評家の全てがその点に言及しており、更に「象徴詩」を「比興」という漢詩の「技巧」と類比的に捉える伊吹行人「比興詩を論じて現今の詩風に及ぶ」（『読売新聞』明治三八・一〇・八～一二・三にかけて六回に亘って連載）の外、「言語を音楽的に排列して、読者の感情を動かし、而して超自然の或る物に接せしめ、或は美妙の天地に優遊せしめむとするは其の主義也」と述べる長谷川天渓（「表象主義の文学」、『太陽』明治三八・一〇～一二）や「音楽を発せしめん」がための言語の「選択排列」に「象徴詩」の本質を見る野口米次郎（「ステフェン、マラルメを論ず」、『太陽』明治三九・四）らは、その「技巧」の内実を言語の音楽的な使用に認めている。このように「象徴詩」の性格規定に関して多様な意見が交わされつつも、それらは共通して「象徴詩」を「技巧」の詩と見なす立場に依拠していたと言うことが出来るのである。

明治三十八年半ばから一年程の間になされた「象徴詩」をめぐる議論について以上のように概観してみるなら

ば、そこで「コレスポンダンス」の問題に言及されることがなかった点は、やはり注目に値すると言うべきであろう。敏の「象徴詩釈義」が発表される以前に、「万物の照応」が論述の対象とされることはなかったのである。但しその問題に間接的に触れる発言がなかった訳ではない。「抑象徴の起因する所は何に在りや、友よ吾人は信ず、是霊界と物質界との反応也と」、「象徴は人間の内心と外界との反射の記述也」と指摘する蘆谷蘆村「象徴を論ず」（『新声』明治三八・一二）、或いは「自分の詩を以て目に見せざる世界と目に見へる世界との間の媒介たらしめた」ことに論及する野口米次郎「ステフェン、マラルメを論ず」（『太陽』明治三九・四）等は、「コレスポンダンス」に関わる内容を含む発言であると言って良いだろう。しかし「コレスポンダンス」「万物照応」という用語は、そこでは全く用いられてはいなかった。そしてそれが、詩壇の議論の場に於いて「象徴詩」の本質的な問題として論じられるに至るのは、「象徴詩釈義」が発表されて後の明治四十年以降であり、生田長江（「象徴主義」、『新潮』明治四〇・一〇、一一）[22]や蒲原有明（「詩人の覚悟（下）」、『東京二六新聞』明治四一・六・八）[23]によって具体的に論及されることになるのである。

このように考える時、「象徴詩釈義」は、「象徴詩」に関する議論が活発に交わされていた当時の詩壇の状況に対する、敏の意図的、自覚的な発言としての側面を確実に備えていたと言えよう。既述の如く「象徴詩」の成立、流行に関してその必然性と意義を疑問視し、またその性格の枢要を「技巧」の裡に見る同時代の認識の中で、敏は、等閑に付されていた「コレスポンダンス」の問題を強調しつつ、更にそれによって「真體」「真相」の闡明を志向する点を「象徴詩」の意義として主張していたのである。それ故、「象徴詩釈義」は、敏が既に提起していた自らの「象徴詩」の定義を補訂する意図に裏付けられていただけではなく、当時の詩壇に於ける「象徴詩」に関する議論と理解の方向の軌道修正をはかるものでもあったと考えられる。そしてこの「象徴詩釈義」が、「象徴詩」の問題を「技巧」に帰着させる同時代の共通認識との差異を明確に示していることは甚だ重要である。後年、敏は「自然派以後の文学」と題する講演[24]の中で、「象徴詩」を「天地を象徴的に見るといふ一種の世界観」の問題として論じる。即ち「此世界は幻象である、実体を見ることができないといふ形而上《メタフィジカル》の議論から出た一種の世界観」に基づき、「此世界の美しい幻象の後ろには何物かがある。だから今までは物を写すと言つたがそれは不可能である。だから我々は幻象といふ一つの型を借りて実体を僅かに髣髴せしむることができる」との認識を背景として「象徴詩」は創出されたと敏は述べるのである。こうした「象徴詩」の基底を「新しい世界観」の裡に認める見解は、「コレスポンダンス」を中核とする理解の必然的な帰結に他ならない。「象徴詩釈義」は、このように「象徴詩」の極めて本質的、正統的な理解に通路を開く面を確かに備えていたと言わなければならないのである。

四　「象徴詩釈義」の帰趨

今後文壇の中堅たる可き文学の特色は、真面目といふ事が、第一条件であらう。一体此日露戦争は、大日本勃興の序幕であつて、平和克復の後、吾国民の責任は益加はり、努力は愈必要になつて来て、決して悠長な所謂天下泰平の時世とはならぬ。（中略）これからが、愈世界文明の中流に棹さして、平和の競争を試み、国民の特色を発揮して、全人類の進化に貢献するのである。それ故、識見ある人は、是迄瀰縫塗抹してあつた種々の胡魔化を信じて安心する事が出来なくなつて、真面目の解釈を人生に就いて試みるやうにならうし、又一方には、此思想界の変動と共に、現今の社会組織より起る実際の考究問題も生ずるし、それやこれやが真面目の人の心に映れば、茲に始めて生気ある文芸が成立しようと思ふ。戦後文壇の贏ち得べき利は、人生に対する深刻なる考究、真摯なる態度である。

『新小説』明治三十八年九月号に掲載された敏の「戦後の文壇」の一節である。「戦後の文壇」と題する特集に発表されたこの談話の中で、敏は日露戦争後の新しい文学の成立の条件を「人生に就いて」の「真面目の解釈」、

「人生に対する深刻なる考究、真摯なる態度」に見出しているが、こうした戦後の新文学に寄せる敏の期待と認識は、以後も繰り返し発言されてゆくことになる。例えば、

今多少青年間に疑問煩悶のあるのは、其遠因を明治新社会の生立期に発してゐる。其現今漸く社会の表面に出た訳は、物質上より云へば、生存競争の激甚を加へて来た為の行路難、精神上より云へば、多少老成の人が、自己も堅く信ぜず、或は辛らく惰力に因つて支へ来つた旧思想を以て人生を軽く説明し去らむとするに対し、か丶る弥縫塗抹に満足せず、何物か更に深く更に真なる思想を捉へむとする不安の熱望である。此中心点に対して投薬しなければ、幾多の訓諭も救済策も無効であらう。

と述べる「滑稽趣味」（『新小説』明治三九・一〇、一一）の他、「平生の実生活から感じた疑惑、煩悶、滑稽、同情、悦楽等」に基づく「思想劇」「新社会劇」の成立を要請する「今後の劇」（『趣味』明治三九・一二）、「芸術家には、眼前人生の一片、其団体として活動する社会現象に拠つて広大なる一幅の畫を作り、人生の悲喜を活写せられむことを望む」と告げる「根本の研究」（『新潮』明治三九・一二）や、現時の詩が「人事に交渉が少い」ことを批判し「直接なる心事の発揚」「精神活動の直写」を求める「詩話」（『明星』明治四〇・一）等、敏は、日露戦後の「過渡時代」にある「人生」に深く根ざした、切実な「心事」、「真なる思想」を捉える「新文芸」への希求を提言し続けるのである。そして次のような発言も、これら一連の提言の脈絡の裡になされたものと見做すことが出来よう。

斯る客観風の描写法も近代人心の要求に応じた適当の方法であるが、これと同時に、いつそ外面の景物を一切放棄して専ら内部の心情を明かに浮び出させようと試みるも一策であらう。内部精神の只中に直往勇進して其真髄を捉へむとするのが、マアテルリンクが此短篇に用ゐた方法だ。象徴派の感化は既に之に現はれて居る。（中略）どこ迄も芸術は内部精神が肝要で、必ず時処の約束を超越した真を含まなければならぬ。

象徴を用ひれば、思想がおのづと事物の表面に生動して、人生の一片で人生の全部をほのめかすことが出来る。（中略）『人形の家』にノラはタランテラを踊り、『ヘッダ・ガブレル』に其主人公は物狂ほしい舞踏曲を奏するのは、皆尋常の叙述で盡せない深意をほのめかす象徴の妙である。

（「マアテルリンク」、『明星』明治三九・五、六）

（「イブセン」、『早稲田文学』明治三九・七）

ここに語られている、「象徴」による「内部精神」の「真髄」、或いは「人生の全部」、その「深意」の把捉とは、上述の日露戦後文学に向けた敏の要請の内実と契合するものに他ならないだろう。この「象徴」の文学もまた、敏の希求する「真面目」に支えられた「人生に対する深刻なる考究、真摯なる態度」によって生み出されるべき「新文芸」の一様式として捉えられていたのである。そしてそうした「時処の約束を超越した真」への志向が、取りも直さず「象徴詩釈義」の告げる「思想感情の本質その物を捉へて、時処の約束覊範より脱出せしめ、その最高最広の意義を明にする」という「象徴詩」の意義と全く同一であることは言うまでもない。従って「象徴詩釈義」は、このような混迷する日露戦後の文壇の状況への敏の提言という側面もまた備えていたと考えられるのである。明治三十九年前後の時期、「戦後の文壇」に向けた発言を繰り返してゆく中で、恐らく敏は、自らが紹介と翻訳を試みた「象徴詩」を、来るべき戦後文学の一方向として新たに意味づけ、認定するに至ったに相違ない。敏がここで、とくにマラルメの寓意的な「象徴詩」を取り上げて改めて「釈義」を加え、「コレスポンダンス」による「思想感情の本質そのもの」「時処の差別を除きたる一世相の真體」の表出として「象徴詩」の新たな性格規定を行ったのは、そのような「象徴詩」の担う意義に関する敏の認識の変化に対応してのことであったと推測することが許されよう。敏に於いて「象徴詩」は、このように「過渡時代」としての戦後の現実の中で「真」「本質」を追尋する「新文芸」の成立を提言する意図の埒内で再規定がなされることになったと考えられる。既述の如き敏の意図が託されていた「象徴詩釈義」は、同時にこうした更に大きな文脈の中に位置付けることが出来るのである。

ところで「象徴詩釈義」が発表されて数ヶ月後、長谷川天渓は、「今は一切の幻像、破壊せられたるなり」という一文に始まる評論「幻滅時代の芸術」（『太陽』明治三九・一〇）の中で、

遊芸的分子を芟除して、真実體を発揮したるもの、これ正に将来の芸術たらざるべからず。宇宙其の物には何等かの実體本相あり、豈宇内の万物万事に実相なからずして可ならむや。（中略）此の真體を具体化すれば、則ち清新の芸術生ず。

と述べている。ここに言う「将来の芸術」が、当時急速に台頭しつつあった自然主義文学を指し示すものであることは言うまでもあるまい。このような自然主義の文芸思潮に於ける「真実」「真體」への志向は、以後、「自然派の主張は、芸術の理想を真実という一点に帰して、人生内面の事実、究極の真実といふ如きものをとつて、飾らず構へず、ありのまゝに之を表現せんとするに在る」（片上天弦「平凡醜悪なる事実の価値」、『新声』明治四〇・四）という指摘や、「目下の現実世態は急転直下の勢を以て変遷推移しつゝ、ある過渡期である、而して我が自然主義は恰も此の過渡期に産れ恰も眼前に推移しつゝある現実世相を直写せんと試みてゐる。」（金子筑水「自然主義論」、『新小説』明治四〇・一二）、或いは「写実的自然主義は、（中略）出来得る限り主観を抑へて純客観的態度を以て人生に莅み、かくして以て人生即ち世相の自然即ち真相を描かむと試みぬ。」（樋口龍峡「自然主義論」、『明星』明治四一・四、五）等の発言によって強化されることになるだろう。こうした状況の中で「象徴詩」によって捉えられる「真」「真相」をその意義として強調した「象徴詩釈義」は、以上のような自然主義的な「真」の追求と極めて近接した外観を呈することになる。換言すれば、日露戦後の時代認識に基づく敏の「象徴詩」をめぐる発言は、その意図に反して[25]、同時代の文壇を席巻する勢いを示す自然主義の文芸思潮に合致する内容を提示する結果となったので

ある。

明治三十九年十一月の『早稲田文学』「彙報」欄に掲載された（無署名）「新体詩界」は、当時の詩壇の動向について「前年の斯壇に問題として遺された標象詩は、（中略）種々の意味に於ける一種の自然派的傾向を生じた如く見受けられる」とし、「徒らに新奇を逐ふ一時の流行的現象に過ぎずと思ひ做されたりし標象詩は、自然派的傾向と相渾合するに及んで、こゝに漸く其の潮流の順路に就かんとするに至ツた。」と指摘した上で、次のように述べる。

畢竟技巧上の一主義たるに過ぎざりし表象主義、乃至自然主義が、実際生活の問題に触るゝに及んで、茲に相抱合して、この問題に対する感想の表白を試みんとするに至るは、寧ろ当然のことであらう。

同様に、翌年発表の絲川子（相馬御風）「詩壇時評」（『早稲田文学』明治四〇・一二）に於いても、冒頭で「一昨年頃からわが詩壇の一方に頭を擡げつゝあった近代標象詩的作風が、昨年に入つて新たに起り来たれる種々の意味に於ける自然派的傾向と相合して、最近の我詩壇に一大潮流を成さうとする趨勢を示した事」が確認された上で、「もの足らぬながらも「星よ」「菫よ」の口吻を真似て我と我心を偽り欺き来りたる新時代の子をして、今や正に真生活の苦悶憂愁を告白せしむべき形式を得しめた」、或いは「現今の若き人の胸に起る諸の苦悶なり憂愁なり将又勇躍なりを告白すべく、少なくとも今に於いて、此新詩風が最も適切な形式であると云ひたい」という指摘がなされている。これらの評言に示されているように、象徴主義と自然主義が殆ど同時に成立を見た日本に於いて、象徴主義は自然主義と「相渾合」し、急速に「自然派的傾向」を帯びてゆく。[26]「象徴詩釈義」は、「一世相の真體」の表出という規定それ自体に於いて、敏自身の意図とは別に、そのような同時代に於ける日本の象徴主義の変質という事態と確実に対応する面を孕むこととなったと言えよう。こうして敏の発言は象徴主義が急速に自然主義に吸収、統合されてゆく当時の文学的状況の裡に包摂され、埋没することとなる。そしてそこで提起されていた「コレスポンダンス」に基づく独自の「世界観」に支えられた「象徴詩」という極めて本質的な問題は閑却され、放置されたままに終わるのである。

周知の如く日本の近代詩壇は明治四十一年に至って自然主義への傾斜を顕著に示す。「詩界に於ける自然主義」が提唱され、「人生自然に対して偽り欺かざる「真の我れ」が詠嘆の声」「赤裸々なる心の叫び」を表現する口語自由詩が要請される（相馬御風「自ら欺ける詩界」、『早稲田文学』明治四一・一二、「詩界の根本的革新」、同上、明治四一・三）のである。更に詩に於ける自然主義の立場から、蒲原有明の象徴詩の達成を示す第四詩集『有明集』（明治四一・一）に徹底的な批判が加えられる（松原至文・藪　白明・福田夕咲・加藤介春「『有明集』合評」、『文庫』明治四一・二、相馬御風「『有明集』を読む」、『早稲田文学』明治四一・三）。第二篇に於いて詳述するように、『海潮音』の「象徴詩」を積極的に受容しつつ、「コレスポンダンス」を中核とした独自の象徴主義の理念に支えられることによって確立した有明の象徴詩[27]が、そのように自然主義の側から全面的に否定されるに至ったことは、如上の「象徴詩釈義」の帰趨とともに、日本の近代象徴詩の大きな屈折を告げる事態に他ならなかった[28]。そして敏自身は、明治四十年十一月から一年間の外遊体験を経て、「人生のための文芸」に向けた新たな歩みを開始することになる。

既述の如く敏の多様な意図に支えられていた「象徴詩釈義」には、更にこのような日本に於ける象徴主義受容の捻れもまた投影されることになったと言わなければならないのである。

注

（1）　敏が用いたマラルメのテクストは、引用された原詩のヴィルギュルの位置から、*Vers et Prose* (Perrin, 1893) であると推定される。マラルメ詩のヴァリアントに関しては、*Œuvres complètes de S.Mallarmé.* tom. I. Poesies (Flammarion, 1983)

を参照した。

（2）但し敏はこの詩の翻訳に際しても原詩の句型と音調に無自覚であった訳ではない。『海潮音』では、八音綴で綴られたボオドレール「梟」が七五調で、又サマン「伴奏」中の八音綴の詩句が五七調で訳出されており、敏に於いては、七五調（五七調）が八音綴の句型に対応する音数律として意図的に採用されていたと考えられる。

（3）この翻訳に於いて、「む」という意志を表す助動詞とともに、「（対立的な状況の下でも）やはり」（『岩波古語辞典』）の意味を持つ副詞「はた」が用いられることによって、二者択一の意志が判然と示されている。

（4）日夏耿之介「明治大正詩史」（河出書房新社版『日夏耿之介全集』第三巻、昭和五〇・一、四二六頁）

（5）河村政敏「象徴詩釈義　補注」（日本近代文学大系59『近代詩歌論集』角川書店、昭和四八・三、四一一頁）

（6）Albert Thibaudet, *La poésie de Stéphane Mallarmé* (Gallimard, 1926). p.48

（7）例えば、*Stéphane Mallarmé, Poems*, translated by Roger Fry. Commentary by Charles Mauron (Oxford University Press, 1937). p.272.; Charles Mauron, *Mallarmé L'obscur* (José Corti, 1941). p.146.; *Stéphane Mallarmé, Poésies*, Gloses de Pierre Beausire (Lausanne, 1945). p.195. 等が挙げられる。

（8）A. R. Chisholm, "Mallarmé: 'Quelle soie aux baumes de temps'(1885)", in *Journal of the Australasian Universities Modern Language Association*. vol.no.12(1959)

（9）Lloyd James Austin, "Les Moyens du mystère chez Mallarmé et chez Valéry", in *Cahiers de l'Association Internationale des Etudes Françaises*. 15(1963). 但し、引用は、L. J. Austin : *Essais sur Mallarmé* (Manchester University Press, 1995) による (p.168)。

（10）D. J. Mossop, "Mallarmé's 'Quelle soie...' and 'M' introduire dans ton histoire'", in *The Modern Language Review* (octobre, 1976).

（11）Robert Cohn, *Toward the Poems of Mallarmé* (University of California Press, 1980). p.220.

（12）*Œuvres de Mallarmé* (Garnier, 1985). Note par Yves-Alain Favre. p.539.

（13）*Stéphane Mallarmé, Collected Poems*, translated and with a commentary by Henry Weinfield (University of California Press, 1994). pp.236-7.

(14) Frederic C. St. Aubyn, *Stéphane Mallarmé* (Twayne Publishers, 1989). pp.111-2.

(15) この詩に分析を加えた主要な日本語文献として、原亨吉「マラルメの後期ソンネえの註釈（その四）」（『関東学院大学経済系』一八、一九五四・二）及び高橋達明「マラルメの「時の香りのしみついた、いかなる絹が」について」（『京都女子大学　人文論叢』二二、一九七三・一二）が挙げられる。前者は、「詩篇は後半に入つて一転する。旗と髪の間に迷いの余地はない。だが、更に困難なalternativeがある。（中略）詩人たることと愛人たることの間の矛盾。大文字をもつて記されたGloire「光栄」は、「個人的名誉」であり、詩人はひたすらこれを求めるのである。しかし、これは恋愛と相容れない。」と述べて、「この一篇は、恋愛と芸術の背反に終り、何らの解決をも示していない」ことをいち早く指摘している。また後者も、二者択一としての読解を退け、「詩を求めて死に至る詩作者の存在論」を背景とした「栄光ある絶望」を「一篇の主題」と見ている。

(16) C. Audic, "Stéphane Mallarmé, la poésie décadente", in *La Revue Scolaire* (24 janvier au 15 février 1895). 但し引用は、Carl Paul Barbier (présentés par), *Documents Mallarmé III* (Nizet, 1971) による (p.283)。

(17) 先行研究の中では、前引のチザムが、本ソネ冒頭の《Chimère》が「創造的な夢想」を表し、それが《correspondence (in the technical, Symbolist sense of the term)》によって〈芸術家の夢・兵士の夢・詩人の夢〉という三つのレヴェルに関与することを指摘しているが、「コレスポンダンス」を中核としてこの詩を読み解いている訳ではない。

(18) 敏は、他に「マアテルリンク」（『哲学雑誌』明治四〇・一一）、「総合芸術」（『芸文』明治四三・五、七、八）等の中で「コレスポンダンス」の問題に言及している。

(19) E. Vigié-Lecocq, *La Poésie contemporaine, 1884—1896* (Mercure de France, 1886). pp.208-216.

(20) Arthur Symons, *The Symbolist movement in literature* (W.Heinemann, 1899). p.138.

(21) この自然主義と象徴主義との関係に関しては、森鷗外訳・フォルケルト「審美新説」（『めさまし草』明治三一・二〜三二・九にかけて十回に亘って連載の後、明治三三年二月に春陽堂より単行本として刊行）に於いていち早く、「故に自然主義の詮義中後自然主義を容る、ことを欲せざる者は以為らく。自然主義は芻狗となれり、而して放胆なる能変主義、空想主義、深秘主義、象徴主義、新理想主義はこれに代れりと。所謂紀季（Fin de siècle）を口にし、象徴派（Symbolists, Décadents）と称するものは、これに縁りて自然派を以て陳腐憫笑す可きものとなせり。然れども此一転化も亦旧所変自然主義と其骨髄を同うす。後自然主義はその自然に煩渇し自然に朶頤する情愈々深く、直ちに進みてその深秘なる内性《インチミテエト》を暴露せんことを期するなり。是れ余の前後二派を通じて、これに自然主義の名を命ずる所以なり。」と指摘している。こうしたフォルケルトの見解が、後の日本に於ける象徴主義理解に大きな影響力を持ったと言えよう。

(22) 生田長江「象徴主義（下）」には次のように記されている。——「象徴主義一帯に神秘的傾向があるのは、前に已に之を述べた。彼等の象徴を用ふる時、所謂万物照応（Correspondence）の理に基いて、其象徴と之によつて代表せらる、内容との間に、神秘的聯鎖ありと見る、換言すれば、象徴は手段にしてまた同時に目的なりとやうに考へるところ、特に注意すべき点である。」

(23) 蒲原有明は「詩人の覚悟（上）」に於いて、「内界と外界とは相互に交渉関聯を持続しつつあるものだ。孰れを主とも客とも判別しかぬるところに複雑な微妙な調子や色合ひが現れる。この交渉関聯（ボオドレエルが"Correspondences"といふソネツトを書いてゐる。）は本来円融無礙なるもの、ここが真の自由の境界、ここが即ち象徴主義の胎を受くるところだ。」と述べた上で、「近代の文学は人間中心の思想を脱し来つたところに深い味ひがある。」という極めて注目すべき発言を行っている。こうした理念が有明の象徴詩の世界の支盤をなしていたことについては、第二篇第三章「蒲原有明の詩的理念」を参照されたい。

(24) この講演は、京都帝国大学の特別講演会として、明治四十三年十月十四日から翌年二月二十四日まで毎週金曜日に開催されたものであり、その筆記録が、敏の没後、大正六年五月に実業之日本社より単行本『現代の芸術』として刊行されている。

(25) 敏は、「欧州に於ける自然主義」（『趣味』明治四〇・一〇）、「自然主義」（『新小説』明治四〇・一一）、「日本文壇を評す」（『文章世界』明治四一・一二）等に於いて、日本の自然主義に対する批判的見解を明瞭に提示している。

(26) このような象徴主義と自然主義が「相渾合」した当時の近代詩の様式については、第二篇第五章「『有明集』の位置」に於いて検討を加える。なお併せて拙稿「〈孟夏白日〉の詩—日露戦後に於ける近代詩の一様相—」（『菊田茂男教授退官記念　日本文芸の潮流』おうふう、平成六・一）も参照されたい。

(27) 蒲原有明に於ける『海潮音』の受容に関しては、第二篇第二章第三節「有明象徴詩の形成」で考察を加えることとしたい。

(28) 明治期象徴詩の変容、変質の問題に関しては、第三篇第二章「象徴詩の転回」に於いて、北原白秋『邪宗門』の分析をとおして考察を加える。

第二篇　蒲原有明論

第一章　『春鳥集』から『有明集』へ――「月しろ」を視点として――

蒲原有明の第四詩集『有明集』は、明治四十一年一月、易風社より刊行された。第三詩集『春鳥集』（本郷書院、明治三八・七）上梓の後、明治三十八年七月から四十年末にかけて創作、発表された作品、全五十一篇（うち翻訳詩四篇）を収めるこの詩集は、象徴詩の創出に向けられた有明の詩的営為の優れた達成を示す成果であると言ってよい。

『有明集』の巻頭には、「豹の血（小曲八篇）」の総題の下に八篇の十四行詩が配列されている。[1] これらは何れも、『有明集』公刊に間近い、明治四十年六月より十一月に至る時期に発表された作品である。明治四十年は有明にとって「最も油の乗りきった一年」[2] とも言うべく、優れた作品が数多く発表されているが、とりわけ詩集巻頭を飾る右の八篇は、有明の象徴詩の到達点を示すものとして、極めて高い完成度を備えている。

本章では、「豹の血」所収の作品の裡、「『有明集』中でも最高傑作のひとつ」[3] と評される「月しろ」一篇を取り上げて分析を加えた上で、『春鳥集』から『有明集』への展開の経緯、換言すれば有明象徴詩の形成の過程を明らかにしてみることにしたい。

一　「月しろ」考

月しろ

淀《よど》み流《なが》れぬわが胸《むね》に憂《うれ》ひ悩《なや》みの
浮藻《うきも》こそひろごりわたれ黝《くろ》ずみて、
いつもいぶせき黄昏《たそがれ》の影《かげ》をやどせる
池水《いけみづ》に映《うつ》るは暗《くら》き古宮《ふるみや》か。

石《いし》の階《きざはし》頽《くづ》れ落《お》ち、水際《みぎは》に寂《さ》びぬ、
沈《しづ》みたる快楽《けらく》を誰《たれ》かまた讃《ほ》めむ、
かつてたどりし佳人《よきひと》の足《あ》の音《と》の歌《うた》を
その石《いし》になほ慕《した》ひ寄《よ》る水《みづ》の夢《ゆめ》。

花《はな》の思《おも》ひをさながらの禱《いのり》の言葉《ことば》、
額《ぬか》づきし面《おも》わのかげの滅《き》えがてに
この世《よ》ならざる縁《えにし》こそ不思議《ふしぎ》のちから。

追憶《おもひで》の遠《とほ》き昔《むかし》のみ空《そら》より

池《いけ》のこころに懐《なつ》かしき名残《なごり》の光《ひかり》、
月《つき》しろぞ今《いま》もをりをり浮《うか》びただよふ。[4]

「月しろ」は、『文庫』明治四十年六月十五日号に「月魂」の表題で初出発表され、[5]既述の如く『有明集』巻頭の「豹の血」中の四番目に配列されている。この作品の備える七五七・五七五交互調のリズムは「豹の血」全篇に採用されている形式であり、集中で最も多く用いられている定型律であるが、夙に指摘されているように、これは「上田敏の試みに導かれて生まれたもの」[6]に他ならない。即ち『海潮音』所収の高踏派の詩人エレディアの訳詩「出征」に於いて敏が試みた五七五・七五七交互調を踏まえて「案出」されたリズム形式と考えられるのである。既に第一篇第一章に於いて論じたように、敏の採用したリズムは、原詩のアレクサンドランの容量と安定感に対応させるために試みられた形式であった。敏は更に漢語の多用や句切りの工夫等を通して、息の長い訳詩の詩行に緩みのない緊張を与えようとする。こうして敏の訳詩は、原詩の「高踏派の壮麗体」としての特色に照応する格調の高さを獲得していたのである。有明がこのような敏の採用した形式に触発されたことは確かであるにしても、「月しろ」が高踏派の訳詩とは対蹠的な性格を備えるに至っていることは注目に値する。即ち「月しろ」に於いて七五七・五七五交互調[7]——七五の音数律の反覆に、自立性の強い五七五のリズム単位が交差する——は、この詩の精妙な音色効果と相俟って、うねりたゆたいながら、揺らめき流れ行く持続的な音楽性を生み出しているのである。この微妙にして豊かな、持続的、流動的な音楽性が、詩形上の典拠である高踏派の訳詩との対照性を際立たせながら、「月しろ」全体を貫き流れて一篇の統一性、更に自立性を強める。そしてこのような音楽性は、「月しろ」の内質と見事に調和しているのである。

さて「月しろ」は、こうした精妙な音楽を響かせながら次のように始まる。

淀《よど》み流《なが》れぬわが胸《むね》に憂《うれ》ひ悩《なや》みの
浮藻《うきも》こそひろごりわたれ黝《くろ》ずみて、
いつもいぶせき黄昏《たそがれ》の影《かげ》をやどせる
池水《いけみづ》に映《うつ》るは暗《くら》き古宮《ふるみや》か。

抑揚とくぐもりが絶妙に交錯する右の第一連は、「月しろ」の構造を垣間見せる極めて重要な部分である。即ちここで、「淀み流れぬ」「池水」のイメージ――「黄昏」が鬱陶しげな微光を投げかけ、「黝ず」んだ水面には「浮藻」が広がっている――は、「憂ひ悩み」に閉ざされた「わが胸」の「淀み流れぬ」状況と緊密に重ね合わされている。「わが胸」と「池水」の完璧な重層化がここに成立する。この両者は、「淀み流れぬ」という冒頭の一句を軸として解きほぐし難く絡み合いながら、等価で相互に置換可能な詩的価値を担うのである。こうして「池水」に関わる種々のイメージが、鬱屈し、暗く澱んだ内面の様相を映像化することになる。「月しろ」はこのような二重化された構造を備えており、内面世界の形象化を果たす場としての「池水」の上に映し出される様々の映像が作品の展開を導いてゆく。

「池水」に最初に映し出されるのは「古宮」である。この「古宮」は、第二連冒頭の詩句が示唆しているように、人知れずひっそりと崩落しつつある廃墟[8]であり、更に第三連を参照するならば荒廃した寺院と見てよいだろう。こうした映像が「池水」に、即ち「わが胸」に浮かび上がるのである。ここで「池水《いけみづ》に映《うつ》るは暗《くら》き古宮《ふるみや》か」という詩行に於いて助詞の「か」が看過しえぬ微妙な効果を発揮していることに留意すべきであろう。それは、「わが胸」中に突然に現れた廃墟のイメージに対する作中の〈われ〉の訝りの念を巧みに描き出している。換言すれば〈われ〉の理解を超えた、内面の夢想の動きそのものが、「か」という助詞に託された訝しさや軽い驚きの念を通して周到に捉えられているのである[9]。

このような「古宮」の映像が、やや唐突さを感じさせもする以下の詩句を導く。

沈《しづ》みたる快楽《けらく》を誰《たれ》かまた讃《ほ》めむ、
かつてたどりし佳人《よきひと》の足《あ》の音《と》の歌《うた》を
その石《いし》になほ慕《した》ひ寄《よ》る水《みづ》の夢《ゆめ》。

ここには、かつての一人の女性との交渉が極めて婉曲的に描き出されている。そしてその過去の体験をめぐる或る種の葛藤が暗示されるのである。「沈みたる」という詩句は、前行の落下のイメージ（「石《いし》の階《きざはし》頽《くづ》れ落《お》ち」）の孕む下降の動きに照応しながら、「快楽」、即ち「佳人」との恋愛が既に失われ、過去の裡に埋もれたものに過ぎないことを示す。そのように最早取り戻すすべのない、失われた恋の喜びを今更讃美することの無益さを説く声が発せられる一方で、「古宮」の「石」の上をひそやかな「足の音の歌」を響かせながら歩みすぎた「佳人」に「なほ慕ひ寄」らずにはいられない「水の夢」がそれに対置されるのである。失われた過去への空しい讃歎に対する譴責の声と、それでもやはり抑え切れぬ思慕、追惜の情——ここに、有明の多くの詩に繰り返し現れる理性と情念の対立、葛藤の図式を読み取ることは十分に可能である。そしてそれらの作品と同様、この「月しろ」もまた情動の導きに従うことになる。

こうして第三連では、「水の夢」、即ち〈われ〉の「胸」中の夢想が向かってゆく「佳人」の姿が描かれる。額ずき、祈りを捧げる女性の姿、その面影が、香しくも美しい祈りの言葉とともに、「滅えがて」の、消え去ることのない映像として喚起されるのである。仄かな明るみに包まれたその姿は、「沈みたる」過去のものでありながら、消え失せることなく浮かび続けている。その時、

この世《よ》ならざる縁《えにし》こそ不思議《ふしぎ》のちから

という一句が強い調子で発せられる。まさしく「追憶《おもひで》」こそは、流れ去る時間の中に失われたものを現在の裡に再生せしめる、或いは過去を現在に繋ぎ止める「不思議のちから」に他ならない。現実には最早取り戻しえぬ過去の一瞬間が、時の流れを遮断して現前する「追憶」、そのような現実とは異質の秩序が支配する世界とはまさに「この世ならざる縁」として生成する領域なのである。最終連は、「追憶」の複雑微妙な機制を捉えた右の詩句を介して、そのような「追憶」に耽る内部の様態そのものの形象化をはかる。

池《いけ》のこころに懐《なつ》かしき名残《なごり》の光《ひかり》、
月《つき》しろぞ今《いま》もをりをり浮《うか》びただよふ。

「池のこころ」という詩句によって第一連との対応を改めて示唆しながら、淀んだ「池水」の上に揺らめき、漂い続ける「月しろ」のイメージが描き出される。このしめやかな映像は、この詩の構造を顧みるならば、鬱屈した「わが胸」の裡に浮かび上がり、揺らぎ続けるものでもあることは言うまでもない。即ちそれは、〈われ〉の内面に現れて「滅《き》えがてに」揺らめく「追憶」そのものを象るイメージに他ならないのである。「追憶」に浸る内面世界の状況が、「池水」に浮かび漂う「月しろ」のイメージを通して見事に形象化されていると言ってよいだろう。「月しろ」に託されたこの〈追憶〉のテーマが有明に於いて重要な意義を担っていることについては、既に渋沢孝輔氏が周到に論じているとおりである。事実、第一詩集『草わかば』（新声社、明治三五・一）の時点から、〈追憶〉を主題とする作品は数多く見出される。

追憶《おもひで》深きかがやきぞ
迷ふわが身のたよりなる

されば照らせ荒磯に
また闇《やみ》沈む墓《はか》かげに

（「かたみの星」第三連）

「迷ふわが身のたより」としての〈追憶〉に没入しようとする心の動きを描く右の「かたみの星」（『草わかば』、初出未詳）は、有明に於ける〈追憶〉の契機の担う意義を端的に告げている。「追憶《おもひで》」が、「荒磯」や「闇《やみ》沈む墓《はか》かげ」と対照的な「深きかがやき」に満ちた世界として描き出されているように、有明に於いて〈追憶〉の世界は、「憂《う》さいぶせさ」（『草わかば』所収「かすかに胸に」、初出未詳）や「嘆《なげ》く日」（『草わかば』所収「恋ぐさ」、初出未詳）を逃れて身を委ねるべき領域、現実の痛苦を忘れ去ることの出来る「歓び」（「かすかに胸に」）の世界として意味づけられているのである。『草わかば』や第二詩集『独絃哀歌』（白鳩社、明治三六・五）には、このような悲嘆や憂愁の「闇」に覆われた「人の世」と、そうした現実を没却した〈追憶〉の「かがやき」と「歓び」に溢れた領域との対立の構図が判然と認められるのである。そして

愁ひのかげは掩《おほ》ひ来て
闇となる身のはかなしや
幾世《いくよ》なやみの羽音《はおと》さへ
さても聞きしるわがこころ

げに人の世のことわりの
深きにほひもたそがれて
浅瀬《あさせ》すべなきわづらひの
流《ながれ》に夢は乱れけり

魂《たま》の身かをる桂《かつら》かげ
天《あめ》なる光恋ふれども
身はいたづらに沈みゆく
卑《ひく》きなやみをいかにせむ

と記される（『草わかば』所収「憂愁」後半部、初出未詳）ように、遂には全てが死へと押し流されてゆく「人の世のことわり」、その「愁ひ」や「わづらひ」に苛まれ、「闇」が増しゆく中で、「天なる光」への思慕が一層切実に語り出されるのである。有明に於ける〈追憶〉の占める位相がそこに示されている。

光かすかに日は落ちて
愁はせまるゆふまぐれ
またうちさわぐわが胸の
ものおもひこそあやしけれ

つつむは何のこころぞや
憶《おも》ひいづるぞさてはよき

（中略）

樹杪《こずゑ》わかるる光こそ
雲にかくれてゆきにしか

今宵《こよひ》は昔たえはてし
清きしらべもかへり来《こ》よ

つつむといふもこころから
ああまたおもひいでてまし

嗚呼かの野辺のかたらひや
その幸常久《さちとは》に盡《つ》きざれば
よろこびの華褪《はなあ》せずして
生命《いのち》の草《くさ》もにほふなり

つひにつつむにたへがたし
おもひいづるぞさてはよき

（『草わかば』所収「追憶」冒頭部及び後半部、初出『片袖』明治三四・九）

「愁」に包まれた胸中に甦って来る思い出の微妙な動きを追って展開するこの詩に於いて右の後半部は、〈追憶〉へと傾斜する抑えがたい心の揺らぎを描き出しながら、「かの野辺のかたらひ」、その過去の至福の時間が永遠に失われることのないものであると言う（「その幸常久に盡きざれば」）。換言すれば、〈追憶〉を通して過去の「幸」に満ちた瞬間が永遠化されるのである。既述の「月しろ」がこうした〈追憶〉をめぐる一連の作品の系譜に連なるものであることは言うまでもない。そして同時に、〈追憶〉に耽る内面世界の様相そのものの形象化に向かっている点で、「月しろ」は『草わかば』『独絃哀歌』の世界からの確実な展開を見せてもいるのである。

更に以上のような「月しろ」の詩的世界に、先述の音楽性が緊密に対応していることも見逃しがたい。この詩を貫くうねりたゆたいながら流れる持続的な音楽は、夢想＝「追憶」の動き自体と深く照応しながら、その持続性に於いて作品世界に自立的な統一性を付与することになる。「月しろ」の備える音楽的性格は、詩的世界の自立性を高める上で大きな役割を果たしつつ、内面の夢想の動きそのものを見事に捉えているのである。

二　〈閉ざされた世界〉のイメージ

「月しろ」という作品は、内面世界を形象化する場としての「池水」のイメージの上に成立している。しかし何故「池水」であるのか。『有明集』を繙く時、そのような〈限られた水の広がり〉或いは〈淀んだ水溜り〉のイメージが重要な意義を担って作品に定着されていることに気付くのである。

底《そこ》の底《そこ》、夢《ゆめ》のふかみを
あざれたる泥《ひぢ》の香《か》孕《はら》み、
わが思《おもひ》ふとこそ浮《うか》べ。

浮漚《うきなわ》のおもひは夢《ゆめ》の
大淀《おほよど》のおもてにむすび、
ゆららかにゑがく渦《うづ》の輪《わ》。

滞《とどこほ》る銹《さび》の緑《みどり》に

濃《こ》き夢《ゆめ》はとろろぎわたり、
呼息《いき》づまるあたりのけはひ。　（第一―二連）

「底の底」（初出『新潮』明治四〇・九、初出題名「夢魔」）の冒頭二連である。「底の底、夢のふかみを」という一句が示唆する如く、この作品は、大きな淀みの底から「泥の香」を孕む泡が湧きだし、水面に浮かび上がって緩やかに揺れめぐる情景を描き出しながら、それが同時に、内奥の深みから不意に浮かび上がった「思」がしばらく胸中をたゆとう様と二重化されるという、重層的な構造を備えている。「底の底」とは内面世界の奥底、様々の夢想が領する深みの謂であり、その領域から「思」は「ふと」、即ち理性や意志の統制などと関わりなく唐突に浮上してくるのである。この詩でも「大淀」という〈淀んだ水溜り〉に於いて詩人の内的状況が形象化されていることは明らかであろう。或いは、

いと小《ち》さき窓《まど》
晝《ひる》も夜《よ》も絶《た》えずひらきて、
劃《かぎ》られし水《みづ》の面《も》のたゆたひをのみ
倦《うん》じたるこころにしめす。

という第一連に始まる「水のおも」（初出『太陽』明治四〇・三）では、「小さき窓」によって「劃られし水の面」、その「たゆたひ」が、「倦じたるこころ」と照応、一体化する。そしてその「劃られし水の面」に映し出される映像は取りも直さず、作中の「われ」の内面に浮かび上がる様々の想念に他ならない。「水のおも」に突然現れる「白鵠《びやつこふ》」の姿を「われ」は深い驚きを覚えながら（第六連「こはいかに」）見守るのであるが、その「白鵠」は「溶《と》けし焔《ほのほ》」と化した「波《なみ》」に包まれ、「聖詠《せいえい》」の声の響く中、焼き尽くされてしまう。このような作品の展開を受けて、末尾の一節は次のように記される。

われと嘲《あざ》みて
何《なに》ものかわれに叛《そむ》きぬ、
暗《くら》き室《むろ》、小《ち》さき窓《まど》、
倦《う》みて夢《ゆめ》みし
信《しん》の夢《ゆめ》、――それも空《あだ》なり。

ここには、「水のおも」に繰り広げられた光景が、「倦じたるこころ」の裡の「空な」る「信の夢」に他ならなかったことが端的に示されているはずである。これらの作品に於いて〈限られた水の広がり〉、〈淀んだ水溜り〉は、内面世界の形象化を果たす二重化されたイメージとして、作品構造の根幹を成す極めて重要な意義を担っているのであるが、更にこうした観点からすれば、『有明集』中に〈閉ざされた世界〉が繰り返し描き込まれていることは看過し得ぬ特色と言うべきだろう。〈閉ざされた世界〉のイメージとは、例えば〈甕〉（「甕の水」、初出『ひぐるま』明治四〇・一）、〈庭園〉（「穎割葉」、初出『詩人』明治四〇・六）であり、〈湾《いりうみ》〉（「寂静」、初出未詳）等である。それらは、程度の差はあれ、それぞれに詩人の内的状況と重ねられながら、それを形象化する機能を果たす一連の詩的設定に他ならない。このように内面と照応する外部世界として、〈閉ざされた世界〉が選ばれているのは極めて興味深いところであるが、そうした閉塞した世界を典型的に示すのが、有明詩に頻出する〈密室〉なのである。〈密室〉の詩的設定については後章に於いて検討を加えることとするが、「苦悩」（初出『太陽』明治三九・三）や「痴夢」（初出『早稲田文学』明治三九・四）その他の詩的世界を支える、内的空間そのものと化したこの〈密室〉は、「滅の香」（初出『あやめ草』明治三九・六、初出題名「追憶」）に於いて最も入念に描き出されている。

やはらかき寂《さ》びに輝《かがや》く

壁《かべ》の面《おも》、わが追憶《おもひで》の
霊《たま》の宮《みや》、栄《はえ》に飽《あ》きたる
箔《はく》おきも褪《あ》せてはここに
金粉《きんぷん》の塵《ちり》に音《おと》なき
滅《めつ》の香《か》や、執《しふ》のにほひや、
幾代々《いくよゝ》は影《かげ》とうすれて
去《い》にし日《ひ》の吐《と》息《いき》かすけく、
すずろかに燻《く》ゆる命《いのち》の
夢《ゆめ》のみぞ永劫《とは》に往《ゆ》き来《か》ひ、
ささやきぬ、はた嘆《なげ》かひぬ。
あやしうも光《ひかり》に沈《しづ》む
わが胸《むね》のこの壁《かべ》の面《おも》、
悩《なや》ましく鈍《ね》びては見《み》ゆれ、
倦《うん》じたる影《かげ》の深《ふか》みを
幻《まぼろし》は浮《うか》びぞ迷《まよ》ふ、——

（「滅の香」前半部）

解釈を加えるまでもなく、この「壁」に閉ざされた〈密室〉は、「われ」の「追憶の霊の宮」、追憶に耽る内面世界そのものである。その内部を「夢のみぞ永劫に往き来」う。この作品ではそのような内面の状況が、〈密室〉の内側の、言わば外部の現実世界とは全く異質な、実体をもたぬ「香」や「にほひ」の如き朧ろな感触を通して見事に捉えられているのである。

以上のように『有明集』に繰り返し現れる〈限られた水の広がり〉及び〈閉ざされた世界〉のイメージは、極めて重要な役割を果たしている。水面に様々の映像を映し出し、同時に、透かし見ることの出来ぬ深みに生じた泡を浮かべる〈淀んだ池水〉や、四方を壁で閉ざされた〈密室〉は、不意に浮かび上がってきた夢想や追憶に没入してゆく詩人の内的状況を形象化する二重化されたイメージとして定着されているのである。それらは、〈限られ、閉ざされた場〉であることに於いて、その役割を十全に果たしている。即ち内面世界は、そのような〈閉ざされた場〉に重ね合わされることによって初めて、それ自体で自立した別乾坤として成立することが可能となったのである。換言すればその背後には、自己の内面世界を閉じられた、固有の自立的な領域と見做している有明の認識がある。(10) 〈池水〉や〈密室〉は、そうした内部世界の様態に照応するイメージとして作品の構造を支えることになる。『有明集』の詩的世界の成立は、このような詩的構造の形成、或いは二重化されたイメージとしての〈閉ざされた世界〉の発見と決して無縁ではなかったはずである。

三　『草わかば』から『有明集』へ——有明詩の展開——

嗚呼高き虚空《そら》、遠き海、
際涯《はて》なきものの世にふたつ、
かたみにあぐる盞《さかづき》に
光あふるる虹の色。

（「幻影」第三連）

『有明集』が〈閉ざされた世界〉の上に成立しているとすれば、他方、『草わかば』『独絃哀歌』の二詩集に頻出する〈無限の広がり〉を示すイメージもまた、その対極に於いて有明の詩的世界を支えていると言ってよい。右の「幻影」（『独絃哀歌』、初出『明星』明治三四・一）が呈示しているように、「際涯なきもの」たる「虚空」と「海」、そして溢れる「光」が言わば三位一体となって〈無限の広がり〉に満ちた世界を形成するのである。それは、〈彼方〉の「楽園」のイメージに他ならない。

嗚呼塵染めぬ翅《つばさ》かげ
わが身を納《い》れよかくばかり
愁ひはさわぐ激浪《おほなみ》の
やみがたくしてすべぞなき

鷗よ行方《ゆくへ》遠からむ
消え去るかげを惜めども
可怜小汀《うましをばま》のいづかたを
汝《な》が恋ふとしも知らざりき

おもひはつきずある夜また
夢に潮《うしほ》の流れ来て
大海《おほうみ》とほくかぎりなき
そのはてをしも慕ひけり

（『草わかば』所収「可怜小汀」第四―六連、初出『神来』明治三二・七）

この時音《ときおと》もかすかに大蓮華《だいれんぐわ》の

蕾の夢さめ、人をなつかしみて
『かなたへ、君よ南へ、緑の国、
情の日の彩饒《あやおほ》き空の下へ。』——
声音《こわね》もかくいと熱く誘《さそ》ひなせば
君はたせめていなまじ——『さらば彼処、
燄の愛のこころの故里へぞ。』——
ふたたび、嗚呼また三度語るを聴け、
『楽園涅槃《ねはん》の土のにほふところ
歓楽《よろこび》盡きぬ種子《たね》こそ常花《とこはなひら》発け。』
（『独絃哀歌』所収「蓮華幻境」後半部、初出『明星』明治三四・九）

有明初期の二詩集『草わかば』『独絃哀歌』に於いては、このような〈彼方〉の世界への志向が繰り返し語り出されている。それは、「際涯なき」海と空の彼方、「彼処」の光の遍満する領域であり、そしてまた「地《つち》なる愁」（『独絃哀歌』所収「頼るは愛よ——二」、初出『明星』明治三四・一二）の彼方の「愛」と「歓楽」に満ちた世界である。そうした〈彼方〉への憧憬の裡に有明の浪漫主義的志向を看取することは容易であるが、寧ろここでは〈彼方〉の世界が海や空、そして光という〈無限の広がり〉のイメージとの結合に於いて呈示されている点に注目しておきたい。遍満する光のイメージは更に次のようなイメージを派生させる。

さこそは、さこそは愁《つら》き露なりけめ、
涙や、しほや、——さはあれ高き愛の

涓滴《したゝり》それぞと汝《なれ》もたのみけむか。――
小草よ花よ、今日こそたたへまつれ、
わびしき暗とかげとのへだて脱《お》ちて
この岸光あふるる天《あめ》の泉。

（『独絃哀歌』所収「頼るは愛よ――三」後半部、初出『明星』明治三四・一一）

溢れかえる光は溢れ流れる泉の水のイメージと結び付き、更に「愛の泉」（『草わかば』所収「ゆふづつ」、初出未詳）、「生の泉」（『独絃哀歌』所収「あだならまし」、初出『明星』明治三四・八）という詩句を介して、愛や生命の豊かな流れに通じてゆく。〈淀んだ池水〉とは対蹠的なこの溢れる泉、その滴り流れる水のイメージはまた豊かに流れる水そのもののイメージと類比的関係をもつ（「さめよ種子、うるほひは充つ、／さやかなる音をば聴かずや、／流れよる命《いのち》の小川／涓滴《したゝり》のみなもといでぬ。」――『独絃哀歌』所収「歓楽」、初出『国文学』明治三五・一）のであり、その一方で光は、自在に天翔る鳥のイメージと連結して、自由な夢想の羽搏きを象るのである。

光は白き鳥となりて
輝く空の黎明《あさあけ》に、
めざめてもなほ麗はしき
夢の翅《つばさ》や。

（『独絃哀歌』所収「光の歌」第一連、初出未詳）

このように『草わかば』『独絃哀歌』に於いては、〈閉ざされた世界〉とはまさに対極的な〈無限の広がり〉のイメージが基調をなしている。それらは、果てしない海や空の彼方の光の遍満する世界を呈示し、また豊かに溢れかえる泉水や自在に飛翔する鳥という派生的イメージを生み出しつつ、豊かな愛や生命の所在を示すのである。

勿論これらの詩集に〈閉ざされた世界〉のイメージが見出されない訳ではない。寧ろその対立の構図は第一詩集中に既に認められる。

牡蠣《かき》の殻《から》なる牡蠣の身の
かくもはてなき海にして
獨《ひと》りあやふく限ある
そのおもひこそ悲しけれ

身はこれ盲目《めしひ》すべもなく
巌《いはほ》のかげにねむれども
ねざむるままにおほうみの
潮《しほ》のみちひをおぼゆめり

いかに黎明《あさあけ》あさ汐《じほ》の
色しも清くひたすとて
朽つるのみなる牡蠣の身の
あまりにせまき牡蠣の殻

（「牡蠣の殻」第一―三連）

右の詩「牡蠣の殻」（初出『明星』明治三四・五、初出題名「牡蠣の殻なる」）には、「牡蠣の殻なる牡蠣の身」と「はてなき海」との対比を通して、〈閉ざされた世界〉と〈無限の広がり〉の対立の図式が判然と示されている。『草わかば』や『独絃哀歌』は、このような構図を背後に潜めながらも、「地《つち》なる愁」ならぬ〈彼方〉に向ける詩人の憧憬の眼差しによって、作品世界の様相が強く規定されているのである。(11) 先に述べた〈追憶〉への没入を描く一連の詩も、以上のような詩集の性格と緊密に対応していると言えよう。そして以後の有明詩の展開とは、そうした詩人の視線が変容し、その詩的世界を支える両極の間の比重が変化してゆく過程に他ならないのである。

そのように考える時、第三詩集『春鳥集』は、有明の視線の向けられる方向が、〈彼方〉から「地なる愁」へと完全に転換していることを明瞭に示している。遍満する光のイメージが作品世界を照らし出すことは最早なく、また〈彼方〉から「光」をもたらすはずの「命のふね」は「ま闇のおくが」に停泊せざるを得ない。「みなといり」（初出『新潮』明治三八・三）は次のような作品である。

常夏《とこなつ》の小島《をじま》を離《か》れて、
いく波折《なをり》、いく日、わだつみ、――
水手《かこ》はいま眼《まなこ》をあげぬ、
さがあしきこの港《みなと》いり。

（中略）

天人《てんにん》の食《じき》、つらき世に、――
はたくらきこの日よそほひ
かざらむの命《いのち》のふねや、――
真帆ぞ、ああ、喘ぎはためく。

もたらしし光けおされ、
わきがたし真帆と水手《かこ》とを、
いづこにか泊《は》てつる船ぞ、
まばゆかるま闇のおくが。

（第二、四、六連）

（中略）

「天人の食」「光」を積み込んだこの「命のふね」は、「つらき世」「くらきこの日」の「闇」の裡に遂に没してしまう。「地なる愁」の彼方の世界への憧憬も、この「世」の「愁」からの救済の可能性も既に失われた状況を、この詩は沈鬱に語り出している。そして「つらき世」「くらきこの日」そのものが次のように描き出される。

こころはここにつながれて、
身は沈みゆく埴《はに》の星。
幻師《げんし》やすゐし妖《えう》の座《ざ》の
あたりさりあへずわれは聴く、
光に朽つる石人の
『刹那《せつな》』の蠹魚《しみ》を。

くぐもる殻《から》は生《お》ひかはり、
翅《つばさ》掩へる当来《たうらい》の

鳥座《とぐら》ぞとほき。――真夜《まよ》、まひる、
まぼろし、夢の憂《う》かる世を、
　嗚呼破《や》りがたし、石人の
　　領《し》らす囚獄《ひとや》は。

（「宿命」末尾二連、初出『太陽』明治三七・一、初出題名「石人」）

見よ、簿冊《ぼさつ》の金字《きんじ》――
星なり、運命《うんめい》の
巻々《まきく》音もなし。
一ぢやう、おひめある
ともがら（われもまた）
償《つぐな》ふたよりなさ、
囚獄《ひとや》の暗《やみ》ふかき
死の墟《つか》、――いかならむ、
嗚呼、その魂《たま》の夜《よる》。

（「魂の夜」第三連、初出『精華』明治三八・三）

これらの詩が明らかに告げているように、「われ」を就縛し、拘束するこの「憂かる世」は「囚獄《ひとや》」と化すのである。こうした「囚獄」としての現実認識が深まる中で、かつての〈無限の広がり〉のイメージはその意義を確実に変容させてゆく。そして『有明集』に至ってそれは完全な変貌を遂げることになるのである。例えば『有明集』中の「沙は燬けぬ」（初出『文章世界』明治四〇・三）に於いて、

大和田《おほわだ》の原《はら》、天《あま》の原《はら》、二重《ふたへ》の帷《とばり》

徒《いたづ》らにこの彩《あや》もなき世《よ》をつつみ、
風《かぜ》の光《ひかり》の白銀《しろがね》に、潮《うしほ》の藍《あゐ》に、
永劫《えいごふ》は経緯《たてぬき》にこそ織《お》られたれ。——

幽玄《いうげん》の夢《ゆめ》さもあらめ、待《ま》つに甲斐《かひ》なき
現《うつ》し世《よ》に救《すく》ひの船《ふね》は通《かよ》ひ来《こ》ず、
（帆《ほ》は照《て》らせども）、身《み》は疲《つか》れ、崩《くづ》れ崩《くづ》るる
波頭《なみがしら》、蠱《まじ》の羽《はね》とぞ翻《ひるがへ》る。
（第八、九連）

という詩句で描き出される海と空は、最早以前の「際涯《はて》なきもの」では全くない。更に「絶望」と題された詩（初出『早稲田文学』明治三九・一〇）には以下のような一節が見出される。

眼《ま》のあたり侘《わび》しげの径《こみち》の壊《くづ》れ、
悲《かな》しみの雨《あま》そそぎ洗《あら》ひさらして、
土《つち》の膚《はだ》すさめるを、まひろき空《そら》は、
さりげなき無情《つれな》さに晴《は》れ渡《わた》りぬる。

（中略）

霊燻《たまく》ゆる海《うみ》の色《いろ》、宴《うたげ》のゐまひ、
皆《みな》ここに空《あだ》の名《な》や、噫《あゝ》、望《のぞみ》なし、

匂《にほ》ひなし、この現《うつつ》われを囚《とら》へて、

日《ひ》は檻《をり》の外《そと》よりぞ酷《むご》くも臨《のぞ》む。

（第四、六連）

「この現《うつつ》」に幽閉され、その「檻」を脱することの出来ない「われ」に向かって、「日」は無情酷薄な光を投げかける。光は今や、「檻」「囚獄」たる現実に繋がれた詩人を嘲笑するかの如く、「外」に輝くばかりなのである。『春鳥集』はこのように詩人を幽閉、就縛する「囚獄」を様々に描き出している点で、先行詩集からの確実な展開を示している。既述のように初期の二詩集『草わかば』『独絃哀歌』には、「愁」「なやみ」や「わづらひ」に覆われた「人の世」たる現実と、その対極としての尽きざる「よろこび」「幸」と清らかな「光」「かがやき」に溢れた天上的な理想化された〈彼方〉の世界とが織り成す二元的構図が存在していることが判然と認められた。但しそうした現実と理想との両極構造に於いて両者の対立や背反が強調されている訳ではない。そこでは「地なる愁を去らむ」という彼方の理想郷への希求、換言すれば浪漫主義的な憧憬のモチーフによって、作品世界の様相と展開が強く規定され、方向付けられていたのである。そうした『草わかば』『独絃哀歌』の世界に対して、続く『春鳥集』は有明の視線の向かう方向が〈彼方〉から「人の世」へと完全に逆転したことを明瞭に告げる詩集であると言ってよい。先行する二詩集に認められた彼方の理想郷への憧憬のモチーフは大きな軌道修正を強いられる。寧ろ『春鳥集』に於いてはそうした希求や憧憬の無効性、不毛性が示される中で、理想郷の存在そのものが虚無の「真闇」に覆い尽くされてゆくのである。こうして有明詩に於ける浪漫主義的色彩が払拭された時、対極としての「人の世」たる現実、その「地なる愁」が作品世界を厚く塗り込めることになる。『春鳥集』に於いてそのように「われ」を封じ込め、拘束する現実は「囚獄」と化す。この第三詩集が展開するのは、そうした「囚獄」としての現実に就縛され、苦悩と呻吟を重ねる絶望的な生の諸相なのである。

そして第四詩集に於いて詩人の視線は更に内側に向けられる。「囚獄」たる現実に幽閉された「われ」の内部の世界、――既述の如く『有明集』に於いては〈閉ざされた世界〉としての内面の自立的な形象化が試みられているのであるが、そこで自立的な別乾坤として成立した内面世界は、実は現実とは異質の世界として存在していると言わなければならない。夢想や追憶のみが往還する世界、それは「この世ならざる縁」としての「不思議のちから」が支配し（「月しろ」）、現実世界とは異なる朧ろな感触に包まれた（「滅の香」）領域であり、また理性や意志の統制、支配を完全に逸脱した世界であった。有明は、『有明集』に於いて〈池水〉や〈密室〉という〈限られ、閉ざされた場〉を設定することによって内面世界を自立的に形象化することが可能になったのであるが、そのように独立した一世界として確立された内部の世界は、日常的現実とは異質な論理や秩序に支えられた領域に他ならなかったのである。[12]自己の内側への沈潜を通して、「囚獄」たる「この現」とは異質の現実を開示すること、それは〈彼方〉への新たな接近の試みであったと言ってよいかもしれない。「月しろ」を始めとする一連の作品に於ける内面世界の自立的な形象化の営みとは、有明にとって「囚獄」に幽閉されながら〈彼方〉の領域に到達する方途であったに相違ない。そしてそのような別種の現実への深い認識こそが、有明の象徴主義の成立を確かに支えていたのである。

注

（1）「豹の血」所収の八篇の「小曲」（十四行詩）の作品名及び初出誌は以下のとおりである。――「智慧の相者は我を見て」（『文章世界』明治四〇・六）、「若葉のかげ」（同上）、「霊の日の蝕」（同上）、「月しろ」（『文庫』明治四〇・六・一五）、「蠱の露」（『早稲田文学』明治四〇・七）、「寂静」（初出未詳）、「昼のおもひ」（『新思潮』明治四〇・一一）

（2）松村緑『蒲原有明論考』（明治書院、昭和四〇・三）、一六〇頁

（3）渋沢孝輔『蒲原有明論』（中央公論社、昭和五五・八）、二七五頁。なお本論は同書より多くの示唆を受けている。

（4）有明の詩の引用は、『春鳥集』『有明集』については初版本の復刻版（名著復刻全集　近代文学館『春鳥集』（ほるぷ、昭和四三・九）、『有明集』（同上、昭和五六・四））の本文、『草わかば』『独絃哀歌』の二詩集に関しては、初版本を底

本とした明治文学全集第五八巻『土井晩翠／薄田泣菫／蒲原有明集』（筑摩書房、昭和四二・四）所収の本文に拠る。

（5）初出稿との異同は以下のとおり。——二行目「黒《くろ》ずみて」（初出）、十一行目「縁《えにし》とや、不思議《ふしぎ》の力、——」（初出）、十四行目「月魂《つきくろ》ぞ」（初出）。初出稿は、パラルビである。なお『有明集』所収作品の初出との異同に関しては、拙稿「『有明集』初出考」（『東北大学文学部研究年報』四五、平成八・三）を参照されたい。

（6）注（2）に掲出の『蒲原有明論考』、一五六頁参照。

（7）「月しろ」の備える音色効果については、渋沢氏の周到な考察に尽きている。前掲書、二七六頁参照。

（8）「古宮」は皇族の荒廃した屋敷を意味するが、後年の改作本文では、「古き館」（『有明詩集』アルス、大正一一・六）、「古館」（『現代詩人全集』第三巻「蒲原有明集」（新潮社、昭和五・七）、『有明全詩抄』（酣燈社、昭和二五・七）、『定本蒲原有明全詩集』（河出書房、昭和三二・一二））と改められており、廃墟を表す語と見てよいだろう。

（9）唐突に生じる夢想の動きに作中の主体が当惑し、訝りを覚えていることを示す詩句は、詩集中の他作品にも多く見出される。例えば「霊の日の蝕」第一連の以下の詩句。——「時《とき》ぞともなく暗《くら》うなる生《いのち》の扃《とぼそ》、——／こはいかに、四方《あたり》のさまもけすさまじ、／こはまた如何《いか》に我胸《わがむね》の罪《つみ》の泉《いづみ》を／何《なに》ものか頸《うなじ》さしのべひた吸《す》ひぬ。」

（10）この点に関しては、有明の詩論「詩人の覚悟（下）」（『東京二六新聞』明治四一・六・七）を参照する必要がある。そこで有明は、「不定で」「動いてゐる、光つてゐる、朧に曇つてゐる」「内界」の固有の様態について周到に語り出している。

（11）「蓮華幻境」（『独絃哀歌』、初出『明星』明治三四・九）は、「我が胸」と「池水」が二重化されている、『有明集』に先行する唯一の例である（「わが胸《むね》池水《いけみづ》湛《たた》へ、時《とき》としては／精魂《たましひ》ここに紅蓮《ぐれん》の華とぞ生《お》ふ、／しのびに君よ、この岸かの水際《みぎは》に／幻影《まぼろし》ふかき生命《いのち》の香をたずねよ。」）が、先に引用した後半部分に示されているように、作品は「彼処」の「楽園涅槃」への憧憬へと展開してゆくことになる。

（12）『有明集』には、夢想の世界に外界の現実が侵入し、作中の主体に苦い覚醒の意識、幻滅をもたらすという展開を見せる作品も多く見出される。それは、有明詩に於ける夢想の世界が、日常の現実と対立、拮抗する位相に成立していることを告げているが、この点については、第五章「『有明集』の位相」に於いて改めて触れることにしたい。

第二章　『有明集』論

蒲原有明は、象徴詩の創出に向けられた自己の詩的営為の最も優れた達成を示す第四詩集『有明集』（易風社、明治四一・一）について自ら語ることは殆どなかった。我々の手元に残されている少なからぬ詩論やエッセイの中で、『有明集』に直接言及しているものは極めて乏しい。そうした有明の沈黙は恐らく、後述するように自然主義への傾斜を急速に深めていた当時の詩壇に於いて、この詩集が「過去の文芸」(1)として激しい批判の的とされたことに起因するものであったに相違ない。自己の詩業が「血祭に挙げられた」苦渋の中で有明の口は固く閉ざされたのである。そのような有明が『有明集』について語り出したのは、詩集刊行後二十余年を経た昭和八年のことであった。「『有明集』当時の思ひ出」と題するエッセイ(2)には次のような注目すべき発言が見出される。

わたくしの詩のごときは説明せよと要求せられても説明の仕様のないものである。あらゆる思想の混乱であるとも云はれよう。然しその混乱にしても中心を得ればおのづから形をなすのである。その形をわたくしはいつも渦巻に喩へてゐる。卍字であり巴字である。生動の態がそこに備つてゐる。わたくしはさう信じて、これを純情風の直線式のものと対蹠的に観てゐるのである。わたくしはこゝで純情的の詩風を貶すつもりは毛頭ない。ただどちらからも妥協の道はあるまいといふことを云つておけばよいのである。この渦巻式の流儀は今は全く詩壇に跡を絶つてゐる。尤ともわたくし以外に誰がこんな面倒な詩を書いたであらうか。それさへも確かなことは判らない。かやうなわけで、「有明集」は思想的にも表現的にも渦巻の中心をなすものである（以下略）

有明はここで『有明集』独自の性格を、「純情風の直線式と対蹠的」な「渦巻」に擬えている。後年の自伝的散文『夢は呼び交す』（東京出版、昭和二二・一一）に於いても「激しい渦動」として繰り返されることになる[3]この「渦巻」は、何よりも『有明集』の個性的な詩的世界の様相を集約するイメージとして提示されているのである。「わたくしの詩のごとき」は「渦巻に喩へ」る以外に「説明の仕様」がないと有明は言う。「今は全く詩壇に跡を絶つてゐる」この「渦巻」とは如何なる詩の「流儀」を語るものであるのか。

本章では、以上の有明の発言を踏まえながら、『有明集』巻頭の「豹の血」の諸篇を中心的に取り上げ、主題論的構造及び表現の機構の二つの観点から、その詩的世界の特質を明らかにしたい。そしてその上で、上田敏の訳詩集『海潮音』との関連に於いて、有明象徴詩の成立過程について考察を加えることとする。

一　主題論的構造[4]

『有明集』劈頭には「豹の血（小曲八篇）」の総題の下に八篇の十四行詩が配列されている。既に触れたように、それらは『有明集』公刊間近い明治四十年六月から十一月に至る時期に発表された作品であり、有明象徴詩の到達点を示している。その中の一篇「霊の日の蝕」（初出『文章世界』明治四〇・六）は次のような作品である。

時《とき》ぞともなく暗《くら》うなる生《いのち》の扃《とぼそ》、——

こはいかに、四方《あたり》のさまもけすさまじ、
こはまた如何《いか》に我胸《わがむね》の罪《つみ》の泉《いづみ》を
何《なに》ものか頸《うなじ》さしのべひた吸《す》ひぬ。

善《よ》しと匂《にほ》へる花瓣《はなびら》は徒《あだ》に凋《しぼ》みて、
悪《あ》しき果《み》は熟《つ》えて墜《お》ちたりおのづから
わが掌底《たなぞこ》に、生温《なまぬる》きその香《か》をかげば
唇《くちびる》のいや堪《た》うまじき渇《かは》きかな。

聞《き》け、物《もの》の音《おと》、——飛《と》び過《す》がふ蝗《いなご》の羽音《はおと》か、
むらむらと大沼《おほぬ》の底《そこ》を沸《わ》きのぼる
毒《どく》の水泡《みなわ》の水《みづ》の面《も》に弾《はじ》く響《ひゞき》か、

あるはまた疫《えやみ》のさやぎ、野《の》の犬《いぬ》の
淫《たはれ》の宮《みや》に叫《さけ》ぶにか、噫《あゝ》、仰《あふ》ぎ見《み》よ、
微《かす》かなる心《こゝろ》の星《ほし》や、霊《たま》の日《ひ》の蝕《しよく》。

この詩はまず冒頭の詩句によって、「扃」（戸）で仕切られた〈内側〉と〈外側〉という作品世界の枠組みを設定する。そして「けすさまじ」き気配に覆われてゆく〈外部〉の様相に対応する〈内部〉、即ち「我胸」の激しい動揺が語り出されるのである。「我胸の罪の泉を／何ものか頸さしのべひた吸いぬ」という二行がそうした内面の

状況を描き出す。得体の知れぬ「何ものか」が首を伸ばし、「罪の泉」を貪婪に吸い上げ、貪るという極めて不快で醜悪なイメージを通して、内面に込み上げ、溢れる「罪」へと傾斜する情動の動きが戦きの裡に捉えられているのである。それは更に続く第二連に於いて、やや生硬で観念的な表現ながら、空しく「凋」む「善」の花に対する熟しきった「悪しき果」として示されるが、これらの詩句の提示する「何ものか」の内実が具体的に明かされることはない。しかしおぞましさや淫靡さ、或いは息詰まるような切迫感を喚起する一連の表現、イメージから考えるならば、「罪」や「悪」の語をもって語られるそれは、従来も指摘されている如く肉欲を暗示するものと見てよいだろう。胸中に突然兆し、込み上げ、湧き上がる肉欲、――この詩の前半部に描き出されているのは、そのように情欲が増殖し「我胸」に溢れ返る状況に他ならない。そして種々の聴覚的イメージを重ねて「我胸」を覆い尽くす肉欲のさやぎを伝える第三、四連を経て、「噫、仰ぎ見よ、／微かなる心の星や、霊の日の蝕」という末尾の詩句は、心中の「星」と仰ぐべき「霊」性が、荒れ狂う肉欲に蝕まれ、今にも飲み尽くされようとしている状況を、日蝕のイメージの裡に描き出す。その消え去らんとして尚残る霊性の存在のイメージが最終的に呈示されて、作品は閉じられるのである。「霊の日の蝕」と題された一篇はこのように霊と肉との相剋、その二元的対立を基本的な構図としながら、肉欲が霊性を覆い尽くしてゆく内面の劇として成立している。

ところで「霊の日の蝕」が発表された明治四十年六月には、他に以下の七篇の詩が諸誌に掲載されている。

「智慧の相者は我を見て」(『文章世界』)
「若葉のかげ」(同右)
「月しろ」(『文庫』)
「海蛆」(『中学世界』)
「燈火」(『文章世界』)

「麦の香」（同右、『有明集』では「皐月の歌」に改題）
「穎割葉」（『詩人』）

これらの作品世界を支える主題論的な枠組みに注目するならば、例えば「智慧の相者は我を見て」は「霊の日の蝕」と類比的な構図を備えた作品と見做すことが出来る。

智慧《ちゑ》の相者《さうじや》は我《われ》を見《み》て今日《けふ》し語《かた》らく、
汝《な》が眉目《まみ》ぞこは兆悪《さがあ》しく日曇《ひなぐも》る、
心《こゝろ》弱《よは》くも人《ひと》を恋《こ》ふおもひの空《そら》の
雲《くも》、疾風《はやち》、襲《おそ》はぬさきに遁《のが》れよと。

右の第一連に於いて、険悪な天候のイメージを伴いつつ語り出される「智慧の相者」の言葉は、「人を恋ふおもひ」に囚われている「我」の心中に響く理知分別の譴責の声に他ならない。恋愛に傾斜する情念の動きとそれを誡める理性の働きとの内面の葛藤の構図がここには示されている。そしてこの詩では、最終的に「よしさらば、香《にほひ》の渦輪《うづわ》、彩《あや》の嵐《あらし》に」という末尾の一句によって官能と情念の渦に身を委ねようとする決意が告げられることになるのであるが、その過程で、恋情の対象たる「嫋《たを》やげる君《きみ》」の魅惑に溢れた姿（第二連「嫋《たを》やげる君《きみ》がほとりを、／緑牧《みどりまき》、草野《くさの》の原《はら》のうねりより／なほ柔《やはら》かき黒髪《くろかみ》の綰《わがね》の波《なみ》を」）、そして「智慧の相者」の諫言に従い「君」のもとを「遁れ」た後に待ち受けるであろう無味乾燥の日々、その未来の「われ」の「物憂《ものう》き」姿（第三連「眼をし閉れば打続く沙のはてを／黄昏に頸垂れてゆくもののかげ、／飢ゑてさまよふ獣かとがめたまはめ」）が描き出される。それらのイメージが存分に描き込まれることによって、理知と情念との矛盾、葛藤の心的状態から恋の激情に身を投ずる決意へと至る内面の動きそのものが、躊躇いと揺らぎの裡に見事に捉えられているのである。「智慧の相者は我を見て」は、そうした二元的相剋の中から官能と情動の世界へと傾斜してゆく内面の劇としての主題論的枠組みに於いて、「霊の日の蝕」と近似した構図を備えていると言うことが出来る。しかしながらこれらの作品が提示する内面の劇の展開とその帰趨には大きな差異が認められることも事実である。「霊の日の蝕」に於いておぞましさの裡に描き出される情欲は、「罪」「悪」として言わば否定の対象でありつつ抑え難く増殖してゆく。そうした抑制し難い肉欲の動きに対して、作品の末尾に示されるのは消え消えの「微かなる心の星」としての「霊」的存在のイメージである。そこには明らかに霊性への絶望的な希求が託されている。一方「智慧の相者は我を見て」に於いて官能と情念の渦に身を投ずる決意は、理知分別の譴責の声に従った「我」の行く末に思いを至し、それが絶望と倦怠の日々に他ならぬことを認知することによって初めて手にされることになる。そのような逡巡の果てに意志的に選び取られた決意を告げる末尾の詩句「よしさらば、香の渦輪、彩の嵐に」は従って作品に一大転調をもたらす一行であり、それ以前の全詩句に拮抗する強さで響きわたるものなのである。換言すればこの決意の一句は理知の誡めと対峙しつつ、それを全的に否定する強度を備えて存立するものに他ならない。このように考えるならば、「霊の日の蝕」「智慧の相者は我を見て」の両篇に於いて焦点化されているのは、葛藤の帰趨それ自体ではなく、むしろ矛盾対立し相剋する内面の様態そのものであると言わなければならないのである。

明治四十年六月には更に次のような作品も発表されている。

若葉のかげ

薄曇《うすぐも》りたる空《そら》の日《ひ》や、日《ひ》も柔《やは》らぎぬ、
木犀《もくせい》の若葉《わかば》の蔭《かげ》のかけ椅子《いす》に

靠《もた》れてあれば物《もの》なべておぼめきわたれ、
夢のうちの歌《うた》の調《しらべ》と暢《の》びらかに。

獨《ひとり》かここに我《われ》はしも、ひとりか胸《むね》の
浪を趁《お》ふ――常世《とこよ》の島《しま》の島《しま》が根《ね》に
翅《つばさ》やすめむ海《うみ》の鳥《とり》、遠《とほ》き潮路《しほぢ》の
浪枕《なみまくら》うつらうつらの我《われ》ならむ。

半《なかば》ひらけるわが心《こゝろ》、半《なかば》閉《と》ぢたる
眼《め》を誘《さそ》ひ、げに初夏《はつなつ》の芍薬《しやくやく》の、
薔薇《さうび》の、罌粟《けし》の美《うま》し花《はな》舞《ま》ひてぞ過《す》ぐる、

艶《えん》だちてしなゆる色《いろ》の連弾《つれびき》に
たゆらに浮《うか》ぶ幻《まぼろし》よ――蒸《む》して匂《にほ》へる
蘂《ずゐ》の星《ほし》、こは恋《こひ》の花《はな》、吉祥《きちじやう》の君《きみ》。

前二作と同時発表のこの詩には、白昼の夢想の世界が描き出されている。薄曇りの柔らかな陽差しを受けつつ微睡みに身を委ねる中で、「物なべておぼめきわた」る、――周囲の全てが伸びやかで緩やかな抑揚に包み込まれてゆく。第二連はそうした微睡みの裡に生じる夢想の光景を呈示する。即ち「常世の島」に向かう「遠き潮路」の遙かな旅を重ねる「海の鳥」、その海鳥が波間に揺れつつ休らう姿である。「常世の島」とは海の彼方の理想郷の謂に他ならない。(5) 従ってここでは、夢想への没入と理想郷への旅路の重層化を通して、夢想の展開が、理想の世界に至る道程としての意味を担っているのである。同時にこの第二連に連ねられた詩句は、後に詳細に述べるように緩やかな揺らめきの動性を喚起する。その緩慢な抑揚の動きの中に、初夏の美しい花々が舞い飛び（第三連）、更に「恋の花」たる「吉祥の君」の姿が浮かび上がる（第四連）。それは理想郷を指向する夢想が行き着いた、天上的な美を湛える女性のイメージである。「若葉のかげ」には、このように神聖清浄な理想へと向かう夢想の動きが緩やかな抑揚の裡に捉えられている。

無論、この詩の世界に矛盾や葛藤の図式を認めることは出来ない。しかしこのような作品が「霊の日の蝕」及び「智慧の相者は我を見て」の傍らに同時に発表されていたことは看過し得ぬ事実と言うべきであろう。「霊」性を蝕み尽くす肉欲の増殖の様態を象る詩と神聖清浄な理想を志向する夢想の展開を辿る作品とが並置される時、それらの間には霊と肉をめぐる両極関係が成立する。そしてまた「恋の花」たる「吉祥の君」の幸福な夢想への全的な没入を描く詩の傍らで、「智慧の相者」の誡めの言葉が発せられることにもなるだろう。これらの作品は作品相互の関係を通して二元的対立、葛藤の構図を判然と浮かび上がらせるのである。そのような作品を同時に創作する有明は、取りも直さず霊への希求と肉の就縛、情念の欲求と理知の譴責とを共に見据える位置、換言すれば対立や相剋の場それ自体の裡に立っていたと考えてよいだろう。

更に「若葉のかげ」が理想化された光景を開示する夢想への陶酔を示す作品とすれば、同時発表の「月しろ」も同系列の一篇と見做すことが出来る。前章で考察を加えたように「月しろ」は、「わが胸」と「池水」の重層化という設定に於いて、「池水」の上に浮かび上がる映像を通して、「憂ひ悩み」に閉ざされた胸中に生じる夢想の展開を辿った作品である。その夢想は既に失われた一人の女性（「佳人《よきひと》」）との交渉の追憶として生成する。そしてその「佳人」をめぐる理知と情念との葛藤（「沈みたる快楽を誰かまた讃めむ、／かつてたどりし佳人の足の音の歌を／その石になほ慕ひ寄る水の夢。」）の末に、「わが胸」は追憶の夢想へと没入してゆくのである。その情念の導く夢想の光景が次のように描き出されている。

花《はな》の思《おも》ひをさながら禱《いのり》の言葉《ことば》、
額《ぬか》づきし面《おも》わのかげの滅《き》えがてに
この世《よ》ならざる縁《えにし》こそ不思議《ふしぎ》のちから。　（第三連）

追憶とは、既述の如く現実には最早取り戻し得ぬ過去の一瞬間を、時の流れを遮断して現前せしめる「この世ならざる」「不思議のちから」に他ならない。右の第三連は、そうした追憶の「滅えがて」の夢想に満たされた「わが胸」の状況を描き出しているだろう。それは「この世」の「憂ひ悩み」（第一連）が悉く払拭された陶酔の世界である。そして「花の思ひをさながらの禱の言葉」という詩句、第一連と対照的な仄かな明るみに包まれて浮かび上がる「佳人」の姿、更に追憶の夢想そのものを象る「月しろ」のしめやかな光のイメージ（第四連）が、この夢想の光景に浄化された様相を付与する。恋の情念に導かれた夢想はそうした「この世なら」ぬ霊的な様相を呈することになるのである。それは「若葉のかげ」の夢想と等質の理想化された映像に他ならない。「月しろ」はこのように理知と対立する情念に導かれた夢想が、「憂ひ悩み」に覆われた「この世」と対蹠的な浄化された明るみの世界として生成するという、重層的な対立関係を内包する作品なのであるが、そこに喚起される理想化された清浄な世界は、一方で「智慧の相者は我を見て」との相違を際立たせることになるだろう。「智慧の相者は我を見て」に於いて「よしさらば」という決意の言葉は、既述の如く従うべき価値を備えつつも絶望と憂鬱をもたらすものでしかない「智慧」の諫言――そうした理知の担う両面性の確認の上で発せられたものであった。そしてその決意は「香の渦輪、彩の嵐」という詩句が暗示する荒れ狂う官能の世界への惑溺を告げるのである。従って「月しろ」と「智慧の相者は我を見て」との相関に於いて明らかになるのは、有明の詩に於いて恋の情念によって領導される世界の二様の在り方に他ならない。「人を恋ふおもひ」は一方で官能の激しく渦巻く世界へと向かい、他方理想化された清浄な世界を志向する。そこには情念の担う両面性が確かに認められるはずである。情念の世界が霊肉の対立関係を内包していると言ってもよいだろう。先に触れた理知と同様に情念もまた両義的性格に於いて捉えられているのである。対立する理知と情念の双方が備えるこうした矛盾を孕んだ二面性は、更に霊と肉の関係に於いても確認することが出来る。その点に関しては「霊の日の蝕」とともに「不安」と題された作品（初出『明星』明治三九・一〇）を参照する必要がある。

たまさかに仰《あふ》ぎ見《み》る空《そら》の光《ひかり》の
楽《がく》の海《うみ》、浮《うか》ぶ日《ひ》の影《かげ》のまばゆさ、
戦《おのゝ》ける身《み》はかくて信《しん》なき瞳《ひとみ》
射《い》ぬかれて、更《さら》にまた憧《あくが》れまどふ。

（「不安」第四連）

この詩では、「霊の日の蝕」の中で日蝕の映像との重層化に於いて消えかかる「微かなる心の星」として呈示されていた霊の存在が、眩く輝く強烈な「空の光」のイメージをもって描き出されている。それは「憧れ」の裡に「仰ぎ見る」対象であると同時に、地上に生きる人間の「信なき瞳」を鋭く射抜く。彼方の神聖清浄な領域を象る「空の光」は、そうした両面価値を担いながら、憧憬と希求の視線を誘いつつ、それを厳しく威嚇し「戦」きをもたらすのである。その時、「肉」の世界が「なぐさ」めとして立ち現れてくる。

失《うしな》ひし翼《つばさ》をば何処《いづく》に得《う》べき、
あくがるる甲斐《かひ》もなきこの世《よ》のさだめ、

わが霊《たま》は痛《いた》ましき夢《ゆめ》になぐさむ、
わが霊《たま》は、あな、朽《く》つる肉《しむら》の香《か》に。
（最終第六連）

霊的領域の威嚇と拒絶の中で、彼方の到達を可能とするはずの「翼」は「失」われ、「あくが」れも無効に帰す。そうした絶望と虚無の「なぐさ」めとして「肉の香」に身が委ねられることになるのである。「罪」と「悪」に満ちた醜悪な肉の世界はここで、「なぐさ」めを求める者の耽溺する領域として提示されている。肉の世界もまた両義性を担って存在していると言うべきだろう。有明詩に於ける二項対立の関係図式は、このように一義的な価値が付与されているのではなく、理知と情念、霊と肉の対立する両項がそれぞれに矛盾する二面性を備えているのである。従ってその対立や葛藤が二者択一的に解消されることは決してありえない。寧ろそこでは収束することのない背反と相剋が繰り返されることになるだろう。これらの詩の全体を貫いて描き出されるのは、そのような対立する両極間を不断に往還する運動の軌跡であると言ってよい。

明治四十年六月初出の作品として「海蛆」と題された一篇もまた注目に値する。『有明集』の中に於いては殆ど見落とされがちなこの「海蛆」は、既述の「若葉のかげ」や「月しろ」と対蹠的な位相にある詩と言わなければならない。

さびしき河岸《かし》の上《うへ》
うごめく海蛆《ふなむし》の
あな、身《み》もはかなげに
怖《お》ぢつつ夢《ゆめ》みぬる。

慕《した》はし、海《うみ》の香《か》の、——
風《かぜ》こそ通《かよ》へ、今《いま》、
曇《くも》りてなよらかに
こもりぬ、海《うみ》の香《か》は。

濁《にご》れる堀江川《ほりえがは》
くろずむ水脈《みを》のはて、
入海《いりうみ》たひらかに
かがやく遠渚《とほなぎさ》。

かなたよ、海《うみ》の姫《ひめ》、
鷗《かもめ》か舞《ま》ひもせむ、
身《み》はただ海蛆《ふなむし》(6)の
怖《お》ぢつつ酔《ゑ》ひしれぬ。

ひき潮《じほ》いやそこり
黒泥《くろひぢ》の水脈《みを》の底《そこ》、
堀江《ほりえ》に船《ふね》も来《こ》ず、
ましてや水手《かこ》の歌《うた》。

(後半部)

海蛆（船虫）は「濁れる堀江川」の「さびしき河岸」にあって「かがやく遠渚」に激しい思慕を寄せる。しかし「堀江」を脱する方途は一切存在せず、「遠渚」は到達不能の「かなた」でしかありえない。「堀江に船も来ず」、「ましてや水手の歌」が歓喜の声を響かせることもない。更に「身もはかなげに／怖ぢつつ夢みぬる。」、或いは「身はただ海蛆の／怖ぢつつ酔ひしれぬ。」という詩句には、「かなた」の領域に憧れつつも拒まれてあることへの苦い意識も込められているだろう。ここには「かなた」の理想郷への到達、換言すれば「この世」からの救抜の可能性が完全に閉ざされた、寧ろ「かなた」に拒絶され「この世」に就縛されている苦渋と絶望の念が読み取れるはずである。従って「海蛆」は「かなた」と「この世」、理想郷と現実世界との隔絶を厳しく告げる作品として、「月しろ」や「若葉のかげ」の対極に位置している。夢想の回路を通じての現実から理想の世界への参入を描くそれらの作品に対して、この詩はその全き不可能性を苦悩の裡に語り出すのである。同時発表のこれらの諸作品の相互関係を通して、理想郷への希求と現実の絶対的な拘束とをともに受け容れ、その背反、相剋の裡に止まり続ける詩人の姿が判然と窺われる。そのような対立する二つの極の間を有明の詩は絶えず揺れ動き続ける。これまで検討してきた作品が全体として提示しているのは、そうした両極間の不断の往反の様態に他ならないのである。

明治四十年六月に発表された一連の作品を通して確認されるのは、以上のような輻輳した主題論的構造である。[7]それらの作品は、極めて錯綜した形で相互に連関しながら、全体として二元的対立、葛藤の構図を様々に提示していると言ってよい。一篇の詩の内部に、或いは作品相互の関係の裡に、理知と情念、霊と肉、現実と理想——そうした多様な矛盾や相剋の図式が組み込まれているのである。更にそのような二項対立の関係は一義的な意味が付与されているのでは決してない。対立する両項の各々が両義的な価値を担うことによって、終わりのない相剋が繰り返されるのである。有明の詩に於いては従って二者選一の形で葛藤の解消が果たされることはありえない。寧ろそれらの詩は、収束することのない背反、相剋を重ねる二つの極の間を揺れ動き続ける。そこに認められるのは、多様な二項対立関係が複雑に入り組みつつ交差し、決して一元化されることのない〈出口なし〉の状況である。それら一連の作品は、結末のない内面の劇、その絶えざる往還の様相を提示している。そしてそのような両極間の不断の往復運動こそが、『有明集』の詩的世界の総体を支える主題論的構造に他ならないのである。

前章に於いて概観した処女詩集『草わかば』から『春鳥集』に至る有明の詩的歴程を踏まえるならば、以上のような『有明集』は先行する詩の世界の全てを包摂する詩集であったと見ることが許されよう。初期の詩集以来の理想と現実を両極とする二項対立的な構図を基底に据えながら、『草わかば』『獨絃哀歌』が志向する理想郷への憧憬のモチーフと『春鳥集』を貫く「囚獄」としての現実への絶望的な認識とをともに包含する世界である。それらの何れかのモチーフによって作品世界を一義的、一方向的に枠付けるのではなく、寧ろその双方を受け容れつつ両者の対立、相剋の裡に止まり、その両極の間で終わりのない往還を重ねる、そのような往復運動によって『有明集』の詩的世界の総体が支えられていると考えられるのである。更にその対立する両項がそれぞれに両義的な二面性を担うことによって、そうした相剋の反覆は詩を生成させる動力として一層激しく作用することになるだろう。霊と肉、理知と情念、現実と理想との対立、葛藤の中にあって、二者択一の解決を求めることなく、不断の往復運動に身を委ねること――『有明集』に於いて有明が選び取ったのはそのような詩の場所であったに相違ない。

『有明集』の詩的世界の内部に於いてそのように対立する両極間の往反が重ねられていたとすれば、それは一体何を意味することであるのか。その背後には恐らく、矛盾や対立、葛藤そのものを生の本源的な様態と見做す有明の認識があったと見てよいだろう。有明はそのように両極に引き裂かれた背反、相剋を生の本質として受け容れ、その矛盾し分裂した状態から詩的世界を生成させたと考えられるのである。それは後述するように、「人間は劫初以来迷妄に徹してゐる」(「樫の木」、『新古文林』明治三九・一一)とする有明の、仏教との交渉の中で形成された存在認識であったと言ってもよい。何れにしろそれは浪漫主義的な憧憬のモチーフにも自然主義の絶望的認識にも還元され得ない詩の存立の場に他ならなかった。そして前引の「『有明集』は思想的にも表現的にも渦巻の中心をなすものである」という発言もその一斑は、こうした背反する両極間の不断の往復運動として「生動」を重ねる作品世界の主題論的構図に関与するものであったに相違ない。従って先行する三詩集の或る種の統合に於いて、霊と肉、理知と情念、現実と理想の両項がもたらす二重の拘束を有明が自己の詩の場所として選択した時、換言すればそうした詩の発生の磁場としての抽象的な思考の枠組みが確立することによって、『有明集』の世界は生成を開始したのである。その意味で『有明集』の詩的世界は所謂〈折々の詩（Vers de Circonstance）〉(8)とは全く無縁であり、自然発生的な抒情詩から最も遠いところに位置していた。『有明集』の「作詩の動機」について詩人は次のように述べている。

わたくしの作詩の動機に就いては「有明詩集」自註に大略書いておいたのを見てもらひたい。概して抒情的動機は幾許も無く、そこには却て「非人情」が附き纏つてゐる。純情をきほふこの頃の若い方々にはか丶ることも飽き足らぬ一つであらう。

右の「『有明集』前後」中の発言は、〈抒情＝歌〉の論理とは全く異質な有明詩の生成の機構に触れたものであるに相違ない。有明の詩は、「抒情」としての〈歌〉とは隔絶した位相に於いて(9)、内面世界それ自体を結末のない対立や葛藤の様相の下に自立的に捉えようとする。個々の詩の世界は、そのように定立された思考の枠組みを具体的な形象によって受肉化したところに成立しているのである。そして『有明集』の最も重要な問題は、その形象化の手法にあると言わなければならない。

二　表現の機構

前節に述べたように、詩集『有明集』の総体を支える主題論的構造を、理知と情念、霊と肉、現実と理想等の対立する両極間の不断の往復運動として捉える時、個々の詩の世界は、そうした枠組みの具体的な形象による受肉化に於いて成立していると言うことが出来る。本節の目途は、その形象化の手法を詩集巻頭の「豹の血」の諸篇を中心として検討することにある。

まず前掲の「霊の日の蝕」を改めて取り上げてみることにしたい。霊肉の対立、葛藤を主題とするこの作品に於いて、胸中に兆し、込み上げ、湧き上がる肉欲の動きを辿る第三連から第四連にかけて、次のような聴覚的イメージが列挙されていた。

聞《き》け、物《もの》の音《おと》、――飛《と》び過《す》がふ蝗《いなご》の羽音《はおと》か、
むらむらと大沼《おほぬ》の底《そこ》を沸《わ》きのぼる
毒《どく》の水泡《みなわ》の水《みづ》の面《も》に弾《はじ》く響《ひゞき》か、
あるはまた疫《えやみ》のさやぎ、野《の》の犬《いぬ》の
淫《たはれ》の宮《みや》に叫《さけ》ぶにか、

右の一連の詩句は、極めて多様な「物の音」を響かせている。飛び交う蝗の鈍く籠もった羽音、その鳴り止ま

ぬ、胸を圧するような響き。沼底からゆっくりと湧き上がる「毒」の気を孕んだ「水泡」。「むらむら」という語は、無数の泡が次々に「沸きのぼる」、その音なき様を聴覚化した表現と読むことも出来る。その「水泡」が水面に達して「弾」ける、微かな籠もった響き、断続的に響く鈍い音。同時に泡の孕んでいた瘴気が周囲に漂い出すだろう。そして「疫のさやぎ」、疫病の流行を恐れ、ひっそりと身を潜めながら人々の洩らす声なき戦きの叫び、或いはひそひそと交わされる恐れに満ちた囁き。更に「野の犬」の戦き叫ぶ哮り声。――ここに列挙された一連の聴覚的表現を通して、様々の音、叫び、ざわめきが交錯し、響き合う。それらの聴覚的イメージの喚起する多様な音響、「物の音」が相互に結び付き、重なり合い、照応することによって、醜悪さやおぞましさ、恐れや戦きの裡に、ふつふつと湧き上がり荒れ狂う肉欲のさやぎが伝えられるのである。こうした極めて自在な詩的表現に於いて、個々の言葉は、意味の伝達以上に、聴覚的イメージとしての機能をこそ十全に発揮していると言わなければならない。それらの詩句は、個々に伝える音響のもたらす効果が周到に測定された上で並置されており、そのように累積された聴覚的イメージ相互の連結と重層化を通して、増殖する肉欲に蝕まれる内面の状況が象られているのである。こうしたイメージとしての言語の機能の存分な活用は、先に一部引用した「智慧の相者は我を見て」にも確かに認められる。

噫遁《あゝのが》れよと、嫋《たを》やげる君《きみ》がほとりを、
緑牧《みどりまき》、草野《くさの》の原《はら》のうねりより
なほ柔《やはら》かき黒髪《くろかみ》の綰《わがね》の波《なみ》を、――

（第二連）

既述の如く「嫋やげる君」の魅惑的な姿を描くこの部分に於いて、まず呈示されるのは「緑牧、草野の原」の映像である。鮮やかな緑色に広がる一面の「草野の原」は、風を受けて緩やかに起き伏す「うねり」の動きを見せる。そしてそうした草原の「うねり」よりも更に「柔か」になよやかに「波」うつ「黒髪」のイメージ(10)に表現は帰着する。「草野の原のうねり」との比較に於いて増幅された、緩やかに波打ちなよやかに流れる「黒髪」の動きのイメージを通して「君」の「嫋や」かな美しさが豊かに喚起されるのである。「我」を魅了する「嫋やげる君」の姿がこれらの流動的なイメージの効果によって存分に伝えられるのであり、また「緑」と「黒」のつややかな色彩の配合もその瑞々しい生命的な美を増大させていると言ってよいだろう。更にこの作品に於いて、続く第三連は「君」と別離後の「我」の「物憂き姿」を次のように描き出す。

眼《め》をし閉《と》れば打續《うちつゞ》く沙《いさご》のはてを
黄昏《たそがれ》に頸垂《うなだ》れてゆくもののかげ、
飢《う》ゑてさまよふ獸《けもの》かととがめたまはめ、

「打續く沙のはて」の一句を介して作品の空間は奥行きを大きく広げてゆき、「黄昏」の「沙」の単調で無機的な色調がその空間を塗り込める。そうした中に、「頸垂れてゆくもの」の姿が殆ど静止した「かげ」として描き込まれるのであるが、このような静止した単調平板な広がりのイメージは、先の第二連との際立った対照性を示していると言うべきだろう。この第三連は、前連の豊かな流動性とは対蹠的な様相の下に「我」の「物憂き姿」を浮かび上がらせている。理知の譴責に掣肘されつつも恋の情念に身を投ずる決意を手にするに至るという既述のこの詩の主題論的構図は、このように二つの連を構成するイメージの極めて対蹠的な様態、対照的なイメージの布置によって具象化されているのである。

　有明の詩の世界はこうした言語の備えるイメージ喚起の機能の周到、存分な活用の上に成立しているのであるが、それが詩人の十分な自覚のもとになされていたことは、例えば次のような発言からも明らかであろう。明治四十一年一月に発表された詩論「現代的詩歌（中）」（『東京二六新聞』明治四一・一一・一九）の一節である。

> 詩《し》の中《うち》に常《つね》に生命《せいめい》を保《たも》つて顫動《せんどう》する言語《ごんご》は単《たん》に思想《しさう》や感情《かんじやう》の符徴《ふちよう》――媒介物《ばいかいぶつ》であつてはならぬ。そんな重荷《おもに》を背負《せお》はされた言語《ごんご》ほどみじめなものはない。詩《し》の言語《ごんご》は言語《ごんご》それ自《みづか》らの純《じゆん》なる声音《せいおん》の歓楽嗟嘆《くわんらくさたん》と自然《しぜん》なる結合《けつがふ》によつて、詩人《しじん》の情緒感想《じようしよかんさう》の節奏《せつそう》や精神的調子《せいしんてきてうし》を傳《つた》へ、整《とゝの》へるものであらねばならぬ。（中略）言語《ごんご》の声音《せいおん》の純潔《じゆんけつ》、即《すなは》ち言語《ごんご》の生命《せいめい》の不可思議《ふかしぎ》な秘密《ひみつ》を感《かん》じたものでなくては、未《いま》だ真《しん》の詩人《しじん》といふことは出来《でき》ぬ。
> 死語《しご》の𪗱列《ろれつ》、唖《おし》の文字《もんじ》の緩慢《くわんまん》な配合《はいがふ》――かゝる言語《ごんご》の使《つか》ひざまを卑《いやし》んで、吾人《ごじん》は早《はや》く言語《ごんご》の自然《しぜん》に帰《かへ》らねばならぬ。世間的言語《せけんてきごんご》の輪廓《りんかく》が滅《き》え失《う》せて、言語《ごんご》が自《おのづ》からに歌《うた》ふ新天地《しんてんち》の光明《くわうみやう》を仰《あふ》がねばならぬ。

有明はここで、「詩の言語」が「思想や感情の符徴――媒介物」に堕すことを厳しく否定する。そうした「世間的言語」としての「使ひざま」を拒むことによって、「言語の自然」は回復されるのである。「言語の自然」とは、言語が本来的に備える属性、即ち「声音」やイメージ等がそれ自体として十全に発現している状態の謂と見てよいだろう。そのような言語の本来的な機能の存分な発揚を通して、「新天地」が開示されると有明は言う。ここには、「詩の言語」の「使ひざま」に関する徹底した認識が示されている。「詩の言語」と「世間的言語」という二分法は些か理念的であるにしても、「思想や感情の符徴」としての「みじめな」状態から「言語の自然に帰らねばならぬ」とする有明の意志は明確である。「詩の言語」固有の在り方、或いは詩の生成の現場に対する徹底した意識化こそが、『有明集』の世界を根底で支える詩人の態度であった。前引の詩「若葉のかげ」もまたそうした自覚の産物に他ならない。

白昼の夢想の展開を辿るこの作品に於いては、微睡みへの傾斜の中で、「夢のうちの歌《うた》の調《しらべ》」の如く「暢《の》びらか」で緩やかな抑揚に包まれて「物《もの》なべておぼめきわた」る状況がまず描き出される。そして既述のように夢想の光景を呈示する第二連へと続くのであるが、しかしこの第二連は同時に、或る一貫した動性を帯びたイメージが列挙された部分として捉えられなければならない。

獨《ひとり》かここに我《われ》はしも、ひとりか胸《むね》の
浪を趁《お》ふ――常世《とこよ》の島《しま》の島《しま》が根《ね》に
翅《つばさ》やすめむ海《うみ》の鳥《とり》、遠《とほ》き潮路《しほぢ》の
浪枕《なみまくら》うつらうつらの我《われ》ならむ。

（第二連）

穏やかな起伏を繰り返す「胸」、その動きに重ねられた「波」のうねり、そして波間に休らう「海の鳥」の揺らめき、それらのイメージが「うつらうつら」という一句に収斂しながら、緩やかな抑揚、蕩揺の動きを伝える。この詩の備える七五七・五七五交互調のリズムがそうした動きを一層際立たせる効果を発揮しており、また各行末に認められる所謂〈跨ぎ〉の手法はその動きの持続性、流動性を強調する役割を果たしているだろう。続く第三連、半睡半醒の微睡みの裡に絢爛たる幻想が舞いかかる。「初夏」の美しい花々が舞い飛び、舞い過ぎる映像である（「げに初夏《はつなつ》の芍薬《しやくやく》の、／薔薇《さうび》の、罌粟《けし》の美《うま》し花舞《はなま》ひてぞ過《す》ぐる」）。助詞「の」の反覆のもたらす畳みかける調子が流動的なリズムの高まりを示し、「美《うま》し」花々の艶麗な色彩の縺れ合い、絡み合うしなやかで曲線的な動きが強調されてゆく（「艶《えん》だちてしなゆる色《いろ》の連弾《つれびき》に」）。そしてそうした幻想の裡に「たゆらに」、即ち揺らめきに包まれて「吉祥の君」の姿が立ち現れてくるのである。

「若葉のかげ」には、以上のように全篇にわたって緩やかで伸びやかな動きを喚起する表現とイメージが連ねられている。そうしたこの詩の表現を貫く単一の意味論的要素の反覆をイゾトピー isotopie（同位性）[11]と見做すことも可能であろう。抑揚、蕩揺を意味素とした同位性を形成する一連の表現によってこの詩の世界は織り成されているのであり、それによって言わば夢想のリズムそのものが伝達されることになるのである。換言すれば「若葉のかげ」は、主題論的枠組みに即した夢想の光景の呈示と、同位性をなす一連の詩句が喚起する夢想のリズムそれ自体の表出という表現の二重の様態が一つに綯い合わせられたところに成立している。そしてこの詩のそうした重層的性格が表現に或る種の錯綜をもたらし、統辞論上の捩れを生ぜしめていると言わなければならない。再び第二連を検討してみよう。一行目から二行目にかけての〈跨ぎ〉の詩句「胸の／浪を趁ふ」は、微睡みへと傾斜しながら「胸」の緩やかな起伏の動きを感じている主体の状況の比喩的な表現であるが、その「浪を趁ふ」という一句から、彼方の「常世の島」に向かう「遠き潮路」の遙かな旅を続ける「海の島」のイメージが派生的に導き出される。それは微睡の裡に立ち現れた夢想の光景として、明らかに第一連から連なる主題論的展開のレヴェルに属している。一方、「胸の／浪」という詩句は、既述の如く緩やかな抑揚の動きを喚起して夢想のリズムを伝える一連の表現の同位性の起点をなしている。即ち「胸の／浪を趁ふ」という表現は、主題論的枠組みに従属した意味の展開のレヴェルと、夢想のリズムを象る隠喩的イメージの同位性のレヴェルとが交差する地点に位置しているのである。そしてこの詩句が明瞭に呼び起こす海のイメージがその二つのレヴェルに跨る要素として機能し、それら二つのレヴェルは海をめぐる一連の表現として交差し、絡み合うのである。それ故、第二連に連ねられた個々のイメージは、主題論的な意味伝達のレヴェルと隠喩的イメージの同位性のレヴェルの間を自在に移行しつつ交錯することによって、単一の並列的、線形的な連なりとは全く別種の連鎖をなしている。この第二連に於ける、「胸」の息づきを安らかに感じつつ夢想が開示する光景を辿るという「我」の重層的な内的状態は、このようにテクストの線条性、並列性を逸脱した、複雑に絡み合い、交錯する詩句の重層性の裡に形象化されているのである。

「蟲の露」と題された作品もまた同様の表現機構に於いて捉えることが出来るだろう。

文目《あやめ》もわかぬ夜《よる》の室《むろ》に濃《こ》き愁《うれ》ひもて
醸《か》みにたる酒《さけ》にしあれば、唇《くちびる》に
そのささやきを日《ひ》もすがら味《あじは》ひ知《し》りぬ、
わが君《きみ》よ、絶間《たえま》もあらぬ誄辞《しぬびごと》。

何《なに》の痛《いた》みか柔《やはら》かきこの酔《ゑひ》にしも
まさらむや、嘆《なげ》き思《おも》ふは何《なに》なると
占問《うらど》ひますな、夢《ゆめ》の夢《ゆめ》、君《きみ》がみ苑《その》に
ありもせば、こは蜉蝣《かげろふ》のかげのかげ。

見《み》おこせたまへ盞《さかづき》を、げに美《うる》はしき
おん眼《め》こそ翅《つばさ》うるめる乙鳥《つばくらめ》、
透影《すいかげ》にして浮《うか》び添《そ》ひ映《うつ》り徹《とほ》りぬ。

いみじさよ、濁《にご》れる酒《さけ》も今《いま》はとて
輝《かゞや》き出《い》づれ、うらうへに、霊《たま》の欲《ほ》りする
蠱《まじ》の露《つゆ》。——いざ諸共《もろとも》に乾《ほ》してあらなむ。

「文目もわかぬ夜の室」という冒頭の詩句は、この詩の展開の舞台を簡潔に呈示している。有明の詩に於いて「室」は前章で既に触れた密室的空間の設定を示しており、従ってこの作品は、夜の闇に覆い包まれた密室という、二重に閉ざされた世界として成立しているのである。その「室」の濃密な闇の中で、作中の主体は「濃き愁ひもて／醸みにたる酒」を口に含んでいる。それは、「わが君よ、絶間もあらぬ誄辞」という一行を参照するならば、既に死せる「君」を悼む悲痛な「愁ひ」を宿した酒と考えることが出来よう。その酒を口にしつつ、「日もすがら」「絶間も」なく悲嘆を噛みしめ続けているのである。第二連に至って、その酒のもたらす「酔」が描き出される。「何の痛みか柔かきこの酔にしも／まさらむや」という表現は、どんな痛みも酒のもたらすこの陶酔の裡に消え失せてゆくと解釈しうるが、同時に、後年の改作本文「ただ悩ましく柔かき酔の痛みは」（『有明詩集』アルス、大正一一・五）によれば、どんな痛みもこの酔い自体が含む痛みにまさるものではないと理解することも可能である。その何れかに解釈を限定することは困難であり、寧ろこの詩句はこうした両義的な含みを備えていると見るべきであろう。そして後者の解釈は「愁ひ」と「痛み」を宿した酒を描き出して既述の第一連の内容に合致し、一方前者のそれは、この第二連の以下の部分に描き出される陶酔の夢想の光景を直接導くことになるだろう。従ってこの詩句は、その両義性に於いて、第一連の癒されることのない悲痛な「愁ひ」を反芻している主体の状況から、第二連の陶酔がもたらす夢想の光景への主体の参入に至る作品展開の橋渡し、或いは転換点の役割を果たしていると言うことが出来る。こうして「夢の夢、君がみ苑にありもせば」という詩句によって、作中の主体が既に死別したはずの「君」と共に在る「み苑」の光景が「夢の夢」の世界として語られる。即ちそれは、主体が参入している、「柔かき」「酔」の裡に生成した夢想の光景に他ならない。その世界に身を置く中で、「こは蜉蝣のかげのかげ」と語られるように、主体を苛む現実、その「愁ひ」「嘆き」は淡くかすかに消えゆくのである。それ故に、「嘆き思ふは何なると／占問ひますな」という、「嘆き」の所以を問うことの無益さを説く、「君」への語りかけがなされていたと言えよう。

酒を口に含みつつ、死せる「わが君」に寄せる痛切な悲嘆を噛みしめていた作中の主体は、その酒が含む「痛み」を強く感じながらも、次第に「柔かき酔」に身を任せ、その陶酔の裡に生じる夢想の世界に入り込んでゆく。

そして「君」と共に在る夢想の世界の中で、「愁ひ」「嘆き」の思いは薄れ、消え失せてゆく。

　この作品の主題論的展開は以上のように跡付けられるのであるが、この第二連には更に極めて注目すべき表現上の特色が認められる。即ち第二連は読点で区切られた五つの詩句によって構成されているが、それらの相互関係が不明瞭であるため、それらを連結する論理的、整合的脈絡が極度に不鮮明と化している。そのように文脈的拘束が極端に弛緩することによって、ここに連ねられた言葉は文脈から解き放たれて自在に関係を結び、結合、照応、重層化してゆくことが可能となる。そうした中で、「柔かきこの酔」「夢の夢」「蜉蝣のかげのかげ」の三つの詩句は、それらが個々に喚起するイメージ相互の類縁性を通して、重なり合い、照応関係を結んでゆく。それによって、第二連全体は、漠として定かならぬ、輪郭明瞭な実体を失ったような、あえかな様相で包み込まれることになるのである。それは、意味内容の展開のレヴェルとは別に、それと並行して、或いはそれを横断する形で形成される詩句の結合によって生み出される作品世界の様態に他ならない。そしてそうした表現の機構を通して、酒のもたらす陶酔の裡に生成する内面の夢想の世界の様相そのものが伝えられるのである。従ってこの第二連は、意味の展開を提示するレヴェルと、個々の言葉が喚起するイメージの類縁性による詩句の連結を通して夢想の世界の様態を伝達する表現の同位性のレヴェルとの、二重性の上に成立していると言うことが出来る。換言すれば第二連に於いて、前者のレヴェルの背後から後者が浮上し、以後の作品の展開を導いてゆくという、表現の機構の変換が生じているのである。そうした二つの表現のレヴェルの交差と転換がなされた第二連を経て、第三連は内面の夢想の世界それ自体を存分に描き出す。

　夢想の裡に立ち現れた「わが君」に「見おこせたまへ」と呼びかけ、「盞」に視線を誘う。その時、「美はしき／おん眼」が酒を満たした「盞」を通して透かし見え、その表面に「透影」となって「映」し出されるのである。第三連にはこのように作品前半部に接続する主題論的展開の脈絡が判然と認められるのであるが、同時にそうした意味上の展開とは別途に形成される詩句の連繋が発揮している機能を見逃すことは出来ない。即ち玻璃製の透明な「盞」、「美はしきおん眼」、「翅うるめる乙鳥」という詩句は、表層の発するつややかな光沢のイメージに於いて同位性を形成しつつ、相互に連鎖、照応し、浸透し合う中で、「君」の潤いと光沢を帯びたつややかな美しさそのものを喚起する。そしてそれは、グラスの表面にそうした「君」の姿が「浮かび」「映」る様を伝える「透影にして浮かび添ひ映り徹りぬ」という一行に、表層というレヴェルに於いて直接結び付く。こうして第三連のイメージ全体が、「盞」を透かしてその表面に浮かび上がった映像としての「透影」に収斂することになるのである。更にその「透影」のイメージは、第二連の詩句の連鎖が伝達する、実体を失った、漠としてあえかな、仮象の世界の様相と明らかに対応する。こうして第二連と第三連に於ける二種の詩句の連鎖は、「透影」のイメージに於いて統合されるのであり、それによって、この両連に於いて描き出される内面の夢想の世界が「透影」としての虚像の様相に包み込まれることになるのである。作品の進展につれて個々の詩句は、イメージ間の照応や映発を通して、相互に絶えず新たな関係を形成して行く。詩の内部に連ねられた言語の間の関係は、イメージの交錯と連鎖を通して不断に更新されてゆくのであり、そうした中で夢想の世界の生成とその様相が見事に捉えられていると言ってよいだろう。そしてそのような中に「美るはしき」「わが君」の姿が立ち現れる時、まさにそうした光景に対して「いみじさよ」という嘆声が発せられる（第四連）のであり、その賛嘆の中で「濁れる酒」は「輝き」を放つ。「濃き愁ひ」で醸された酒は、「うらうへに」、「霊」の欲して止まぬ蠱惑の酒（「蠱の露」）へと変質するのである。この詩は以上のように、「愁ひ」「痛み」を宿した酒が「蠱の露」と化し、悲嘆や苦悩が愉悦へと転じる経緯が辿られているのであるが、その逆転の過程は何よりも、意味内容の展開と並行して自在に形成される詩句の連繋、結合を通して喚起される、内面の夢想の世界の様態そのものによって導かれていると言ってよいだろう。この詩の備えるその世界はまさに虚像・仮象として、日常の現実とは異質の、固有の様相の下に成立している。この詩の備える七五七・五七五交互調の特異な形式が伝える抑揚、起伏に富んだリズムは、そうした内面の夢想の世界の揺らめきや波動を見事に捉えていよう。またこの詩の展開の場である「室」、即ち密室は、既に考察を加えたように、内面世界それ自体を自立的に捉えるために採用された〈閉ざされた世界〉としての有明独自の詩的設定に他ならない。このようにイメージや音楽という言葉が本来的に備える属性の存分な活用によって、内面の夢想の世界の固有の様相、様態を自立的に形象化する試みとして、この詩は成立しているのである。

有明の詩に於いては、以上のように多様な内面の状況が「詩の言語」の存分な活用を通して形象化されている。個々の言語は、単一の意味伝達の機能から解き放たれ、自在にイメージを喚起し、豊かな音楽を響かせつつ、意味とは異なるレヴェルで種々の同位性を形成して相互に照応、連鎖し、絡まり合う。有明の所謂「言語の自然」としての詩的表現の様相をここに十分に認めることが出来るはずである。有明の詩の言語は相互に絶えず新たな関係を結び、その関係の網の目は不断に更新されてゆく。そしてそのような並列的、直進的な線条性から逸脱した言語の地平に成立する詩の世界は、内面世界についての詩人の確かな認識に支えられたものに他ならなかった。「詩人の覚悟（下）」と題するエッセイ（『東京二六新聞』明治四一・六・八）の中で、有明は「発足点」が「「自我」の攻究」にあることを指摘した上で次のように述べている。

> 或《あ》る者《もの》は「自我《じが》」を専有《せんいう》し、或《あ》る者《もの》は「自我《じが》」を静物《せいぶつ》のやうに取扱《とりあつか》つてゐる。孰《いづ》れも非《ひ》だ。「自我《じが》」の輪《りん》廓《くわく》は宇宙《うちう》の輪廓《りんくわく》と共《とも》に不定《ふてい》である、動《うご》いてゐる、光《ひか》つてゐる、朧《おぼ》ろに曇《くも》つてゐる。といふものは「自我《じが》」が単純《あだ》に自己《じこ》の専有物《せんいうぶつ》でもなく、静物《せいぶつ》でもないからだ。内界《ないかい》と外界《げかい》とは相互《さうご》に交渉関聯《かうせふくわんれん》を持続《ぢぞく》しつつあるものだ。孰《いづ》れを主《しゆ》とも客《かく》とも判別《はんべつ》しかぬるところに複雑《ふくざつ》な微妙《びめう》な調子《てうし》や色合《いろあ》ひが現《あらは》れる。この交渉関聯《かうせふくわんれん》（ボオドレエルが“Correspondences”といふソネットを書《か》いてゐる。）は本来圓融無礙《ほんらいゑんゆうむげ》なるもの、ここが真《しん》の自由《じいう》の境《きやう》界《がい》、ここが即《すなは》ち象徴主義《しやうちようしゆぎ》の胎《たい》を受《う》くるところだ。

有明は更に続けて「近代《きんだい》の文学《ぶんがく》は人間中心《にんげんちうしん》の思想《しさう》を脱《だつ》し来《きた》つたところに深《ふか》い味《あじは》ひがある。」という一文を認めているが、ここには「自我」、「内界」をめぐる認識が周到に語り出されている。内面世界は常に「不定」で「朧ろ」に流動しつつ、「外界」との間に「交渉関聯を持続」している。従ってそれを「自己の専有物」、或いは「静物」の如く扱うことは出来ないと有明は言う。このような認識に於いて、絶えず「動いてゐる」「内界」が一義的、固定的な意味のレヴェルで捉えられるものではあり得ないことは言うまでもなかろう。線形的な言語の意味伝達の並列的構造は、固定的に実体化することの出来ない「内界」の様態を表出する上で、有効な手段では決してあり得ない。その時、「不定」で流動的な「内界」の「複雑な微妙な調子と色合ひ」を伝えうるものとして想定されているのが、「言語の自然」、「自然」状態に置かれた言語に他ならないのである。有明の詩的理念の所在を告げる「現代的詩歌」「詩人の覚悟」という二篇の詩論を通して、『有明集』の世界が「内界」と「詩の言語」に関する詩人の明確な認識に支えられていたことを我々は十分に確認することが出来る。そのように極めて意識的な「詩の言語」の運用の裡に生成する世界について、「言葉の音楽という点から見るかぎり、有明の達した極点のひとつ」(12)と評される作品「茉莉花」を取り上げて更に検討してみることにしよう。

咽《むせ》び嘆《なげ》かふわが胸《むね》の曇《くも》り物憂《ものう》き
紗《しや》の帳《とばり》しなめきかかげ、かがやかに、
或日《あるひ》は映《うつ》る君《きみ》が面《おも》、媚《こび》の野《の》にさく
阿芙蓉《あふよう》の萎《ぬ》え嬌《なま》めけるその匂《にほ》ひ。

魂《たま》をも蕩《た》らす私語《さゝめき》に誘《さそ》はれつつも、
われはまた君《きみ》を擁《いだ》きて泣《な》くなめり、
極秘《ごくひ》の愁《うれひ》、夢《ゆめ》のわな、——君《きみ》が腕《かひな》に、

痛《いた》ましきわがただむきはとらはれぬ。
また或宵《あるよひ》は君見《きみみ》えず、生絹《すゞし》の衣《きぬ》の
衣《きぬ》ずれの音《おと》のさやさやすずろかに
ただ傳《つた》ふのみ、わが心《こゝろ》この時裂《ときさ》けつ、
茉莉花《まつりくわ》の夜《よる》の一室《ひとま》の香《か》のかげに
まじれる君《きみ》が微笑《ほゝゑみ》はわが身《み》の痍《きづ》を
もとめ来《き》て沁《し》みて薫《かを》りぬ、貴《あて》にしみらに。

「茉莉花」は、作品中に次々に列挙され、連ねられてゆくイメージが相互に複雑に交錯し、絡み合うことによって、極めて密度の高い詩的世界を形成している。まず重苦しい［オ］の母音を繰り返し響かせつつ始まる冒頭部では、「咽び嘆」きを続ける「わが胸」が「紗の帳」と重ね合わされる。「咽び嘆」く「わが胸」の状況に対応して、この「紗の帳」は「曇り物憂き」さま、物憂げな陰りに包まれている。このような「わが胸」と「紗の帳」とが重層化される設定の裡にこの詩の構造が示されているのであるが、それは前引の詩「月しろ」を容易に想起させるだろう。

淀《よど》み流《なが》れぬわが胸《むね》に憂《うれ》ひ悩《なや》みの
浮藻《うきも》こそひろごりわたれ黝《くろ》ずみて、
いつもいぶせき黄昏《たそがれ》の影《かげ》をやどせる

池水《いけみづ》に映《うつ》るは暗《くら》き古宮《ふるみや》か。（第一連）

既述の如く「月しろ」に於いては「憂ひ悩み」に包まれた「わが胸」が「浮藻」に覆われた「池水」と重ね合わされ、その「池水」の上に「映」し出される映像を通して追憶の夢想の展開が辿られていた。この「茉莉花」でも同様に、薄織物の垂れ衣が「わが胸」の内なる動きを映し出す映写幕の役割を果たすことになる（「或日は映る君が面」）。即ちこの「紗の帳」は先に指摘した『有明集』に於ける〈限られた水の広がり〉の詩的設定のヴァリエーションに他ならないのである。しかしまた同時に、その「紗の帳」のイメージは明らかに室内としての設定を導き出してくる。それは第四連の詩句「一室」と結び付き、密室的な〈一室〉の空間という設定を暗示することにもなるのである。従って「茉莉花」には、『有明集』に於ける〈限られ、閉ざされた場〉としての詩的設定の二つのパターン[13]が同時に組み込まれていると見ることが出来る。三行目の「かかげ」という詩句は、そうした二重の詩的設定に於いて「紗の帳」から「一室」へと移行する第二連以降の展開を先取りしつつ、「君」の登場を鮮やかに描き出すものと言ってよい。この詩はそのような入り組んだ構造を備えており、それに対応して作品の展開も複雑な動きを見せてゆく。改めて冒頭部に立ち帰ろう。「わが胸」と重ね合わされた「紗の帳」、そのしなやかに揺らめく（「しなめき」）薄物の垂れ衣に、眩い輝きに包まれて「君が面」が映し出されてくる。「かがやかに」という詩句は一行目の「曇り物憂き」さまと明らかな対比を示しており、また「かかげ、かがやかに」と連なる、［カ］の音を中心とした類似の音色の反覆がもたらす鋭く固い響きがその対照性を一層際立たせている。こうして作品世界の様相は「かがやか」さへと大きく転じてゆき、その中に「君が面」が浮かび上がる。「紗の帳」に「君が面」が「映る」とは「わが胸」の裡に「君」の姿が立ち現れてくる内面の夢想の動きを示している。そして以下の部分は、その「君」の蠱惑的な姿を描き出す。そこに呈示されるのは、外界の光景である。細く長い茎をしなやかに揺らしながら官能的な「匂ひ」を放つ「阿芙蓉」（罌粟）の花々が、濃密な艶めかしさで「野」を包み込んでいる。ここに連ねられた隠喩的表現に於いて、「阿芙蓉」のなよなよとした動き（「萎え」）は「しなめ」く「紗の帳」の揺らめきと照応することによって「わが胸」の揺らぎを伝え、また「媚の野」「阿芙蓉」「嬌めける」等の一連の詩句は「君」が備える魔性の美とも言うべき魅惑を喚起している。こうして視覚的イメージから嗅覚的表現へと詩句が速やかに移行する中で、「君」の発する蠱惑と官能に満ちた魅惑が「匂ひ」に集約される形で呈示されているのである。第一連はこのように極めて錯綜した詩句の動きを見せている。とりわけここには様々の対蹠と類比の関係を形成する詩句が並置されていると言うべきだろう。陰りと輝き、「嘆かふわが胸」の「物憂」さと「嬌めける」「君」の「媚」、そして室内と外界、それぞれの間に成立する対照性、その一方で「わが胸」と「紗の帳」、「君が面」と「媚の野」及び「阿芙蓉」、「萎え嬌めける」動きと「しなめき」との間に認められる重層性、相同性、更に感覚のレヴェルに於ける視覚から嗅覚への移行と両者の混交――第一連の詩句は相互にこうした多様な関係を結んでいると言わなければならない。そしてそれらの詩句の全てが唯一つのセンテンスの中に組み込まれることによって、極度に錯綜した表現の状況が生み出されているのである。第一連の文脈上の或る種の捩れは、そうした表現機構の帰結に他ならない。換言すれば冒頭部に於ける直進的なディスクールの歪みと澱みの中で、個々の詩句は相互に結び付き、斥け合い、或いは交錯し映発する多様な関係を自在に形成してゆくのである。それは決して固定した結び付きではなく、詩句の進展とともに絶えず新たに生成し、更新されてゆく流動的な関係に他ならない。有明詩の表現の最も特徴的な様態をここに認めることが出来るはずである。

　さて中間部をなす第二、三連には、この詩の主題論的枠組みが露呈していると言ってよい。第二連は「われ」と「君」との直接的な交渉の場面を描き出す。「君」は「われ」に寄り添い、甘美な睦言を囁くのであるが、「魂《たま》をも蕩《た》らす私語《さゝめき》に誘《さそ》はれつつも」という詩行に於ける「夕」―「サ」の頭韻風のアリタレーションの音色効果が、心に沁みる惑わしの「私語」を音楽的に伝えるのである。更に比喩的に言うならば、「紗の帳」に映し出された「君」（第一連）はここで「帳」を脱け出し、「一室」の中で「われ」に身を寄せる。第二連はこうして〈一室〉の密室的空間の設定へと移行し、その内部で「君」の官能的な誘惑に誘われる「われ」の姿を描き出す。しかしそこで提示されるのは、そうした官能の陶酔に没入する「われ」の状況ではない。寧ろそのような官能の惑溺へと傾斜しつつも、「泣くなめり」、「極秘の愁、夢のわな」、「痛ましきわがただむき」という一連の詩句が示唆するように、陶酔の裡に没入しきれない「われ」の苦い覚醒の意識がそこには窺われると言うべきだろう。そうした陶酔への全身的な埋没を拒む意識が、「君」に「誘はれ」る自らの姿を「痛ましき」ものと捉えずにはいないのである。この第二連は、そのような陶酔と覚醒の間で揺れ動く「われ」の苦悩と痛みという内面の劇を潜めていると見てよいだろう。そして次連では逆に「君」は姿を見せず、「衣ずれ」の音が聞こえてくるばかりであるが、「われ」はその音に激情を掻き立てられることになる。ここで注目すべきは、「生絹《すゞし》の衣《きぬ》の／衣《きぬ》ずれの音《おと》のさやさやすずろかに」という詩句の伝える精妙な言葉の音楽である。「ス」の音を基調としたサ行音の繰り返しにカ行の音が綯い交ぜられる涼やかな響き、また母音の働きに留意するならば、「ウ」と「イ」の音の抑揚を孕んだ反覆（「生絹の衣の衣ずれ」）から「オ」の母音の連続（「の音の」）を経て、際立つ「ア」音の響きに至り（「さやさや」）、最後にそれら四つの母音の全てが交錯する（「すずろかに」）、抑揚とうねりに富む音色の流れ――このように精妙に奏でられる涼やかで艶やかな言葉の音楽そのものが、沁み入るような魅惑を伝え、「われ」の激烈な感情を誘うのである。そして最終連、「夜の一室」という閉ざされた場が明瞭に設定された上で、その中に「茉莉花」の「香」と渾然と混じり合った「君が微笑」が浮かび上がる。官能的な魅惑に満ちたその「微笑」は「茉莉花」の芳香と化して「わが身の痍を／もとめ来」るのであるが、この作品を通して「君」の姿が次々に変容を重ねていることに十分注目する必要があるだろう。冒頭の一連に於いて「かがやか」さの裡に「阿芙蓉」の艶めかしい揺らめきと「匂ひ」に包まれて「面」を見せた「君」は、第二連に至って肉身を現し、蠱惑の「私語」を洩らしながら「わがただむき」を捉えるが、続く第三連では姿を隠し、「衣ずれの音」のみを伝える。そして最終連では「茉莉花の夜の一室の香」と融合した「君が微笑」が浮かび上がる。ここで「沁みて薫りぬ、貴にしみらに」という末尾の詩句は、錯綜した動きを喚起する表現と言ってよいだろう。[14]「沁みて」の浸透してゆく動きに対する「薫りぬ」が伝える発散、拡散の運動、「貴に」が示す洗練された静的な様相に対する「しみらに」の瀰漫、充満の動き、――それらの相互に相反的な方向性を孕む対蹠的な語が並置されることによって、この一句は極めて不安定な揺らぎと振幅を生じ、そうした揺らめきの裡に匂いと渾融した「君が微笑」が捉えられているのである。この詩の全体を貫いて登場する「君」は、常に官能的な魅惑を漂わせつつも、絶えずその姿を変容させてゆく。「君」は各連に於いて表現の中核的な母胎として多用な表現とイメージを派生させながら、各連ごとに変容を重ねるのである。この詩の「君」は、作品の持続的な展開を通して一貫した固定的な姿を見せるのではなく、次々と新たな姿に置き換えられてゆくのであり、そうした中で「われ」との様々な交渉の場面が象られてゆくことになる。既述の如く「茉莉花」は、官能的な陶酔への傾斜とそうした陶酔に没入しきれない苦い覚醒の意識との間で揺れ動く内面の状況を主題論的な枠組みとしているが、それを形象化する表現とイメージは、「君」の姿の変転の様相に象徴されるように、常に新たに積み重ねられ、置き換えられるのである。そのように新たなイメージが次々に重ねられてゆき、その重ね合わされたイメージ相互間の関係が不断に生成し、更新され、消失してゆく。そうしたイメージ間の常に流動的な変容の関係が、「われ」の内なる動揺を形象化し、この詩の世界を織り上げているのである。そして同時に、そうした内面の揺らぎの形象化に於いて、この詩の言葉が奏でる精妙な音楽が極めて大きな役割を果たしている。第三連を中心に全篇を貫いて流れる変化と抑揚に富んだ豊かな音楽が、「われ」を誘引する「君」の蠱惑的な魅力を、その響きと音色によって見事に伝える。茉莉花の芳香と重層化された「君」は、言葉の音楽を通して、まさに「匂ひ」の如く浸透する魅惑を湛えて「われ」を誘うのである。

「茉莉花」という作品に於いては、こうして冒頭から末尾に至る中で様々の感覚や感情――即ち陰りと輝き、魅惑と嫌悪、喜悦と悲嘆、甘美さと苦さ等、それらの矛盾や対立を孕む多様な感覚、感情が、言葉のイメージと音楽そのものを通して伝えられることになる。不断に更新され、変容を重ねるイメージの連なり、そして移ろい流れる言葉の音楽の変化に富んだ響きと音色の中で、陶酔と覚醒との二律背反的な構図を中核とした矛盾、対立する様々の感覚、感情が浮かび上がっては消えてゆく、生起と消失を繰り返すのである。「茉莉花」はそうした内面のアンビヴァレントな状況を、言葉のイメージと音楽の自在な活用によって存分に形象化した作品に他ならない。「反対感情両立《アンビヴァレンツ》の稀有の束」というこの詩に対する評言[15]は、まさに的確な指摘と言うことが出来るはずである。

前引の「詩人の覚悟」に於いて有明は、「「自我」を専有し」、或いは「「自我」を静物のように取扱」うことの「非」を強い口調で語り出していた。浪漫主義及び自然主義に於ける「自我」の認識の在り方への批判を滲ませたこの発言は、主体として実体化された「自我」に対する根本的な疑念の表明であると言ってよいだろう。有明が見据えているのは、そのような主体としての「自我」が否認された、「人間中心の思想を脱し来つたところ」に他ならない。そしてこうした「自我」観は、先述の「詩の言語」の認識と正確に対応しているのである。「現代的詩歌」と題された詩論が告げるのは、「思想や感情の符徴——媒介物」としての「世間的言語」を否定することによって、「早く言語の自然に帰らねばならぬ」という主張であった。従って言語が「自然」を回復するためには、「符徴——媒介物」、手段としての位置を脱却することが要請される。それは取りも直さず、「人間中心の思想を脱」することに確実に通じている。即ち「自我」が語る主体としての地位を退く時、初めて言語はその本来の姿、「自然」に立ち帰ることになる。言語は、主体の意のままとなる道具ではなく、固有の「生命」を備える自律的存在として成立し、それによって内面の「不定」で流動的な、「複雑な微妙な調子や色合ひ」を捉えることが可能となるのである。先に考察を加えた「豹の血」中の諸篇は、こうした有明の明確な認識の所産であったと言うべきであろう。それらの作品に於いては個々の言語がイメージと音楽を自在に発揚、喚起し、そしてそれらの音やイメージは相互に連鎖し、交錯し、照応し、共鳴してゆく。即ち意味上は無関係な、或いは異質な言語が、音及びイメージの類似や照応を通して引き寄せられ、新たな関係を結ぶことになるのである。換言すれば「詩の言語」は、

「世間的言語」に於いては等閑に付されている言語の「声音」とイメージに強力に働きかけることによって、意味とは無縁な音とイメージのモティヴェーションを通して、異質で疎遠な言語の間に新たな関係を絶えず設定してゆくことになるのである。それは、音とイメージによる事物の間の新たな関係の不断の生成として、新しい世界の創造の営みであると言うことが出来る。有明の語る「言語が自らに歌ふ新天地」とは、まさにこうした詩的世界の生成の謂に他ならない。『有明集』に於ける主題論的枠組みを受肉化する如上の「詩の言語」を通して、「内界」固有の様態が「新天地」、自立的な別乾坤として顕現することになる。そして意味伝達の道具としての「世間的言語」から「言語の自然」への還帰によって、イメージや音が織りなす新たな関係の裡に手繰り寄せられ、重ねられ、絶えず更新されてゆく「詩の言語」の世界――そのような詩の書法こそが、「純情風の直線式のもの」の対極に成立する、有明の所謂「渦巻」(16)の内実を示唆していると考えられるのである。

三　有明象徴詩の形成

蒲原有明の象徴詩の最も優れた達成を示す『有明集』の詩的世界の構造を以上のように捉えた上で、本節に於いては、その形成過程について、とくに上田敏の『海潮音』との交渉の観点から考察を加えてみることにしたい。有明の象徴詩は、『海潮音』の受容を通して、いかなる様式の下に確立するに至ったのかを明らかにすること、それは又『海潮音』から『有明集』への象徴詩の展開を辿る試みに他ならない。

先に第一篇第三章に於いて上田敏の〈象徴詩〉理解の内実について検討を試み、〈象徴詩〉の統一的な様式を提出しようとした敏の意図を明らかにした。但し『海潮音』の〈象徴詩〉が当時の詩壇にもたらした影響は、言うまでもなくそうした敏の意図にのみ還元される訳ではない。既に指摘されているように、翻訳の読者とは原語を理解し得ない読み手に他ならないとするならば、「翻訳される言語を知らない人間にとって遂行された翻訳が正確なものかそうでないかは知りようがない」[17]ことは自明であるはずである。原語の解読が不能である故に翻訳を繙く読者にとって、その訳文の正誤、適否の問題は介在しようがないということ、それは、『海潮音』の読者に於いても同断であったと言うべきであろう。『海潮音』の読者は、「象徴詩の新体」として配列された一連の訳詩の全てを〈象徴詩〉として受容し、それらの個々の訳詩の備える性格そのものを〈象徴詩〉の範例と見なしていたに相違ない。従って『海潮音』の問題とは、敏の象徴詩理解の欠陥や翻訳・紹介の意図、或いは歪曲を孕んだ訳詩の性格にのみ収斂するのではなく、寧ろ敏による翻訳と紹介を受け入れつつ、それらの訳詩それ自体を個々に読み解くことをとおして自らの〈象徴詩〉理解を形成していった読者の側からも捉えられなければならないだろう。換言すれば敏自身の理解や意図とは別に、受容者側の観点から『海潮音』のもたらした影響の問題を捉え直す必要があると考えられるのである。

既述の如く上田敏の『海潮音』には、ヴェルハーレン「鷺の歌」からマラルメ「嗟嘆《といき》」に至る十四篇の〈象徴詩〉が収録されているが、右のような観点からそれらを通読する時、そこに認められるのは、「「鷺の歌」以下、「嗟嘆」に至るまでの詩は多少皆象徴詩の風格を具ふ」という敏の付記にも係わらず、その訳詩全てを貫く象徴詩としての統一的な様式を確認することは寧ろ困難であるという事実に他ならない。既に第一篇第三章「「象徴詩」の理念」で考察を加えたように、『海潮音』に於いて敏は、マラルメ「嗟嘆」に集約される統一的な性格のもとに〈象徴詩〉を提出することを試みていた。しかしそうした敏の意図とは別に、『海潮音』所収の〈象徴詩〉を虚心に読み解くならば、それらの訳詩自体は決して一元的な性格に回収され得ない、象徴詩としての多様な様式を提示してもいることが明らかとなるはずである。そのような視点に立つ時、『海潮音』の〈象徴詩〉の性格は改めて捉え返される必要があるだろう。

一連の〈象徴詩〉の筆頭に位置する「鷺の歌」については、周知のようにアンリ・ド・レニエの「花冠《くわくわん》」とともに、「序」に於いて敏による評釈が加えられている。敏はこの序文の中で、「象徴の用は、之が助を藉りて詩人の観想に類似したる一の心状を読者に與ふるに在り」、或いは「一篇の詩に対する解釈は人各或は見を異にすべく、要は只類似の心状を喚起するに在りとす」と述べて、「象徴」の多義的機能を前提として「類似の心状」を喚起するところに〈象徴詩〉の性格の枢要を認めているのであるが、その具体例として取り上げた「鷺の歌」「花冠」に施された解釈に於いて次のような評言がなされていることは注目に値する。

此詩〔＝「鷺の歌」、引用者注〕を広く人生に擬して解せむか、（中略）或は意を狭くして詩に一身の運を寄するも可ならむ。

「花冠」は詩人が黄昏の途上に佇みて、「活動」、「楽欲」、「驕慢」の邦に漂遊して、今や帰り来れる幾多の「想」と相語るに擬したり。

右の「擬」する、或いは「寄する」という語を用いての解釈の在り方は、明らかに、見立て、なぞらえとしてのこれらの詩の寓意的性格を告げている。事実、訳詩「鷺の歌」「花冠」が伝える性格は、その点に尽きていると言ってよい。

途《みち》のつかれに項垂《うなだ》れて、
黙然《もくぜん》たりや、おもかげの
あらはれ浮《うか》ぶわが「想《おもひ》」。

命《いのち》の朝《あさ》のかしまだち、
世路《せいろ》にほこるいきほひも、
今《いま》、たそがれのおとろへを
透《すか》しみすれば、わなゝきて、
顔背《かほそむ》くるぞ、あはれなる。
思《おも》ひかねつゝ、またみるに、
避《さ》けて、よそみて、うなだるゝ、
あら、なつかしのわが「想《おもひ》」。

という第一連に始まる「花冠」には、人生の「たそがれ」にある「われ」の胸中に去来する様々の「想《おもひ》」を擬人化した六人の「姉妹《おとゞひ》」の姿が描き出される。作中の「われ」は、個々の醜悪な容貌とおぞましい仕草の裡に歓楽や「怨恨」、「驕慢」、「楽欲《げうよく》」等の「想」をそれぞれ象る五人の女たちを退け、最後に登場する「行《おこなひ》清きたゞひとり」の「愛」と睦み合う姿に対して「あゝ行《ゆ》かばやな――汝《な》がもとに」との願望の声を発することになる。「花冠」は、このような観念の擬人化を通して、「あだし「想」」を嫌悪のうちに拒みつつ「愛」に包まれた「清き」想念を志向する「われ」の内面の構図を伝える寓意的な詩として成立しているのである。「鷺の歌」にも同様に確認しうるこうした性格は、他にアンリ・ド・レニエの「銘文《しるしぶみ》」「愛の教」、フランシス・ヴィエレ＝グリファン「延《の》びあくびせよ」に共通して認められるものであり、何れも明瞭な人生訓的モチーフに貫かれている。これらの訳詩を読む限り、敏の指摘する「類似の心状」の喚起という性格を看取することは殆ど不可能と言うべきであろう。そこには、予め抽象的な観念図式が存在し、それを象る種々の具体的なイメージによって作品世界が構成される寓意詩的な性格こそが判然と示されているのである。

　このような〈象徴詩〉に対して、ヴェルハーレンの「畏怖《おそれ》」は次のような作品である。

北《きた》に面《むか》へるわが畏怖《おそれ》の原《はら》の上《うへ》に、
牧羊《ぼくやう》の翁《おきな》、神楽月《かぐらづき》、角《かく》を吹《ふ》く。
物憂《ものう》き羊小舎《ひつじごや》のかどに、すぐだちて、
災殃《まがつび》のごと、死《し》の羊群《やうぐん》を誘《さそ》ふ。

きし方《かた》の悔《くい》をもて築《きづ》きたる此小舎《このこや》は、
かぎりもなき、わが憂愁《いうしう》の邦《くに》に在《あ》りて、
ゆく水《みづ》のながれ薄荷《めぐさ》、莢蒾《がまずみ》におほはれ、
いざよひの波《なみ》も重《おも》きか、蜘手《くもで》に澱《よど》む。

肩《かた》に赤十字《せきじふじ》ある墨染《すみぞめ》の小羊《こひつじ》よ、
色《いろ》もの凄《すご》き羊群《やうぐん》も長棹《ながさを》の鞭《むち》に
撻《う》たれて帰《かへ》る、たづたづし、罪《つみ》のねりあし。

疾風《はやて》に歌《うた》ふ牧羊《ぼくやう》の翁《おきな》、神楽月《かぐらづき》よ、
今《いま》、わが頭掠《かしらかす》めし稲妻《いなづま》の光《ひかり》に
この夕《ゆふべ》おどろおどろしきわが命《いのち》かな。

ここに描き出されているのは、北風が吹き荒び稲妻の走る荒涼たる「神楽月」（陰暦十一月）の夕暮に、「牧羊の翁」に鞭打たれながら「小舎」に帰り行く「羊群」の姿である。但しその光景は、詩の主体である〈われ〉の内なる想念によって濃厚に彩られている。「わが畏怖の原の上」「わが憂愁の邦」等の詩句は、この詩に於ける外界の光景への主体の内面の投影、乃至は重層化という構造を端的に告知しており、そうした中で、「羊小舎」は「きし方の悔をもて築きたる此小舎」として、また羊たちの姿は「死の羊群」或いは「罪のねりあし」として立ち現れてくるのである。この作品が呈示しているのは、外界の光景と主体の内面の状況とが交錯し、重層化した世界であり、そうした二重化された世界を通して、「畏怖」や「憂愁」に充ちた「おどろおどろしきわが命」の様相が象られているのである。『海潮音』の中で、同じくヴェルハーレンの「法の夕《のりゆふべ》」「水かひば」そして「火宅《くわたく》」は同一の性格を備えた作品と見なすことが出来る。これらの作品に於いては、既述の寓意的な〈象徴詩〉とは異なり、外界の自然の光景と主体の内面の状況とが照応関係で結ばれることによって、両者が統合或いは重層化されるのであり、そのような外部の映像の裡に内面世界の状況が形象化されているのである。

更に『海潮音』には次のような作品も〈象徴詩〉の一篇として配列されている。

白銀《しろがね》の筐柳《はこやなぎ》、菩提樹《ぼだいず》や、榛《はん》の樹《き》や……………
水《みづ》の面《おも》に月《つき》の落葉《おちば》よ……

夕《ゆふべ》の風《かぜ》に櫛《くし》けづる丈長髪《たけながかみ》の匂《にほ》ふごと、
夏《なつ》の夜《よ》の薫《かをり》なつかし、かげ黒《くろ》き湖《みづうみ》の上《うへ》、
水薫《みづかを》る淡海《あはうみ》ひらけ鏡《かゞみ》なす波《なみ》のかゞやき。

楫《かぢ》の音《と》もうつらうつらに
夢《ゆめ》をゆくわが船《ふね》のあし。

船《ふね》のあし、空《そら》をもゆくか、
かたちなき水《みづ》にうかびて。

ならべたるふたつの櫂《かい》は
「徒然《つれづれ》」の櫂《かい》「無言《しゞま》」がい。

水《みづ》の面《おも》の月影《つきかげ》なして
波《なみ》の上《うへ》の楫《かぢ》の音《と》なして
わが胸《むね》に吐息《といき》ちらぼふ。

このアルベール・サマン「伴奏」では、各連に描き込まれる様々なイメージが相互に重なり合い、融け合ってゆく。即ち木々の葉と月の光は等しく「白銀」色を帯びて湖上に揺らめき、「丈長髪」「夏の夜」と湖水は同じ黒色の中で「薫」に包み込まれ、「空」と「水」は何れも「かたちなき」ものとして一つに重なり、或いは反転する。それらの相互浸透的なイメージの様相は、「夢をゆくわが船」の「うつらうつらに」「うかび」行く動きと照応しつつ、全てが揺らめきの動性を帯びてゆく。そして最終連に於いて「水の面の月影」と「波の上の楫の音」が「わが胸」の「吐息」と一体化されることによって、それらの光景全体が「わが胸」の「夢」の世界として生成することになる。そうした作品世界全体を包む揺らめきの動きそのものが、夢想に耽る内面世界の状況を象っているのである。上述の二様の〈象徴詩〉とは全く異質のこうした特異なイメージの機能は、ローデンバックの「黄昏《たそがれ》」にも同様に認められる。そこには、「夕暮がたの蕭《しめ》やかさ」をめぐる多様なイメージが定着されているが、それらは何れも朧に浸み入り、薄れゆき、色褪せてゆく様相を呈し、その類比性を通して相互に連鎖、照応することによって、輪郭が消失して互いに融け合い、一つに「交《まじ》れる」世界が成立している。そしてそうした詩的世界の状況の裡に、末尾に描き出される「沈黙《しゞま》の郷《さと》の偶座《むかひゐ》」に在る「恋なかの深き二人」の「夢心地」「思《おもひ》」が捉えられているのである。更にマラルメの「嗟嘆《といき》」についても同様に考えることが許されよう。この詩の、「天人《てんにん》の瞳《ひとみ》なす空色《そらいろ》の君《きみ》がまなこ」に「憧《あこが》るゝわが胸《むね》」の動きを、「淡白《あはじろ》き吹上《ふきあげ》の水《みづ》」のイメージと重ねつつ「空《そら》へ走《はし》りぬ」と語る前半部は垂直的な上昇運動を特徴としているが、それに続く、

その空《そら》は時雨月《しぐれづき》、清《きよ》らなる色《いろ》に曇《くも》りて、
時節《をりふし》のきはみなき欝憂《うついう》は池《いけ》に映《うつ》ろひ
落葉《らくえふ》の薄黄《うすぎ》なる憂悶《わづらひ》を風《かぜ》の散《ち》らせば、
いざよひの池水《いけみづ》に、いと冷《ひ》やき綾《あや》は乱《みだ》れて、
ながながし梔子《くちなし》の光《ひかり》さす入日《いりひ》たゆたふ。

という後半部は、対照的に、定めなく揺らめく水平的な動きを見せている。そのような前半、後半に於いて対蹠的なイメージの性格(18)それ自体が、表題の示す「わが胸」の二面性、即ち憧憬の念（「といき」）と沈鬱な苦渋の思い（「嗟嘆」）との間に引き裂かれた内面の状況を「暗示」していると言ってよい(19)。これらの〈象徴詩〉に於いては、作中に連ねられる多様なイメージがその等質性、類比性を通して相互に連鎖し、照応しつつ作品全体を独特の様相で包み込んでゆくのであり、そうした自立的なイメージによって構成される詩的世界の様態そのものが内面世界の形象化を果たす役割を担っているのである。

『海潮音』に収録されている十四篇の〈象徴詩〉の翻訳をそれ自体として読み通してみる時、その性格を相互に異質な以上の三様のスタイルに於いて理解することが寧ろ自然であり、それらを一元的な性格の下に統合することは極めて困難であると言わなければならない。換言すれば、『海潮音』は、敏の意図にも拘わらず、〈象徴詩〉の統一的な様式を提出しているとは言い難いのである。『海潮音』刊行を契機に詩壇に於いて交わされた象徴詩を

めぐる活発な論議が極めて多岐に亘るものであったことも、要因の一斑はこの点にあったと考えられよう。当時の詩人たちは、このような『海潮音』を繙く中で、それぞれの理解の下に『海潮音』の〈象徴詩〉を受容し、そしてそれに基づいて自らの象徴詩の創作へと向かっていったのである。

本節では以下、蒲原有明の『有明集』に焦点を据え、『海潮音』の受容の内実を明らかにしつつ、それを通して確立された有明の象徴詩の担う固有の性格について考察を加えてみることにしたい。

既述の如く明治三十八年七月から四十年末にかけて創作、発表された作品、全五十二篇（うち翻訳詩四篇）を収める『有明集』は、象徴詩の創出に向けられた蒲原有明の詩的営為の優れた達成を示す詩集である。とりわけ詩集巻頭に配列された「豹の血（小曲八篇）」の諸詩篇は、有明の象徴詩の到達点を告知するとともに、明治期に於ける近代象徴詩の完成した様式を提示している。

現在我々の手元に残されている資料に徴する限り、有明は『海潮音』について多くを語ってはいない。その発言の内容も「「海潮音」に纏められた一代の名訳」が詩壇にもたらした「いみじき寄与」に賛辞を寄せる（「象徴主義の移入に就て」、『飛雲抄』書物展望社、昭和一三・一二）ことに止まり、自らと『海潮音』との関係に直接言及するものではない。しかし、『有明集』所収作品の創作時期から考えて、『海潮音』の影響の下に有明の詩的営為が進捗されていったであろうことは容易に想像されるところである。[20]その影響の痕跡を例えば次のような作品に見出すことが出来よう。

喘《あえ》ぎて上《のぼ》るなだら坂《ざか》——わが世《よ》の坂《さか》の中路《なかみち》や、
並樹《なみき》の落葉《おちば》熱《あつ》き日《ひ》に焼《や》けて乾《かは》きて、時《とき》ならで
痛《いた》み衰《おとろ》へ、たゆらかに梢《こずゑ》離《はな》れて散《ち》り敷《し》きぬ。

落葉《おちば》を見《み》れば、片焦《かたこ》げて銹《さ》び赤《あか》らめるその面《おもて》、
端《はし》に残《のこ》れる緑《みどり》にも虫《むし》づき病《や》める瘡《きず》の痕《あと》、
黒斑《くろふ》歪《ひず》みて惨《いた》ましく鮮明《あざやか》にこそ捺《お》されたれ。

また折々《をりをり》は風《かぜ》の呼息《いき》、吹《ふ》くとしもなく辻巻《つぢま》きて、
焼《や》け爛《たゞ》れたる路《みち》の砂《すな》、悩《なやみ》の骸《から》の葉《は》とともに、
燃《も》ゆる死滅《しめつ》の灰《はい》を揚《あ》ぐ、噫《あゝ》、わりなげの悲苦《ひく》の遊戯《ゆげ》。

雑誌『太陽』明治三十九年三月号初出の「坂路」の前半部である。この詩では、冒頭の一行に於いて「喘ぎて上るなだら坂」と「わが世の坂」とが重ね合わされることによって、以下に描き出される衰弱と退廃、死滅の様相を呈する「なだら坂」の光景が取りも直さず人生半ばにある〈われ〉の生の状況を象る役割を果たしている。換言すれば、この作品の重層的構造を告げる第一行を介して、個々の詩句は外界の「坂」の情景と主体の生の様態を共示することになるのである。このような重層的構造は第三詩集『春鳥集』（本郷書院、明治三八・七）には全く見出すことが出来ないことからすれば、ここに、既述の『海潮音』の〈象徴詩〉の反映、影響を認めることが許されよう。「坂路」は、ヴェルハーレンの「畏怖」等の作品が提示していた、外界の自然の光景と主体の内面とが照応関係で結ばれ、両者の統合或いは重層化を通して成立する二重化された詩的世界と同一の性格を備えていることが確認されるはずである。

一方、この「坂路」と同時発表の作品である「苦悩」は以下のように始まる。

伝《つた》へ聞《き》く彼《か》の切支丹《キリシタン》、古《いにしへ》の悩《なやみ》もかくや——

影深《かげふか》き胸《むね》の黄昏《たそがれ》、密室《みつしつ》の戸《と》は鎖《さ》しもせめ、
戦《おのゝ》ける想《おもひ》の奥《おく》に「我《われ》」ありて伏《ふ》して沈《しづ》めば、
魂《たましひ》は光《ひかり》うすれて塵《ちり》と灰《はい》「心《こゝろ》」を塞《ふさ》ぐ。

懼《おそろ》しき「疑《うたがひ》」は、噫《あゝ》、自《みづから》の身《み》にこそ宿《やど》れ、
他《あだ》し人責《ひとせ》めも来《こ》なくに空《むな》しかる影《かげ》の戯《たは》わざ、
こは何《なに》ぞ、「畏怖《いふ》」の党《ともがら》群《む》れ寄《よ》せて我《われ》を囲《かこ》むか。
脅《おびやか》す仮装《かりよそほ》ひに松明《たいまつ》の焔《ほのほ》つづきぬ。

右の冒頭二連に見られる「我」の内なる想念や欲望を擬人化する手法は、明らかに『海潮音』所収のアンリ・ド・レニエ「花冠」その他の〈象徴詩〉が備える既述の寓意詩的性格との対応を示している。『春鳥集』に於いても「わがおもひ」を具体的な形象をもって捉える試みは様々に行われているが（「わがおもひ――垢膩《くに》か、かたゐか、」（「わがおもひ」）、「『こころ』を、いで、こは香爐、君に捧ぐ」（「君にささぐ」）、「素焼の、ああわが命、軽き小甕《をがめ》」（「これに充てむ」））、それらは何れも比喩的なイメージに止まるものと言わなければならない。「苦悩」では、「我」の「胸」裡を行き交う「疑」「畏怖」「性欲」等の様々の欲望や想念を擬人化した形象が相争い「我」を苛む状況の中で、「天主の姫」「聖麻利亞《サンタマリヤ》」に救済を求める言葉が語り出されることになる。そのように観念の擬人化を通して「我」の内面の構図を形象化するという作品の在り方そのものに、有明に於ける『海潮音』の寓意的な〈象徴詩〉の受容の事実を判然と認めることが出来よう。但し「花冠」その他の寓意的な〈象徴詩〉が何れも孕んでいた教訓的モチーフはここには一切認められない。そして同時に胸中の世界を「密室」として捉える設定が作品「苦悩」の詩的世界の基盤をなしていることは極めて注目に値する。「影深き胸の黄昏、密室の戸は鎖しもせめ」という詩句は、わが「胸」の「密室」の戸を閉ざしても、様々の想念が「塵と灰」の如く容赦なく入り込んでくる事態を告げている。そのように「密室」たりえぬ「胸」の世界が冒頭に示されるのであるが、以下の展開に於いて描き出されているのは、外界から切り離された「胸」の内部の「密室」的な世界それ自体に他ならないのである。この「密室」の詩的設定は、『海潮音』所収の〈象徴詩〉には全く見出されない故に、有明固有の象徴詩の所在を告げるものと見なすべきであろう。

以上のように明治三十九年三月の『太陽』に同時発表された、『有明集』中の最初期の作品「坂路」と「苦悩」は象徴詩として相異なる性格を見せているが、その何れについても、基本的には『海潮音』の翻訳詩にその範例を見出すことが出来る。換言すれば有明の象徴詩は『海潮音』の〈象徴詩〉を規範としつつ形成されていったと考えられるのである。以後の有明詩の展開とは、従ってこうした『海潮音』から受容した象徴詩の様式の洗練と錬磨が図られる中で、固有の象徴詩が形成されてゆく過程に他ならないだろう。そして『海潮音』との対比に於いて有明象徴詩の独自性と見做される既述の「密室」の詩的設定は[21]、既に本篇第一章で考察を加えたように、有明詩の展開の基軸として多くの作品の構造を支えてゆくことになる。

陰湿《いんしつ》の「嘆《なげき》」の窓《まど》をしも、かく
うち塞《ふさ》ぎ真白《ましろ》にひたと塗《ぬ》り籠《こ》め、
そが上《うへ》に垂《た》れぬる氈《かも》の紋織《あやおり》、――
朱碧《あけみどり》まじらひ匂《にほ》ふ眩《まば》ゆさ。
（第一連）

と始まる「痴夢」（『早稲田文学』明治三九・四）では、「嘆」の入り込む「窓」を閉ざし、その上を白い壁で厚く塗り固め、更に「氈の紋織」を垂らすことによって、幾重にも外部を遮断した密室としての「一室《ひとま》」の空間が設えられる。そしてその「一室」に「「嘆」」や「「悔《くい》」」の蝙蝠《かはほり》」が忍び込んで来る様を描き出すことを通して、「おびゆる魂《たま》」の状況が捉えられるのである。また「滅の香」（『あやめ草』明治三九・六、初出題名「追憶」）は、その冒頭部に於いて、「壁」に閉ざされた「わが胸」の内部の密室的空間の様相を以下のように描き出している。

やはらかき寂《さ》びに輝《かゞや》く
壁《かべ》の面《おも》、わが追憶《おもひで》の
霊《たま》の宮《みや》、栄《はえ》に飽《あ》きたる
箔《はく》おきも褪《あ》せてはここに
金粉《きんぷん》の塵《ちり》に音《おと》なき
滅《めつ》の香《か》や、執《しふ》のにほひや、
幾代々《いくよゝ》は影《かげ》とうすれて
去《い》にし日《ひ》の吐息《といき》かすけく、
すずろかに燻《く》ゆる命《いのち》の
夢《ゆめ》のみぞ永劫《とは》に往《ゆ》き来《か》ひ、
ささやきぬ、はた嘆《なげ》かひぬ。
あやしうも光《ひかり》に沈《しづ》む
わが胸《むね》のこの壁《かべ》の面《おも》、
悩《なや》ましく鈍《ね》びては見《み》ゆれ、
倦《うん》じたる影《かげ》の深《ふか》みを
幻《まぼろし》は浮《うか》びぞ迷《まよ》ふ、——

（前半部）

こうした「密室」の設定は、「一室《ひとま》」「室《むろ》」等の詩句に託されて、「豹の血」所収の「蠱の露」（『早稲田文学』明治四〇・七）や「茉莉花」（『新思潮』明治四〇・一〇）その他の作品世界を構造化してゆくのであるが、内面世界を「密室」という〈閉ざされた世界〉を場として捉えるという在り方に於いて、既述の如く〈限られた水の広がり〉もまた類比的な詩的設定と見なすことが出来る。

いと小《ち》さき窓《まど》
昼《ひる》も夜《よ》も絶《た》えずひらきて、
劃《かぎ》られし水《みづ》の面《も》の
たゆたひをのみ
倦《うん》じたるこころにしめす。

「水のおも」（『太陽』明治四〇・三）の第一連である。「いと小さき窓」に「劃られし水の面」は、その「たゆたひ」の動きの中で「倦じたるこころ」と照応、一体化する。そしてその「水の面」に映し出される映像が取りも直さず「われ」の内面の夢想、「空《あだ》」なる「信《しん》の夢」を呈示するのである。こうした設定は、「大淀《おほよど》」を舞台として、その「底の底」から「あざれたる泥《ひぢ》の香《か》」を孕んだ泡が浮かび上がり「ゆららかに」水面を揺れめぐる映像を通して、内面世界の「夢のふかみ」から「わが思《おもひ》」が「ふと」浮かび上がり、しばらく胸中をたゆとう状況を描き出した「底の底」（『新潮』明治四〇・九、初出題名「夢魔」）にも同様に窺われ、更に「豹の血」中の一篇「月しろ」（『文庫』明治四〇・六・一五）の冒頭部にそれは判然と示されている。

淀《よど》み流《なが》れぬわが胸《むね》に憂《うれ》ひ悩《なや》みの

浮藻《うきも》こそひろごりわたれ黝《くろ》ずみて、
いつもいぶせき黄昏《たそがれ》の影《かげ》をやどせる
池水《いけみづ》に映《うつ》るは暗《くら》き古宮《ふるみや》か。
（第一連）

この詩に於いては、「黄昏」が「いぶせき」光を投げかけ、「黝ず」む水面に「浮藻」の広がる「池水」と「憂ひ悩み」に閉ざされた「わが胸」とが、「淀み流れぬ」という一句を軸として緊密に重なり合う。そしてその「池水」に映し出されてゆく様々の映像によって、夢想に耽る「わが胸」の内部の様相が形象化されることになるのである。こうした〈限られた水の広がり〉の設定は先の「密室」と同様の機能を担うものと言えよう。「密室」や「池水」の詩的設定は、それらが〈限られ、閉ざされた世界〉であることに於いて、内面世界を自立的に形象化する役割を果たしている。即ち内面世界は、そのような〈閉ざされた場〉に重ね合わされることによって初めて、それ自体で自立した別乾坤として捉えられることが可能となったのである。換言すればその背後には、既述の如く内面世界を固有の自立的な領域と見なす有明の認識がある。それらの設定は、内面世界をめぐる詩人の認識に即応するイメージとして作品の構造を支えることになったと考えられるのである。そしてそうした認識そのものが、有明の象徴詩の世界の内質の極めて個性的な生成を促したと言わなければならない。前引の「月しろ」第四行「池水に映るは暗き古宮か」に於ける「か」という助詞は、その意味に於いて看過しえぬ重要な機能を果たしている。即ちそれは、「わが胸」の中に突然に現れた「古宮」の映像に対する訝りの念を巧みに表出する。作中の主体の理解を越えた、内面の夢想の自立的な動きそのものが、「か」という一語に託された訝しさや驚きの念を通して周到に捉えられているのである。先に言及した「苦悩」と「水のおも」に共通して見出される「こは何ぞ」、また「霊の日の蝕」の「こはいかに」という詩句も全く同じ意義を担うものに他ならない。更に前出の「滅の香」の冒頭部も同様の意味で注目に値する。「わが胸」の密室的空間の内部の様相を描くその表現は、外部の現実世界とは全く異質な、「影とうすれて」「かすけく」「燻ゆる」、実体を持たぬ「香」や「にほひ」の如き朧な感触を伝えるのである。このように有明の象徴詩において、自立的な別乾坤としての内面世界は、理解を越え理性や意志の統制を逸脱した、また現実世界の直接性とは異質の朧な感触に包まれた独自の領域として捉えられている。有明の詩的営為は、こうした固有の論理と秩序に支えられた、言わば別種の現実としての内面世界に焦点を据えつつ進捗されていったと考えられるのである。

『海潮音』の影響は、以上のような有明固有の志向に支えられた詩的世界の形成に深く参与してゆく。既述の「月しろ」や「水のおも」「底の底」等に於ける外部の自然の光景と「わが胸」が緊密に重層化した二重化された光景、また「苦悩」「痴夢」および「豹の血」所収の「霊の日の蝕」その他に認められる観念の擬人化の手法などに『海潮音』受容の事実を明瞭に認めることが出来る。〈閉ざされた場〉の詩的設定に基づく作品に於いて、「密室」の詩は観念的な寓意詩としての在り方を、また「池水」を場とする作品は外界と内界とが重層化された詩的構造をその基本的様式としていると言えよう。有明の象徴詩は、内面世界の自立的形象化への志向に統合する形で、『海潮音』が提出した〈象徴詩〉のスタイルを積極的に摂取し、活用しているのである。

熟《つ》えて落《お》ちたる果《このみ》かと、噫見《あゝみ》よ、空《そら》に
日《ひ》は揺《ゆら》ぎ、濃《こ》くも腐《あざ》れし光明《くわうみやう》は
喘《あえ》ぎ黄《き》ばみて湾《いりうみ》の中《なか》に滴《した、》り、
波《なみ》に溶《と》け、波《なみ》は咽《むせ》びぬたゆたげに。

磯回《いそわ》のすゑの圓石《まろいし》はかくれてぞ吸《す》ふ、
飽《あ》き足《た》らひ耀《かゞや》き倦《う》める夕潮《ゆふじほ》を、

石《いし》の額《ひたひ》は物《もの》うげの瑪瑙《めなう》のおもひ、
かくてこそ暫時《しばし》を深《ふか》く照《て》らしぬれ。

風《かぜ》にもあらず、浪《なみ》の音《おと》、それにもあらで、
天地《あめつち》は一《ひと》つ吐息《といき》のかげに満《み》ち、
沙《いさご》の限《かぎ》り彩《あや》もなく暮《く》れてゆくなり。

たづきなさ——わが魂《たましひ》は埋《うづも》れぬ、
こゝに朽《く》ちゆく夜《よる》の海《うみ》の香《にほひ》をかぎて、
寂静《じやくじやう》の黒《くろ》き真珠《またま》の夢《ゆめ》を護《まも》らむ。

右の「寂静」（初出未詳）では、落日の光明を浴びる中から次第に「かげ」に包まれてゆき、遂に夜の闇に没してゆく「湾」の光景を描き出しながら、それが「埋れ」ゆく「わが魂」の様態と緊密に重ね合わされる。「湾」の世界と「わが魂」とが照応関係に置かれる中で、外界の様相の変化を通して、激しい昂揚から沈静のうちに「埋れ」てゆく内面の状況が見事に捉えられているのである。「豹の血」に収められたこの詩に、『海潮音』の〈象徴詩〉の表現様式を摂取しつつ、内面世界の自立的形象化へと向かった有明の詩的営為の成果を十分に認めることが出来よう。そしてこの作品に関しては更に、第一連の表現そのものに十分な注意が払われなければならない。「揺ぎ」つつ沈みゆく落日を描くこの部分に於いて、「熟えて落ちたる果」のイメージは、「空」に満ちる「腐れし光明」と結び付いて腐敗の様相を呈し、更に「滴り、／波に溶け」という詩句への連鎖の中で液体と化す。腐敗から溶解、液状化に至るイメージの変容を通して、「日」と「空」「海」が一つに溶け合い、ねっとりとまとわりつく光＝液体によってこの光景全体が覆い包まれることになるのである。またこの腐敗から「日」と「波」、火と水の合体・合一化に至る展開は、「光明は／喘ぎ」「波は咽びぬ」という詩句と結合する中で退廃的な、或いは官能的な色合いをこの世界に付与する。更に「日」の「揺ぎ」、「たゆた」う波のイメージは、既述の溶解・液状化の動きと対応しながら、全体を包み込む緩慢な揺らめきの動きを喚起し、それが、退廃的、官能的な色合いを帯びたこの世界が一種の物憂い飽満状態に達していることを伝えるのである。「たゆたげに」という語は恐らく有明の造語であり、揺蕩の動きを示す〈たゆたふ〉と疲労、倦怠の状態を表す〈たゆし〉との合成語であろう。第一連末尾の詩句のこうした多義的性格は、ここに呈示された光景の在りように対応するものに他ならない。ここでは、詩句の喚起する様々のイメージが相互に連鎖し、照応、映発しつつ多様な関係を取り結び、それを通して極めて複雑な様相と動きを備えた詩的世界の生成が果たされている。そしてそれが、「わが魂」の一状態を象る機能を担っているのである。

このような自在なイメージの機能は、既に考察を加えたように、詩集巻頭を飾る「豹の血」の諸作品に顕著に認められる。例えば「霊の日の蝕」の第三連から四連にかけての部分、

聞《き》け、物《もの》の音《おと》、――飛《と》び過《す》がふ蝗《いなご》の羽音《はおと》か、
むらむらと大沼《おほぬ》の底《そこ》を沸《わ》きのぼる
毒《どく》の水泡《みなわ》の水《みづ》の面《も》に弾《はじ》く響《ひゞき》か、

あるはまた疫《えやみ》のさやぎ、野《の》の犬《いぬ》の
淫《たはれ》の宮《みや》に叫《さけ》ぶにか、

では、列挙された聴覚的イメージの伝える多様な音響が相互に結び付き、重なり合い、照応することによって、おぞましさや恐れ、戦きの裡に、沸き上がり荒れ狂う肉欲のさやぎが捉えられている。また「若葉のかげ」の、

独《ひとり》かここに我《われ》はしも、ひとりか胸《むね》の
浪《なみ》を趁《お》ふ——常世《とこよ》の島《しま》の島《しま》が根《ね》に
翅《つばさ》やすめむ海《うみ》の鳥《とり》、遠《とほ》き潮路《しほぢ》の
浪枕《なみまくら》うつらうつらの我《われ》ならむ。

という第二連は、穏やかな起伏を繰り返す「胸」、その動きに重ねられた「波」のうねり、そして波間に休らう「海の鳥」の揺らめき、それらのイメージが「うつらうつら」という一句に収斂しながら、緩やかな抑揚、蕩揺の動きを喚起するが、そのような動きが作品全体を包み込むことによって、言わば胸中の夢想のリズムそのものが伝えられるのである。そしてこのような詩的表現の性格は実は、既述の『海潮音』所収の訳詩「伴奏」や「黄昏」「嗟嘆」等が呈示していた〈象徴詩〉の様式に範例を見出すことのできるものに他ならないはずである。

前節に論じたように、象徴詩の創出に向けた自己の詩的営為を内面世界それ自体の形象化として定位した有明にとって、最も切実な課題は、現実世界とは異質の論理と秩序に支えられたその世界の形象化を可能にする「詩の言語《ごんご》」の問題であったに相違ない。「思想や感情の符徴——媒介物」としての「世間的言語《せけんてきごんご》」を拒絶し、「言語の生命」「言語の自然」の回復による「言語が自《おのづ》からに歌ふ新天地」の生成を希求する有明の発言（「現代的詩歌(中)」、『東京二六新聞』明治四一・一一・一九）は、その課題に対して提出された解答に他ならなかった。そしてそのような詩的言語の認識の形成とその実践に於いて、「伴奏」以下の〈象徴詩〉に認められる自立的なイメージの担う特異な機能が多大の示唆を齎していたと考えることが出来よう。有明固有の象徴詩の達成を示す「豹の血」の一連の作品は、以上のように『海潮音』の〈象徴詩〉の積極的な受容の中から生み出されていたのである。

蒲原有明の象徴詩の確立に上田敏の『海潮音』の翻訳詩が深く関与していたことは、以上の考察によって既に明らかであろう。『海潮音』の提示した〈象徴詩〉が既述の如く相異なる三様のスタイルを備えていたとすれば、有明は、自らの志向する象徴詩の実現に向けて、その何れの表現の方法をも積極的に受容していたのであり、寧ろそれらを存分に導入、活用しつつ、内面世界の自立的形象化の試みに於いて統合することによって初めてその固有の象徴詩の成立が果たされたのである。もとより有明の象徴詩の形成に関しては、詩的理念[22]との係わりや同時代的状況との関連等、多様な問題を考え合わせる必要があるにしても、そうした有明象徴詩の確立を促した種々の要因の中で、『海潮音』に収録された〈象徴詩〉の影響は看過しえぬ極めて重要な役割を果たしていたと言わなければならない。日本近代象徴詩の成立に於いて『海潮音』から有明への展開の筋道をここに確実に辿ることが出来るのである。

注

（1）『有明集』刊行直後に発表された松原至文、藪白明、福田夕咲、加藤介春、人見東明「『有明集』合評」（『文庫』明治四一・二）に於ける松原の発言。

（2）「『有明集』当時の思ひ出」は百田宗治編『日本現代詩研究』（巧人社、昭和八・五）初出であるが、後に「『有明集』前後」と改題の上、『飛雲抄』（書物展望社、昭和一三・一二）に収録された。引用は『飛雲抄』所収の本文に拠る。

（3）『夢は呼び交はす』は、主人公鶴見に仮託して自らの詩人としての生涯を跡付けた有明の自伝的作品である。その中で、『有明集』の時代と推断される「油の乗る時期」の詩に関して次のように記されている。――「言葉の修練を積むに従つて天地が開闢する。鶴見はおづおづとその様子を垣間見てゐたが、後には少し大胆になつて、その成りゆきを見戍ることが出来るやうになつた。それと同時に好奇と驚異、清寧と冷徹――詩の両極をなす思想が、かれを中軸として旋回しはじめるのを覚える。慣らされぬ境界に置かれたかれはその激しい渦動のなかで、時としては目が眩まされるのである。」

（4）『有明集』に於ける詩的表現の特質と機能については次節で論じる。もとより一篇の詩に於いて主題論的性格と表現論的特性が別途に存在する訳ではないが、有明詩の生成の機構を確認するため、本節では主題論的構造を中心に考察を加えることとする。

（5）海の彼方の理想郷のイメージは、処女詩集『草わかば』所収の「可怜小汀《うましをばま》」（初出『神来』明治三三・七）に既に描き込まれている。

（6）『有明集』初版本文ではこの部分「身《み》はだ海蛆《ふなむし》の」とあるが、初出本文（「身《み》はただ海蛆《ふなむし》の」）及びこの詩の四五調の形式から考えて誤植であると判断される。

（7）明治四十年六月初出の有明詩のうち、ここに言及しなかった三篇に関しては、「麦の香」は「若葉のかげ」と、また「燈火」及び「穎割葉」は「海蛆」と類比的な性格を備えた作品と見做すことができる。

（8）《Vers de Circonstance》——フランスの詩人ステファヌ・マラルメは、事物との偶発的な出会いを契機として生み出される詩をそのように命名し、純粋な詩作品から峻別した。尚、有明に於けるマラルメとの接触の問題は次章で論究する。

（9）それが有明の極めて意識的な詩の営為であったことは、「木曽乙女」（『詩人』明治四〇・八）という、〈歌〉としての偶成の詩の存在からも確認しうる（「帰る今こそ／来たをりよりも／花の数そへ、／木曽をとめ／／山のふかさや、／情《なさけ》の人の／かけた筧《かけひ》の／水もよい。／／おろく櫛かよ、／もろたか誰に／髪にさいたる／品のよさ。」）。これは、明治四十年七月下旬の木曽御嶽登山の折の作品である（この御嶽行については、有明「御嶽登山」（『文章世界』明治四〇・八）に詳しい）が、旅の記念としてこうした民謡調の作品が作られ、雑誌に掲載されたものの、しかし『有明集』に収録されはしなかったことに、『有明集』を支える有明の意識的な態度が窺われる。又こうした有明の詩人としての態度の確立は、処女詩集『草わかば』の時代に深く親炙し、強い影響を受けていた島崎藤村からの離反の過程として捉えることも可能である。有明の詩人藤村観については、第三篇第三章に於いて言及することにしたい。

（10）有明の詩に登場する女性の魅力を象徴する豊かに波打つ髪のイメージの成立に関しては、D・G・ロセッティの一連の絵画の影響が想定される。ラファエル前派を含むヨーロッパ世紀末絵画と有明との交渉の問題については、本篇第四章「「人魚の海」論」に於いて一部論及する。

（11）イゾトピーとは、或る意味上の核を中心として、そこから直接派生する種々の意味素の組み合わせであり、文脈的な均質性を構成する意味素の束である。cf.François Rastier: *Sémantique interprétative.* (P. U. F., 1987)

（12）渋沢孝輔『蒲原有明論』（中央公論社、昭和五五・八）、二八三頁参照。

(13)　『有明集』には、〈閉ざされ、限られた場〉の設定に於いて、内面世界の自立的な形象化を試みる作品が数多く見出されるが、それらの詩的設定は、〈池水〉や〈湾〉の如き限られた水の広がり（「月しろ」「寂静」「底の底」「水のおも」他）と閉ざされた空間としての〈密室・一室〉（「苦悩」「痴夢」「滅の香」他）という二つのパターン及びそのヴァリエーションとして捉えることができる。この点に関しては第一章でも考察を加えたが、次節に於いて改めて言及する。

(14)　この点は既に菅原克也「「邦語の制約」と象徴詩の実験——蒲原有明の難解さ」（叢書比較文学比較文化5『歌と詩の系譜』中央公論社、平成六・七）によって指摘されている。

(15)　注（12）に同じ。

(16)　「渦巻」は、フランス象徴主義の詩的営為に於いても重要な特性をなす。ピエール・ジュールドは、マラルメの詩を論じつつ、「可見と不可見、表層と深さ、純潔と倒錯といった対立する両極」の弁証法的な総合の企てに於いて生成する〈渦巻・螺旋（volutes, spirales）〉を、十九世紀末期（世紀末）の美学として位置付けている。Pierre Jourde, ***L'alcool du silence—Sur la décadence.*** **(Honoré Champion, 1994). pp.32-39.**

(17)　酒井直樹『日本思想という問題』（岩波書店、平成九・三）、五五頁。

(18)　第一篇第三章「「象徴詩」の理念」に於いて論じたように、原詩と照合する時、「嗟嘆」は、原詩の備えるイメージの運動性、流動性が稀薄化し、絵画的な静止性を強めていることが明らかとなる。それは原詩との比較、対照に於いて際立つ訳詩の性格であるが、この「嗟嘆」を一篇の詩作品そのものとして読み込むならば、「憧る、わが胸は、苔古りし花苑の奥、／淡白き吹上の水のごと、空へ走りぬ。」と「いざよひの池水に、いと冷やき綾は乱れて、／ながながし梔子の光さす入日たゆたふ。」との表現の対照性をとおして、前半と後半に於けるイメージの対蹠的性格が作品の大きな特色として浮かび上がってくるはずである。

(19)　こうした「嗟嘆」理解は、この訳詩の末尾に付載された、「暗示」の手法を論じるマラルメの詩論（「読詩の妙は漸々遅々たる推度の裡に存す。暗示は即ちこれ幻想に非ずや。這般幽玄の運用を象徴と名づく」）によって、正当化、或いは補強されるだろう。

(20)　有明と『海潮音』の関係については、既に矢野峰人「海潮音の影響」（『近代詩の成立と展開』有精堂、昭和四四・一一）、安田保雄「『海潮音』の影響」（『上田敏研究』有精堂、昭和四四・一〇）、三浦仁「『海潮音』の周辺——（二）『海潮音』と有明」(『山梨県立女子短大紀要』三〇、平成九・三)等によって検討が加えられているが、これらは何れも基本的に詩句の借用のレヴェルの考察に止まっている。

(21) 〈密室〉の詩的設定は、詩集収録の際に改作の手が加えられることによって一層周到に仕上げられる。例えば「苦悩」初出稿第一連「さながらに惨《いた》みぬ、われは切支丹《キリシタン》初代《しよだい》の信徒《しんと》?/影深《かげふか》きこの夕暮《ゆふぐれ》を、密室《みつしつ》の荘厳《かざり》もあらぬ/胸《むね》の中《うち》、「想《おもひ》」の奥《おく》に我《われ》ありて伏《ふ》して沈《しづ》めば、/魂《たましひ》は光《ひかり》に滅《き》えて、塵《ちり》と灰《はひ》「心《こゝろ》」の壺《つぼ》に。」に於いて、「密室の荘厳もあらぬ/胸の中」という表現は、「「心」の壺」のイメージと結び付けられはするものの、外界を遮断した閉ざされた空間としての〈密室〉の設定を十分に活かしているとは言い難い。「陰湿の「嘆」や、光もあらぬ/窓をしも真白にひたと塗り籠め、/そが上に花文の氈うち垂れつ、/朱、碧、かくてぞ匂ひ映えぬる。」という「痴夢」初出形第一連も、詩集本文に於いてその〈密室〉の造型が一層周到に行われることになる。なお『有明集』所収本文の初出形との異同に関しては、拙稿「『有明集』初出考」(『東北大学文学部研究年報』四五、平成八・三)を参照されたい。

(22) フランス象徴主義の理論と仏教的世界観との交差に於いて形成された有明の詩的理念の問題に関しては、次章に於いて検討を加える。

第三章　蒲原有明の詩的理念

蒲原有明の第四詩集『有明集』の詩的世界は、先に考察を加えたように、矛盾、葛藤を重ねる内面の状況の自立的な形象化の試みを通して生成する「言語が自からに歌ふ新天地」として成立していたと言うことが出来る。有明の詩論「現代的詩歌（中）」（『東京二六新聞』明治四一・一一・一九）の一節を改めて引用してみよう。

詩の中に常に生命を保つて顫動する言語は単に思想や感情の符徴――媒介物であつてはならぬ。そんな重荷を背負はされた言語ほどみじめなものはない。（中略）

死語の齟列、唖の文字の緩慢な配合――かかる言語の使ひざまを卑んで、吾人は早く言語の自然に帰らねばならぬ。世間的言語の輪郭が滅え失せて、言語が自からに歌ふ新天地の光明を仰がねばならぬ。

ここに判然と示されているように、象徴詩の創出に向けられた有明の詩的営為の中核に存していたのは「詩の言語」に関する固有の認識であり、「世間的言語」から「言語の自然」を奪回した詩的言語によって構築される自立的な別乾坤を志向するところに有明の極めて自覚的な詩作の方法があったのである。ところでこうした有明の言語観は、次のような発言と殆ど同一の内容を備えていると言ってよいだろう。

詩的言語（la parole poétique）は最早ある個人の言葉ではない。即ち詩的言語に於いては、誰も語っていない、語っているのは誰でもない。ただ言語だけが自らを語っているように見えるのである。その時、言語はその全ての重要性を取り戻す。言語は本質的なもの（l'essentiel）となり、本質的なものとして語る。それ故詩人に委ねられた言語は、本質的な言語と呼ばれうる。それはまず第一に、語は主導権（l'initiative）を握っており、何物かを示したり、何者かに語らせたりするのに使われるべきではなく、それ自体の裡にその目的を持っていることを意味する。以後、語っているのはマラルメではなく、言語が自らを語る。作品としての言語、言語の作品が自らを語るのである。

右の一文は、フランス象徴主義の中心的存在、ステファヌ・マラルメに於ける詩的言語の様態をめぐるモーリス・ブランショの指摘である。[1] ブランショの論じるマラルメの言語観が如上の有明のそれと鮮やかな相似性を見せていることが確認されよう。両者の詩的理念の枢要をなす詩的言語の認識に於けるこうした類縁性は、有明の象徴詩の問題を考える上で看過しえぬ意味を担っているはずである。

本章では、ブランショの指摘を踏まえ、両者の詩的理念の裡に認められる類縁関係を視野に入れながら、マラルメとの対比に於いて蒲原有明の詩的営為の担う意義について検討を加えてみることにしたい。

一　有明の象徴主義観

第三詩集『春鳥集』以来、一貫して象徴詩の創出に専心していた有明は、フランス象徴主義の巨匠であるマラルメ、――上田敏によっていち早く象徴派の「父」として紹介されていた[2]マラルメをどのように捉えていたのか。岩野泡鳴の訳書『表象主義の文学運動』（新潮社、大正二・一〇）の書評として執筆された「『表象主義の文学運動』

に就て」（『新潮』大正三・一）にはマラルメへの言及が見出されるが、それによれば、有明のマラルメ観は肯定と否定の両面に相渉るものであった。即ちマラルメを「象徴の玄旨を会得した第一人」として極めて高く評価しつつも、その一方で「象徴の大用上に於て自縄自縛に陥」り、「象徴を自覚して象徴を失つた」点を強く批判しているのである。こうしたマラルメに対する両義的評価はどのように理解されるべきであろうか。

有明がマラルメ、そしてフランス象徴主義についての理解を深めてゆく上で決定的な役割を果したのは、周知の如くアーサー・シモンズの『象徴主義の文学運動（*The Symbolist movement in literature*. W.Heinemann, 1899）』であった。有明がこのフランス象徴主義の詩人に関する評論集を入手した時期は定かではないが、既述の「『表象主義の文学運動』に就て」には、「仏国象徴派の顕露的理論の最上乗」の書としての本書の耽読を通して有明の象徴主義観が形成された証跡が判然と認められる。

さてこの『象徴主義の文学運動』ではジェラール・ド・ネルヴァル以下、八名のサンボリスムに関わる作家たちに分析が加えられているが[(3)]、シモンズはその序に於いてまずサンボリスムを「眼に見える世界がもはや唯一の実在ではなく、眼に見えない世界がもはや幻影でもないような文学」と規定した上で、その核心を「コレスポンダンス（**correspondences**）」の裡に見出す。「万物が生き、万物が運動し、万物が互いに照応している（**all things correspond**）」こと、「この世に造られたあらゆるものの無限の連鎖（the infinite chain of created things）」を確信していたネルヴァル、「宇宙の一切の照応関係（all the correspondences of the universe）を包含する至高の〈音楽〉」を希求したマラルメ、そして「全世界を一つに結ぶ環を確立し、宇宙の随所にゆきわたる永遠で、精緻で、煩雑で、ほとんど眼には見えない生命を確認する」ことに象徴主義の実現を求めたユイスマンスなど、シモンズは、個々の詩人、作家の象徴主義的営為を辿りつつ、その帰趨を、可見、不可見を問わず宇宙の万物が互いに照応関係を結んでいるという〈万物照応〉、「コレスポンダンス」の認識の裡に見出しているのである。このような「コレスポンダンス」の理論を中核に据えた象徴主義の定義は、例えば「詩人の覚悟（下）」（『東京二六新聞』明治四一・六・

八）に表明されている有明の見解と明瞭な対応を見せていると言ってよいだろう。

内界と外界とは相互に交渉関聯を持続しつつあるものだ。いづれを主とも客とも判別しかぬるところに複雑な微妙な調子や色合ひが現れる。この交渉関聯（ボオドレエルが“Correspondences”といふソネツトを書いてゐる。）は本来円融無碍なるもの、ここが真の自由の境界、ここが即ち象徴主義の胎を受くるところだ。（中略）

近代の文学は人間中心の思想を脱し来つたところに深い味ひがある。「自我」と、外界の現象と、現象の裡に潜んでゐる広大な自然の力との相互の関聯を尋ねる時に、幾多の起伏があり、幾多の光彩錯落たる生趣に実参し得るものである。是れ以上何物もなく、また本来別天地のありやう筈もない。

ここには、「内界と外界」の「交渉関聯」、Correspondancesを象徴主義の母胎と見なす有明の見解が明快に語り出されている。こうした理解が、シモンズの提示した象徴主義の定義に強く方向付けられていたであろうことは疑いを入れない。第一篇第四章「「象徴詩」の再定義―「象徴詩釈義」考―」に於いて触れたように、当時の象徴詩をめぐる論議に於いて「コレスポンダンス」は殆ど問題とされることがなかったことからすれば、有明はシモンズの解説を耽読することを通して、その重要性を認知するに至ったと見てよいだろう。『象徴主義の文学運動』は、有明の象徴主義観の形成に確実に関与していたと考えられるのである。

ところで同書の全体を通して、サンボリスムの文学運動の中心をなす詩人たちの系譜が周到に辿られていることは注目に値する。即ちそれは、ネルヴァル、ヴェルレーヌ、マラルメの三者を結ぶ系譜であり、そこで最も強調されているのは、既述の「コレスポンダンス」の理論とともに、詩に於ける言葉の問題に外ならない。〈喚起の機能をはたす言葉（words are used as the ingredients of an evocation）〉（ネルヴァル）、〈理性の言葉（speech of the reason）

ではなく魂の言葉、眼の言葉（speech of the soul, speech of the eyes）〉（ヴェルレーヌ）、〈生きたもの（living thing）、現実ではなく寧ろヴィジョン（vision rather than the reality）としての言葉〉（マラルメ）という、これらの詩人によって個々に進められた詩的言語の追求が、この系譜を性格付ける重要な論点として提示されているのである。そしてその上で、無自覚の裡に象徴主義的「ヴィジョン」を追求したネルヴァルと「直観（divination）」によって象徴詩の実現を果たしたヴェルレーヌに対して、マラルメがその理論化を行った存在として位置付けられる。換言すれば、サンボリスムの「発端（origin）」をなしたネルヴァル、象徴主義を「予見」したヴェルレーヌ、そして「理論家（theorist）」としてのマラルメという展開が、シモンズの論じる象徴主義文学運動の骨格をなすこととなるのである。

以上のような概観を通して、本書に於いてマラルメが占める位置の重要性を確認することが出来よう。フランス象徴主義は、マラルメを俟って初めてその理念の確立を見たと捉えられているのであり、こうした論旨に即して、「ステファヌ・マラルメ」と題された書中の一章には、マラルメの詩論の断片的な翻訳が列挙されることになる。

私が花と言う。すると私の声がその全ての輪郭を忘却に委ねる、その忘却の中から、既知の花とは別の何かとして、いかなる花束にも不在の花、香しい、観念の花が音楽的に立ちのぼってくる（musically arises, idea, and exquisite, the one flower absent from all bouquets）。

純粋の著作は語り手としての詩人が消えることを意味する。詩人は言葉に席を譲るのである（The pure work implies the elocutionary disappearance of the poet, who yields place to the words）。言葉は互いの不等性の衝突によって固定し動かなくなる。宝石の上を走る燃えるような現実の光の連なりのように、言葉同士が反射し合って光

を発する。それが旧来の叙情詩の息遣いとかロマン派の情熱的な文章傾向に取って代わる。(4)

マラルメの「詩論の主軸」を示す意図をもって列挙された一連の詩論の翻訳の中で、右は、何れも「詩の危機（*Crise de vers*）」からの引用である。この一文には、詩的言語に関するマラルメの認識が端的に告げられており、詩人は消滅して言語に主導権を譲渡するという言語の自立性の追求を通して、現実には不在の、観念そのものとしての「花」の喚起を企てるマラルメ詩学の枢要が語り出されている。このようなフランス象徴主義の「理論家」マラルメの詩論の紹介に続く、「かくして文学がいかなる意味に於いてでも前進すべきものであるならば、今それが進むべき道は、言葉に魂を吹き込み（**spiritualising of the word**）、形式を完璧に整えて隠喩や暗示に堪えるようにし、眼に見える世界と見えない世界との間に永遠の対応がある（**the eternal correspondences between the visible and the invisible universe**）ことを確信する方向に向かうべきであって、これこそマラルメが説き、少しずつ実践したところであった」という一文でマラルメ論は閉じられる。既述のサンボリスムの定義を踏まえたこの一節によって、本書の中でマラルメがまさに「象徴主義の文学」の意義を集約的に体現する存在として位置付けられていることが理解されよう。

『象徴主義の文学運動』の論旨を以上のように整理してみる時、シモンズの提示するサンボリスム、その中心的存在であるマラルメの詩的理念が、「現代的詩歌」および「詩人の覚悟」に披瀝されていた有明の象徴主義観と深い対応を孕んでいることが十分に確認できるはずである。「コレスポンダンス」の理論を象徴主義の文学の中核に据える観点のみならず、詩的言語の問題、とりわけ「語り手としての詩人は消え」、「言葉に席を譲る」とするマラルメの見解は、有明の所謂「言語が自からに歌ふ新天地」への志向と明らかな照応を示していると言えよう。有明は、『象徴主義の文学運動』を熟読することを通して自らの象徴主義理解を深め、とくにシモンズの論じたマラルメの営為に近似した方向に自己の詩的理念を形成していったと考えられるのである。

しかしそれならば、有明がマラルメに対して否定的評価を下したのは何故であったのか。『表象主義の文学運動』に就て」には次のような批判的言辞が見出される。

マラルメの体得したところは実相世界の極致ではあるが、まだ法爾自然なる絶対的本有の事相の相互の間に行はるる交徹無碍の大用に順応して、いつも同時である無盡の印現と開展を自己の肉身に盡くすといふところがなかつた。この一無碍法界の妙が、私の今日確信する象徴の全義である。これを彼の無相象徴に対して、便宜上、事相象徴（絶対的――本有的）として、私は区別して置きたいのである。そしてマラルメの押迫つて行つたところは、絶対的現実の境界であつたのである。象徴を自覚して象徴を失つた点である。私が無相象徴といふのはこのところで言ふのである。

ここには、マラルメの所謂〈素白の苦しみ（le blanc souci）〉の要因をめぐって、「法爾自然なる絶対的本有の事相の相互の間に行はるる交徹無碍の大用」を体得しえなかった詩人の「無相象徴」への批判的な言及が行われているが、これらの発言の中に仏教語が鏤められていることは注目に値しよう。前引の「詩人の覚悟」に於いても「内界と外界」との「交渉関聯」、即ち「コレスポンダンス」が「円融無碍なるもの」と捉えられていたように、有明に於ける象徴主義と仏教思想との交差の様相がここに判然と認められる。従ってマラルメへの批判の背景には、このように「一無碍法界の妙が、私の今日確信する象徴の全義である」とする有明の、仏教を基盤とした固有の象徴主義観が存在していたと推測することが許されよう。実際、「象徴詩の方の理論と、仏教の世界観とは、余程似寄つたものであることは争はれない。（中略）象徴詩と云ふものは、僕に取つては芸術であると同時に宗教であつた」（「芸術に行かんか、宗教に行かんか」、『新潮』大正二・六）という証言に示されているように、有明に於いて「象徴詩の方の理論」と「仏教の世界観」は深い近似性、類縁性によって結ばれていたのである。以下、有明固有の象徴主義観の形成について、仏教との交渉を視点として考察を加えてみることとする。

二　仏教思想との交差

有明と仏教との接触は「十八九の時分」、父親の蔵書中の『大乗起信論』を繙き、その「深奥な哲理を、及ぶ限り頭の中に叩き込まうとした」（「芸術に行かんか、宗教に行かんか」）ことに始まる。以後、有明の仏教への親炙は晩年に至るまで変わることがなく、そのエッセイ等には数多くの仏教書への言及が見出されるが、そうした中で、仏教への傾斜の機縁をなし、終生に亙って「不即不離」の関係（『夢は呼び交す』東京出版、昭和二二・一一）を保ち続けた『大乗起信論』は、有明の詩的理念の形成に深い関わりを持っていたと考えられる。例えば、島崎藤村の『食後』（博文館、明治四五・四）に寄せた序文「『食後』の作者に」には次のように記されている。

矢張僕の神経や肉の繊維には仏教の虫が食ひこんで居ると見える。古本の紙魚を日光にさらして払ひ落すやうに、この仏教の虫が払ひ落せるものか、どうか。この虫がそもそも転変窮りなき夢を見せるのである。刹那の生滅を如幻の鏡に映し出すのである。（中略）僕は涅槃に到達するよりも涅槃に迷ひたい方である。幻の清浄を体得するよりも、寧ろ如幻の境に暫く倦怠と懶惰の「我」を寄せたいのである。睡つて居る中に不可思議な夢を感ずるやうに、倦怠と懶惰の生を神秘と歓喜の生に変へたいのである。無常の宗教から蠱惑の芸術に行きたいのである。

仏教への親炙を背景としつつ「蠱惑の芸術」への志向を語る右の一節に於いて、「刹那の生滅を如幻の鏡に映し出す」という一文には、恐らく『大乗起信論』受容の事実を認めることが可能である。同書中に於いて、「生滅因縁」をあらしめ、「不覚相」を現出する「意」の一つ「現識」について、「三者名為現識、所謂能現一切境界。猶如明鏡現於色像、現識亦爾」と記されているが(5)、この「明鏡」に映し出された「色像」とは「随染業幻所作」、即ち「不覚」によって生じた、実体を持たぬ「幻」に他ならない。

当知、世間一切境界皆依衆生無明妄心而得住持。是故、一切法如鏡中像無体可得、唯心虚妄

と述べられるように、『大乗起信論』に於いて、現実の一切の事象の比喩として提示される「鏡中像」とは、「心」が生み出した「虚妄」の影像なのである（「三界虚偽唯心所作、離心則無六塵境界。此義云何。以一切法皆従心起、妄念而生」）。従って、こうした「不覚」「無明」の相に於いて「妄念」「妄心」「分別」の所産として現出する「幻」に対して、有明は「転変窮りなき夢」を見出し、その「如幻の境」に「我」を託すことを通して「蠱惑の芸術」の生成を希求していることになる。仏教書としての『大乗起信論』はそうした「無明」の状態を脱し、「不生不滅」の「心真如」の境位を獲得するための実践的な修行について論じてゆくことになるのであるが、有明は仏教に傾倒しつつも「涅槃」に到達することを求めるのでは決してない。有明が志向するのは、「如幻の境」の裡に成立する「蠱惑の芸術」に外ならないのである。

後年執筆の自伝的散文『夢は呼び交す』に於いて有明は、主人公鶴見に仮託して『大乗起信論』との関係についてこう記している。

鶴見は部屋に引き籠もつてゐて、その時分はよく起信論を披いて読んでゐた。そして論の中でのむづかしい課題である、あの忽然念起をいつまでも考へつづける。（中略）鶴見は鶴見で、起信論とは不即不離の態度を取つて、むしろ妄心起動を自然法爾の力と観て、その業力に、思想の経過から言へば最後の南無をささげようとしてゐるのである。魔を以て魔の浄相を仰ぎ見ようとするのである。鶴見はさういふところに信念の

糸を掛けて、自然に随順する生を営んで行かうとしてゐる。

ここに語られている「忽然念起」「妄心起動」とは、「忽然」として「心」が動くこと、その「妄心」によって「妄境界」（真実には存在しない対象、即ち現実の一切の事象）を仮構してそれを実在と見なす「無明」の状態の謂である。有明はまさにそうした「無明」の境位に於ける「忽然念起」を「自然法爾の力」「業力」と捉え、そこに現出する「如幻の相」に身を委ねようとする。このように徹底して「不覚」「無明」の境界の裡に芸術の存立を託し、「魔を以て魔の浄相を仰ぎ見ようとする」有明の背後にあるのは、「人間は劫初以来迷妄に徹してゐる」（「樫の木」、『新古文林』明治三九・一二）と見る人間認識であっただろう。「特に錯綜した妄念によつて繋がれてゐるのが人間である。人間はそこに罪深くも思想として迷妄世界を建立する」（『夢は呼び交す』）と記す有明に於いて、人間が遂に「迷妄」「妄念」を脱することの出来ない存在であるが故に、寧ろ「忽然念起」を「自然法爾の力」と捉えることによって、その「業力」に人間の創造する芸術の存立が賭けられることとなったに相違ない。このように『大乗起信論』に依拠しつつも、有明は「不覚」「無明」のうちに生成する「如幻の境」「妄境界」にこそ自己の文学の成立の場を見出していたのである。そして恐らくこうした言わば現実の事象の一切を肯定的に受容する姿勢こそが、既述の「円融無碍」という世界観への有明の接近を促したと考えられる。

「円融無碍」とは、華厳思想に於て、現実の個々の事物がそれぞれ独立自存しつつ互いに完全に融和し、一切の妨げなく深く調和している状態を示す。この「円融無碍」に関しては、前引の「詩人の覚悟」の外、「『表象主義の文学運動』に就て」に於いても、「法爾性然の」「法界の交徹無碍なる大用」、或いは「常恆遍満に行はれてゐる「融摂無碍なる法界の大用」として言及がなされているが、それは、先に触れたマラルメに対する批判的評言中の「法爾自然なる絶対的本有の事相の相互の間に行はるる交徹無碍の大用」と同義であろう。これら一連の発言は、華厳思想に於ける「円融無碍」という世界観への有明の傾斜の事実を告げている。その語るところはやや不明瞭ではあるが、現実の全ての事象、あらゆる対象は、「常恆遍満」する「法界の大用」の現れとして、相互に「交徹」し「融摂」しつつ存在していると捉える現実観がそこに提示されていると見ることが可能であろう。華厳思想が究極的には現象の背後の本体、或いは形而上的実体を置かない現象絶対論を展開していることからすれば、「法界の大用」を強調する論点には有明の理解の歪曲が窺われると言わなければならないが、[6]『大乗起信論』や華厳経等の仏教思想の個性的な受容を通して有明は、「迷妄に徹してゐる」人間の前に立ち現れる一切の事象が「法界」の顕現として限りなく交渉、融合、調和しつつ絶対の真実の世界を開示しているという現実認識を手にするに至ったと考えられるのである。そしてそうした中で、有明に於いて仏教的な世界観とサンボリスムとを結ぶ通路が確実に開かれることとなったと言えよう。如上の「円融無碍」と、既述のシモンズの論じる「宇宙の一切の照応関係」としての「コレスポンダンス」、「万物が生き、万物が運動し、万物が照応している」とする〈万物照応〉の理論は、確実な対応関係のもとに同定化されることになるのである。「現代的詩歌（上）」（『東京二六新聞』明治四一・一一・一八）には、「感能と幻想の迷妄の世界を掩ふ空気の中に傳はる幽微なる波動――（中略）この一種の波動があつてこそ迷妄の世界が忽然と、新しい真実の世界を開展する。この波動を染々と感じて所謂サンボリストは生まれて来たのだ」と記されているが、この指摘は、前引の「一無碍法界の妙が、私の今日確信する象徴の全義である」との発言とともに、有明に於ける「象徴詩の方の理論」と「仏教の世界観」との緊密な結合の様相を端的に告知しているはずである。仏教的世界観を基盤として形成された詩的理念が、シモンズを媒介として、サンボリスムの理論に接合される形で有明の象徴主義観は成立していたのであり、先に述べたマラルメに対する批判とは、そうした有明固有の象徴主義の理念を前提としてなされていたと言うことが出来る。

　但し有明の批判がそもそもシモンズの描き出したマラルメ像に対するものであったことも看過しえぬ事実である。既述の如くシモンズはフランス象徴主義に於ける最も重要な存在としてマラルメを位置付けているのであるが、その評価には微妙なニュアンスが込められている。即ちマラルメは「絶対という到達不可能なものに達しようとする絶対的な意図（an absolute aim at the absolute, that is, the unattainable）」に貫かれていたとシモンズは言う。マラルメの営為を「あまりにもかけはなれた夢（too remote dreams）」の追及と見なすこうした指摘は、取りも直さずマラルメの理念の実現の困難さ、寧ろその不可能性への言及であると言ってよいだろう。有明が、マラルメが「遂に詩の上で沈黙に終」わったことについて、「マラルメの押迫つて行つたところは、絶対的現実の境界であつた」と述べて、その「絶対的現実観」を批判した時、その念頭にあったのは恐らくこうしたシモンズの指摘であったに相違ない。そしてそうしたマラルメの不能性に対して有明は「無相象徴」という在り方にその要因を見出し、それと「区別」される「独朗天真なる現実観」に立つ「事相象徴」を自らの立場として提示していたのである。「無相」に対置された「事相」という仏教語が具体的、現実的な事物の相を示すことからも理解されるように、「事相象徴」とは、「法界」の顕現体としての具体的な事物に即した、「一無碍法界」、「円融無碍」の世界観に基づくものに外ならないだろう。有明のマラルメに対する批判的評言とは、このようにシモンズの指摘を踏まえつつ、それを仏教的世界観を基盤とした自身の象徴主義の理念によって解釈したところに成立していたのである。換言すれば、それはシモンズのマラルメ論を前提とした評価に外ならない。そして本論の冒頭に引用したモーリス・ブランショの発言は、シモンズの評論の埒内で提示された有明のマラルメ観とは別途に認められる両者の類縁関係を示唆するものと言えよう。有明とマラルメとの関係は、『象徴主義の文学運動』の論旨を離れたところで更に検討が加えられなければならない。

三　有明とマラルメ

> 不幸にも、詩句をここまで深く掘り下げてきて、私は二つの深淵に遭遇し、それらが私を絶望させた。その一つが〈無（le Néant）〉で、私は〈仏教〉も知らずに、そこに到達した。（中略）私を押し潰さんばかりの

この想念が、私に仕事を放棄させてしまった。そうだとも、私にはわかっている、我々が物質のむなしい形態（de vaines formes de la matière）でしかない、ということは。しかし〈神〉と我々の魂を創り出した程に、卓越した形態なのだ。友よ、これは実に卓越しているから、物質の演ずるこの劇を、私は私自身に上演してみせたいと思っている。即ち自分が物質であることを意識しつつも、夢中になって、存在しないことを自ら承知しているはずの〈夢〉の中に飛び込んで、〈魂〉と、太古の昔から我々の内部に蓄積されてきた同じく神々しい様々の印象とを歌う、つまり、これこそが真である〈虚無（le Rien）〉の前で、これらの栄光にみちた虚妄を声高らかに宣言するのだ。これが私の抒情的著作の計画である。そしてその表題は恐らくこんな風になるだろう、『虚妄の栄光（*La Gloire du mensonge*）』、または『栄光にみちた虚妄（*Le Glorieux Mensonge*）』。私は必死になって歌うだろう。

一八六六年四月二十八日（推定）付、アンリ・カザリス宛のマラルメ書簡の一節である。[7]『エロディヤード（*Hérodiade*）』の創作に甚だしく難渋する中で遭遇した深甚な体験を語るこの書簡は、マラルメの転回点を告知する極めて重要な証言に外ならない。マラルメは、「〈仏教〉も知らずに」〈無〉に「到達」したと言う。[8] 換言すれば、ここでマラルメが逢着したのは仏教的な〈無〉に相同する想念であり、それは、人間の存在が「物質のむなしい形態でしか」なく、また「〈神〉と我々の魂」もその〈無〉から創り出されたものに過ぎないことを認識させる。即ちマラルメが到達したのは、一切の存在の本質形態を、実体としての価値を持たない〈無〉と見なす認識であり、「これこそが真である〈虚無〉」という言葉はそうした思考の端的な表白と言えよう。マラルメはここで仏教的な無或いは空観と殆ど同一の認識に立っている。そして以後のマラルメの詩的営為は、この〈無〉との対峙の中で進捗されてゆくことになるのである。その方向は既に本書簡に於いて、自らが「物質のむなしい形態」であることを認識しつつ、「存在しないことを承知しているはずの〈夢〉の中に飛び込んで」「栄光にみちた虚妄を声高らかに宣言する」営みとして示唆されている。一切が〈虚無〉に外ならない世界に於いて〈夢〉もまた「虚妄」に過ぎないが、しかしマラルメは寧ろその〈夢〉を高らかに歌い上げることに賭けようとする。〈虚無〉の前で、〈虚妄〉そのものとしての〈夢〉を「必死になって歌う」こと、そこに詩人の自由と「栄光」が見出されているのである。ここには、「歌う」こと、即ち詩作の行為を通して、言語の世界に自己を救抜する方途を見出そうとしているマラルメの姿勢が判然と窺われる。こうしてマラルメは、「〈無（le Néant）〉を見出した後、私は〈美なるもの（le Beau）〉を見出した」と語り出すことになる（一八六六年七月一三日付（推定）アンリ・カザリス宛書簡）が、その〈美なるもの〉の内実が説き明かされるのは、先の書簡から一年ほどを経てからのことである。一八六七年五月十四日付の私信（カザリス宛）の中で、マラルメは、「恐ろしい一カ年を過ごした」こと、「しかし幸いなことに、私は完全に死んでしまった（je suis parfaitement mort）」ことを告げた上で、「今や私は非個人的（impersonnel）である、従って、もはや君の知っていたステファヌではない、――そうではなくて、かつて私であったものを通して、自己を見、自己を展開させてゆく、〈精神の宇宙（l'Univers spirituel）〉が所有する一つの能力なのである。（中略）私は〈無〉への長い下降を行ったから、十分に確信を持って語ることができる。存在するのは〈美（la Beauté）〉だけなのだ。――そして〈美〉は唯一つの完璧な表現しか持っていない。それが〈詩（la Poésie）〉というものだ。」と書き綴っている。

〈虚無〉との遭遇の体験の中から掴み取られた確信が表明されたこの著名な書簡には、唯一〈詩〉によってのみ表現される〈美なるもの〉が〈精神の宇宙〉としての〈美〉であることが提示されている。同時にその〈美〉は、〈私の死〉、「非個人（非人称）」化を通して実現されるものなのである。〈神〉の死そして個人としての〈私〉の死という徹底した〈虚無〉の認識の中から、〈精神の宇宙〉としての〈美〉の詩的生成を志向するこうしたマラルメの理念には、所謂言語行為の主体としての人間という西欧的知の伝統をなす主体概念と対蹠をなす見解が示されている。即ち語る主体たる人間が道具としての言語を用いて対象である事物を指示し、表象すると捉える合理主義的言語観に対して、マラルメは、詩人が言語行為の主体としての位置を退いて非個人化、非人称化することを通じて、「語自体に内在する蜃気楼（un mirage interne des mots mêmes）」（一八六八年七月一八日付、カザリス宛書簡）によって喚起される〈美〉を希求するのである。マラルメの最も重要な詩論「詩の危機」[9]には、如上の思考の過程を経て形成された詩的理念が集約的に提示されていると見ることが出来る。

マラルメ詩学の枢要を告げる四十四の断章からなる「詩の危機」に於いては、「言葉には、一方には未加工のままの、換言すれば直接的な状態と、他方に本質的な（essentiel）状態とがある」として、「言葉の示す二重の状態」が指摘される。前者は「物語ったり、指示したり、更に描写する」という「人間が考える思考を交換するため」の日常言語であり、それと対置される「本質的な状態」にあるのが文学言語なのである。そしてそのような言語を通して生成する、「報道（reportage）」ならぬ「純粋」の文学作品に関して、「純粋の著作は、詩人の語り手としての消滅を必然の結果としてもたらす。詩人は主導権を語に、相互の不等性の衝突によって動員される語に譲るのである（L'œuvre pure implique la disparition élocutoire du poète, qui cède l'initiative aux mot, par le heurt de leur inégalité mobilisés）。そして語は、あたかも連ねた宝石の上の光の虚像の連なりのように、相互間の反映（de reflets réciproques）によって点火される。」と述べられるが、この一文が、既述のシモンズ『象徴主義の文学運動』中に引用されていたことは改めて指摘するまでもなかろう。マラルメ詩論の「主軸」としてシモンズが紹介したこの一文に示されている、語る主体としての詩人の消滅と言語への主導権の譲渡を前提として、「本質的な状態」にある自立的な言語「相互間の反映」によって成立する詩的世界を志向するこうした詩的理念は、実は上述の如く、仏教的な〈無〉に逢着した〈虚無〉の体験以後のマラルメの思考の展開の末に獲得されたものに外ならなかったのである。

以上のようなマラルメの歴程は、既述の有明のそれと明らかな相似形を描いていることが理解されよう。両者ともに、仏教との交差の体験がその詩的理念の形成の起点となっており、「三界虚偽唯心所作」或いは「これこそが真である〈虚無〉という現実認識が基盤をなしているのである。ただし彼らは、そこから「涅槃」への解脱を希求するのでは決してない。一切の存在の本質を〈無〉と見る認識の中で、寧ろ実体を持たぬ「虚妄」の世界に詩の存立の場を見出してゆく。「忽然念起」に「最後の南無をささげよう」とする有明、「栄光にみちた虚妄を声高らかに宣言する」マラルメ、これらの志向には、仏教的認識を支盤としつつ、しかし悟達を回避して「妄念」の詩、「虚構（fictions）」としての「夢」[10]に向けられた詩を追求する両詩人の姿勢が明瞭に認められる。そしてそうした中で、詩的言語に関する認識が形成される。詩的言語は、「人間の考える思考を交換する」、或いは「思想や感情の符徴——媒介物」としての日常言語、「世間的言語」と明瞭に区別される。[11]「言語の自然」を奪回し「本質的な状態」にある詩的言語によって詩の固有の世界が開示される。語る主体としての詩人が消失して言語に主導権が委ねられ、それによって「言語が自らに歌ふ新天地」としての詩的世界が生成することになるのである。本論冒頭に引用したブランショの指摘は、この詩的言語に関わる両者の理念の近似性を示唆していたと言えよう。

先に触れたように有明はシモンズに依拠する中でマラルメに否定的評価を下していたのであるが、如上の考察を通して、それを越えたところで有明とマラルメは深い類縁関係で結ばれていたことが確認されるはずである。そしてその類縁性の背後にあったのは、両者に於ける仏教との交渉であったと言ってよい。あらゆる存在の本質を〈無〉と見做す、仏教との交差の中で形成された存在論的認識が両者の思考の基盤をなしていたのであり、そうした認識に基づく「イデアリスム」の世界観[12]が有明とマラルメの結節点となっている。「コレスポンダンス」の理論もそうした認識に胚胎しており、また言語行為の主体をめぐる発言もそこから生じているのである。このような詩的理念は、人間の自我の実体化、特権化を基底に据えた近代的な主体概念を廃棄する方向を確実に示している。換言すればそれは近代の合理主義的世界観に対する反措定的な志向に外ならない。有明の言う「人間中心の思想」の脱却への意志こそが、まさしく両者の契合する立脚点であったと考えられるのである。無論、「純粋観念（notion pure）」の喚起を徹底して追求したマラルメと、現実の一切を「法界」の顕現として緩やかに肯定、受容する有明との相違も明らかに認められる。また詩的理念の類縁性が詩的世界自体の等質性、相同性を保証する訳ではない。しかしこれまでの検討によって、蒲原有明がマラルメを中心とするフランス象徴主義の理念を正統的に理解し実践した詩人であると見做すことに最早多言を要しないだろう。そしてその正統性が、有明という詩人に日本に於ける固有の位置をもたらしているのである。

前章に論じたように『海潮音』の受容を前提としつつも、上述の詩的理念に支えられることによって、『有明集』はその特異な位相を浮かび上がらせている。マラルメと深い類縁性を結びつつ進捗された詩的営為の成果である『有明集』の正統性が取りも直さず独自性として現れるところに、日本近代象徴詩史に於いて有明象徴詩の「渦巻」的世界の占める位置が示されていると言うことが出来るのである。

注

（1）Maurice Blanchot, *L'espace littéraire*.《collection Idée》(Gallimard, 1968.) p.38.

（2）上田敏「仏蘭西詩壇の新声」（『文芸論集』春陽堂、明治三四・一二）

（3）本書に関わる引用は、Arthur Symons, *The Symbolist movement in literature*. (AMS, 1980). Reprint of the 1899ed. published by W.Heinemann. に拠る。

（4）このマラルメ詩論の翻訳には誤訳が認められる。シモンズは《the words, immobilised by the shock of their inequality》としているが、原文には《mots, par le heurt de leur inégalité mobilisés》とあり、語は「固定し動かなくなる」のではなく、「動員状態」に置かれているのである。またシモンズ訳の《an actual trail of fire over precious stones》という一文は、原文《une virtuelle traînée de feux sur des pierreries（連ねた宝石の上の光の虚像の連なり）》の誤った訳出である。

（5）引用は、宇井伯寿・高崎直道訳注『大乗起信論』（岩波文庫、平成六・一）に拠る。

（6）『大乗起信論』は、その所謂如来蔵思想に基づき、「二岐分離」的な「双面的思惟形態」を備えており（井筒俊彦『意識の形而上学――『大乗起信論』の哲学』（中央公論社、平成七・三）参照）、「覚」と「不覚」が独特の相関関係で結ばれる。即ち「不覚」に於いて現出する現実の一切の事象は、「妄念」の所産でありつつ、同時に「真如」の顕現体として捉えられる。従って有明の「法界の大用」の強調には、「法界」を『大乗起信論』の「真如」に引きつけて理解する立場が示されていると言うことが出来る。

(7) マラルメの書簡の引用は全て、Stéphane Mallarmé, *Correspondance (1862-1871)*, recueillie, classée et annotée par Henri Mondor. (Gallimard, 1959) に拠る。

(8) マラルメは「〈仏教〉も知らずに」と記しているが、この書簡が送られたアンリ・カザリス（ジャン・ラオール）は、インド思想、東洋哲学の専門家として *Le Livre du Néant* (1872) その他の著書を刊行することになる人物であり、この当時、既に仏教についての知見を持っていたことは疑いない。従ってマラルメはカザリスを介して仏教思想に接触していたであろうし、右のマラルメの発言に関しては、そうしたカザリスに対する一種の謙遜の言葉と見做されるべきであろう。

(9) 「詩の危機」の最終形は、散文集 *Divagations* (Charpentier, 1897) に収録された。本論に於ける引用は、S. Mallarmé, *Igitur, Divagations, Un coup de dés.* 《collection Poésie》. (Gallimard, 1976) に拠る。

(10) 「詩の危機」には次のように記されている。——「〈詩人〉に於いて、言葉は何よりも夢であり歌なのであって、虚構（fictions）に捧げられた芸術を構成するために必然的に、その潜在的な力（virtualité）を取り戻すのである。」

(11) 『大乗起信論』に於いて言語は「仮名《けみやう》」として否定される。即ち「一切言説仮名無実、但随妄念」、あらゆる言語表現は便宜的な仮の表現にすぎず、それに対応する実体は存在しないとする。有明はこうした仏教的言語認識を前提としつつ、シモンズによって指摘された象徴主義的な詩的言語の探求に向かったと見てよいだろう。

(12) マラルメは「詩の危機」の中で、自身を含む「諸〈流派〉」の「交点」は「イデアリスム」の立場（le point d'un Idéalisme）であると指摘している。なお有明に於けるイデアリスムの問題に関しては、第三篇第三章で論及する。

第四章　「人魚の海」論

蒲原有明の「人魚の海」は、『有明集』巻末に収録されたバラッドである。各連三行、全七十連からなるこの作品は、「新鶯曲」（初出『新声』明治三五・一、『独絃哀歌』所収）、「佐太大神」（初出『明星』明治三五・一、同上）に始まる一連の有明のバラッドの試みに於いて、「完璧の美を誇るに足る傑作」[1]、「有明最高のバラッド」[2]として極めて高い評価が下されている。

この「人魚の海」の世界には、実は内外の多様な作品が濃淡様々の影を落としている。後述するように有明自身、執筆に際して依拠した典拠の存在に言及してもいるが、そうした証言を越えて、先行する種々の作品が「人魚の海」の成立に深く関わり、その詩的世界の形成に参与しているのである。

本章では、そのような成立の問題を視野に入れながら、「人魚の海」という作品の呈示する詩的世界の解読を試みることにしたい。更に有明象徴詩の最高の達成を示す『有明集』に於いて、それらの象徴詩とは一見甚だ異質なバラッドとして巻末に配されたこの一篇の詩が担う意義について考察を加えてみることとする。

一　「人魚の海」考

「人魚の海」――西鶴の「武道伝来記」中の一章に依つたものである。人魚の海と熟した言葉も西鶴の造句そのままを用ゐたが、人魚の出現するをりの形容なども一々西鶴の言葉に拠つた。

大正十一年六月、アルスより刊行された『有明詩集』末尾の「有明詩集自註」の中で、有明は「人魚の海」（初出『太陽』明治四〇・二）[3]の典拠についてこのような注解を加えている。ここには、「人魚の海」という表題や人魚をめぐる表現等は全て「西鶴の「武道伝来記」中の一章」に依拠したことが明言されている。更に「人魚の海」と同時発表の「日本詩の発達せざる原因」（『新声』明治四〇・一）と題された談話筆記は、近代詩の抱える困難とその打開の方策について語る中で、最新作「人魚の海」に自作解説的に言及する内容となっている。それによれば、「古代の神話や中世以後の妖怪談の様なもの」に取材しつつ、それに「新しい意味」を付与した作品を求めていた有明は、西鶴『武道伝来記』中の「命とらる、人魚の話」に登場する人魚に注目し、それを「題目」として「バラッド風」の作品の創作を試みたという。そしてその際、「コルリッヂのエンセントマリナー」、即ち"The Rime of the Ancient Mariner"（「老水夫の唄」）を「バラッドの標本」としたと有明は語っている。

「人魚の海」創作の際に依拠した作品として有明自身が直接証言しているのは、以上の二篇――井原西鶴の『武道伝来記』中の一話とコールリッジ Samuel Taylor Coleridge の「老水夫の唄」――に尽きる。これらの作品が「人魚の海」の成立にどのように関与していたのか、以下、両者の比較を通して考察してみることにしたい。そうした対比の作業によって、有明がこのバラッドに付与した「新しい意味」の内実も自ずと明らかとなるに違いない。

有明の指摘する西鶴の「命とらる、人魚の話」とは正しくは「命とらる、人魚の海」、『武道伝来記』巻二の第四話である。「人魚の海」執筆の折の典拠とされた「人魚の出現するをりの形容」は、作品冒頭部に次のように描き出されている。(4)

奥《をく》の海には、目なれぬ怪《け》魚のあがる事、其例《ためし》おほし。「後深草《ごふかくさのゐん》院宝治《ほうぢ》元年三月廿日《ぐはん》に、津軽《つがる》の大浦《うら》といふ所へ、人魚《ぎよ》はじめて流《なが》れ寄《より》、其形《かた》ちは、かしら、くれなゐの鶏冠《とさか》ありて、面《おもて》は美女《び》のごとし。四足《そく》、るりをのべて、鱗《いろこ》に金色のひかり、身にかほりふかく、声は、雲雀《ひばり》笛のしづかなる音《こゑ》せし」と、世のためしに語《かた》り伝《つた》へり。

「命とらる、人魚の海」に於いて人魚の姿の描写は右の冒頭の一節に限られている。以下、一話の内容を辿っておこう。松前藩の奉行役人中堂金内が夕暮れに「鮭《さけ》川といへる入海《うみ》」を小舟で横切ろうとした時、「白波、俄に立さはぎ、五色の水玉数ちりて、浪二つにわかりて」、人魚が「目前にあらはれ出」る。「舟人おどろき、何れも気をうしなひける」中で、金内は半弓で人魚を仕留める。奉行所に戻った金内がその話をすると、人々は皆その手柄を讃えるが、唯一人青崎百右衛門という邪な侍のみがそれを信じようとしない。

惣《そう》じて、慥《たしか》に見ぬ事は、御前《ぜん》の御耳《み》に立ぬがよし。(中略)世に化物《ばけもの》なし、不思儀《ふしぎ》なし。

と語る百右衛門は、金内に向かって「金内殿《きんないどの》とても、御手柄次手《てがらついで》に、其人魚《にんぎよ》御持参《ぢさん》なれば、ならびなき首尾《しゆび》」と言う。立場に窮した金内は、人魚の探索に赴き、浦々を尋ね歩いて日数を重ねるが見つけることが出来ない。こうして「是、思ひの種《たね》となりて、次第《しだい》に胸《むね》せまり、あらけなき岩《いは》に腰懸《こしかけ》ながら、入日を西《にし》のかたとふし拝《をが》み、惜《をし》や命《いのち》、かけ浪《なみ》の泡《あは》のごとくに」死んでしまう。前の年に妻に先立たれていた金内には十六になる娘が一人あった。

父親の死の知らせを受けたその娘は、妾の鞠とともに駆けつけ、金内の死骸を抱いて海に飛び込もうとするが、父の死の端緒が「百右衛門が言葉」にあったことを知って「然《しか》らば百右衛門を討《うつ》べし」との決意を固める。そして見事に仇討ちを果たすことによって、「諸国敵討」譚としての話柄が完結するのである。「命とらる、人魚の海」は以上の如き内容の作品であるが、この一話を典拠として創作された有明の「人魚の海」はどのような詩であるのか。

「人魚の海」は、船上にある「武辺《ぶへん》の君《きみ》」(5)と「老《おい》の水手《かこ》」の姿を描き出すところから始まる。「老の水手」は「武辺の君」に、「ひとたび」「まさめにて見し」(第四連)人魚のことを語り続ける。

『怪魚《けぎよ》をば見《み》き』と、奥《おく》の浦《うら》、
奥《おく》の舟人《ふなびと》、——『怪魚《けぎよ》をか』と、
武辺《ぶへん》の君《きみ》はほほゑみぬ。

『怪魚《けぎよ》をばかつて霧《きり》がくれ
見《み》き』と、寂《さび》しうものうげに
舵《かぢ》の柄《え》を執る老《おい》の水手《かこ》。

武辺《ぶへん》の君《きみ》はほほゑみぬ、
水手《かこ》はまたいふ、『その面《おもて》
美女《びじよ》の眉目《まみこ》濃く薫《かを》りぬ』と。

(第一—三連)

『そのをりなりき、眼《ま》のあたり
人魚《にんぎよ》うかびぬ、波《なみ》は燃《も》え、
波《なみ》は華《はな》さき、波《なみ》うたふ。

『黄金《こがね》の鱗藍《うろこあゐ》ぞめの
潮《しほ》にひたりて、その面《おもて》
人魚《にんぎよ》は美女《びじよ》の眉目《まみ》薫《かを》る。』

（中略）

『瞳子《ひとみ》は瑠璃《るり》』と、老《おい》の水手《かこ》、
『胸乳《むなぢ》真白《ましろ》に、濡髪《ぬれがみ》を
かきあぐる手《て》のしなやかさ。――

（第一五・一六・一八連）

二人を乗せた船はかつて「水手」が人魚を目撃した場所に近づき、周囲の海景もその折と全く同じ様相を呈してゆく。そうした中で人魚が「君」の眼前に姿を現す。

二《ふた》つに波《なみ》はわかれ散《ち》り、
人魚《にんぎよ》うかびぬ、身《み》にこむる
薫《かをり》も深《ふか》し波《なみ》がくれ。

人魚《にんぎよ》の聲《こゑ》は雲雀《ひばり》ぶえ、――
波《なみ》も戯《たはぶ》れ歌《うた》ひ寄《よ》る
黒髪《くろがみ》ながき魚《うを》の肩《かた》。

人魚《にんぎよ》の笑《ゑみ》はえしれざる
海《うみ》の青淵《あをぶち》、その淵《ふち》の
蠱《まじ》の真《ま》珠《たま》の透影《すいかげ》か。

人魚《にんぎよ》は深《ふか》くほほゑみぬ、――
恋《こひ》の深淵人《ふかぶちひと》をひき、
人《ひと》を滅《ほろぼ》すほほゑまひ。

（第二七―三〇連）

「人魚の海」全七十連の半ば近くを費やして、人魚の姿が以上のように描き出されている。前引の有明の証言のとおり、右の作品前半部に於いて、西鶴の「命とらる、人魚の海」に於ける人魚の容姿を描く具体的な表現が様々に摂取され、活用されていることが理解されよう。しかしながら同時に、有明の描き出す人魚は、典拠とは異なる、固有の姿を見せてもいる。「胸乳真白に、濡髪を／かきあぐる手のしなやかさ」（第一八連）という詩句は、「波も戯れ歌ひ寄る／黒髪ながき魚の肩」（第二八連）の一句と相俟って、白い裸身に纏わる濡れた長い黒髪を強調しつつ、極めて官能的な人魚のイメージを呈示している。更に人魚の「ほほゑみ」の描写が反覆されているが、それは、「恋の深淵人をひき、／人を滅すほほゑまひ」、即ち見る者を誘惑して海の「深淵」に引きずり込み、死に至らしめる蠱惑の微笑に他ならない。有明の描く人魚は、「命とらる、人魚の海」が提出する人魚像を大きく越え出た、長く黒い「濡髪」が「真白」の肌に絡みつく官能的な肉体と蠱惑の「ほほゑみ」によって「人をひき」、惑わし、遂には破滅に陥れる、この上なく危険な存在なのである(6)。

さて「武辺の君」は眼前に出現した人魚に向かって矢を射掛ける（第三三連「武辺《ぶへん》の君《きみ》は半弓《はんきゅう》に／矢《や》をば番《つが》ひつ、放《はな》つ矢《や》に／手《て》ごたへありき、怪魚《けぎょ》の聲《こゑ》。」）。作品は、この場面を境として、以下後半部の大きな展開を見せてゆく。矢に射貫かれて海中に沈みゆきながら猶「ほほゑみ」を失わぬ「恋の魚」（第三五連「人魚《にんぎょ》は沈《しづ》む束《つか》の間《ま》も／猶《なほ》ほほゑみぬ、――恋《こひ》の魚《うを》。」）、その人魚《にんぎょ》が放った「眼《め》に見《み》えぬ／影《かげ》の返《かへ》し矢《や》」（第三六連）を受けた「武辺の君」は、人魚の面貌に「亡妻《なきつま》のほほゑみ」を見出して激しい衝撃を覚える。

　人魚《にんぎょ》ぞ沈《しづ》むその面《おも》に
　武辺《ぶへん》の君《きみ》は亡妻《なきつま》の
　ほほゑみをこそ眼《ま》のあたり。

　亡妻《なきつま》の笑《ゑみ》、怪魚《けぎょ》の眼《め》と
　怪魚《けぎょ》の唇《くちびる》、――悔《くい》もはた
　今《いま》はおよばじ波《なみ》の下《した》。（第三七・三八連）

その「亡妻の笑」に心奪われ、誘われて、「武辺の君」は二日の後に再び奥の浦を訪れる。

　帆《ほ》かげも見《み》えず、この夕《ゆふべ》、
　霧《きり》はあつまり、光《ひかり》なき

入日《いりひ》たゆたふ奥《おく》の浦《うら》。
武辺《ぶへん》の君《きみ》に幻《まぼろし》の
象《すがた》うかびぬ、亡妻《なきつま》の
面《おも》わのゐまひ、──怪魚《けぎょ》の聲《こえ》。

『幻《まぼろし》の界《よ》ぞ真《まこと》なる』──
武辺《ぶへん》の君《きみ》はかく聞《き》きぬ、
痛手《いたで》にほそる聲《こえ》の冴《さ》え。

ああ、くるめきぬ、眼《め》もあはれ、
心《こゝろ》もあはれ、青淵《あをぶち》に
まきかへりたる渦《うづ》の波《なみ》。

（中略）

武辺《ぶへん》の君《きみ》の身《み》はあはれ
ゐまひの渦《うづ》に、幻《まぼろし》の
波《なみ》のくるめき、夢《ゆめ》の泡《あわ》。

（第四六─四九・五一連）

既述の如く西鶴の「命とらる、人魚の海」に於いて金内は、人魚の死骸を探しあぐねて煩悶と衰弱の果てに息絶えたのであるが、「人魚の海」の「武辺の君」の場合には、「幻《まぼろし》の象《すがた》」としての「亡妻の／面わのゑまひ」を追い求め、「幻《まぼろし》の界《よ》ぞ真《まこと》なる」という人魚の声に誘われて、人魚の沈んでいった海中に「身を棄て」るのである。このような主人公が死に至る経緯に於いて、「人魚の海」と典拠との間に大きな隔差が存していると言えよう。

更にこの詩の結末に至る展開は、西鶴の敵討譚とは全く異なる内容を示している。父親の後を追って奥の浦にやって来た「武辺の君」の娘（「姫」）は、「老の水手」の話によって父の死を知り、深い悲嘆の中で海に向かって「父よ」と叫び、「母よ」と呼びかける。その声に応えて人魚が再び姿を現し、「姫を渚に慕ひ寄る」（第六一連）。

渚《なぎさ》かがやく引波《ひきなみ》の
跡《あと》に人魚《にんぎよ》は身《み》を伏《ふ》せて、
悲《かな》しみ悩《なや》む聲《こゑ》の冴《さ》え。

姫《ひめ》は人魚《にんぎよ》をそと見《み》やる、
人魚《にんぎよ》は父《ちゝ》の亡骸《なきがら》を
雙《そう》の腕《かひな》にかき擁《いだ》き、

真白《ましろ》き胸《むね》の血《ち》のしづく、
武辺《ぶへん》の君《きみ》が射《い》むけたる
矢鏃《やじり》のあとの血《ち》の痛手《いたで》。

人魚《にんぎよ》はやをらかなしげに
面《おもて》をあげぬ、悲《かな》しめど
猶《なほ》ほほゑめる恋《こひ》の魚《うを》。

人魚《にんぎよ》は遂《つひ》に絶《た》え入《い》りぬ、
姫《ひめ》はすずろに亡父《なきちゝ》の
むくろに縋《すが》り泣《な》き沈《しづ》む。

（第六二　六七連）

こうして人魚も息絶える。そこに「渚《なぎさ》どよもす高波《たかなみ》」が襲いかかり、「武辺《ぶへん》の君《きみ》が亡骸《なきがら》も、／姫《ひめ》も、人魚《にんぎよ》も、幻《まぼろし》の／波《なみ》にくるめく海《うみ》の底《そこ》」（第六九連）に消えてしまう。そして「水手《かこ》の翁《おきな》はその日《ひ》より／海《うみ》には出《い》でず、『まさめにて／三度《みたび》人魚《にんぎよ》を見《み》き』とのみ。」という一連によって、このバラッドは閉じられるのである。

蒲原有明の「人魚の海」は以上のような作品である。前半部の人魚の姿の描出に於いては、西鶴の「命とらる、人魚の海」から様々の表現を借用しつつも、同時に有明固有の強烈な人魚のイメージが呈示されており、また結末に至る展開は極めて独創的な内容を備えたものとなっている。「有明詩集自註」中の有明の発言にも拘わらず、「人魚の海」は典拠とは全く異質の作品として成立していると言わなければならないのである。

それでは有明がバラッドの範例と見做していたコールリッジの“The Rime of the Ancient Mariner”との関係はどうであろうか。

《It is an ancient Mariner, / And he stoppeth one of three.》[7]という詩句に始まる「老水夫の唄」は、或る年老いた水夫が結婚の祝宴に向かう途次の一人の男に語る驚くべき体験談を内容としている。この老水夫の船は嵐のために南極の方に流され、氷に閉ざされてしまう。その時、一羽のアホウ鳥が飛来し、九日間、船のマストや帆綱に止まり続けるが、その鳥を老水夫は石弓で射て殺してしまう（《With my cross-bow / I shot the ALBATROSS.》l.81-2）。この残虐な行為の故にアホウ鳥の復讐が始まり、呪いがかけられた船の中で二百人の乗組員は次々に死んでゆく。こうして一人取り残された老水夫の、船上に於ける数々の驚異の体験が語り出されてゆくのである。キリスト教的な罪と罰そして救済の観念を構想の骨格としたこの作品と「人魚の海」との間に、内容上の類似性は殆ど認め難い。しかし一人生き残った老水夫が洋上で目撃した怪異を語るという「老水夫の唄」の設定は、「人魚の海」にもほぼ同様に確認しうるものであることは言うまでもない。《ancient Mariner》と「老いの水手」は、その眼で目撃した海の怪異を語るという役割に於いて、明らかに類似の性格を担っているのである。西鶴「命とらる、人魚の海」に、そうした老水夫の存在を見出すことは出来ない。西鶴の作品に於いては、人魚が姿を現した時、「舟人おどろき、何れも気をうしなひける」、金内以外の舟人は皆気を失ってしまう。そのように目撃者が不在であった故に、「慥に見ぬ事は、御前の御耳に立ぬがよし。」「世に化物なし、不思儀なし。」という青崎百右衛門の揶揄と嘲笑の発言がなされ、また金内は人魚の死骸探索に赴かなければならなくなったのである。従って「人魚の海」は、コールリッジの「老水夫の唄」の設定に倣って、「命とらる、人魚の海」には不在の、人魚の目撃者としての「老の水手」を登場させていると言うことが出来よう。冒頭部と最終連の詩句の照応を通して強調される、「まさめにて」人魚の姿を確認した「老の水手」の言葉がこの詩の世界を確と枠付けているのであり、そうした枠組みの中で、「まさめ」で「慥」に捉えられた海上の「化物」「不思儀」たる人魚の存在が語り出されているのである。

　しかしながら有明の「人魚の海」は更に独自の世界を開示していると言わなければならない。既述の如く「眼に見えぬ／影の返し矢」（第三六連）を受けた[8]「武辺の君」は人魚の顔に「亡妻のほほゑみ」を見出すことになるが、注目すべきは、それが一人「武辺の君」のみの認める「幻の象」であったことである。「姫」にとって人魚は、「あやかし」によって父を死に至らしめた存在に他ならず、亡母の面影が見出されている訳では決してない[9]。「老の水手」に於いてもそれは同様である。亡き母の面影を認めることのない「姫」、そして「水手」にとって、人魚は「あやかし」の「怪魚」にすぎないのであり、「武辺の君」だけが人魚の顔に宿る「亡妻の笑」を「眼のあたり」にする。そしてその「幻の象」を求め、「幻の界ぞ真なる」という言葉に誘われて海中に没してゆくのである。既に触れたようにこの作品は「まさめにて」見たことを語る「老の水手」の言葉を枠組みとしているが、その内部に於いて、人魚と「君」との交渉の裡に「幻の界」、即ち「まさめ」では捉えることの出来ない世界が開示されていると言えよう。「武辺の君」が人魚の裡に見出したのは、「あやかし」ならぬ「真なる」「幻の象」に他ならないのである。作品世界の内部に生成する、この「幻の界」の存在が、「命とらる、人魚の海」及び「老水夫の唄」には全く認めることの出来ない、有明独自の構想に基づくものであることは疑いを容れない。

　更に「人魚の海」冒頭で強調される「武辺の君」の「ほほゑみ」もまた注目に値する特色と言うべきであろう。前引の冒頭部に於いて「怪魚《けぎよ》をば見き」と語る「老の水手」に対して「君」は常に「ほほゑみ」をもって応じる。それは「君」自身の人魚目撃の場面まで変わることがない。繰り返し描き込まれるこの「武辺の君」の微笑は、「水手」の語る怪異の存在を容易に信じようとしない「君」の言わば懐疑的な、或いは合理主義的な態度を示唆するものと見てよいだろう。そのような「武辺の君」は、しかし人魚との対峙の場面以降、大きな変化を見せることになる。人魚を眼前にした「君」の顔から「ほほゑみ」は消え失せる。のみならず「君」のレアリストとも言うべき眼差しは、「まさめ」では捉えることの出来ない「幻の象」としての「亡妻の笑」に強烈に惹きつけられ、導かれてゆく。このように「ほほゑみ」を湛えて登場してきた「武辺の君」の変容が作品展開の縦糸を成しているのであり、それを通して、「人魚の海」が内包する固有の世界、「幻の界」が作品世界の表層に立ち現れてくるのである。

　以上のように考える時、有明の「人魚の海」の独創性は、「幻の界」という一句に集約されていることが理解されよう。人魚はまず「武辺の君」と「老の水手」の前に官能と誘惑の化身として現れるが、「君」の眼はそこに「亡妻の面わのゑまひ」を宿した「幻の象」を見出す。そして「君」は「幻の界ぞ真なる」と告げる声に誘われ、その「幻」を追い求めて「幻の波」に身を躍らせる。更に結末では「君」と人魚、「姫」がともに「幻の波」の裡に没してゆく。こうして一人「老の水手」を残して、全てが「幻の界」に呑み込まれてゆくのである。「まさめにて」「慥に」「見し」ことを語る「老の水手」の捉えることの出来ない、「真なる」世界としての「幻の界」――有明の「人魚の海」は、そのような独自の世界を開示している作品に他ならない。西鶴の「命とらる、人魚の海」とコールリッジの「老水夫の唄」に依拠しつつ執筆されたこの作品に、有明が託した「新しい意味」の所在をそこに窺うことが出来るはずである。

二　「水の精」と「人魚」

「人魚の海」に先立ち、有明は〈水の精〉を描いた「姫が曲」と題する一篇を創作している。『新小説』明治三十七年三月号に初出の後、第三詩集『春鳥集』に収録されたこの作品は、各連六行、全三十六連から成るバラッドの秀作である。冒頭に付された小引に、

この曲は材をギル氏（W. W. Gill）が編せる「南太平洋諸島の神話及歌謡」（Myths and Songs from South Pacific.）中、「泉の精」（The Fairy of the Fountain）と題せる一章に　採れり。

とあるように、「姫が曲」は、William Wyatt Gill が編纂した *Myths and Songs from the South Pacific.*（Henry S. King & Co., 1876）の第十一章《Fairy Men and Women》中の一話 "The fairy of the fountain"（pp.265-267）を典拠としている。この「泉の妖精」は、「泉の底」の《nether-world》の妖精と地上の一族の王アティ Ati との愛と別離の物語である。有明の「姫が曲」では、典拠の物語の前半、即ち満月の夜に泉から姿を現したところを捉えられた水の精が、アティの妻として幸福な日々を送り、やがて一子を儲けるに至る部分が切り捨てられる。そして「泉の底」の「水の国」へ帰る決意をひそかに固めた水の精「多麻姫《たまひめ》」と、その様子を訝る「南の国の王」「大足日《おほたるひ》」

の姿が冒頭に描き出されているのであるが、(10) 以下この作品は、王と「水の精」が手に手を取って「水の国」に赴こうとするものの、人間にそれは叶わず、二人は別離を余儀なくされるという展開に於いて、典拠と全く同一の内容を備えている。しかしながら「姫が曲」に於いて、王に対する深い愛情を抱く「水の精」の姿を「恋の魚」として、

弱肩《よわがた》白き恋の魚《うを》、
姫は衣《ころも》をかい遣《や》りぬ、——
衣の文《あや》のきらめきは
瑪瑙《めなう》海《うみ》ゆく孔雀船《くじやくぶね》。
（嗚呼うたかたや、
　孔雀ぶね、恋の魚。）　（第三〇連）

と描き出し、また余儀ない別離の場面、即ち、

姫はまたいふ、『水《みな》ぞこは
水の少女《をとめ》の星月夜《ほしづきよ》、
日の驕楽《けうらく》は君にあれ、
いざ』と、いひさし微笑《ほほゑ》みぬ。
（嗚呼うたかたや、
　そのゐまひ、このねがひ。）

姫はほほゑみ下《くだ》りゆく、
ひとりうかがふ王が眼《め》に

象牙《ざうげ》かたどる弦月《げんげつ》の、
たとへば、沈む水の空《そら》。
（嗚呼うたかたや、
　惜しむとき、消ゆるとき。）
（第三五・三六連）

と綴られる末尾の二連で、水底に下り行く「姫」の浮かべる「ほほゑみ」を強調しているところには、"The fairy of the fountain"には見出すことの出来ない、有明独自の表現が認められる。そうした「弱肩白き恋の魚」として別離に際しても「ほほゑみ」を失うことのない姿に、有明固有の「水の精」のイメージが呈示されているのである。そしてそれら典拠から逸脱した個性的な表現が、「姫が曲」の三年後に発表された「人魚の海」に於ける人魚の造型にそのまま活かされていると言うことが出来る。既述の如く「人魚の海」には、沈み、死にゆきつつも「ほほゑみ」を失わぬ「恋の魚」としての人魚の姿が描き込まれている（第三五・六六連）のである。こうした点から考えるならば、「人魚の海」を「姫が曲」の続篇として構想された作品と見做すことも可能となるだろう。とりわけ後半部の内容は、「姫が曲」との脈絡を強く窺わせるものとなっている。即ち「人魚の海」に於ける人魚の出現、それは、夫への愛を抱きつつ「水の国」に沈んでいった「水精の女」が人魚となって再び夫の前に姿を現したことに他ならず、「武辺の君」が人魚に「亡妻の笑」を見出したのはそれ故のことと考えられるのである。また「君」が「幻の象」を求めて海中に身を投じたのは、「姫が曲」では果たされなかった「水の国」への参入の実現であったと言えよう。換言すれば「姫が曲」で別離を強いられた王と「水の精」が、「人魚の海」に於いて「幻の波」の底で一体となるのである。更に「武辺の君」と人魚、「姫」がともに「幻の波」に呑み込まれる作品の結末は、これら三者が「幻の界」に於いて父、母、娘としての再会を果たすに至ることを示唆しているに相違ない。「人魚の海」の成立には、恐らく以上のような先行するバラッド「姫が曲」からの展開の脈絡が関与していたと考えられる。

但し「姫が曲」の「多麻姫」は、典拠である"The fairy of the fountain"の中で《lovely fairy woman》《peerless one》と表現されていたように純愛と優しさに溢れた「水の精」であり、それは「人魚の海」前半部、「武辺の君」と人魚との対決の場面に至る部分に描き出される人魚像とは全く異質である。「姫が曲」と「人魚の海」を結ぶモチーフ上の脈絡を支える、夫への深い愛情を湛えた「ほほゑみ」を宿す水の妖精のイメージと、「人魚の海」前半に登場する官能と誘惑の「ほほゑみ」を浮かべる死の化身としての人魚との間には甚だしい懸隔が存していると言わなければならない。そのような危険な水の妖女の存在は、『春鳥集』所収の詩「夏がは」（初出『新声』明治三六・八）の中に見出すことが出来る。

みづくさ青み、夏川の
（妖《まよはし》のこれ影か夢）
水のとばりの奥ふかく
ゆららに洩るる姫が髪。

真晝青岸《まひるあをぎし》、ひたぶるに
（妖のこれ真鏡《まかがみ》か）
いのりて更にまじろかず、
伏してながむる水の面《おも》。

いかなる姫か、ひもすがら、
（妖のこれ妖か）

いかなる姫の細髪《くはしがみ》、――
顔《かほばせ》のはた見まほしき。　　（第一―三連）

この作品に描き出される「姫」は水底に潜み、「細髪」を水中に揺らめかせている。その姿を眼にした者は「姫」にひたすら恋い焦がれ（第三連「（妖のこれ妖か）／いかなる姫が細髪、――／顔のはた見まほしき。」）、そしてその「妖」の力によって遂に水中に誘い込まれてゆく。

姫がくろ髪、ひもすがら
（妖のこれそのちから）
夢とも消えで、はてのはて
にほひにこもる姫が眼《め》よ。

さあれ、瑠璃宮歓楽《るりみやよろこび》の
（妖のこれそのをはり）
姫にひかれて、常夏《とこなつ》を
百合《ゆり》のいづみのひとしづく。　　（第六・七連）

「夏がは」の、こうした見る者を誘惑し、死へと誘う水底の「姫」の姿は、後年の改作に於いて著しく鮮明となる。例えば『有明詩集』では「誘惑」と改題され、末尾の第六・七連は以下のように改刪されている。

姫がくろ髪《がみ》ただよひて、
（まよはしの、これ、そのちから。）
夢かと流るるそのかげに、
ひややかに笑《ゑ》むまなざしよ。

そのほほゑみにさそはれて、
（まよはしの、これ、そのをはり。）
すずろに落ちゆく身のしづく、
痛《いた》みもあらず、悔《くい》もなく。

ここで水底の妖女の姿として強調されているのは、水中に揺らめき漂う長い「くろ髪」であり、その「まよはし」の力と「ほほゑみ」に「さそはれて」、見る者は「痛みもあらず、悔もなく」水中に「落ちゆく」のである。「くろ髪」の呪力で人を引きつけ、「ほほゑみ」の誘惑によって破滅に陥れる、この水底の「妖」の「姫」は、「人魚の海」に於ける「黒髪なが」く、「人をひき／人を滅すほほゑまひ」を浮かべる人魚と極めて近似した姿を見せていると言えよう。長い黒髪と蠱惑の「ほほゑみ」によって男を誘惑し、遂には死をもたらす危険な水の妖女として、両者は同一の性格を担う存在に他ならない。そしてそこに、ヨーロッパ世紀末芸術に於ける〈宿命の女（Femme fatale）〉のイメージを判然と見て取ることが出来る。

周知の如くヨーロッパ十九世紀末期の文学や美術に繰り返し描き出された〈宿命の女〉のイメージに於いて最も特徴的であるのは、豊満な肉体、そしてその官能と誘惑の力を象徴する長くたわわな髪であり、また男達を惑わし、呪縛する眼差しに他ならない。更にその具体的な形姿に関しては、様々の神話、伝説上の存在に依拠した造型が行われており、そうした中でサロメ、スフィンクス、イヴ、メドゥーサなどとともに、人魚もまた典型的なファンム・ファタルのイメージとして受け止められていた。人魚は、海上を行く男達の前に裸身をさらし、その官能的な肉体によって彼らを魅了し、誘惑し、遂には海中に引きずり込んで死をもたらす〈宿命の女〉として、「年次美術展の壁を飾ったのと同様に、世紀末文学の世界にも大量に現れるようになった」[11]のである。

このようなヨーロッパ世紀末文芸に於ける〈宿命の女〉と蒲原有明の接触は、恐らく明治三十五年、〈宿命の女〉のテーマの先駆を成すキーツの"La Bell Dame sans Merci"を翻訳した（「情しらぬ手弱女の曲」、『明星』明治三五・一〇）[12]ことに始まり、また同時期以降、D・G・ロセッティ Dante Gabriel Rossetti の詩に傾倒する中で、"Venus Verticordia", "Body's Beauty", "A Sea-spell", "Willowwood" 等の作品を耽読することによって深められたものと考えられる。これらのロセッティの詩には、男達を誘惑し、死へと導くファンム・ファタルの姿が様々に描き出されているのである。更に有明は、岩村透のもとで画集を繙く中で、ロセッティを初めとするラファエル前派や世紀末の絵画に描き込まれた〈宿命の女〉のイメージを数多く眼にすることにもなったであろう。[14]有明がヨーロッパ世紀末の〈宿命の女〉としての人魚の存在に確かな理解をもっていたことは、例えば次のような作品からも窺われる。

……わたくしの思索の糸はこの時断えんとしたが、わたくしの眼の前に不図ジョコンダの絵姿が現れた。レオナルド・ダ・ギンチが心血を濺いだ絵である。何故《なぜ》此時ジョコンダが現れたかは分らない。その絵のイリウジォンが稍色褪せてゆくと共に、ジョコンダの怪しき微笑が、バアン・ジョオンズの『海の底』の人魚の蒼白い微笑に移つて、しばし凄婉な相を呈したが、その微笑も更にモネが『地中海』の岩と海と陽光と陰影の戯れの中に潜んで行つた。わたくしの心はひたすらに芸術の滋味と幻想に酔ふばかりであつた。

有明の散文詩「海の思想と誘惑」（初出『朱欒』明治四四・一二）の一節である。「わたくし」の眼前に浮かんだ「イリウジョン」を描いた右の部分に於いて、「不図」現れた「ジョコンダの怪しき微笑」が「バアン・ジョオンズの『海の底』の人魚の蒼白い微笑に移つて」ゆく。このバーン＝ジョーンズ Edward Burne-Jones の『海の底』、***The Depth of the sea***（1887）は、犠牲となった男を海底に引きずり込み、凄艶な微笑を浮かべる人魚を描く、世紀末的〈宿命の女〉の典型的なイメージを提出した作品である。さて右の一節に於いて、ジョコンダ（モナ・リザ）の微笑の「絵姿」に続いて、この「人魚の蒼白い微笑」が現れたという時、そうした連想の移り行きを支えているのが、ウォルター・ペイター Walter Pater による『モナ・リザ』解釈であることは疑いを容れない。ペイターの『ルネサンス』（*The Renaissance: Studies in Art and Poetry*. Macmillan, 1877. 但し初版は *Studies in the History of the Renaissance* の書名で一八七三年に刊行）中の一章「レオナルド・ダ・ヴィンチ」に於いて『モナ・リザ』について特異な解釈が加えられていることは良く知られている。ペイターはそこで、「水際にこうして極めて異様に立ち現れたその姿は、千年もの間に男達が欲望の対象とするに至ったものを表している。（The presence that rose thus so strangely beside the waters, is expressive of what in the ways of a thousand years men had come to desire.）」と述べた上で、モナ・リザを「吸血鬼」に擬え、「深海の海女」として捉える。

Edward Burne-Jones, *The Depth of the sea*. (1887)

She is older than the rocks among which she sits; like the vampire, she has been dead many times, and learned the secrets of the grave; and has been a diver in deep seas, and keeps their fallen day about her.

こうしたペイターの『モナ・リザ』解釈が同時代の芸術家に熱狂的に受け容れられることによって、モナ・リザは世紀末のファンム・ファタルの一典型をなす魔性の女として捉えられてゆくことになる。有明が、「その絵のイリウジォンが稍色褪せてゆくと共に、ジョコンダの怪しき微笑が、バアン・ジョオンズの『海の底』の人魚の蒼白い微笑に移つて、しばし凄婉な相を呈した」と記した時、以上のような世紀末の〈宿命の女〉の脈絡に沿ってジョコンダから人魚へと連想が導かれていったと言うことが出来るのである。換言すればそれは、〈宿命の女〉としての人魚の存在に有明が十分に自覚的であったということに他ならない。そのように有明が親炙していたヨーロッパ世紀末の〈宿命の女〉のイメージが、既述の「夏がは」の妖女や「人魚の海」前半部の人魚の姿に色濃く投影されていたと言ってよいだろう。「胸乳真白に、濡髪を／かきあぐる」官能的な仕草と「蠱」の「ほほゑみ」によって「人をひき／人を滅す」有明の人魚は、まさしく世紀末的ファンム・ファタルとしての性格が濃厚に付与された存在だったのである。

従って「人魚の海」に於ける人魚は、二重のモチーフの上に造型されていると見ることが許されよう。即ち「武辺の君」と人魚の対峙の場面までの前半部の人魚は、西鶴の「命とらるゝ人魚の海」に依拠しつつ、世紀末的な〈宿命の女〉のモチーフが導入されることによって、誘惑と死の化身としての恐るべき海の妖女の姿を見せているのに対して、後半部では、「姫が曲」とのモチーフ上の連繋を窺わせる「亡妻のほほゑみ」を宿した「恋の魚」としての人魚が登場してくる。そしてこの作品は、それらの対照的な人魚のイメージの結節点として、全てを「幻の界」に導く「幻の象」によってこそ独創的な世界の形成を果たしているのである。

三　「人魚の海」の意味

先に言及した有明の散文詩「海の思想と誘惑」は、一昼夜の船旅での特異な体験を描き出した作品である。「絶えず南の島を指して航走を続けてゐる」船の客である「わたくし」は、海に対して深い魅惑を覚えながらも、以下のような想念に捉えられている。

かゝる大洋のまつたゞ中にあつては、われらが視野はその限度を超えて、同じ瞬間に前後左右を看得るが如く感ずるものである。千眼を以て同時に視野の全円周に臨むものである。かゝる際に自然は直にまた容易に人間を溺らして了ふ。溺る、際の恐怖と苦悩は芸術の安静境を隔つるものである。芸の翡翠、芸の紅宝玉、芸の蛋白石は失はれねばならぬ。芸術は全き生の魔術である。不可能の可能である。合金を以て純金を得るすべである。ハアモニイであり、シンフォニイである。色声香味触を調じ按配するアルケミストに取つては、自然に征服さるゝ人間を見るに堪へないと共に、自然は遂に芸術に操られる妖艶なる一箇のサイレンとして、生の魔術の中にあつて死の魔術を予想せしむるものでなくてはならぬ。

作品は以下、前引の一節に続いてゆくのであるが、右の部分にはこの散文詩を支える二元論的な認識が判然と語り出されている。即ち「人間」と「自然」、「芸術」と「自然」、「生の魔術」と「死の魔術」という二項対立的な関係に於いて、「わたくし」は、「自然」は「人間」に「征服」されるべきものと考え、「芸術の安静境」への陶酔を求めている。ここで注目されるのは、海という「自然」そして「死」を象徴するものとして「妖艶なる一箇のサイレン」のイメージが取り出されていることである。「人間」及び「生」に対する、「自然」と「死」を象る存在としての「サイレン」（人魚）という捉え方は既述の〈宿命の女〉としての人魚像と対応するものに他ならないが、更にそれは、実は「人魚の海」に於ける「武辺の君」と人魚との対決の意味を考える上で極めて示唆的であると言わなければならない。「人魚の海」全七十連のほぼ中央に位置する部分に於いて、その対決の場面が次のように描き出されている。

武辺《ぶへん》の君《きみ》は怪魚《けぎよ》を、きと
睨《にら》まへたちぬ、笑《ゑみ》の勝《かち》、——
入日《いりひ》は紅《あか》く帆《ほ》を染《そ》めぬ。

武辺《ぶへん》の君《きみ》は船《ふね》の舳《へ》に、
血《ち》は氷《こほ》りたり、——海《うみ》の面《も》は
波《なみ》ことごとく燃《も》ゆる波《なみ》。

武辺《ぶへん》の君《きみ》は半弓《はんきゆう》に
矢《や》をば番《つが》ひつ、放《はな》つ矢《や》に
手《て》ごたへありき、怪魚《けぎよ》の声《こゑ》。

ああ海《うみ》の面《おも》、波《なみ》は皆《みな》
おののき氷《こほ》り、船《ふね》の舳《へ》に
武辺《ぶへん》の君《きみ》が血《ち》は燃《も》えぬ。

（第三一—三四連）

「武辺の君」と人魚が対決する右の場面は、明らかに二元論的な枠組みの中で詩句が綴られている。「武辺の君」の「血」と人魚の海の「波」、生と死、火と氷、「入日」のイメージが喚起する光と闇、それらが両極的な関係を形成しつつ、この場面を織りなしているのである。先の「海の思想と誘惑」に於いて「妖艶なる一箇のサイレン」が「自然」と「死」を象徴する存在として語り出されていたことを想起するならば、この二項対立的な関係の裡に描き出される「君」と人魚の争闘とは、取りも直さず人間と自然、生と死の抗争を象徴的に呈示するものに他ならないと考えることが許されよう。その時、この場面に直接続く作品後半部の展開を導く「幻」とは一体何であるのか。既述の如く人魚に「亡妻の笑」を見出した「武辺の君」は、その「幻の象」を追い求め、「幻の界ぞ真なる」と告げる声に導かれて海中に身を投ずる。その「君」の投身は「亡妻」との一体化を求める行為に他ならないが、換言するならばそれは、「幻の象」の裡に、対立する「武辺の君」と人魚との合一、融和が果たされたことを意味していよう。更に結末では「君」「姫」そして人魚がともに「幻の波」に呑み込まれる。対立、抗争する「君」と人魚、人魚を父の死をもたらした「あやかし」の「怪魚《けぎょ》」と見做す「姫」、これら三者の関係は、「幻の波」の底、「幻の界」に於いて、夫と妻、父母と娘として結び合わされることになるのである。これまで見てきたように「人魚の海」には、「君」と人魚の対決の場面を中核として極めて多様な二項対立的要素が鏤められている。人間と自然、生と死、可見と不可見、或いは現実と夢、精神と肉体等、様々の両極的な関係によって作品世界の全体が構成されているのであるが、そうした中で、「幻」とは結局、それら全ての包摂を果たすものと捉えることが出来るのではなかろうか。「まさめ」で見たことを語り続ける「老の水手」一人を残して全てが呑み込まれていった「幻の界」とは、そうした二元的対立や矛盾の一切を包含し、統合する世界の謂に他ならないと考えられるのである。換言すればそれは、二元論的認識に基づく合理主義的な現実認識を脱却した境位を示唆している。そしてそこに、更に次のような含意を読み取ることも可能であるかも知れない。

(...) after the world has starved its soul long enough in the contemplation and the rearrangement of material things, comes the turn of the soul; and with it comes the literature of which I write in this volume, a literature in which the visible world is no longer a reality, and the unseen world no longer a dream. (《Introduction》)
What is Symbolism if not an establishing of the links which hold the world together, the affirmation of an eternal, minute, intricate, almost invisible life, which runs through the whole univers ?

(《Huysmans as a Symbolist》)

アーサー・シモンズの『象徴主義の文学運動』（*The Symbolist movement in literature*. W.Heinemann, 1899）の一節である。有明の象徴主義観の形成に多大の寄与を果たしたこの一書に於いて、右の引用部分にはシモンズによるサンボリスムの定義が簡潔に記されている。シモンズは、現実の可見の世界の背後に潜む「眼に見えない世界」を追求する文学として象徴主義を捉えているのであるが、こうした見解を受容しつつ、有明は自らの象徴主義観を「象徴主義は、感覚の綜合整調、即ち幻想の意識的創造を内容とするものと言つてよい」と語り出している。その「象徴の根本たる幻想」とは、「感覚状態の錯綜を極め、可見不可見を絶した内部現象」に他ならない[15]。有明に於いては「可見不可見を絶した内部現象」としての「幻想」が「象徴の根本」をなすとされているのであるが、そのような合理主義的な二元論的枠組みを脱した「幻想」の世界と、「人魚の海」に開示される上述の「幻の界」との間に確かな相関性を認めることが出来よう。即ち「幻の界ぞ真なる」という「人魚の海」の枢要を成す一句は、取りも直さず有明の象徴主義の理念と通底する意味を担うものでもあったのである。このように考える時、『象徴主義の文学運動』所収のネルヴァル論の中に興味深い一節が見出される。自らの意志を超えたところから訪れる強烈な「幻想（vision）」に身を委ねたネルヴァルについて、こう記されている。

It was enough for him to say:——

J'ai rêvé dans la grotte où nage la syrène;

and to speak, it might be, the siren's language, remembering her.

シモンズは右のようにネルヴァルの詩が「人魚の言葉」を想起し、定着したものと捉えている。その「人魚（syrène, siren）」とはネルヴァルに訪れた「幻想」の象徴に他ならないだろう。こうしたシモンズの論じるネルヴァルと同様に、有明もまた「人魚の海」に於いて、「幻の象」としての人魚の発する「幻の界ぞ真なる」という言葉を響かせたのであり、それによって独自の作品世界を成立せしめると同時に、自らの象徴主義の理念をひそかに語り出してもいたのである。

有明のバラッドの最高傑作とされる「人魚の海」は、以上のように内外の多様な先行作品に依拠しつつも、固有の「新しい意味」を備える極めて独創的な世界を切り拓いている。同時にそれは、優れた象徴詩の集成である『有明集』にあって、有明の象徴主義の理念をひそかに告げる作品でもあった。そしてそこに開示される、一切の対立や矛盾を包摂する世界としての「幻の界」は、後の散文詩の試みに於いて精力的に追求されることになる。[16] その意味で「人魚の海」は、『有明集』以後の有明の詩的営為を予示する一篇と見做すことも出来るのである。

注

（1）松村緑「蒲原有明のバラッド」（『東京女子大学附属比較文化研究所紀要』五、昭和三三・五）

（2）渋沢孝輔『蒲原有明論』（中央公論社、昭和五五・八）、七六頁

（3）「人魚の海」初出形は、各連が七五七・五七五の二行によって構成されている。その他、若干の詩句の異同が認められるが、その詳細については、拙稿「『有明集』初出考」（『東北大学文学部研究年報』四五、平成八・三）を参照されたい。

（4）西鶴「命とらる、人魚の海」の本文の引用は、新日本古典文学大系七七『武道伝来記　西鶴置土産　万の文反古　西

鶴名残の友』（岩波書店、平成元・四）に拠る。

（5）「武辺の君」という語は、明治三十五年、有明がキーツの“La Belle Dame sans merci”を翻訳した（「情しらぬ手弱女の曲」）際に、《knight》の訳語として既に採用されている。この訳詩と「人魚の海」とが同じ「武辺の君」を主人公としていることは極めて興味深い。これら両作品の関係については後述。

（6）西鶴の「命とらる、人魚の海」には、人魚が出現した場面を描く下のような挿絵が掲げられているが、その人魚も、有明の呈示する官能と誘惑、死のイメージとは全く無縁の姿を見せている。

（7）コールリッジの引用は、*The Complete Poetical Works of Samuel Taylor Coleridge.* (Oxford U. P., 1962) に拠る。

（8）「むくゐは強し、眼に見えぬ／影の返し矢」という第三十六連の詩句は、老水夫の射た石弓で殺されたアホウ鳥の復讐として展開する「老水夫の唄」との近似性を窺わせるが、しかし「人魚の海」に於いてその「むくゐ」のテーマは極めて稀薄であり、後半部の展開は「むくゐ」とは異質のモチーフに導かれていると見るべきだろう。

（9）第五十五連「『父は人魚のあやかしに――』、／姫は嘆きぬ、『父はその／面わのゑみに誘かれき』と。」及び前引の六十四―六十七連参照。それらの部分には、「姫」が人魚に亡母の面影を全く認めていないことが示されている。但し「武辺の君」が人魚の裡に見出した「亡妻の笑」が「あやかし」であったのでは決してない。それは末尾近く、海に向かって「父よ」「母よ」と呼びかける「姫」の声に答えて「姫を渚に慕ひ寄る」人魚の姿に明らかである。

（10）この点に関しては、久保和子「蒲原有明の「姫が曲」・小泉八雲の》The Fountain Maiden《と源泉との関係」（『比較文学』三、昭和三五・九）に於いて詳細な指摘が行われている。

（11）ブラム・ダイクストラ（富士川義之他訳）『倒錯の偶像』（パピルス、平成六・四）、四二一頁。他に、世紀末の文学・美術に於ける人魚の問題に関しては、松浦暢『水の妖精の系譜』（研究社出版、平成七・六）、谷田博幸『ロセッティ』（平凡社、平成五・一二）、ヴィック・ド・ドンデ（荒俣宏訳）『人魚伝説』（創元社、平成五・一二）、青柳いづみこ『水の音楽』（みすず書房、平成一三・九）等を参照した。

（12）有明訳「情しらぬ手弱女の曲」では、「武辺の君」が「うら若き仙女《やまひめ》」に出会い、その「魔洞《まどう》」に導かれて見た「夢」の光景が以下のように訳出されている。――「『かしこにてこそ、われ魅せられて眠におち、かしこにてこそ、／さては、夢みけれ、嗚呼、たづきなきかな。／今しも寒丘《かんきう》の岨《そば》にゆめみしその夢はや。//『夢に見る、王公将士、蒼顔ことごとく生なきものの色を帯ぶ。／口々に呼びけらく――／「なさけ知らぬ手弱女、汝《なれ》をばとりこにす」と。//『夢に見る、人々飢ゑたるごと、おそろしの／訓戒《いましめ》口にたたねば、唇ひろくわかれしさま闇にもしるし。／かくて夢さめぬ。／只見るわが身寒丘の岨に。」（第九―一一連）

（13）掲出のロセッティの作品のうち、“Venus Verticordia”は「挿画解説／多情多恨のヴィナス」（『白百合』明治三六・一二）中に散文訳で翻訳が行われ、“A Sea-spell”については「『ダンテの夢』」（『明星』明治三六・九）で言及がなされている。また前引の「夏がは」には“Willowwood”の影響が認められる。

（14）有明は、明治三十五年十一月中旬から数週間にわたって、ロセッティ文献閲読のため、東京美術学校教授岩村透のもとに日参し、その豊富な蔵書を繙く機会を得ていたことが明らかにされている。矢野峰人『蒲原有明研究（増訂版）』（刀江書院、昭和三四・九）、八一頁参照。

（15）有明「象徴主義の移入について」（前掲『飛雲抄』所収）参照。

（16）有明の散文詩の問題については、本篇第六章「散文詩への展開」に於いて論じることとする。

第五章　『有明集』の位相

これまで考察を加えてきたように『有明集』は象徴詩の創出に向けられた蒲原有明の詩的営為の最も優れた達成と見做すことが出来るが、この詩集は刊行直後に激しい批判にさらされることになる。『有明集』公刊の翌月に発表された松原至文・藪　白明・福田夕咲・加藤介春・人見東明による「『有明集』合評」（『文庫』明治四一・二）は、有明の象徴詩について「吾が実際生活に触れたものとは思へない」（藪）、「実際生活の感味が十分出てない」（人見）ことを指摘し、「赤裸々でない、露骨でない。痛切切実でない」故を以て、単なる「技巧」の詩として指弾する。同趣旨の否定的評価は、相馬御風「『有明集』を読む」（『早稲田文学』明治四一・三）に於いて、有明詩を、「現代人の苦痛、現代人の悲哀、現代人の不安」そのものが「充分に現はれて居」ない「遊戯詩」と見做す評言によって繰り返されることになる。このような批判が、当時の詩壇を席巻しつつあった自然主義の文芸思潮を背景になされたものであったことは改めて言うまでもないだろう。

> 僕などが日本の新体詩を読んで先づ感ずるのは、其の直接でない事、即ちディレクトネス、ストレイトネスが欠けてゐる点である。之は真直に実際生活《アクチユアル、ライフ》に接してゐないといふ意味で、掩ふ可からざる事実であらうと思ふ。

と述べて、「内容に於ても形式に於ても活きたる現代の生活に、能ふ限り密接ならしめんとするのが、詩に対する僕の要求である。」という提言を行った島村抱月「現代の詩」（『詩人』明治四〇・一一）を契機に、日本の近代詩壇は急速な勢いで自然主義への傾斜を示す。そして「詩界に於ける自然主義は、赤裸々なる心の叫びに帰れと云ふにあらねばならぬ」との認識の下に、一切の形式上の制約を廃棄した「情緒主観さながら」の形式としての口語自由詩の提唱が行われることになる（相馬御風「詩界の根本的革新」、『早稲田文学』明治四一・三）のである。文語定型の形式を備える有明の象徴詩に対する上述の批判が、このような同時代の詩壇の動向に即応する形でなされていたことは既に明らかであろう。こうして『有明集』が、「実際生活」「現代の生活」から遊離した、それ故現実のもたらす切実な苦悩や悲哀とは無縁の「遊戯詩」として痛烈な非難を浴びる中で、有明は詩壇からの退場を余儀なくされることになるのである

このような有明の象徴詩への評価のあり方は、実は現在に於いても又同様に認められるものと言わなければならない。松浦寿輝氏は、日本近代詩史に於ける口語自由詩の嚆矢をなす川路柳紅「塵溜」（『詩人』明治四〇・九）の冒頭部、

隣の家の穀倉《こめぐら》の裏手に／臭い塵溜《はきだめ》が蒸されたにほひ、／塵溜《はきだめ》のうちにはこもる／いろ〳〵の芥《ごもく》の臭み、／梅《つ》雨《ゆ》晴れの夕をながれ漂つて／空はかつかと爛れてる。

という詩句と、同時期に発表された有明の「茉莉花」（『新思潮』明治四〇・一〇）の第一連（「咽《むせ》び歎《なげ》かふわが胸《むね》の曇《くも》り物憂《ものう》き／紗《しや》の帳《とばり》しなめきかかげ、かがやかに、／或日《あるひ》は映《うつ》る君《きみ》が面《おも》、媚《こび》の野《の》にさく／阿芙蓉《あふよう》の萎《ぬ》え嬌《なま》めけるその匂《にほ》ひ」）とを並置した上で、有明の詩についてこう述べている。(1)

実際の日常生活で人々の身の回りにあるのは、輝かしい「紗の帳」ならざる穀物倉の裏手のゴミ溜めであり、そこから立ちのぼる鼻をつまむような悪臭である。観念の世界で「阿芙蓉」の薫りを想像しつついかに詩的

に陶酔しようとも、その陶酔の「帳」を突き抜けて「隣の家」から相変わらずゴミの臭いが漂ってくるだろう。詩書を閉じて現実に戻ったとたんに眼に入るこの惨めな光景、鼻孔を刺激するこの悪臭を、詩が引き受けてくれないとしたらいったいその持って行きどころはどこなのだろうか。

松浦氏によれば、有明の「茉莉花」とは、「実際の日常生活」の「惨めな光景」や「悪臭」、換言すれば「現実の「塵塚」を――あるいは「塵塚」としての現実を」遮断したところに開示される「観念の世界」に他ならない。有明の象徴詩はここで、「日常生活の暗く凡庸な現実が詩の空間に侵入してこないようにと細心の工夫が凝らされ」た、「観念的な「美」のごときもの」として疑問に付されているのである。こうした見解が、先に見た『有明集』の同時代評価と確実に通底していることは言を俟たないだろう。現実世界との接触を徹底して回避した、或いは不快で醜悪な日常の現実を悉く排除した、「観念的」な美の世界という批評は、『有明集』に関する殆ど定説化された見解であると言ってよい。

しかしながらこのような評価の在り方に、再考の余地が残されていない訳ではない。そもそもそこで評価の基軸に据えられている「実際生活」・現実との接触とは、詩の表現の問題としてどのように捉えられるべきであるのか、或いは、如何なる詩的表現に帰着することが想定されているのであろうか。それは単に「日常生活の暗く凡庸な現実」を直接描き出すこと、「人生のありのままを写実的に描写する」こと（松浦寿輝）に限定されるべきではあるまい。『有明集』に対する否定的評価は、後述するような日本に於ける象徴主義の受容と展開が孕む特殊な事情を考慮に入れながら、自然主義的要請に基づくその批判自体の妥当性、有効性が改めて問い直される必要があるだろう。そして又、有明詩と現実との関係については、明治四十年前後の時代の現実を背景に成立した近代詩の諸相、即ち当時の詩的状況を広く視野に収める中で、その内実が捉えられなければならないはずである。

本章では、以上のような観点を通して、日露戦後の時代に於いて有明の詩的営為の担う意義について考察を加え、近代詩史上に於けるその位置に関して若干の言及を試みることにしたい。

一　背景としての日露戦後の時代

既に考察を加えたように、『有明集』巻頭の「豹の血」の諸篇を典型とする有明の象徴詩は、イメージや音楽という言葉が本来的に備える属性の存分な活用によって、内面の夢想の世界の固有の様相、様態を自立的に形象化する試みとして成立している。

右に触れたように松浦寿輝氏は、こうした有明の象徴詩に於いて「日常生活の暗く凡庸な現実が詩の空間に侵入してこないようにと細心の工夫が凝らされている」と述べるのであるが、有明の詩的営為が、日常的現実とは異質な、内面の固有の領域を志向するものである限り、その指摘は妥当な見解として受け止めるべきであるかもしれない。しかしこうした詩的世界が日常的現実と切り結んでいる関係の内実、或いは同時代の現実に対して担いうる意義については、更なる検討が必要であるに違いない。そのためにはまず、有明の密室的な象徴詩の言わば外部に拡がる「実際生活」「活きたる現代の生活」に眼を向けてみなければならない。有明の詩から排除され、川路柳虹の口語自由詩が捉え得たとされる「「塵塚」としての現実」、即ち明治四十年前後という時代の現実とはそもそも如何なる状況の裡にあったのであろうか。

有明の「茉莉花」発表の前月、正宗白鳥は「随感録」と題して次のような発言を行っている（『読売新聞』明治四〇・九・八）。

十九世紀末の欧州の青年が旧来の宗教や道徳に飽き足らずして、寄る所がなかつたのは、その有名な文学の多くに厭世的悲痛の調の籠つてゐるによつても明らかである。今の日本の青年の一部も彼等と同じやうな精神状態になつてるのだ。徳川時代の人々が理想とした武士道は、最早吾人の依り頼む者でなく、仏教も基督教も無論駄目だ。人生に対する新方針新理想の吾人を随喜せしむる者は一つとなく、従来の形式に満足して惰眠を貪らぬ上は、安んずる所が絶無なのだ。懐疑的虚無的にならざるを得ない。

白鳥はここで、「安んずる所が絶無」で「懐疑的虚無的」となり、「厭世的悲痛」に苛まれている「今の日本」の状況を語っている。それは実は、当時の時代感情を確実に言い当てた指摘に他ならなかった。

明治四十年前後とは即ち日露戦後の時代である。明治三十七年二月に宣戦が布告された日露戦争は、翌明治三十八年五月の所謂日本海海戦を経て、七月にロシアの降伏、日本の勝利をもって終結する。そしてアメリカ合衆国大統領ルーズヴェルトの斡旋により同年九月に日露講和条約（ポーツマス条約）が調印されることになる。この講和条約によって日本は朝鮮の単独支配権、南樺太の領土、遼東半島の租借権、満州に於ける利権等を獲得したものの、賠償金は一切得られなかった。日清戦争の勝利によって莫大な賠償金を得た記憶が未だ新しい国民は、そうした戦勝の結果に対して甚だしい不満を抱き、講和条約締結の直後に、日比谷で講和反対国民会議を開催し、政府系新聞社・交番の焼き討ちを行う。その後、各地で講和反対会議が開かれ、焼き討ち事件が拡大することになるが、そうした事態に対して政府は戒厳令を公布し、反政府運動の弾圧のために強圧的な国家権力を発動することになる。明治四十年前後、日露戦後とは、こうした状況の裡にあったのであり、それは国家と国民との乖離、敵対が顕在化した時代であったと言ってよいだろう。明治三十八年末の時点で、大塚保治は「是迄はズツト挙国一致といふ態度で以て進んで来たのが初めて官民不調和といふ有様になつて来た」ことを指摘し、「国民の不平といふものが此儘に進んだならば、或は元気が粗相していぢけて了ふか、さもなければ自暴を起して奉公心がなくなるか二ツに一ツどちらかに行着くのです、それより外に国民の不平のはけ口はない、国民の心は此二ツの

dilemma の角に掛つて居る」と警告を発している（「国民的精神の一頓挫」、『太陽』明治三八・一二）が、そのような国家と国民の間の深刻な「不調和」の中で、国民は国家に対する離反・敵対の動きを示し、国家の側は秩序と体制の維持のために強権を発動する。そうした中で大逆事件が惹起され、やがて〈冬の時代〉と称される状況が招来されることになる。国民と国家の間に深い亀裂が生じ、強圧的な国家権力を前にして、国民は絶望感、不快・嫌悪の意識を募らせ、或いは無力感や憂鬱、倦怠に陥る。明治四十年前後の日本は、そのような感情、気分に厚く覆われていたのである。

今は一切の幻像、破壊せられたるなり。青春の血、湧ける若き男女の眼底に映ずるが如き美しく楽しく輝ける幻影の悉く消散したる時代なり。

と始まる長谷川天溪「幻滅時代の芸術」（『太陽』明治三九・一〇）が発表されたのは、まさにそうした時代に於いてであり、「美しく楽しく輝ける幻影」が悉く消失した「幻滅時代」という発言は、的確な時代認識を示していたのである。換言すれば、それまで信奉されてきた思想やイデオロギーの一切がここに崩壊する。それは、国家であり、或いは「旧来の宗教や道徳」（正宗白鳥）の全てである。「幻像」「理想」を喪失し、しかも「新方針新理想」を見出し得ず、いわば自己の帰属すべき場所が完全に見失われている状況がここに成立する。それは「方向を失ひ、出口を失つてゐる状態」に他ならない。

斯くて今や我々には、自己主張の強烈な欲求が残つてゐるのみである。自然主義発生当時と同じく、今猶理想を失ひ、方向を失ひ、出口を失つてゐる状態に於いて、長い間鬱積して来た其自身の力を独りで持余してゐるのである。既に断絶してゐる純粋自然主義との結合を今猶意識しかねてゐる事や、其他すべて今日の我々青年が有つてゐる内訌的、自滅的傾向は、この理想喪失の悲しむべき状態を極めて明瞭に語つてゐる。

――さうしてこれは実に「時代閉塞」の結果なのである。

明治四十三年に執筆された「時代閉塞の現状」の中で石川啄木はこう記している。この発言も又、日露戦後の時代状況を周到に説き明かしていると言えよう。国家から離反しつつも、個人としての自己を支える理想や規範の何物も手にしえない故に、向かうべき方向も帰属すべき場所も見出すことが出来ず、煩悶や孤立感、不安感に閉ざされている状態、そうした「閉塞」状況にあったのが、明治四十年前後、日露戦後という時代に他ならなかったのである。[2]

このような時代状況が当時の文学作品に様々に投影されていたことは言うまでもない。日露戦後の小説については既にその観点から考察が加えられ、時代に根差した共通のモチーフの存在が明らかにされているが、[3]当時の近代詩も又、明治四十年前後の時代の状況を反映した固有の様相を見せていると言わなければならないのである。

二　日露戦後の詩と『有明集』

日露戦後の近代詩を概観する時、異なるエコールに属し、立場を異にする詩人たちが、共通のモチーフに支えられた作品を数多く発表していることが注目される。そこには、それらの詩的営為を支える共通の精神的基盤、或いは背景としての時代状況の存在が判然と認められるのである。その幾つかの類型を以下に確認してみることにしたい。

（一）　醜悪な光景

先に触れた川路柳虹「塵溜」（『詩人』明治四〇・九）には、梅雨晴れの「爛れ」た空の下、蒸れて悪臭を放っている「塵溜」が描き出されていたが、そのような醜悪な光景は当時の極めて多くの作品に見出される。薄田泣菫の「膃肭臍売り」（『文庫』明治四一・三）を取り上げてみよう。

七月の日は照り澱《をど》む路辻の
砂ぼこりする露店《ほしみせ》に「なう皆の衆、
北海の膃肭《おつと》は、実に」と汗ばみし
たゆげの喘《あへ》ぎ「生薬《いくぐすり》、一のやしなひ。」

路《みち》の辺の柳の葉なみ萎びれて、
嘆かひしづむ陰日向——ああ海の主、
膩肉《あぶらみ》の膂肉《そじし》は厭に灰じろみ、
黒血のにじみ垢づきて、かつ膿沸《うなわ》きぬ。

（中略）

日ぞ正午《まひる》。油照りする日のしづく
食滞《もた》るる底に、肉《しし》の蒸《む》れ饐《す》えゆく匂ひ——
ひだるさに何とは知らず脂くさき
噯気《おくび》のまぎれ、辻売りはつぶやくけはひ。

（第二・三・七連）

生薬として膃肭臍の生肉を辻売りする男の姿を描くこの詩では、七月の陽光の「油照り」を受けて、その肉が次第に蒸れ腐れてゆく様を不快さをかき立てる表現をもって呈示している。これらの殊更に醜悪な現実の光景を描き出した作品の裡に、松浦氏の所謂「「塵塚」としての現実」の集約的な表現を認めることが出来よう。現実に対する嫌悪感、不快感という明治四十年前後の時代感情の色濃い投影がそこに見出されるのであり、それ故にこそ、そのような醜悪、不快な光景は、同時に「苦しみ」「生命の苦悶」「悲哀」（「塵溜」第二・三連、「そこにも絶えぬ苦しみの世界があつて／呻くもの死するもの、秒刻に／かぎりも知れぬ生命の苦悶を現《げん》じ、//闘つてゆく悲哀《かなしみ》がさもあるらしく、／をり〳〵は悪臭《をしう》にまじる虫螻《むしけら》が／種々のをたけび、泣声もきかれる。」）、或いは「仄暗き不安の怯え」「ひだるさ」（「膃肭臍売り」第六連、「ほほけ立つ埃まみれに／膩肉の熱《ほと》ぼる腫み――しかすがに／心はまどふ、仄ぐらき不安の怯《おび》え」）をも宿すこととなっている。そうした現実に生きる自己の生の実感がそこに織り込まれているのである。

（二）〈孟夏白日〉の光

前引の薄田泣菫「膃肭臍売り」には、「正午」の「油照り」の下に醜悪な光景が描き出されていたが、そのような〈孟夏白日〉の光は、日露戦後の詩の世界に極めて広範に降り注いでいる。(4) その酷烈な陽光は、例えば

大道《だいだう》に人影《ひとかげ》絶《た》えて／早《は》や七日《なぬか》、溝《みぞ》に血《ち》も饐《す》え／悪虫《あくちゆう》の羽風《はかぜ》の熱《あつ》さ。／日《ひ》も真夏《まなつ》、火《ひ》の天爛《そらたゞ》れ、／雲燥《くもい》りぬ。
――大家《たいけ》の店《たな》に、／人《ひと》々は墓《はか》なる畏怖《おそれ》。

と始まる北原白秋「青き甕」（『明星』明治三九・五）や

焼きつくやうに日が照る。／黄色《きいろ》い埃《ほこり》が立つて空気《くうき》は咽《む》せるやうに乾《かは》いて居る。／むきみ屋の前に毛の抜けた痩犬《やせいぬ》が居る。／赤い舌《した》をペロ〳〵出《だ》して何か頻《しき》りと舐《な》めずつて居る。／あゝ厭《いや》だ。

という相馬御風「痩犬」（『早稲田文学』明治四一・五）の詩句が示すように、醜悪で不快な光景を照らし出しつつ、恐怖や不安、嫌悪の念、或いは苦悩や絶望の情を掻き立てる。石川啄木「夏の街の恐怖」（『東京毎日新聞』明治四

二・二一・一二）は次のような作品である。

焼けつくやうな夏の日の下《した》に
おびえてぎらつく軌条《れーる》の心。
母親の居眠《ゐねむ》りの膝《ひざ》から辷《すべ》り下《お》りて
肥つた三歳《みつ》ばかりの男の児が
ちよこ〳〵と電車線路へ歩いて行《ゆ》く。

八百屋《やほや》の店には萎《な》えた野菜。
病院の窓の窓掛は垂れて動かず。
閉された幼稚園の鉄の門の下《した》には
耳の長い白犬《しろいぬ》が寝そべり、
すべて、限りもない明るさの中《なか》に
どこともなく、芥子《けし》の花が死落《しにお》ち
生木《なまき》の棺《くわん》に裂罅《ひゞ》の入《い》る夏の空気のなやましさ。

病身の氷屋の女房が岡持《おかもち》を持ち、
骨折れた蝙蝠傘《かうもりがさ》をさしかけて門《かど》を出《いづ》れば、
横町の下宿から出て進み来る、
夏の恐怖に物も言はぬ脚気患者《かつけくわんじや》の葬りの列。

それを見て辻《つじ》の巡査は出か〻つた欠伸《あくび》嚙みしめ、
白犬《しろいぬ》は思ふさまのびをして
塵溜《ごみため》の蔭《かげ》に行《ゆ》く。
（第一―三連）

「焼けつくやうな夏の日の下」の、この沈黙と倦怠に包まれた光景には、死が色濃い影を落としている。その「おびえ」「恐怖」と不安の心理がこの詩の世界を満たしているのである。最終第四連は第一連の反覆となっているが、そこに描き出されている「電車線路へ歩いていく」「三歳ばかりの男の児」の姿が、死への恐れと不安を一層掻き立てることとなるだろう。〈孟夏白日〉の光は、醜悪で不快な、或いは不吉さを湛えた世界を露わに照らし出し、恐怖や不安、幻滅と悲哀、苦悩や虚脱の意識をもたらす。このような真夏の酷烈な陽光の照射する世界の裡に、日露戦後の時代感情の投影を確かに看取することが出来るはずである。

（三）　閉塞空間

明治四十一年に発表された三木露風「暗い扉」（『早稲田文学』明治四一・五）は次のような作品である。

暗《くら》い扉《と》が閉《と》ざされてゐる。／その前《まへ》で盲目《めくら》どもがわいわい噪《さわ》ぐ。／まつくらな室《へや》。／／（中略）／／「おかしな扉《と》だ。」／「まつ暗《くら》な扉《と》だ。」／「開《あ》けてくれ！」／と喚《わめ》く。／／けれども扉《と》はいつまでも動《うご》かない。／「死《し》ぬんぢやないか？」と誰《たれ》かゞ云《い》ふ。／その声《こゑ》が顫《ふる》へてゐる。／いひ合《あは》したやうに皆《み》んなが黙《だま》る。／其《そ》の間《あいだ》、長《なが》い恐《おそ》ろしい沈黙《ちんもく》がつゞく。／／「死《し》ぬんぢやないか？」とまた――／けれども「否《いや》」と云《い》ふものが無《な》い。／そこで皆《みな》、低《ひく》く唸《うな》るやうに泣《な》きだした。／暗《くら》い扉《と》はやつぱし閉《と》ぢてゐる。

ここには、「暗い扉が閉ざされてゐる」「まつくらな室」の中で、「盲目ども」が恐ろしい不安に苛まれ続けている状況が描き出されているが、同年初出の北原白秋「濃霧」（『明星』明治四一・一二）も併せて参照してみよう。

濃霧《のうむ》はそそぐ……そこここに虫の神経《しんけい》
鋭《と》く、甘く、圧《お》しつぶさるる嗟嘆《なげき》して
飛びもあへなく耽溺《たんでき》のくるひにぞ入る。
薄ら闇、盲唖《まうあ》の院《ゐん》の角硝子《かくがらす》暗くかがやく。

（中略）

濃霧《のうむ》はそそぐ……甘く、また、重く、くるしく、
いづくにか凋《しを》れし花の息づまり、
苑《その》のあたりの泥濘《ぬかるみ》に落ちし燕や、
月の色半死《はんし》の生《しやう》に悩《なや》むごとただかき曇る。

濃霧《のうむ》はそそぐ……いつしかに虫も盲《し》ひつつ
聾《ろう》したる光のそこにうち痺《しび》れ、
唖《おうし》とぞなる。そのときにひとつの硝子《がらす》
幽魂《いうこん》の如くに青くおぼろめき、ピアノ鳴りいづ。（第二・四・五連）

夜の闇の中に注ぎ続ける濃霧に厚く包み込まれる「盲唖の院」を中心に据えるこの作品には、更に極めて多様な〈覆い閉ざされるもの〉〈圧迫されるもの〉のイメージが鏤められる。こうして幾重にも厚く覆われ、閉ざされている詩的世界がここに成立しているのである。「暗い扉」「濃霧」の両篇に通底しているのは、重苦しい重圧感、閉塞感に他ならない。闇・扉・硝子・濃霧・盲目・聾唖等のイメージによって、これらの作品の世界は塗り重ねられ、そうした幽閉され、閉塞された状況の中で、不安や嗟嘆、苦悩の表白がなされているのである。このような極めて特異な詩的世界の成立は、時代状況との交差という契機を想定しない限り、説明しがたいところであるだろう。

（四）　憂鬱

日露戦後の近代詩は、憂鬱、メランコリーに包まれた生の様相を繰り返し描き出している。例えば石川啄木「起きるな」（『東京毎日新聞』明治四二・一二・一三）の

西日《にしび》をうけて熱くなつた／埃《ほこり》だらけの窓の硝子《がらす》よりも／まだ味気《あぢき》ない生命《いのち》がある。／正体もなく考へに疲れきつて、／汗を流し、いびきをかいて昼寝してゐる／まだ若い男の口からは黄色い歯が見え、／硝子越《がらすご》しの夏の日が毛脛《けずね》を照し、／その上に蚤《のみ》が這《は》ひあがる。／起きるな、起きるな、日の暮れるまで。

という詩句は、「疲れきつて」、生の気力を喪失した「味気ない生命」の姿を描き出す。三富朽葉の「メランコリア」（『創作』明治四三・九）では、「重いメランコリイ」の感覚が以下のように形象化されている。

外から砂鉄の臭ひを持つて来る海際の午後。
象の戯れるやうな濤の呻吟《うなり》は
畳の上に横へる身体《からだ》を

分解しようと揉んでまはる。
私は或日珍しくもない元素に成つて
重いメランコリイの底へ沈んでしまふであらう。

えたいの知れぬ此のひと時の衰へよ、
身動きもできない痺れが
筋肉のあたりを延びてゆく…
限りない物思ひのあるやうな、空しさ。

鑠ける光線に続《つな》がれて
目まぐるしい蝿のひと群が旋《めぐ》る。
私は或日、砂地の影へ身を潜めて
水月《くらげ》のやうに音もなく鎔《と》け入るであらう。（前半部）

「衰へ」「痺れ」「空しさ」の感覚に包まれた「メランコリア」を描くこの作品の表現に於いて特徴的であるのは、身体の解体・溶解或いは変容のイメージ（「身体を分解しようと」―「私は或日珍しくもない元素に成つて」―「私は或日、（中略）水月のやうに音もなく鎔け入るであらう」）、及び旋回運動のイメージ（「揉んでまはる」―「蝿のひと群が旋る」―第六連「私は蝿の群となつて舞ひに行く」―第八連「私はいつしかその上で渦巻き初める」）であろう。それらは何れも、確固として安定した自己・「私」の実体の喪失という状況を示唆する表現に他ならない。そうした自己喪失的状態としての「重いメランコリイ」を多様な身体的表現によって形象化しているのが、この作品なのである。

（五）何処へ

右に述べた自己喪失的状況が自らの帰属すべき場所の喪失として捉えられる時、日露戦後の夥しい数の作品に見出される「何処へ」というモチーフが成立する。

何者か来り／窓のすり硝子に、ひたひたと／燐をそそぐ、ひたひたと——／黄昏《たそがれ》はこの時赤きインキを過《あやま》ち流せり〳〵何処《いづこ》にか走らざるべからず／走るべき処なし／何事か為さざるべからず／為すべき事なし／坐するに堪へず／脅迫は大地に満てり〳〵（中略）〳〵ああ、走るべき道を教へよ／為すべき事を知らしめよ／氷河の底は火の如くに痛し／痛し、痛し　（第二・三・七連）

という高村光太郎「寂寥」（『スバル』明治四四・四）には、「何者か」に駆り立てられるように「何処にか」向かおうとしつつも、「走るべき処」を見出し得ずにいる状態が、激しい焦燥の裡に語り出されている。そうした向かうべき方向を見失い、何処にも歩みだしかねている状況は、川路柳虹「曇日」（『詩人』明治四一・三）に於いて一層端的に示されている。

曇つた日だ、
さびしい日だ！
湿つた香油の匂ひが動いて、
重苦しい思ひがかさなつて
土のなかへ、どつかへ
私は何処へゆくのだらう？

灰色の空をした、厭な日だ、苦《くるし》い日だ、
土の下で、白昼《ひる》の虫が泣いてゐる！
厭な日だ！
ふつと林の向ふの野の末に
煉瓦の工場《こうば》が見える、赤い旗がみえる、
うすい煙が暗い空に
かるく昇つて消えた。

苦しい日だ、いやな日だ、
私は何処へゆくのだらう？
土へ？　遠くへ？
否《いいえ》、否、わたしは
この寂《さみ》しいおもひに暮れて、
やつぱし此処に居るんだ！

（後半部）

この作品は、「さびしい」「曇つた日」に対して「厭な日だ、苦しい日だ」という詩句を反復し、強い不快感、嫌悪感を表明する。そうした今この「私」を苛む状況から「何処」かへ行こうとするものの、「私は何処へゆくのだらう？」という反復句が示すように、向かうべき場所を見出すことは出来ない。末尾の三行は、行くべき場所を見定めかね、結局「此処」に止まるしかない「寂しい」諦めの念を表白するものと言ってよいだろう。

（六）　陶酔への没入

以上のように醜悪、不快で、閉塞的な状況に苦しみつつ、憂鬱、疲労に捉えられ、或いは帰属すべき場を喪失した焦燥、不安や悲嘆に駆られる中から、そのような現実から逃避し、快楽の世界に耽溺しようとする志向が生じるのは当然のことと言えよう。岩野泡鳴「闇の盃盤」（『あやめ草』明治三九・六）はその経緯を明瞭に描き出している。

夢　は　失《う》せにし　玉　の　如く、
覚めて　掴《つか》む　と　すれど、　あはれ。
艶《つや》　も　光　も　跡　を　絶ちて、
闇　に　のべたる　片手　ばかり。
ゆるむ　節《ふし》々　ちから　添はず、
恋　も　のぞみ　も　なかば　うつゝ。
まなこ　開らけば、　暗き　かもゐ、
あやし　まぼろし　これを　めぐる。
鬼　よ、　羅刹《らせつ》　よ、　夜叉《やしや》　の　首　よ。
われを　夜伽《よとぎ》　の　霊《れい》　の　影　か。

死　はも　わが身　を　獄《ごく》　に　つなぎ、
肉　は　魂《たま》　とも　燃えて　のぼる。

見えぬ　火の中、水の中　の
畏怖《ゐふ》　と　威嚇《ゐかく》　は　迫り　来《く》れど、

酒　の　かをり　に　泡　の　いのち、
甘き　歓楽　ねむり　誘ふ。

闇　の　盃盤　闇　を　盛《も》りて、
われは　底なき　闇　に　沈む。

かくて　夢　より　夢　を　浮び、
とこしなへ　にも　生　に　酔《ゑ》はん。

「闇の盃盤」は、冒頭三連で「夢」「艶」「光」「恋」「のぞみ」の一切が失われていることを告げた後、襲いかかる「あやし　まぼろし」のもたらす「畏怖　と　威嚇」に激しい戦きを覚える「われ」の生の状況を描き出す。しかしこの作品は第八連に至って大きな転調を見せる。即ち「われ」は、酒のもたらす快楽、その「甘き　歓楽　ねむり」へと傾斜してゆくのであり、「畏怖　と　威嚇」に満ちた状況を逃れて「底なき　闇」に沈み込みつつ、「夢　より　夢」へと漂う陶酔の世界に身を委ねるのである。ここには、現実を没却して快楽・陶酔の世界へ没入してゆく構図が判然と認められよう。「闇の盃盤」にはこのように、現実を脱する方途が「何処」にも見出されない故に、現実の忘却を可能にする刹那的な享楽に埋没しようとする生の在り方が描き出されているのである。

以上、明治四十年前後の日本の近代詩の特徴的な様式を六種の類型に整理してみたのであるが、それらが何れも既述の日露戦後の現実の状況を多様に反映しつつ成立していることについては、最早説明を要しないだろう。そうした詩の在り方は、「活きたる現代の生活に、能ふ限り密接ならしめん」（島村抱月）という自然主義的志向と確実に通底する。当時の近代詩は、周囲を取り巻く時代の現実と自然主義的要請との交差の上に成立していたと言うことが出来る。換言すればそれらの詩に於いては、日露戦後の現実に於ける生の実感が、多様な映像を具体的に呈示することの裡に「象徴風」に表現されているのである。(5) そして蒲原有明も又、こうした様式の作品を書き綴ってもいた。例えば『有明集』中で初期の作品に属する「絶望」（『早稲田文学』明治三九・一〇）は以下のように記されている。

現《うつゝ》こそ白《しら》けたれ、香油《にほひあぶら》の
艶《つや》も失《う》せ、物《もの》なべて呆《ほゝ》けて立《た》てば、
夢映《ゆめうつ》すわが心《こゝろ》、鏡《かがみ》に似《に》てし
性《さが》さへも、痴《うつ》けたる空虚《うつろ》に病《や》みぬ。

在《あ》るがまま、便《たづ》きなさ、在《あ》るを忍《しの》びて、
文《あや》もなし、曲《きよく》もなし、唯《ただ》あらはなり、
臥房《ふしど》なき人《ひと》の生《よ》や裸形《らぎやう》の「痛《いた》み」、

さあれ身《み》に悩《なや》みなし、涙《なみだ》も涸《か》れて。

（中略）

眼《ま》のあたり侘《わび》しげの径《こみち》の壊《くづ》れ、
悲《かなし》みの雨《あま》そそぎ洗《あら》ひさらして、
土《つち》の膚《はだ》すさめるを、まひろき空《そら》は、
さりげなき無情《つれな》さに晴《は》れ渡《わた》りぬる。

狼尾草《ちからしば》ここかしこ、光《ひかり》射《い》かへす
貝《かひ》の殻《から》、陶《すゑ》ものの小瓶《をがめ》の砕《くだ》け
あるは藍《あゐ》、あるは丹《に》に描《ゑが》ける花《はな》の
幾片《いくひら》は、朽《く》ちもせで、路《みち》のほとりに。

霊燻《たまく》ゆる海《うみ》の色《いろ》、宴《うたげ》のゐまひ、
皆《みな》ここに空《あだ》の名《な》や、噫《あゝ》、望《のぞみ》なし、
匂《にほ》ひなし、この現《うつつ》われを囚《とら》へて、
日《ひ》は檻《をり》の外《そと》よりぞ酷《むご》くも臨《のぞ》む。

（第一・二・四―六連）

ここに語り出されているのは、表題が示す通り、「白けた」「現」に対する激しい絶望に他ならない。冒頭部の描くように、この荒涼として「あらは」な、言わば物質的な現実の広がりの中で、「艶」「夢」「臥房」の悉くが失われ、「痛み」と「痴けたる空虚」があるばかりなのである。そして最終連、そうした現実は「檻」と化して「われ」を幽閉し、更にそこに太陽が無情酷薄の光を投げかける。まさにここには、絶望的な現実の状況が呈示されていると言わなければならない。そのような絶望に満ちた現実認識から逃避の願望が生じることになる。同時発表の「不安」（『明星』明治三九・一〇）を参照してみよう。

人《ひと》は今地《いまち》に俯《ふ》してためらひゆけり、
疎《うと》ましや、頸垂《うなだ》るる影《かげ》を、軟風《なよかぜ》
掻撫《かいな》づるひと吹《ふき》に、桑《くは》の葉《は》おもふ
蠶《かひこ》かと、人《ひと》は皆頭《みなかうべ》もたげぬ。

（中略）

たまさかに仰《あふ》ぎ見《み》る空《そら》の光《ひかり》の
楽《がく》の海《うみ》、浮《うか》ぶ日《ひ》の影《かげ》のまばゆさ、
戦《おのゝ》ける身《み》はかくて信《しん》なき瞳《ひとみ》
射《い》ぬかれて、更《さら》にまた憧《あくが》れまどふ。
何処《いづこ》へか吹《ふ》きわたり去《い》にける風《かぜ》ぞ、
人《ひと》は皆《みな》いぶせくも面《おもて》を伏《ふ》せて、

盲《めし》ひたる魚《うを》かとぞ喘《あへ》げる中《なか》を
安《やす》からぬわが思《おもひ》、思《おもひ》を食《は》みぬ。

失《うしな》ひし翼《つばさ》をば何処《いづく》に得《う》べき、
あくがるる甲斐《かひ》もなきこの世《よ》のさだめ、
わが霊《たま》は痛《いた》ましき夢《ゆめ》になぐさむ、
わが霊《たま》は、あな、朽《く》つる肉《しゝむら》の香《か》に。

（第一・四―六連）

「まばゆ」く輝く「空の光」に「射ぬかれ」、「戦」き「喘」ぐ地上の「人」の姿を描くこの作品に於いて、最終連の前半二行は、憧れの念を抱くべくもない「この世」を、しかし脱する術も又ありえないことを告げる。そうした「さだめ」として課せられている現実への絶望的な意識の中で、「朽つる肉の香」、肉欲の世界への傾斜が語り出される。それは束の間の「なぐさ」めの希求であり、「この世」から余儀ない逃避を試みる「痛ましき」姿に他ならないのである。これらの『有明集』の初期の詩は、日露戦後の現実的状況が深く関与している作品として、先に検討した同時代の一連の詩と共通の類型を判然と示していると言えよう。換言すれば、このような典型的な日露戦後の詩の様式を備えた作品を経て、その後に生み出されることとなったのが、他ならぬ「豹の血」の一連の十四行詩であったのである。

その「豹の血」の一篇「蠱の露」は、先に本篇第二章に於いて分析を試みたように（本書一五三頁参照）、夜の闇に閉ざされた密室としての「室」という場に於いて、作中の主体が酒の酔いのもたらす内面の夢想の世界に参入してゆく中で、「愁ひ」「嘆き」が陶酔と愉悦へと反転する、その経緯を辿る作品であった。このような展開は、先に触れた岩野泡鳴「闇の盃盤」に於ける、現実からの逃避としての陶酔の世界への没入との近似性を窺わせる。

しかしながら「蠱の露」の詩的世界は「闇の盃盤」と決定的に異なるものと言わなければならない。即ち有明の詩的営為はそこで何よりも内面の夢想の世界の固有の様態それ自体を形象化することにこそ向けられている。既に分析を試みたように、極度に弛緩したシンタックスによって可能となった自在な詩句の結合の裡に生じるイメージ、特異なリズムが伝える音楽的効果等を通して、「透影」としての虚像の様相の下に夢想の世界の固有性が捉えられているのである。それは、前引の詩「絶望」に描き出された「あらは」で「裸形」の「現《うつゝ》」とは極めて対照的な、あえかで定かならぬ、つややかな光沢を帯びた世界に他ならない。言語の本来的属性としてのイメージや音楽の存分な活用によって、日常的現実とは全く異質な世界がここに構築されているのであり、そうした言語的世界としての別種の現実が、日露戦後の現実それ自体と拮抗、対峙しうる自立性、完結性を以て生成しているのである。それは言わば、日常的現実の「檻」に閉ざされた〈内部〉に於いて〈外部〉を穿つ試みであった。そしてその詩的世界の自立性は、密室としての詩的設定によって堅固に支えられている。先に言及した露風「暗い扉」や白秋「濃霧」も密閉された詩的空間を呈示しているが、それらは日露戦後の閉塞的な時代状況の表象、詩人の現実認識の直接的な反映に他ならなかった。有明の場合、既に考察を加えたように『有明集』に頻出する「密室」や「池水」その他の設定は、それらが〈限られ、閉ざされた世界〉であることに於いて、内面世界を自立的に形象化する機能を果たしている。即ち内面世界は、そのような〈限られた場〉に重ね合わされることによって初めて、それ自体で自立した別乾坤として捉えられることが可能となったのである。その背後には既述の如く、内面世界を固有の自立的な領域と見做す有明の認識が存在する。密室の詩的設定は、そうした内面世界をめぐる詩人の認識に即応するイメージとして作品の構造を支えていたのである。

以上のように考える時、有明の象徴詩の世界を、現実を排除し、「実際生活」との接触を徹底して回避した位相に成立していると見做す見解には留保が必要であるだろう。(6) 日露戦後の現実に対する激しい絶望感から、作品「不安」の告げる「この世」からの逃避の願望への展開を経由した後に至りついた「豹の血」の詩的世界は、寧ろ

「現《うつつ》」への絶望的認識を確かな基盤としつつ、それとの激しい緊張関係の中で(7)、日常的現実とは異質の論理と秩序を備えた内面世界の様態そのものを詩的空間として自立的に開示しているのである。換言すればその世界は、単に現実を遮断しているのではなく、現実と絶えず拮抗、対峙する位相に於いてこそ成立しているのであり、現実世界を相対化する契機を確実に孕んでいる。そしてそうした詩的世界を支えているのが、有明の詩的理念の中核をなすイデアリスムの現実認識という確かな基盤に他ならないのである。そのような「言語が自からに歌ふ新天地」(「現代的詩歌」、『東京二六新聞』明治四一・一一・一九)の創成を志向した有明の詩的営為は、既述の明治四十年前後の時期の近代詩の類型の何れとも異なるものと言うべきであろう。日露戦後の現実との多様な関係を背景として成立した当時の詩に対して、「豹の血」の諸篇は、現実に対する有明の独自の姿勢、その反自然主義的な現実認識の在り方を明瞭に告知しているのである。

松浦寿輝氏の指摘に立ち返るならば、川路柳虹の「塵塚」は確かに「現実の「塵塚」」の光景を通して「「塵塚」としての現実」を描き出す試みであったと言ってよい。しかしそうした現実を「写実的に描写する」試み(8)が、氏自身が確認しているように「結局は小説に委ねられるようになり、それが、自然主義から私小説へと至る近代日本小説史のきわめて重要な力線をかたちづくってゆくことになる」とすれば、有明の詩的営為とは、言語が本来的に備える属性、機能の存分な活用によって、絶望的な日常的現実とは異質な、別種の現実としての内面世界を、自立的な言語的世界として構築しようとする、言わば詩によってのみ可能な営みに他ならなかったと認めることが出来よう。有明の象徴主義はそのような営為としてあったのである。

象徴主義は、フランス十九世紀末期に於いて、先行する自然主義に対する批判、否定に基づき、それへの反措定として成立した文学運動であった。象徴主義は、強烈な現実嫌悪の意識を背景としながら、科学と実証主義の時代を基盤とする自然主義の現実認識、即ち日常的現実を唯一の客観的実在と見做す立場を退け、寧ろその卑俗な、見かけ(apparence)としての日常的な現実の背後に、或いは彼方に、純粋で本質(essence)的な、至高の現実の存在を確信する。そしてそうした不可見の現実の形象化のために詩的言語の根本的な革新がはかられることになったのである。蒲原有明は、明治期に於いてまさしくこうしたフランスのサンボリスムの理念を正統的に受容した詩人であった。しかし象徴主義と自然主義が同時に成立し、とりわけ日露戦後の時点で自然主義が圧倒的な勢力を担うこととなった日本に於いて、既述の如く『有明集』は自然主義の立場から激しい批判を受ける。フランスに於いて自然主義への反措定として成立した象徴主義は、日本では自然主義によって否定されるという捻れを孕んだ事態がここに生じているのである。そして当時の近代詩は、そうした詩壇の動向を色濃く反映することになる。先に検討を加えた、嫌悪や絶望、恐怖や苦悩に覆われた現実認識を、多様な形象の裡に象徴的に表現している日露戦後の詩は、自然主義の影響と象徴詩的志向との交差の裡に成立した日本の近代詩の特異な様式と見做すことが出来るのである。『早稲田文学』明治三十九年十一月号「彙報」欄に掲げられた「新体詩」（無署名）は、同時代の詩に関して、「標象詩は自然派的傾向と相渾合するに及び、「自然そのものを以て人間生活の標象なりとなすが如き」性格を見せていることを指摘している。即ちそれらの詩に於いては「唯ありのまゝの自然の叙写」の裡に「実際生活に対する思慕、愛欲、痛苦、厭悪、自棄、さま〴〵の痛切なる感想」が象徴されており、それは「最近新体詩壇概般の傾向である」と述べるのである。このような理解は、翌年二月の絲川子（相馬御風）「詩壇時評」（『早稲田文学』）に於ける、「近代標象詩的作風が、昨年に入つて新たに起り来れる種々の意味に於ける自然派的傾向と相合して最近の我詩壇に一大潮流を成さうとする趨勢を示し」、「もの足らぬながらも「星よ」「菫よ」の口吻を真似て我と我心を偽り欺き来りたる新時代の子をして、今や正に真生活の苦悶憂愁を告白せしむべき形式を得しめた」という発言によって追認されるだろう。そうした「潮流」を十全に体現していたのが一連の日露戦後の詩であったと考えられる。それらの詩は、当時の詩壇の動向を背景として、フランス象徴主義を支えるイデアリスムとは全く無縁の位相に成立した、象徴主義と自然主義との「相渾合」した極めて日本的な詩的様式に他ならなかったのである。「実際生活に触れたものとは思へない」という『有明集』批判は、こうした状況の中で発せられる。そのような自然主義的要請に根差した非難を浴びる中で、有明は詩壇からの退場を余儀なくされるのであるが、後年執筆の自伝的作品『夢は呼び交す——黙子覚書——』（東京出版、昭和二二・一一）に於いて、その間の経緯が次のように回想されている。

かれにも油の乗る時期はあつた。さうはいふものの、久しからずして機運は一転し、またたく間に危機が襲ひかかつた。危機はもとより外から来た。併しかれの内には外から来る危機に応じて動くばかりになつてゐたものを蔵してゐたといふこともまた争はれない。（中略）危機に襲はれて、これまで隠してゐた弱所が一時に暴露したことを、かれは不思議とは思つてゐない。それがためにかれは独で悩み、独で敗れることになつたのである。

ここには、詩壇の主流をなす自然主義の文芸思潮に囲繞される中で、自らの詩を支える反自然主義的、象徴主義的現実認識が「弱所」として意識されざるを得なかった有明の苦渋が明瞭に語り出されている。[9]それは当時の詩的動向を背景に、有明が強いられた立場に他ならなかったと言えよう。既述の『有明集』の否定的評価にも、そうした日本に於ける象徴主義受容の孕む捻れが深く関与していたのである。しかしイデアリスムに基づく固有の現実認識を基盤としたその詩的営為が、自然主義への傾斜を顕著に示していた同時代の詩壇の趨勢に対する反立、反措定としての位置を確かに担いうるものであったことを閑却してはならないだろう。[10]日露戦後の時代に於ける蒲原有明の象徴詩の意義と可能性は、まさしくそこにあったと言わなければならないのである。

注

（1）　松浦寿輝「不能と滞留—口語自由詩の生成をめぐる一視点—」（『文学』平成一〇・一〇）
（2）　日露戦後の状況については、例えば岡　義武「日露戦争後における新しい世代の成長」（『思想』昭和四二・二、三）

が詳細な考察を加えている。併せて拙稿「日本の〈世紀末〉文芸・序説（上）」（『文化』六八―三・四、平成一七・三）を参照されたい。

（3）平岡敏夫『日露戦後文学の研究』上・下（昭和六〇・五、七、有精堂）

（4）日露戦後の〈孟夏白日〉の詩の性格に関しては、拙稿「〈孟夏白日〉の詩――日露戦後に於ける近代詩の一様相――」（『菊田茂男教授退官記念　日本文芸の潮流』平成六・一、おうふう）参照。

（5）北原白秋は「明治大正詩史概観」（改造社版現代日本文学全集、第三七篇『現代日本詩集　現代日本漢詩集』「巻末附録」、昭和八・一二）に於いて、薄田泣菫「日ざかり」（『太陽』明治三九・二）と有明「夏の歌」（『新声』明治三九・九）を取り上げて、「同じく『海潮音』の影響を受け、孟夏白日の歌であり、象徴風であ」ると述べ、それらの詩の備える「象徴風」の性格を指摘している。この点については、注（4）の拙稿を参照されたい。

（6）現実の醜悪な光景そのものに向けられた視線は、第三詩集『春鳥集』に顕著に認められる。早朝の「濁川《にごりかは》」に浮かび流れる「瓜《うり》の皮、核子《さなご》、塵わら」や「泥《ひぢ》ばめる橋ばしら」等を描き出した「朝なり」（初出『明星』明治三八・一）、曇天の下の「煤ばめる「工廠《こうしやう》」いくむねどよみ」、その「悶ゆるけぶり」が澱み流れる様を捉えた「誰かは心伏せざる」（初出『婦人界』明治三七・一二）等がその典型的な例である。

（7）『有明集』には、「苦悩」「痴夢」「水のおも」等、内面の夢想の世界に外界の現実が侵入し、作中の主体に苦い覚醒の意識、幻滅をもたらすという展開を示す作品が見出される。それらは、有明の詩に於いて、内面世界が常に外部の現実との緊張関係に曝されていたことを如実に告げている。

（8）後年、川路柳虹は、自らの「塵塚」創作の試みについて、「思ひ切つて口語を使つて、小説と同じやうな現実的（実感的）表現を企てたいと考へ」たと述べている（「口語詩発生前後」、『詩界』昭和二八・一二）。

（9）有明に於ける「弱所」の認識、及びその後の散文詩創作への展開に関しては、次章に於いて考察を試みる。

（10）イデアリスムを基軸とした象徴主義を正統的に受容した詩人として三富朽葉を挙げることが出来る。朽葉の象徴主義理解については、拙稿「三富朽葉とフランス象徴主義」（『ノートルダム清心女子大学紀要』国語・国文学編、昭和五九・三）に於いて考察を加えている。なお、象徴詩とイデアリスムの問題に関しては、第三篇第三章「イデアリスムの帰趨―北村透谷と蒲原有明―」に於いて検討を加えることとする。

第六章　散文詩への展開

フランスに於ける散文詩の成立と展開に詳細な考察を加えたシュザンヌ・ベルナールは、散文詩という名称に関して次のような一節を記している。

散文詩という名称、それは相反するもの（通常の用語法に於いて《散文的なるもの》は《詩的なるもの》の反意語ではないか）の結合を含意する、恐らく異常な結び付きである。実際、散文詩はその形式のみならず本質に於いて、相反するものの合体の上に成立している。即ち散文と詩、自由と厳密さ、破壊的なアナーキーと有機的な芸術――そこからその内的な矛盾、深く危うい――そして豊かな二律背反が生じるのであり、またその絶えざる緊張とディナミスムが生まれるのである。[1]

散文詩（prose poem, poème en prose）は確かに、その撞着語法的な呼称が既に示唆しているように「矛盾」を孕んだ詩的様式であると言ってよいだろう。詩と散文の領域が判然と区別され、詩が他ならぬ韻文の芸術として形式及び作詩法によって厳密に規定されていた時代にあっては、散文詩、即ち散文形式としての／による詩という存在は「原理的に」（ベルナール）ありえなかったはずである。従って散文詩の成立とは、取りも直さずそうした

《詩／散文》の区分軸を前提とした旧来の詩の「原理」の根本的な問い直しを迫るものとなる。換言すれば〈散文〉の形式を備えた作品を〈詩〉たらしめる新たな詩の「原理」の究明が必然的に要請されることになるのである。ベルナールが、ボオドレールからシュールレアリストに至る散文詩の多様な試みとその展開を跡付けながら、「散文詩の美学」の解明へと向かうに至ったのは、そうした問題意識に基づいてのことに他ならない。そして言うまでもなくこのような散文詩の問題はフランスに於いてのみ提出されていた訳ではない。日本の近代詩壇に於いても、明治四十年代以降、少なからぬ詩人が散文詩の創出に専心することになる。蒲原有明もその一人であり、日本近代散文詩の歴史に於いて極めて重要な位置を占めていると言うことが出来る。

本章では、明治末期から大正初頭にかけての散文詩の成立期に焦点を据えながら、とくに蒲原有明の散文詩への志向の意味、そしてその詩的世界の特質について考察を加えてみることにしたい。

一　有明に於ける散文詩への志向

大正十一年六月にアルスより刊行された『有明詩集』には、「暗示の森」の総題の下に以下の九篇の散文詩が収録されている。

「世相」（初出『海国』明治四〇・一）
「魂の法会」（『海国』明治四〇・五）
「脚痕」（『読売新聞』明治四三・九・一二）
「狐の剃刀」（『読売新聞』明治四三・一一・二九）
「驟雨」（『中央公論』明治四四・八、初出題名「白雨」）

「海の思想と誘惑」（『朱欒』明治四四・一一）
「夢」（『読売新聞』大正元・七・二八）
「地獄の如き実在」（『詩歌』大正二・九）
「山の修多羅」（『創作』大正二・一〇）

これらに加えて、『飛雲抄』（昭和一三・一二、書物展望社）所収の二篇、「仙人掌と花火の鑑賞」（『屋上庭園』明治四三・一、初出題名「仙人掌と花火のAPPRECIATION」）及び「雪がふる」（『文章世界』明治四三・二、初出題名「雪の夕暮の諧調」）も有明の散文詩に数えることが許されるだろう。我々の手元に残されているこれら十一篇の散文詩の裡、明治四十年初出の二作品を除いて他は全て明治四十三年から大正二年にかけて発表されている。即ち有明の散文詩の殆どは、『有明集』公刊後の執筆になる作品と言うことが出来るのである。

ところで前章で論じたように『有明集』は、自然主義の文芸思潮に席巻されつつあった当時の詩壇に於いて激しい批判を浴びた詩集であった。口語自由詩を提唱する、詩に於ける自然主義の立場から、文語定型詩の形式を備えた有明の象徴詩は全面的な否定の対象とされたのである。こうして『有明集』が「血祭に挙げられ」ることによって有明は「詩に対して再び笑顔は作れなくなつた」（『飛雲抄』所収「『有明集』前後」）のであるが、しかしそうした有明の苦渋は、転換期を迎えた詩壇の無理解によってのみもたらされたものではなかった。後年執筆の自伝的作品『夢は呼び交す』の中で、その間の経緯が記された一節を再度引用してみよう。

かれにも油の乗る時機はあつた。さうはいふものの、久しからずして気運は一転し、またたく間に危機が襲ひかかつた。危機はもとより外から来た。併しかれの内には外から来る危機に応じて動くばかりになつてゐたものを蔵してゐたといふこともまた争はれない。内から形を現はして来たものが外からのものよりも、その迫力が寧ろ強かつたといふ方が当つてゐる。それに対して抵抗し反発することは難かつた。理不盡に陥つてまでもそれを敢てすることはないとかれは思つてゐたからである。（中略）危機に襲はれて、これまで隠してゐた弱所が一時に暴露したことを、かれは不思議とは思つてゐない。それがためにかれは独で悩み、独で敗れることになつたのである。

ここには、『有明集』をめぐる詩人の苦悩と苦渋は「外から来る危機」よりも寧ろ内的要因が大きく関与していたことが語られている。『有明集』の世界が「外から来る危機に応じて動くばかりになつてゐたものを蔵してゐることを確かに自覚していた有明にとって、自然主義的な要請に根差した非難とは、何よりも「隠してゐた弱所」を「一時に暴露」せしめるものに他ならなかったのである。その「弱所」の内実はここに定かに示されてはいない。しかし詩集への非難攻撃が発せられた明治四十一年二月の『新声』誌上に掲載された「路上」（『有明詩集』に於いて「途上」と改題）は、『有明集』の詩的世界に対する有明の自己批評が窃かに託された作品として、その「弱所」の所在を示唆しているように思われる。

歩《あゆ》みなれたる路《みち》なれど、路のまがりの
角《かど》に立ち、惑ひぬ、深くあやしみぬ、
光と影よ、たまゆらの胸のおののき、
夢みつる夢ぞゆくてに浮びぬる。

光と影の戯れに描《えが》ける夢か、
わが霊《たま》はわが肉村《ししむら》の壇《だん》のうへ、

聲も顫《ふる》へて、いみじくも歌ひ出でぬれ、
路のべの木々の瑞葉《みづは》もさやさやと。

夢は夢なり、忽に滅《き》えてこそゆけ、
残れるは胸のおののき眼《め》の惑ひ、
風に流れて幻《まぼろし》は浮ぶとすれど、
おぼつかな、光と影は悲しみぬ。

灰白《はいじろ》みたる墻《かき》の壁《かべ》ながくつづきて、
鎖《とざ》されし門《かど》の扉《とびら》に黒鐵《くろがね》の
朽ちて銹《さ》びたる痕《あと》のなど眼《め》にもふるるや、
わが胸の淵《ふち》には沈む鍵《かぎ》の夢。

何処《いづく》ともなく聞ゆるは、たづたづしくも、
現実《げんじつ》の譜《ふ》をばたどれる楽《がく》のおと、——
あやも失《う》せたる寂寥《せきれう》の囚屋《ひとや》に起り、
波だちて、吐息《といき》に墜《お》つる楽のおと。

「光と影の戯れ」の内に生成する「夢」、その夢想を「わが霊」は「いみじくも歌ひ出」す。傍らの木々もそれに唱和するように「さやさやと」涼やかな音を響かせるのであるが、しかし「夢は夢なり」、夢想は「忽に滅え」

ゆき、「わが霊」は「おののき」と「惑ひ」の中に取り残される。「灰白みたる墻の壁」の連なり、「鎖されし門の扉」という眼前の光景は、夢想の世界から締め出された作中の主体の内面を象る二重化された映像であり、「わが胸」は、夢想の世界に再び参入することを可能にしてくれるはずのその閉ざされた門扉を開く「鍵」に空しく思いを寄せる。そうした虚無と幻滅の淵に沈む〈われ〉の耳に、「あやも失せたる寂寥の囚屋」に発した「現実の譜をばたどれる楽のおと」が響いてくるのである。

『有明集』とは、これまで論じてきたように、この「路上」前半二連に描き出された「たまゆら」の「夢」の内に没入する内面の状況、その自立的な形象化の試みに於いて成立した世界に他ならなかった。そこではまさに「滅えがて」の夢想（前掲「月しろ」参照）に耽る「わが霊」の様態が「いみじくも歌ひ出」されていたのである。「夢」の世界の不毛性や無効性に絶えず脅かされつつも、「囚屋」「檻」としての現実世界（前掲「絶望」参照）とは異質の秩序と論理に支えられた夢想の領域への志向、「寂静の黒き真珠の夢を護らむ」（「寂静」）とする決意の上に構築されていたのが『有明集』の世界であった。『有明集』刊行直後に発表された「路上」は、「夢は夢なり、滅えてこそゆけ」という一行をもって、そのような詩的世界の虚妄性を確認する。そしてそうした幻滅の裡に迫り来る「現実の譜」が作中の主体を激しく苛むのである。「路上」をこのように自己言及的な作品と捉えることが可能であるとすれば、この詩の含意するものは、既述の自然主義に依拠した非難との確実な対応を孕んでいると言うことが出来る。「実際生活に触れたものとは思へない」「遊戯詩」という批判は、「たまゆら」の「夢」への没入の裡に開示される詩的世界の虚妄性、換言すれば「現実の譜」との乖離を苦く噛みしめる詩人の認識を正確に射抜いていた。それは無理解による謂われのない非難ではなく、「これまで隠してゐた弱所」を「一時に暴露」するものだったのである。そのように詩壇から放たれた批判によって『有明集』の「弱所」が痛撃された時、有明はそれに「抵抗」と「反発」を試みるよりも寧ろその「弱所」の打開の方策に向けて熟慮を強いられるに至ったと考えられる。『有明集』上梓後の有明に課せられていたのは、こうした「危機」に如何に対処すべきかという難問だったのである。

さて先に触れたように有明が散文詩の執筆を本格的に開始するのは明治四十三年のことであったが、それは日本近代詩史上に於いて散文詩への傾斜が急激に増大した時期でもあった。既述の自然主義の文芸思潮は日本の近代詩を文語定型詩から口語自由詩へと大きく転回させることになるが、その口語自由詩運動は、それまで文語定型詩としての形式に依拠していた詩の存立の根拠を根底から否定することによって、詩と散文を明確に弁別する方途の喪失をもたらすこととなったのである。明治四十一年十月の『早稲田文学』「文芸界（最近文壇諸問題鳥目観）」には、「かくの如くして興り来つた新詩風（自由詩とでも仮称した方がよいかも知れぬ）は、今の所散文と如何なる差別を立つべきか、散文に対して有する特権は如何と云ふ疑問に遭遇したのである。」という一文が見出される。ここに判然と示されているように、口語自由詩運動による固定的韻律の廃棄と定型の否定は、詩の、散文への解体という事態を不可避的に招来したのである。そしてそのような動向に対応する形で散文詩への志向が顕著となるに至ったことは注目に値する。詩の、散文への解体とは取りも直さず散文による詩の可能性に通じることでもあったのであり、口語自由詩の試みがもたらした事態を寧ろ積極的に受容することによって散文詩への明確な志向性が形成されていたと言うことが出来るのである。こうして明治四十二年頃より福永挽歌、八橋有春、生方俊郎、河井酔茗、佐藤緑葉らの散文詩が数多く誌面を飾るようになる。相馬御風が「今年の詩壇の重なる現象」（『創作』明治四三・一二）に於いて「散文詩論盛に唱へられ、散文詩の試作の多くなつた事」を挙げながら、「先年来唱へられた詩歌の制約打破問題の当然来るべき所はこゝであつたやうに思はれる」と指摘しているように、韻律と形式の絶対的な自由を求める口語自由詩運動の必然的な帰結として散文詩は成立するに至ったのである。

有明が「危機」に直面していた時、彼を取り巻く近代詩壇はこのように散文詩へと傾斜する動きを鮮明に示していた。自己の詩の孕む「弱所」(2)への苦い認識を抱え、新たな詩の所在の模索を強いられつつも口語自由詩に対しては極めて批判的であった有明にとって、散文詩は可能な選択肢の一つと見做されていたのではなかったか。

口語詩の問題は明年につゞいて幾多の曲折を経ることであらうが、さまぐ〳〵な名目をたて、、見識のない、浅薄な作例の発表がいつ迄続くことか。要するに所謂口語詩の一面は一先づ散文詩の広い範囲に含まれて、はじめて児戯に等しい域を脱し、力強い特色のある豊かな表現を得ることであらう。

という発言（「過渡期の詩壇」、『新潮』明治四一・一二）には、散文詩の可能性に対する有明自身の確信の表明が認められるはずである。(3) 但し同時代の散文詩への有明の評価は一貫して極めて否定的なものであった。「昨年以来一部の人々に由つて試みられた様な、散文とも付かず詩とも云へない、一種の散文詩の様なものには感心出来ない。」（「雑感」、『新潮』明治四二・一〇）、或いは「此の頃の文壇では散文詩の声が高くなつてゐるが、今迄見た所では一つとして感心したものがない。」（「芭蕉とマラルメ」、『東京二六新聞』明治四三・五・二九）という、当代の日本の散文詩に対する全面的な否定の発言が繰り返されている。そのような否定的言辞を重ねる有明の脳裏に在った散文詩の範例は、フランスのそれに他ならなかったのである。

有明は明治四十一年の時点からフランス散文詩の翻訳を開始する。有明によって諸誌に訳載されたフランスの散文詩は以下の通りである。

ボオドレール「的中」「描かむと欲する希望」（『趣味』明治四一・五）・「幻覚」（『太陽』明治四二・一）・「夢想」（『読売新聞』明治四二・四・二二）、マラルメ「秋の嘆き」（同上、明治四二・四・二四）、ランボオ「大洪水の後」（『秀才文壇』明治四二・九）、ボオドレール「月のたまもの」（『女子文壇』明治四三・一）・「貧者の眼」（『趣味』同上）・「民衆」（『スバル』同上）・「世界の外へ」「民衆」（『太陽』同上）、マラルメ「冬のおもひ」（『新声』明治四四・一二）、ボオドレール「貧者の眼」（『新文壇』大正元・一〇）・「ぎやまん売」（『新潮』大正元・一一）、ユイスマンス「赤のCamaieu」（『詩歌』大正二・一）、ボオドレール「窓」（初出未詳）

ボオドレールを中心として、マラルメ、ランボオそしてユイスマンスの作品を含むこれらフランスの散文詩の翻訳は、何れも英訳からの重訳である[4]。右の一連の作品が集中的に発表された明治四十一年から大正二年にかけての期間とは、有明が文語定型詩から散文詩への移行を果たした時期に他ならない。従って有明の散文詩創作に於いてこれらのフランス散文詩が範例とされていたであろうことが容易に推測されるのであるが、ここで注目すべきは、次のような翻訳の背後に認められる有明のフランス散文詩理解の在り方である。

La Chambre double

Une chambre qui ressemble à une rêverie, une chambre véritablement *spirituelle*, où l'atmosphère stagnante est légèrement teintée de rose et de bleu.

L'âme y prend un bain de paresse, aromatisé par le regret et le désir. —— C'est quelque chose de crépusculaire, de bleuâtre et de rosâtre; (...).

The Double Chamber

A CHAMBER that is like a reverie; a chamber truly *spiritual*, where the stagnant atmosphere is lightly touched with rose and bleu.

There the soul bathes itself in indolence made odorous with regret and desire. There is some sense of the twilight, of things tinged with bleu and rose:(...).

幻覚

幻想に似た一室《ひとま》、淀んだ空気が薔薇色と青に軽く抹《なす》られてゐる真に精神的な一室。

魂は、その一室のうちで、悔恨と希望の薫香に蒸された夢幻に浸つてゐる。室内には一種薄明の感じと、青と薔薇色に染められたさま〴〵な物の感じがある、（以下略）

右に掲げたのは、ボオドレールの散文詩 **"La Chambre double"**（「二重の部屋」）とスターム **F. P. Sturm** の英訳（***The Poems of Charles Baudelaire.***（Walter Scott, 1906）所収）、そして有明による翻訳のそれぞれ冒頭の一節である。スタームの **"The Double Chamber"** はボオドレールの原詩のほぼ忠実な翻訳となっているが、有明の手になる重訳「幻覚」は独特の性格を見せている。即ち有明の翻訳は《a chamber》を「一室《ひとま》」と捉え、その「一室」「室内」の設定を原詩・英訳以上に反覆し強調している点に顕著な特色が認められるのである。更に《**There the soul bathes itself in *indolence* made odorous with regret and desire.**》という詩句が「魂は、その一室のうちで、悔恨と希望の薫香に蒸された夢幻に浸つてゐる」と訳出される（英訳及び有明訳に於ける強調は論者による）ことによって、この「一室」は「夢幻」の裡に没入した「魂」の空間として顕現することになる。無論ボオドレールの原詩自体が、その前半部に於いては夢想の陶酔に包まれて至福の世界と化した「部屋」を描き出しているのであるが、有明の翻訳では「夢幻に浸」る「魂」の空間としての「一室」の設定が際立って強調されていると言うことが出来るのである。そしてこのような訳詩の性格は、実は『有明集』の詩的世界の特質と確実に照応するものに他ならない。『有明集』に於いて内面世界の自立的な形象化の機能を果たす〈閉ざされた世界〉のイメージが多様に設定され、その典型をなすのが〈密室〉〈一室〉の空間であることは既に論じたとおりである。そこでは、戸も窓も鎖され四方を壁で囲まれた〈密室〉が取りも直さず詩人の内部の部屋、夢想の空間として成立する。そのように内的空間そのものと化した〈密室〉〈一室〉は、既述の「苦悩」や「痴夢」、とりわけ「滅の香」等の作品に於いて入念に描き出されていたはずである。こうした『有明集』の詩的世界と訳詩「幻覚」との間に認められる近似性は極めて興味深いところと言うべきだろう。恐らく訳述の筆を執る有明の内部で、『有明集』の世界とボオドレール散文詩との類似性が強く意識されていたに相違ない。「一室《ひとま》」という訳語は、有明の認めた両者の接点を端的に告げるものに他ならないはずである。有明の訳詩が原詩・英訳と異なる「幻覚」という表題を掲げている点には、この詩の後半部に於ける夢想の覚醒とともに悲惨な現実が立ち帰るという展開に対する翻訳の時点に於ける有明の認識、即ち既述の如く夢想の世界の虚妄性を深く認知するに至った明治四十一、二年の時点に於ける詩人の苦渋の意識の反映が認められるにしても、有明がボオドレールの散文詩「二重の部屋」の裡に『有明集』と通底する世界を確かに看取していたであろうことは疑いを容れない。[5]「幻覚」は言わば『有明集』とボオドレール散文詩の交点の上に成立した翻訳に他ならないのである。そして有明が訳出を試みたフランス散文詩と『有明集』の諸作品とのこのような接点乃至類似点は、他にも少なからず確認することが出来る。例えばボオドレール「描かむと欲する希望」に描き出される、この上ない魅力を湛え、人を破滅へと導く如き女性の存在は、有明の「茉莉花」や第四章に論じた「人魚の海」その他に登場する官能の化身とも言うべき蠱惑的な女性像、〈宿命の女〉の姿と重なり合う面を確かに備えている。また「この現《うつ》われを囚《とら》へて、／日《ひ》は檻《をり》の外《そと》よりぞ酷《むご》くも臨《のぞ》む」という詩句（前掲「絶望」）を綴っていた有明にとって、「この世の外なら何処へでも」というボオドレールの叫び（「世界の外へ」）は自らの胸奥にも切実に響きわたるものであったに相違ない。或いはボオドレールの「夢想」に描かれる、打ち勝ち難い欲求に駆り立てられる人間の宿命的な姿は、「信楽」等に於いて「宿世」への意識を繰り返し語り出していた有明の深い共鳴を誘うところであっただろう。更にマラルメの「秋の嘆き」と有明の「晩秋」は凋落と喪失の悲哀を同じ音色で奏でていると言って良い。こうした『有明集』とフランス散文詩の間に認められる様々の接点の存在は、何よりも有明の強い共感を呼び覚ますものであっただろう。そしてそれらは、たとえ断片的な対応を示すにすぎないとしても、フランス散文詩の世界への有明の接近と理解を強く導く契機として作用していたに相違ない。有明はそのような接点を通じてフランスの散文詩への親炙を深めていったと考えられるのである。

　無論、有明に於けるフランス散文詩との交渉の意味は、如上の点に尽きるものではない。例えば明治四十二年の四月から九月にかけて有明はボオドレール「夢想」、マラルメ「秋の嘆き」そしてランボオ「大洪水の後」の三篇の翻訳散文詩を発表している。これら三篇の散文詩を短期間の裡に翻訳することは、有明にとって何よりも散文詩の多様性を深く認識する体験であったはずである。不可避の宿命に衝き動かされる人間を、「噴火獣《キメイラ》」を背に負い項垂れて歩み続ける男達の姿に託した、寓意的性格の強い「夢想」、「凋落」を象る種々のイメージを中核として喪失と孤独の悲哀を抒情的に描き出す「秋の嘆き」、そして超自然的なイメージの不連続的な展開の裡に開示される原初の瑞々しさに溢れた「大洪水の後」の世界——これらは散文詩のスタイルを採用しながらも、その詩的世界の性格及び構造に於いて著しい相違を見せている。このような散文詩の翻訳を通して、有明が散文詩の表現領域の多様な広がりへの理解を深めるに至ったであろうことは言を俟たない。そしてそうした多様性は、有明の翻訳したフランス散文詩の大半を占めるボオドレールの作品に於いても認められる。明治四十三年一月には四篇のボオドレールの散文詩（「月のたまもの」「貧者の眼」「民衆」「世界の外へ」）が諸誌に訳載されているが、同時発表のこれら四篇に於いても相互の差異が際立つ。月の語る言葉が記された上で、月に呪われた者の宿命的な愛情を語り出す「月のたまもの」に対し、「貧者の眼」は、真新しいカフェを前にした三人の「貧しい者たち」の感嘆を描き出しながら、人間の相互理解の困難さをアイロニックに記すコント風の作品であり、また「民衆」は「群衆に沐浴すること」の陶酔と愉悦を語る独白体の詩、そして「世界の外へ」は、外国移住を誘う「私」に対して「私の魂」はそれに応じることなく「どこへでも、この世の外でありさえすれば」と叫ぶという対話或いは自問自答形式の作品である。これら内容、形式ともに極めて異質な作品を集中的に翻訳する中で、有明は散文詩の多岐にわたる可能性を探り当てていたに相違ない。更に有明の用いたボオドレール散文詩のテクストの一つ、アーサー・シモンズによる英訳、*Poems in Prose from Baudelaire.*（Elkin Mathews, 1905）の巻頭に付された訳者の手になる短い序文も有明の散文詩理解を導くものであったかもしれない。

THE "Petits Poëmes en Prose" are experiments, and they are also confessions. "Who of us," says Baudelaire in his dedicatory preface, "has not dreamed, in moments of ambition, of the miracle of a poetic prose, musical without rhythm and without rhyme, subtle and staccato enough to follow the lyric motions of the soul, the wavering outlines of meditation, the sudden starts of the conscience ?"

ここには理想的な散文詩の性格を語るボオドレールの言葉が引用されている(6)。即ち「リズムも脚韻も欠きながら音楽的で、魂の抒情的な動きや夢想の揺らめく動き、意識の不意の衝動的な動きを辿るのに十分なほど緻密でかつ断続的な詩的散文」としての散文詩である。このような内面の変化に富む多様な動きを十分に捉えうる極めて柔軟にして自在な散文による詩という散文詩の性格規定は、フランス散文詩の多岐に及ぶ性格を要約するものとして、有明の理解を促すことになったと考えられる。

既述の如く有明がフランス散文詩に接近する契機をなしたのは、『有明集』の詩的世界との様々の接点の存在であったに違いない。そうした接点を通じてフランス散文詩への親炙を深めていた有明は、精力的に翻訳に取り組む中で何よりも散文詩の表現領域の多様性に対する確かな認識を手にすることになったと考えられるのである。フランス散文詩との密接な交渉は有明に、内面の複雑な動きと変化に十分対応しうる柔軟性と自在さを備えた極めて多様な表現形式としての散文詩への理解をもたらしたと言ってよいだろう。そしてそれは、自己の詩の「弱所」を自覚する有明にとって、新たな詩的表現の領域と可能性を確かに示唆してくれるものでもあったはずである。有明自身の散文詩の創作は明治四十三年に本格的に開始される。フランス散文詩に対する共感の念と同時代の日本の散文詩への批判の意識に促されながら、有明は自身の固有の散文詩の創出に専念することになるのである。

二　有明散文詩の世界

有明が最初に執筆した散文詩は「世相」(『海国』明治四〇・二) 及び「魂の法会」(同上、明治四〇・五) である。これら二篇が発表された明治四十年は、後に『有明集』に収録される一連の作品の創作が旺盛に進められていた時期であるが、それらの文語定型詩と比較する時、散文詩に於いては現実を批判的に描出するレアリスムの筆致が際立つ。とりわけ「世相」と題された作品——電車に乗った「わたくし」が「車内の人」に執拗な観察の眼を注ぎ、その不快な姿に「全身にわたる疲労」を覚えるというこの散文詩には、日露戦争後の現実を深い嫌悪のこもる眼差しで見据えつつ、その「世相」を克明に描き出そうとする詩人の姿勢が顕著に窺われる。同時期の文語定型詩との対比を通して浮かび上がるこうした散文詩の性格は、実は有明の第三詩集『春鳥集』に既に内在していたものであった。例えば「機械の響と蒸気と黒煙と火花とでいきり立った砲兵工廠」(「有明詩集自註」)を不快と嫌悪の裡に描き出した「誰かは心伏せざる」(初出題名「工廠」、『婦人界』明治三七・一二) に判然と認められる、批判的な現実認識に支えられたレアリスムへの志向は、『春鳥集』の世界に隠見する特徴的な性格なのである。そのように現実を冷徹に凝視し、そこで捉えられた対象を精細に描写してゆく有明の視線は、しかし『有明集』の時代に至ってひたすら自己の内面へと差し向けられることになる。即ち『有明集』の世界に於いては、現実に対するレアリスム的な志向は殆ど払拭されるのである。従って明治四十年発表の二篇の散文詩は、内面世界の自立的な形象化を試みる『有明集』の詩風が確立される過程で排除されるに至ったそうした傾向を寧ろ基盤に据えた形式として成立していたと考えることが出来よう。但し『有明集』の世界とは対極的な、このようなレアリスム的志向が託された散文詩の試みは継続されることなく中断する。そして二年余の空白期間を経た後に、有明は精力的に散文詩の創作に取り組むことになるのである。

明治四十一年一月の『有明集』上梓後、フランスの散文詩の翻訳を開始する一方で有明が書き綴っていたのは、文語による定型詩及び自由詩そして口語自由詩であった。それら文語詩および口語詩の執筆は明治四十二年まで続くが、翌四十三年に至って有明の発表作は散文詩の翻訳と創作のみとなる。明治四十四年に於いても事情は同様である（但し例外的に「小歌四篇」（「なみのおと」「きたぐに」「かすが」「すしうり」）が『読売新聞』九月三日号に掲載されている）。そして有明の散文詩創作は大正二年をもって終了することになる。従って明治四十三年から大正二年に至る時期を有明に於ける散文詩の時代と見做すことが出来るだろう。

有明が創作した散文詩は例えば次のような作品である。

雪が降つて来た。

雪が降るといふことは此二三日の空模様で予想されてゐた。それはいづれは来るに決つてゐて、しかも相見ることを好まざる客であつた。わたくしは今その雪がいよいよ訪づれて来たのを見て、しきりに鬱陶しさを感じたのである。

しかし雪は一人二人の押かけ客とは様子が違つてゐる。絶間なく落ちる雪の千萬片が、色の褪めた神経質の女の密語をおもはせて、冷たく鈍ばんだ空気の夢の中から湧いて来る。わたくしは唯ぼんやりとして、それを眺めてゐるより外はない。さうしてゐるうちに、わたくしは忽ち幻覚に襲はれたのである。

明治四十三年二月に発表された「雪は降る」は右のように始まる。降り始めた雪を眺めていた「わたくし」は「忽ち幻覚に襲はれ」、「灰白色のせゝり蝶が、数知れず、眼の底の方で気ぜはしく飛び廻つてゐる」映像に捉えられるのであるが、表通りから聞こえる電車の響きで我に帰る（「秒が経ち分が過ぎたかはわからない。わたくしは表通りを走る電車のけたゝましい響に驚かされて、一時痴呆になつてゐた心的状態から醒されたのである。」）。そして「室内」に場を移す。

わたくしは室内に閉ぢ籠る。かの方丈の室なんどに較べることはない。人工的な温気がわたくしの空想をたやすく煽つてくれるのである。（中略）

室内の温度はますます高くなつてくる。わたくしの空想は、記憶の奥に潜んでゐた官能を再び浮び上らせて、奇異な写象を次第もなく展開させる。

こうして室内に閉じ籠もり「空想」に耽る「わたくし」の内部には、まずフランスの詩人ヴェルレーヌとラフォルグの姿が浮かび上がり、続いて「トオロオの描いた雪の夜景が、思ひもかけず、わたくしを覗きこむ」。そして以下、さまざまに変転を重ねる夢想の自在な展開が辿られた後に、作品は再び現実に立ち戻り（「わたくしはこの雪の日に居ながら夢幻の境をさまよつてゐたのである」）、結末を迎えることになる。

「雪はふる」という散文詩はこのように「わたくし」が没入する「幻覚」、夢想の世界の生成と展開を軸に綴られているのであるが、その夢想は持続的な展開を見せるものではなく、寧ろ断続的な切れ切れの「幻覚」である。即ち「わたくし」は夢想への没入と覚醒を繰り返すのであり、換言すれば現実と夢想の間を幾度も往還する。その二つの世界の間には対立や軋轢は一切存在しない。そのような二つの世界の間を繰り返し往き来する「わたくし」によって作品の展開が導かれているのである。そしてこうした現実と夢想との間の往還とは、有明の散文詩の最も基本的な構造に他ならない。

「夢」と題された作品はつぎのような一節に始まる。

彼は不思議な夢をよく見る男である。狭くるしい寝室に薄ぼんやりと射《さ》し込む明方の光線が、疲れ切つた彼を慰めるためか、手を代へ品を代へて、夢の世界の雰囲気と映像の中に、彼のもつれ頽《くづ》れた頭と神経とを浸すのである。

この散文詩では「彼」の参入する「夢」の世界の映像が繰り広げられる。その「彼」の夢想を導くのは「女のしなやかな手」の感触、「淡い虹の色をした変幻不測な陽炎の感じ」である。「彼」はこの刻々と変化する女の手に誘われるままに「夢」の世界に入り込む。

多少明るいところに出た。何処から明りが射して来るのだか分らないが、すべて物の面《めん》に妙に落ついた、物凄い光沢を与へてゐる。何だか奥まつた座敷である。彼の脚は人気に飢ゑて、青白い粉を吹いてゐる畳ざはりを気味悪く感じた。そこにはまた壮麗な金屏《きんびやう》が引廻されてある。室内の黒い陰影と屛風の金色との調和が譬へやうのない恐怖に顫へてゐる。この貴族的な金屏には胡粉と群青《ぐんじやう》とを厚く盛つた雌雄の孔雀が描いてあつて、それがぼつかり深い陰影の中に浮出してゐる。見つめて居ると、二羽の孔雀が啄んだり、歌つたりするやうに思はれて来る。彼はこの黙劇の深意を探らうとする度に非常な困迷に陥つた。同時に彼の手に触れてゐる女の手の音楽に種々な色合の現れて来るのを感ぜずにはゐられなかつた。彼はそれを感ずる度に苦しい呼息《いき》をついた。

彼は最早この上壮麗な恐懼と無言の凄惨とを綯交《なひま》ぜにした夢を、続けて味はふに堪へぬかのやうに、慌て丶現実に帰つて来た。そして彼はしきりに眼をしばだたいてゐる。

このように「壮麗な恐懼と無言の凄惨とをなひま綯交《なひま》ぜにした夢」から「彼」はひと度「現実」に立ち帰る。しかし直ぐ様「又自箇の夢の中に沈んで行」くのである。再び女の手に誘われて、「戸外」の「褐色と浅緑の上に蛋白石の潤みと光沢をもつた柔らかい光の反射がある」「一面の草原」に出た「彼」は、「女の手の導くまゝに、はてしもない野原を横ぎつて行く」。こうして濁水を湛えた川の畔に至るのであるが、その時には導きの手の感触は既に失われており、「彼」は川向こうの森から「痙攣的に燃え上」がる「赤い溶けた火の舌」を眼にする。そしてその燃え盛る火の中に、「焼かれ崩さるゝ女の体」、「火に舐められた女の青い顔」の「淫蕩の象徴ともいふべき唇の表情」を「明らかに認め」たところで「彼の夢」は「結末」を迎える。作品の末尾は次のように記されている。

　しかしその結末は、彼にとつて、また新なる発足点である。彼は夢にあつて眼をそむけたものにまた眼を移す好奇心をもつてゐる。彼は渇いた口に盃をあてがふ時のやうに舌打をした。そして徐に起ち上つて、暗緑色の帷を引きあけて、恐る〳〵外光の狂乱する庭園を眺めるのである。

　この「夢」という散文詩も、疲労と頽廃に包まれた「現実」から「夢」の世界に足を踏み入れ、女の手の導きのままにその世界を経巡る「彼」が、一旦導きの手を逃れて「現実」に立ち戻るものの再び夢想の裡に身を委ね、その「結末」にまで達するという展開を見せている。現実と夢想の世界との間の往復運動としての作品構造はここでも明瞭である。更に右に引用の結末部分には、その二つの世界の独特な相関関係が示されていると言ってよい。「疲れ切つた彼を慰め」、「もつれ頽れた頭と神経を浸」してくれるはずの「夢の世界の雰囲気と映像」は寧ろ「彼」に激しい恐怖をもたらし、またその夢の導き手である「女」は火に焼き滅ぼされる。それは既に指摘されているように、[7]その女性が「彼」自身の「淫蕩」の化身とも言うべき存在であり、その手に誘われる夢とは「彼」の官能が生み出す夢想である故に相違ない。即ちここに繰り広げられる夢の映像は、「彼」自身の抱える「淫蕩」へ傾斜する官能的情動の象徴的な顕現なのである。そうした情欲の動きを抑止する「彼」の内なる意識が「女」

を火で焼き、夢の結末をもたらす。換言すればこの「夢」の世界の展開を密かに導いているのは「彼」の内奥の生そのものに他ならない。そしてその「夢」は「発足点」として今度は現実を見る「彼」の眼に確かに宿ることになるだろう。それは「彼」の裡に内在化し、「彼」の生を導き、方向付ける。右の末尾の部分には、そのように「夢」を宿した眼差しを再び現実に向けようとする「彼」の戦きが刻み込まれていると考えられる。このような現実と夢想との相関性は、「脚痕」と題された作品ではまた異なる形で呈示されている。

「脚痕」に描き出されるのは、繰り返し夢見る「いつも同じ夢」である。「わたくしは寧ろリアリストだ。『黒いダリヤ』に憧憬の眼をあながち向けるでもない。ただ陰鬱な夢幻に浸つて、倦怠の念を麻痺させたいばかりなのだ。（中略）わたくしはすべての感覚を衰頽の夢の中にこつそり埋めたいのだ。そして埋められた感覚の澱んだ眼をぼんやり眺めてゐたいのだ。」と語る「わたくし」は、「倦怠の念を麻痺させる」ことを求めて、「いつも単一な形式に依つて開展せられる」夢の中に入り込み、「平凡」な町並を歩いてゆく。そして古本屋の店頭に立ち、何気なく本に手をかけようとした時、「この本の表紙には積つた埃の上に小さな獣の脚痕が印刷したやうに、はつきり附いてゐたのでぎよつと」する。そして店の奥を窺うと、居眠りをしている老婆の膝の上に「二つの金の星がまたたきもせずに輝いてゐる」。以下、作品は次のように記されている。

その二つの金の星は何だ、或は黒猫の眼——さうとも思つてみたが、その金の星の眼はわたくしを夢から追ひ遣ると共に、わたくしの魂を永遠に支配した。

夢はさめた。
庭には矢張細かい雨が降つてゐる。
しかし夢の中で、いつも開けずに了ふ獣の脚痕の附いた本が、怪しい歓楽を暗示する。その本は珍らしい韻律で書かれた歌の本ではあるまいか、わたくしはかう思つてしみぐ〱と嘆息する。

これらの映像は、「わたくし」の求める「倦怠の念」の「麻痺」どころか、言わば過剰な夢として「意外」さ、「驚き」をもたらし、「衰頽の夢」を激しく乱して「わたくし」を覚醒に導く（「わたくしは衰頽の夢の中に意外なものを発見した驚きに駆られて殆ど夢から醒めようとするのだ。」）。そしてその「夢」の光景が「わたくしの魂を永遠に支配」する。それは、「わたくし」が現実に「珍らしい韻律で書かれた歌の本」を自ら繙き、或いは生み出さない限りまさしく「永遠」に反覆されるだろう。この「夢」はまさに「わたくし」の深奥の希求、願望を宿しているのである。「夢」の世界の「暗示」と促しに支配されつつ、現実に於けるその実現の不可能性によって、その「夢」は「永遠」に「いつも同じ」く繰り返される。夢の「暗示」と現実に於ける「嘆息」との無限の循環運動と言ってもよい。そうした二つの世界の相関関係がこの作品の骨格を形成しているのである。

有明の散文詩に於いては、現実と夢想との間の往還が作品世界の基本的な構造を成している。そして夢想の世界は、束の間に生起し消失する一過性の不毛な幻影として描き出されているのでは決してない。現実と夢想は、対立や相剋、軋轢を生じることなく、寧ろ深い相関関係で結ばれつつ併存する二つの世界として捉えられていると言うべきだろう。有明の散文詩が描き出しているのは、そうした現実と夢想の両界を包摂した、その総体として捉えられた生の様態であると考えられるのである。更に有明の散文詩に於いて夢の映像が細部にわたって精細に描き込まれているが、そのように鮮明に描出された夢の世界は、現実に於ける疲労や倦怠を「麻痺」させる「麻酔」として生起しながらも、決して現実逃避の、或いは現実没却の甘美な夢想であるのではない。それはあくまでも自在に展開する「不可知」「不可解」な夢でありつつも、同時に内面の奥底から汲み上げられ、内奥の生の本質を開示するものとして、現実の生に内在化し、それを領導する「夢の象徴」（前掲「夢」参照）に他ならないのである。

彼が恋ひこがれた山の破船は整然たる緩傾斜の裾野と土塊の円錐体を貫いて、物凄い『悪』の相貌を刻み、彩り、燦爛として金光を放つ舳を天空に高く擡げた。

――『不可見』を見たと、彼はかう思つたのである。

高山の大濤が鉱石と硫黄のしぶきをあげて、ゆらゆらと崩れ落ちる険崖を赤く塗りつぶした。

山の修多羅は猛獣の背に乗せられて、劫の海に悪の破船と共に溺れてゐる――無限の品数、無限の巻数。

散文詩「山の修多羅」の結末を成す右の部分は、「不可見」の超自然的な映像を呈示しながら、同時に恐らく「山の破船」と「修多羅」の埋没という奇抜なイメージを通して宗教的清浄さへの希求とその挫折のドラマを象るものに相違なかろうし、また「無盡の幻相」としての夢想を追う「彼」の前に展開する光景を描いた作品「地獄の如き実在」の核心を成す一節、

　その時、彼の心の眼に廃れた宗教が柔和な誘惑を示現した。紫いろの袈裟を著けた若者の僧が人間の失はれた記憶の古い石塔の前に立つてゐる。見ると、真白な衣を掻合《かきあは》せて軽く挟《はさ》んだ経本の朱の表紙の端が、如何にも殊勝らしい色調の調和を示してゐる。（中略）彼は不図《ふと》脚もとを見た。そこには無数の蟻の群が涯《はて》しもない死滅の葬列を作つて動いてゐた。そしてまた注意すると、これはどうであらう、美男の僧の読経の音聲《おんじやう》に聞き恍《ほ》れる彼の体《からだ》から、無数の昆虫が生血を吸ひ取つてゐた。彼は今それをどうすることも出来なかつた。

には、宗教への志向とそれを蝕む情欲との対立、葛藤が暗示されていると見てよいだろう。有明の散文詩に描き出される夢想はこのように、自在な生起と展開を示す不可知の領域であるとともに、胸奥深く根を下ろした「夢の象徴」として、その映像の裡に深層の生の様態を象徴的に顕現せしめる世界と言うことが出来るのである。以上の散文詩に於ける「夢」は、〈現実／夢〉の二元論の下に、単なる束の間の非現実的な夢想として捉えられているのでは決してない。寧ろそれは、内奥に秘められた生の本質を「象徴」的に開示する。それ故に「夢」は、現

実の生の裡に重たく宿され、それを導くものとして抱え込まれることになるのである。

そのような形での現実と夢想との二元的枠組みが有明の散文詩の基本形であるとするならば、「海の思想と誘惑」と題された一篇はそのヴァリエーションとして成立している。

漁師の家の背戸につらなる棕櫚の葉かげから、または椿やとべらや濱もつこくの繁茂した暗緑色の木立の隙から、濃碧な海の一部を窺ひ見る時ほど、海に対する渇仰の念に襲はる、ことはない。

と始まるこの散文詩には、一昼夜の船旅での特異な体験が語られているが、現実と夢想の往還という基本的構造をこの詩に判然と認めることは出来ない。寧ろその両者の境界が不分明となった幻想的な出来事が描き出されているのである。「絶えず南の島を指して航走を続けてゐる」船の客である「わたくし」は、海に対して深い魅惑を覚えながらも、「か、る際に自然は直にまた容易に人間を溺らして了ふ。溺る、際の恐怖と苦悩は芸術の安静境を隔つるものである。芸の翡翠、芸の紅宝玉、芸の蛋白石は失はれねばならぬ。」と考えている。「芸術は全き生の魔術である」故に、自然は芸術に「征服」され「操られる」ものとして「生の魔術の中にあつて死の魔術を予想せしむるものでなくてはならぬ」というのである。こうした想念を抱く「わたくし」は、「ひたすらに芸術の滋味と幻想に酔」いながら船の揺れに身を任せている。船は航海の途中で或る島に停泊し、上陸した「わたくし」はそこで一人の「若い女」に出会う。誘惑の媚びを含むその女は無言のまま「わたくし」の手をとり、また耳元に何事か囁いたりする。激しい刺激と苦痛を覚えて慌てて船に戻った「わたくし」は、「この夜《よる》を徹《とほ》して燈火の光を見つめながら、かの蛋白石と紅宝玉と翡翠とを連ねた芸の数珠を爪操りつ、、人魚とサイレンの宗教の秘義に参じようとつとめたけれども、この怪しい女の手の圧迫が今もなほわたくしの掌に残つてゐて、頻りに悔恨の情をそ、つたので、わたくしの凝念は絶えず乱されてゐた」。翌朝、「けたたましい鋭い赤児の叫声」が聞こえてくる。船客たちは、それは前日の女と「わたくし」の間に出来た子どもであると仄めかす。

『その女は何処にゐる。』　わたくしはかう問ひかへさうと思つたが、赤児の声が急に微かになつたので、その方に耳を傾けると、泣声は波の底から聞えてゐた。

紺青の海の底から沸々と赤児の泣声が浮んで来る。そしてわたくしはその声を聞いて、擽《くすぐ》らる、やうな戯虐の快感を覚えた。

右の一節で作品は閉じられる。海洋の光景や島々の姿の見事な描写を含むこの散文詩をこのように要約することは殆ど無意味に近いものの、如上の作品展開の骨子の裡に、有明の重要な認識が託されていると見ることが出来る。芸術と宗教の「安静境」への陶酔を求める「わたくし」にとって、海という自然、官能と誘惑の化身と言うべき「若い女」は、その対極に位置する、「生の魔術」に対する「死の魔術」を体現する存在に他ならない。そしてその「わたくし」と「若い女」との間に生まれたとされる「赤児」の泣き声が「海の底」から響いてくるという時、その「赤児」とは取りも直さず二元的な対立をなす芸術と自然、宗教と官能、生と死の或る種の統合を示唆するものと言ってよいだろう。他の散文詩とは異なり、現実と夢想の二元的な枠組みを脱して、その何れともつかぬ様相を呈しているこの詩の特異な位相も、こうした作品の帰趨との対応に於いて理解することが出来るはずである。「海の思想と誘惑」はこうして二元的、対極的な一切のものの包摂を密かに暗示する「赤児」の声に「擽《くすぐ》らる、やうな戯虐の快感」を覚える「わたくし」の姿を描き出して結末を迎えることになる。

明治四十三年から大正二年にかけて有明が執筆していたのは、このような散文詩であった。有明の精力的な営みによって生み出されたその世界は、基本的に現実と夢想の二元的な構造を備え、その二つの世界を幾度も往還する作中の主体「わたくし」或いは「彼」によって展開が導かれる。但し現実と夢想の世界は、『有明集』に於いて判然と認められたような対立、相剋、軋轢の関係にあるのではない。寧ろその両世界は深い相関性で結ばれながら共存するのである。更に克明な筆致で描写されている夢想の世界は、現実に於ける疲労や倦怠を「麻痺」させる「麻酔」として生成し、自在な展開の裡に不可知の映像を呈示しつつ、同時に作中の主体の胸奥深く根を下ろし、その内奥の生の本質的な様態を象る「夢の象徴」として成立している。それ故に、奔放自在な、或いは意想外の不可測の夢の映像を通して、芸術への意志と自然の誘惑、生と死、宗教的志向と官能的な情念等の矛盾し錯綜する様々の意識や情動の領する内的な生の様相が象徴的に顕現することになる。そして又そうした夢が、覚醒した現実の生の裡に宿り、それを導くことになるのである。有明の散文詩は恐らく、『有明集』に於いては二項対立的な関係に置かれた〈夢〉と〈現実〉を、〈夢〉を本質的な基軸として、統合、一元化する試みに於いて成立している。換言すれば、そのような夢と現実の一切を包摂、包含した総体としての生の全体性を開示する試みとしてそれはあったと考えられるのである。そして作中の主体はそこで看過し得ぬ役割を果たしていると言うべきだろう。具体性の一切を欠落させ、「わたくし」乃至は「彼」という人称のみが付与された、言わば無色透明な存在であるこの詩的主体は、現実と夢想の間の往復を重ねながら夢の映像を産出してゆく。即ちそれは現実と夢想の往還の裡に営まれる生の諸相を発現せしめる場としての機能を果たす存在に他ならないのである。有明の散文詩とは、そうした「わたくし」或いは「彼」を通して顕現する全てを包括する世界として、人間の生の総体を捉える試みであったと考えられる。『有明集』に対する激しい非難の中で「現実の譜」からの乖離という自己の詩の「弱所」への認識を手にしていた有明の創出した散文詩が呈示しているのは、このように現実と夢想に相渉る一切を包摂した生の全体的な様相なのである。そこには、様々の葛藤や混乱を抱えつつ現実と夢想の間の往還を重ねる人間の生の全てを、言わば一如の生の現実として受容している詩人の肯定的な眼差しが認められよう。そしてそうした有明の散文詩が、『有明集』の世界、即ち現実と夢想、霊と肉、生と死の対立、相剋の上に成立している二元論的世界からの脱却、或いはその克服を告げるものであることは言うまでもない。換言すれば、既述の『有明集』の主題論的構造が孕む〈出口なし〉の状況からの脱出の方向をそこに認めることが出来る。同時にそれは、日常の現実を唯一の〈現実〉と見做す自然主義的現実認識に対する反措定でもあった。このような認識に支えられた散文詩の世界の裡に、有明の「弱所」打開の試みの帰結が示されていると考えられるのである。

三　有明散文詩の位相

有明は、同時代の日本の散文詩に対する批判を繰り返しながらも、自身の散文詩観を語り出すことは殆どなかった。そうした中で明治四十一年十一月二日付『東京二六新聞』に掲載された「現代的詩歌（下）」は、有明の散文詩理解が披瀝されたものとして注目に値する。そこでは、フランスの散文詩人としてボオドレール、ランボオ、ラフォルグの名が挙げられた後、「現代的詩歌の別体」たる散文詩について次のように記されている。

散文詩《さんぶんし》は要《えう》するに鬼才《きさい》の馳駆《ちく》すべき壇上《だんじやう》であつた。散文詩《さんぶんし》に指《ゆび》を染《そ》めたものは多少《たせう》の狂念《きやうねん》を胸《むね》に抱《いだ》かぬものはなかつた。狂念《きやうねん》と迷妄《めいばう》と、印象《いんしやう》と象徴《しやうちよう》とが互《たがひ》に交錯《かうさく》し交響《かうきやう》するその間《あひだ》に、近代的特色《きんだいてきとくしよく》の最《もつと》も複雑《ふくざつ》なる窺《うかゞ》ひ知《し》り難《がた》き心的状態《しんてきじようたい》の全面《ぜんめん》が、最《もつと》もよく現《あら》はれる。かゝる趣《おもむき》と味《あじはひ》とを除《のぞ》いたならば、散文詩《さんぶんし》は恐《おそ》らく平凡《へいぼん》な、浅《あさ》はかな、通俗《つうぞく》な文字《もんじ》となつて了《しま》ふであらう、

（中略）

幻想《げんさう》に耽《ふけ》り、迷妄《めいばう》を讃《さん》ずるものはこの有毒《いうどく》な聖杯《せいはい》を挙《あ》げよ。ヴエルレイ《(ママ)》には尊《たうと》い簡浄《かんじやう》と素朴《そぼく》とに正《まさ》しく対照《たいせう》をなすべき複雑《ふくざつ》の混沌《こんとん》──近代芸術《きんだいげいじゆつ》の産物《さんぶつ》として、これ位《くらゐ》人《ひと》を悩《なや》まし、人《ひと》を迷《まよ》はすものはあるまい。偽経《ぎきやう》の荘厳《さうごん》──外道《げだう》の真諦《しんたい》。

明治四十一年末の時点に於けるこの発言には、有明がフランス散文詩との交渉の中で確認した散文詩の可能性

が語り出されていると見てよい。有明にとって散文詩は、「近代的特色の最も複雑な窺ひ知り難き心的状態の全面」を「最もよく」表現しうる様式に他ならなかった。そしてそれは、まさにその故をもって「平凡な、浅はかな、通俗な文字」に堕することなく、詩として成立しうるのである。こうした散文詩の固有性に関する有明の認識は、後に、「一方《ぼう》に散文詩《さんぶんし》が盛《さか》んになりかけた前兆《ぜんちやう》がある。私《わたくし》はそれ等《ら》の散文詩《さんぶんし》を見たが奈何《どう》しても小品文《しょうひんぶん》と異《ことな》る処《ところ》が見出《みいだ》せなかつた。一体散文詩《たいさんぶんし》なるものはそんな小品文《しょうひんぶん》と同《おな》じやうなものではない。」(「最近の感想(上)」、『時事新報』明治四三・七・五)という発言を生み出すことになるが、ともあれここで確認されている散文詩の担う固有の可能性が有明の作品に於いて如何に具現されたかについては、前節で検討を加えたとおりである。更に右の引用の末尾に記された「偽経の荘厳――外道の真諦」という一句には、有明に於ける周知の仏教親炙の痕跡が刻み込まれている。有明は自らの仏教への接近を、大乗仏教中の「偽経」、「異端の思想」への傾倒であるとし、「涅槃に到達する」ことが目的ではなく、「仏教的気分」としての「蠱惑の快味」を求めるものと述べていたが(8)、既に論じたように、そのように傾倒を深めた仏教的認識が詩的理念の支盤として摂取されていたことも事実である。大正三年一月の『新潮』に発表された「『表象派の文学運動』に就て」と題するエッセイが重要であるのは、そうした仏教的認識と詩的理念との交差が如実に示されている故に他ならない。有明はそこで、かつてユイスマンスの ***À Rebours***(『さかさまに』)の主人公「デゼツセントの夢想する人工的楽土の愉適が私の心に無限の媚びを呈した」体験を振り返りながら、「併し私はその感覚の人工的運用をすら、今日では、法爾性然のものとして、法界の交徹無碍なる大用に相応せしむる見解にまで進んで来た。」として次のように述べている。

　なぜかとなれば、それが仮令始めには人工的の運用であつたにしろ、空想世界の範囲(畢竟するにこれもまた無限の範囲)に限られてゐたにしろ、それが、吾人の感覚に即してゐた以上、更にまた吾人の肉身に直接の交捗(ママ)を有してゐた以上、融摂無碍なる法界の大用に全く離れたものではなくて、否、寧ろかかる法界の大用が常恒偏満に行はれてゐればこそ、人工的運用のものも成立つて来る訳である。

ここに言う「融摂無碍なる法界の大用」に関しては、以下の行文に於いても「法爾自然なる絶対的本有の事相の相互の間に行はるる交徹無碍の大用」、或いは「一無碍法界の妙」として繰り返されている。有明の語るところは必ずしも明快とは言えないものの、自己の「感覚」と「肉身」に即して発したものである限り、それが「人工的」なものであれ「空想」的なものであれ、全ては「常恒偏満」する「法界の大用」の現れに他ならないとする見解がここに示されていると見てよいだろう。そしてこのような仏教的認識を基盤とする詩的理念が、先に検討した有明の散文詩の世界を根底で支えていたと考えられるのである。有明の散文詩に於いて呈示されているのは、現実と夢想の間の往還を重ねる「わたくし」乃至は「彼」という詩的主体を通して開示される、総体としての生の様相であった。そこでは、現実と夢想の世界、そして内面の様々の矛盾や葛藤、それらの一切が言わば一元の生の裡に包摂されることになる。そのような世界は、全てが、「交徹無碍」「法爾自然」の「法界の大用」の現れとして、それに包摂されてゆくと見る有明の認識に確かに照応するものに他ならないはずである。或いはそれは、「妄心起動を自然法爾の力と観て、その業力に、思想の経過から言へば最後の南無をささげよう」とする有明の「自然に随順する生」への確信（『夢は呼び交す』参照）に支えられていると言ってもよい。そのように「業」を負った人間の生の一切を「自然に随順する生」として肯定的に捉える有明の視線を通して散文詩は生み出されている。有明の散文詩の世界はこのように仏教との親炙の中で獲得された認識を堅固な基盤として成立していると考えることが出来るのであり、その意味で、既述の『有明集』の世界を支える詩的理念に於ける仏教的契機の一層の深化と徹底の中で、それらの散文詩の生成が果たされたと言えよう。

ところで有明が散文詩の創作に専念していた時期、既述の如く近代詩壇全体が散文詩への傾斜を深めていたのであった。そこで発表された数多くの散文詩の実作及び理論について十分に触れることは出来ないが、当時の主要な散文詩論を参照する時、[9]そこに認められるのは何よりも散文詩の独自性乃至は固有性に無自覚な論者の姿勢である。それらは、「もう少し律を加へて醇化を行へば韻文になる」ものが「散文で止まつてゐる」形式（川路柳虹「『霧』を読む」、『創作』明治四三・八）として散文詩を韻文と散文の中間的様式と捉えるにせよ、「今までの所謂小品文を一層調子強くした主観的描写の自由な新式」（服部嘉香「主観詩と気分象徴」、『早稲田文学』明治四三・一二）と見て散文詩を小品文や美文から派生した散文の新様式と見做すにせよ、或いは散文詩の詩たる根拠を「純内容のリズム即ち一種のトーン」の裡に認める（福永挽歌「窮迫せる内部生活の呼吸──新主観詩としての散文詩──」、『創作』明治四三・一二）にせよ、何れも散文詩固有の意義に対する無自覚と無理解を露呈するものに他ならない。とりわけ散文詩と美文、小品文との混同は顕著に見られる傾向であった。[10]先に触れたように「詩界に於ける自然主義」の運動は散文による詩の可能性を開くものであったが、そうした中で散文詩は、既に明治二十年代末より塩井雨江・武島羽衣・大町桂月『美文韻文　花紅葉』（博文館、明治二九・一二）、大町桂月『美文韻文　黄菊白菊』（博文館、明治三一・一二）、塩井雨江『美文韻文　暗香疎影』（博文館、明治三四・六）等によって試みられていた美文、或いは明治三十年代末から文壇に於いて流行しつつあった小品文と同一視されながら、詩壇に流布するに至ったと言えよう。[11]そしてそのような散文詩の独自性、固有性への認識の欠如が、当時の散文詩の実作に如実に反映していたのである。それらは有明自身が指弾したように、「小品文と異る処が見出せな」い詩的散文に他ならなかった。ジャン＝ルイ・ジュベールは、散文詩と詩的散文（prose poétique）との本質的な差異について、「詩的散文は直進するディスクールに止まるのに対して、散文詩は散文の直線的な展開から脱する。（中略）それら〈散文詩〉は〈直進する〉散文の流れの外部に位置する」と述べている。[12]またミカエル・リファテールによれば、「散文詩を特徴づけるものは、一つではなく二つの機能を負った母胎（matrice）の存在」であり、「母胎から二つの要素連続（conséquences）が同時に派生し、それらの様々の干渉が散文から詩を区別するのだ」という。[13]これらの散文詩の理念は、散文詩の名の下に発表されていた同時代の詩的散文とは異なる有明の散文詩の詩性を解明する上で極めて示唆的な指摘であるが、その点については更なる考察が必要であろう。ともあれ少なくとも有明は、『有明集』の孕む「弱所」への自覚を手にしつつフランスの散文詩との交渉を深めてゆく中で、かつてひと度手を染めた散文詩の担いうる多様な可能性を改めて認知し、更に仏教に裏打ちされた詩的理念を確かな支盤とすることによって、散文詩の詩としての固有性を確かに探り当てていたのであり、またそうした認識に支えられながら個性的な散文詩の世界を切り開いていたのである。

フランス詩の歴史と比較する時、日本の近代詩の韻文としての性格は甚だ薄弱なものであったと言わなければならない。明治十五年八月刊行の『新体詩抄』を始発とする日本の近代詩は、一定の音数律と行分け形式という緩やかなフォルムの裡に、その詩としての根拠を据えていたのである。そのような韻文的拘束の本来的な脆弱さの故にこそ、自然主義的な形式革命の提唱の下で、極めて速やかに定型詩から自由詩へ、更に散文詩へと傾斜することとなったと言えよう。その際、美文や小品文が恰好の範例と見做されたことは既に触れたとおりである。明治四十年代の詩壇に於ける散文詩の急速な流布がこうした事情に拠るものであったと考える時、文語定型詩や口語自由詩とは決定的に異なるはずの散文詩の独自の意義に対する無自覚と無理解、或いは散文詩の固有性に関する問題意識の極度の希薄さという事態は必然的に招来されたと言うべきだろう。従って明治末期から大正初頭にかけての散文詩の隆盛とは、実質的な意味での日本に於ける散文詩の成立を告げるものであったとは言い難い。そしてそのような状況に於いてこそ、散文詩の固有の領域に向けられた有明の詩的営為は際立つ。日本近代散文詩の歴史は、蒲原有明の個性的な営みの裡に真の始発を遂げたと言うことが出来るのである。大正二年に有明が散文詩創作の筆を断った後、翌大正三年には口語自由詩の確立を示す高村光太郎の詩集『道程』（抒情詩社、大正三・一〇）が上梓されるが、その傍らで山村暮鳥（「À FUTUR」、『風景』大正三・五）や三富朽葉[14]（「生活表」、『早稲田文学』大正三・八）の、散文詩という形式に於いてのみ可能な試みの成果が発表される。大手拓次の極めて個性的な散文詩の創作も既に開始されている。口語自由詩が日本の近代詩の主流を形成してゆく一方で、散文詩は、これらの大正期の詩人たちの営みの裡に独自の歴史を刻みながら、詩の所在をめぐる根本的な問いを提出し続けることになるのである。

注

（1）Suzanne Bernard, *Le Poème en prose. De Baudelaire jusqu'à nos jours*. (Nizet, 1978). p.434.

（2）口語自由詩に対する有明の批判的な立場は、「自由なる詩は、言はでものことであるが、稀薄なる詩ではない。火と言つて余燼を差出す謂では無論ない。危いと言つたのはここのことである。過激に亘るのが危いのではなくて、反対に消極的の結果を来すのを虞れたからだ。（中略）何かにつけて大問題を唱導しながら、却て些事に神経質的な苦悶をするのは、面白からぬ事だ。近来の論議に果してかういふ傾向は見えぬだらうか。解放といひ、形式打破といひ、その勇しき呼号のうちに不純の分子が含まれてはゐないだらうか。捨てた捨てたと言ひながら、まだ明瞭に捨つべきものを知らぬのではなからうか。」と述べる「詩人の覚悟（上）」（『東京二六新聞』明治四一・六・七）その他に於いて再三にわたって表明されている。

（3）「我が国の散文詩」（『文章世界』明治四一・七）は、有明が散文詩に言及した最も早い時期の詩論であるが、そこで有明は、「仏蘭西詩人ポール、ホールの詩に就ての、エドマンド、ゴッスの批評」を紹介した上で、日本の「散文詩の歴史」を跡付けている。この「ゴッスの批評」とは、Edmund Gosse, "M. Paul Fort", in *French Profiles* (W. Heinemann, 1905) であり、散文形式で書かれたポール・フォールの詩が実は《cadences》を備えた韻文的性格を持つことが論じられている。有明はこうしたゴッスの評論を祖述することによって、「詩のリズム、即ち格調韻律」を備えた散文としての散文詩に一つの可能性を見出していると言えよう。また後半部の「散文詩の歴史」を辿る形で列挙されるのは、北村透谷「富嶽の詩神を思ふ」（『文学界』明治二六・一）・島崎藤村「春詞」「秋詞」「哀縁」（『一葉舟』（春陽堂、明治三一・六）所収）及び「炉辺」（『太陽』明治三五・六）・外山正一「濃美の地震」「旅順の英雄可児大尉」（『新体詩歌集』（大日本図書、明治二八・九）所収）・小山内薫『夢見草』（本郷書院、明治三九・一一）・水野葉舟『あらゝぎ』（金曜社、明治三九・七）等であり、これら極めて多岐にわたる性格の作品が「真の散文詩」「立派な散文詩」と見做されている。以上のようなこの詩論の内容は、この時点で有明の散文詩の理念が未だ十分には形成されていなかったことを明らかに告げていよう。

（4） フランス散文詩の訳出に際して有明が用いた英訳テクストは、原詩（英訳）と翻訳（重訳）との比較対照により、以下のように確定できる。まずボオドレールに関しては、「的中」（原詩題名 "Le Galant Tireur"・英訳題名 "The Marksman"—以下、同様に表記）・「描かむと欲する希望」（"Le Désir de peindre"・"The Desire to paint"）・「幻覚」（"La Chambre double"・"The Double Chamber"）・「夢想」（"Chacun sa chimère"・"Every Man his Chimaera"）・「ぎやまん売り」（"Le Mauvais Vitrier"・"The Glass-vendor"）がスターム訳のボオドレール訳詩集 *The Poems of Charles Baudelaire.* Selected and translated from the French, with an introductory study by F. P. Sturm.（Walter Scott, 1906）により、他の作品——「月のたまもの」（"Les Bienfaits de la lune"・"The Favours of the Moon"）・「貧者の眼」（"Les Yeux des pauvres"・"The Eyes of the Poor"）・「民衆」（"Les Foules"・"Crowds"）・「孰れが真」（"Laquelle est la vrai?"・"Which is True?"）・「世界の外へ」（"Any where out of the world.—N'importe où hors du monde"・"Anywhere Out of the World"）・「窓」（"Les Fenêtres"・"Windows"）はシモンズの手になる翻訳散文詩集 *Poems in Prose from Baudelaire.* Translated by Arthur Symons.（Elkin Mathews, 1905）によって翻訳が行われている。ユイスマンス「赤の Camaieu」（原詩題名未詳・"Camaïeu in Red"）及びマラルメ「冬のおもひ」（"Frisson d'hiver"・"In Winter"）は、スチュアート・メリルによって英訳されたフランス散文詩のアンソロジー *Pastels in Prose.* Translated by Stuart Merrill.（Harper, 1890）を、またマラルメ「秋の嘆き」（"Plainte d'automne"・"Autumn Lament"）はアーサー・シモンズの *The Symbolist movement in literature.*（W. Heinemann, 1899）所収のマラルメ論中に掲出された英訳をテクストにしている。更にランボオ「大洪水の後」（"Après le Déluge"・"After the Deluge"）は、*Scribner's Magazine.* XIII（1893, Jan-Jun）に掲載された Aline Gorren, "The French Symbolists" 中の英訳に基づく翻訳である。

（5） ユイスマンスの散文詩 "Camaïeu in Red" の翻訳「赤の Camaieu」に於いても、原詩の描き出す「物思い（thoughts）」に彩られた「部屋（The room）」がやはり「一室《ひとま》」と訳出され、「物思い」ならぬ「幻想」の空間として捉えられている。ここにも同様の翻訳態度が認められよう。

（6） ここに引用されているのは、ボオドレールの没後に編纂されたミシェル・レヴィ版全集第四巻（Charles Baudelaire. *Œuvres complètes*, IV. Michel Lévy, 1869）にボオドレールの散文詩が「小散文詩（Petits Poëmes en prose）」として一括収録された際に、序文として掲げられることとなった、アルセーヌ・ウーセ Arsène Houssaye 宛の献辞（初出 *La Presse* (26 août 1862)）の一節である。

（7）渋沢孝輔『蒲原有明論』（中央公論社、昭和五五・八）、三四七頁参照。渋沢氏は、この散文詩に登場する女性について、「この世ならぬ壮麗な夢を見させると同時に、地獄への導き手でもあり、みずから業火に焼かれる罪障を負った存在でもある。というのも、この女性が彼自身の官能の象徴だからであろう。」と指摘している。

（8）島崎藤村『食後』（博文館、明治四五・四）に序文として掲載された有明「『食後』の作者に」参照。

（9）当時発表された主要な散文詩論としては、河井酔茗「散文詩の本質」（『文章世界』明治四一・一〇）、服部嘉香「実感の表現と印象律」（『秀才文壇』明治四二・九）、仲田勝之助「ツルゲネフの散文詩」（『創作』明治四三・四）、服部嘉香「固定形式と不定形式」（『創作』明治四三・七）、川路柳虹「『霧』を読む」（『創作』明治四三・八）、福永挽歌「窮迫せる内部生活の呼吸―新主観詩としての散文詩―」（『創作』明治四三・一一）、服部嘉香「主観詩と気分象徴」（『早稲田文学』明治四三・一二）、片上伸「散文詩に就て」（『創作』明治四四・五）、服部嘉香「散文詩論」（『早稲田文学』明治四四・一〇）等、また散文詩を収録した詩集としては河井酔茗『霧』（東雲堂書店、明治四三・五）、細越夏村『星過ぎし後』（悠々書楼、明治四三・八）・『春の楽座』（悠々書楼、明治四四・三）、青山郊汀『異教の国の春』（吉川弘文館、明治四四・九）その他を挙げることができる。

（10）例えば散文詩の理論及び実作を積極的に掲載した雑誌『創作』創刊号（明治四三・三）の「記者通信」には、「我等は夙く発達すべくしてしなかつた散文詩小品文のために常に本誌の一半を割いてその発展を資けむことを希望する」とあり、散文詩と小品文の間に区別を設けていなかった事実が示されている。

（11）『美文韻文　花紅葉』巻頭に置かれた大町桂月の「序」には、「美文を花になずらふるも可なり、韻文を紅葉とみはやすも亦妨げず、花や、紅葉や、これ天の文、美文や韻文やひとしくこれ詩なり。而して、その字句に拘束あるものを韻文といひ、拘束なきものを美文といふ。」と記されている。このような美文の捉え方が、明治末期の散文詩理解にそのまま引き継がれていると言ってよいだろう。

（12）Jean-Louis Joubert, "Le poème en prose", in *La Poésie, Formes et fonctions*. (Armand Coln, 1988) pp.136-138.

（13）Michael Riffaterre, "La sémiotique d'un genre : le poème en prose", in *Sémiotique de la poésie*. Traduit de l'anglais par

Jean-Jacques Thomas. (Edit. du Seuil, 1983) pp.148-158.

(14) 三富朽葉の散文詩「生活表」に関しては、拙稿「三富朽葉とステファヌ・マラルメ」(『文芸研究』一〇〇、昭和五七・五)・「三富朽葉「生活表」の成立」(『国語と国文学』昭和六一・五)及び「三富朽葉論―口語自由詩から散文詩へ―」(『東北大学教養部紀要』五四、平成二・一二)を参照されたい。

第三篇　明治期象徴詩の帰趨

第一章　自然主義と象徴詩

蒲原有明以後の近代象徴詩の展開を担った詩人として、北原白秋（明治一八〜昭和一七）と三木露風（明治二二〜昭和三九）の名前を挙げることが許されよう。白秋『邪宗門』（易風社、明治四二・三）、露風『廃園』（光華書房、明治四二・九）が上梓された後、彼等は足並みを揃えるように次々と詩集を公刊し、明治末期から大正初頭にかけての両者の充実した詩業が、詩壇に於いて白露時代と称される一時期を画すことになる。(1)

この両詩人はほぼ同世代に属し、その詩作活動の開始の時点も殆ど同時期であった。白秋の処女詩集『邪宗門』には百十九篇の作品が収録されているが、それらの初出の発表年次は、明治三十九年四月から四十一年十二月までの二年半余にわたる。一方、露風の『廃園』(2)所収の作品数は全百五十篇、その初出の時期は明治三十九年七月から四十二年七月に及んでいる。このように両者の詩的営為は明治三十九年の時点にその始発の時期を認めることが出来るのであるが、それは取りも直さず彼らの詩的出発が、同時期の詩壇に圧倒的な影響を及ぼしていた自然主義の文芸思潮との深い接触の裡にあったことを意味している。そのような詩人としての始発の時点に於ける自然主義との交渉は、先行する蒲原有明との決定的な差異と言わなければならないのである。従って有明以後の象徴詩の展開を考える上で、自然主義的契機の関与の内実を問うことが不可避の課題となるだろう。既述の如く明治四十年前後の時期に於いて自然主義と象徴詩の交差という事態が生じるのであるが、本章ではその具体的な様相について改めて検討を試みることにしたい。

一　詩壇に於ける自然主義

既に繰り返し触れてきたように、小説を中心とする日本の文壇を席巻した自然主義の影響は近代詩壇にも急速に波及する。自然主義は、既述の如く「幻滅」と「閉塞」の裡に閉ざされていた日露戦後の状況の中で、まさにそうした時代の状況そのものに深く根差した、「遊戯的分子を芟除して、真実体を発揮したるもの」（長谷川天渓「幻滅時代の芸術」、『太陽』明治三九・一〇）として要請された文芸思潮であり、そのような時代的必然に於いて圧倒的な勢力を得ることになる。近代詩が自然主義の影響下に置かれるのは、明治四十年に入ってからのことであるが、そのように近代詩が自然主義へと傾斜してゆく上で、島村抱月の提言が大きな契機をなす。

明治三十八年九月に留学先のドイツから帰国し、早稲田大学教授の地位に就いていた抱月は、翌年発表の「言文一致と将来の詩（一夕文話）」（『文章世界』明治三九・六）の中で、「英国の詩文」との比較に於いて従来の文語詩を批判し、「言文一致の新体詩」の成立を要請する。「今日の詩」が「言文一致」たるべきことを提言するこの抱月の発言に対する詩壇の反応は鈍く、翌明治四十年に入って言文一致詩への好意的な批評が現れるが[3]、そうした中で看過しえないのは、同年三月、相馬御風、人見東明、加藤介春、野口雨情、三木露風によって早稲田詩社が結成されたことである。東明の手になる後年の回想によれば[4]、「従来、開拓されていなかつた詩境の開発、詩語の発見」を求め、「島村抱月が昨年（明治三十九年）六月の「文章世界」に発表された言文一致詩論を実現しようではないか、などと話し合」う中から、早稲田詩社が設立されたという。こうして新体詩の更新を企図しつつ「詩語や詩境」を開拓し「言文一致詩」を試みる彼らの詩は、『早稲田文学』『文庫』『新声』等の諸誌に掲載されることとなるが[5]、注目すべきは、同時代評に於いて、それらの作品の上に自然主義の文芸思潮の反映が認められていたことである。例えば加藤朝鳥「早稲田詩社と詩草社」（『文庫』明治四〇・五）には次のように記されている。

之を一々巨細に検すると、各々立脚地を異にして作詩上の意見もまち〳〵であらうが、大体に於て新文芸の大潮流とも云ふべき自然派の色合を帯びぬ人はない。要するに早稲田詩社は未来ある而かも各々特色ある詩風を有する詩人の団体であるだけ、吾人の期待も少くなく、近く詩界に新問題を提供するの日あるは疑なき事実である。

早稲田詩社の詩に於ける自然主義的な「色合」の確認、――ここには、明治四十年の時点でまず実作の上に自然主義的な性格が認められ始めていたことが判然と示されていよう。同じ明治四十年の十一月、抱月は再び近代詩に対する提言を行う。先に言及した「現代の詩」（『詩人』明治四〇・一一）と題した談話である。

僕などが日本の新体詩を読んで先づ感ずるのは、其の直接でない事、即ちデイレクトネス、ストレイトネスが欠けてゐる点である。之は真直に実際生活《アクチュアル、ライフ》に接してゐないといふ意味で掩ふ可からざる事実であらうと思ふ。

同時代の新体詩の欠陥の指摘をとおして、「実際生活」に深く「接し」た詩的表現の直截性を要望する右の発言は、抱月自身に於いては必ずしも自然主義の主張とのみ限定されるものではなかった(6)が、翌明治四十一年に入ってそれは、詩に於ける自然主義の提唱として明確に位置付けられることになる。即ち実作の上に既に認められていた自然主義的方向が、この時点に至って初めて具体的な詩論の形で主張されるのである。そうした詩に於ける自然主義を提唱した詩論として、

相馬御風「自ら欺ける詩界」（『早稲田文学』明治四一・二）
相馬御風「詩界の根本的革新」（『早稲田文学』明治四一・三）
服部嘉香「詩歌に於ける現実生活の価値」（『新声』明治四一・四）

を挙げることが出来る。これらの主張は、島村抱月の発言を共通の前提としつつ、「現実を離れたる遊戯的の詩」を峻拒し、何よりも「現代の生活に密接」した「悲哀苦悶」の「叫び」を切実、赤裸々に表現することを求める点で明らかに一致している。そしてそのような立場が、「詩界に於ける自然主義」として明確に提示されているのである。更にこうして明治四十一年に於いて明確化する自然主義の詩の主張の中に先に触れた言文一致詩の試みが合流することによって、周知の如く形式上の根本的な変革が要請されることになる。即ち「現代の生活に密接」した「我そのもの、声」の切実な表白を求める自然主義の詩に於いて、旧来の文語定型詩の詩形及び用語は表現上の制約、拘束と見做されることによって、その一切の廃棄が主張されるのである。相馬御風はそうした「詩界の根本的革新」のために、「詩の用語は口語たるべし」、「絶対的に旧来の詩調を破壊する事」、そして「行と聯との制約破壊」という三点の「具体的な要求」を掲げる。従来の文語定型詩の徹底した否定による、所謂口語自由詩の提唱である。如上の経緯に於いて、自然主義の詩は、「実際生活」に深く根を下ろした生の「痛苦悲哀」や「苦悶」、そうした「胸の奥なる「我れ」そのもの、声」「純なる自己心中の叫び」を直接的に表現する口語自由詩として成立することになるのである。明治四十一年初頭の時点で、近代詩壇は自然主義の方向への急速な傾斜を示す。既述の如く文語定型による有明の象徴詩集『有明集』が激しい批判にさらされたのは、こうした状況に於いてのことだったのである。

二　自然主義詩の性格

自然主義的口語自由詩の先駆的試みと目される川路柳虹の「塵溜」(7)（『詩人』明治四〇・九）は次のような作品である。

隣の家の穀倉《こめぐら》の裏手に
臭い塵溜《はきだめ》が蒸されたにほひ、
塵溜《はきだめ》のうちにはこもる
いろ〳〵の芥《ごもく》の臭み、
梅雨《つゆ》晴れの夕をながれ漂つて
空はかつかつと爛《たゞ》れてる。

塵溜の中には動く稲の蟲、浮蛾《うんか》の卵、
また土を食む蚯蚓《みゝず》らが頭を擡げ、
徳利壜《とつくり》の虧片《かけら》や紙の切れはしが腐れ蒸されて
小《ち》さい蚊は喚きながらに飛んでゆく。

そこにも絶えぬ苦しみの世界があつて
呻くもの死するもの、秒刻に
限りも知れぬ生命の苦悶を現《げん》じ、
闘つてゆく悲哀《かなしみ》がさもあるらしく、
をり〳〵は悪臭《をしう》にまじる蟲螻《むしけら》の

種々のをたけび、泣声もきかれる。

その泣声はどこまでも強い力で
重い空気を顫はして、また軈《やが》て、
暗くなる夕の底に消え沈む。
惨《いたま》しい「運命」はたゞ悲しく
いく日いく夜もこゝにきて手辛《てがら》く襲ふ。
塵溜《はきだめ》の重い悲みを訴へて
蚊は群《むらが》つてまた喚く。

全篇にわたりほぼ一貫して日常的な口語が採用され、各行のリズム、連の構成も定型を脱した所謂口語自由詩の形式を判然と備えた作品である。そしてここに描き出されているのは、表題が明示する「穀倉の裏手」の「塵溜」に他ならない。「梅雨晴れ」の夕陽が「爛れ」た光を投げかける梅雨時の蒸した大気の中、籠もった噎せ返るような悪臭を周囲に漂わせている「塵溜」。更にそこには「稲の蟲」「浮蛾の卵」「蚯蚓」、そして「徳利壜や紙の切れはし」「小さい蚊」、――それらが蠢き、或いは腐臭を立てている。日常的な現実の中の極めて不快で醜悪な光景が大写しにされていると言うべきだろう。後半二連では、その「塵溜」の裡に「絶えぬ苦しみの世界」が看取される。「限りも知れぬ生命の苦悶」、「闘ってゆく悲哀」、そうした生ある存在の悉くを苛む「苦悶」「悲哀」の様相を呈示しつつ、時間の経過を示す表現と重ねて、全てを闇へと押し流す「惨ましい「運命」」をそこに見出してゆくのである。「塵溜」の世界をこのように捉える詩人の視線の収斂する方向に自然主義的な性格を十分に確認することが出来よう。

同様の性格は、相馬御風の「痩犬」にも認められる。『早稲田文学』明治四十一年五月号に掲載されたこの作品は、御風にとり、先立って発表した自らの自然主義詩論（「自ら欺ける詩界」「詩界の根本的革新」）の主張の具現化の試みであったに相違ない。

焼きつくやうに日が照る。
黄色《きいろ》い埃立《ほこり》が立つて空気《くうき》は咽《む》せるやうに乾《かは》いて居る。
むきみ屋の前に毛の抜けた痩犬《やせいぬ》が居る。
赤い舌《した》をペロ〱出《だ》して何か頻りと舐《な》めずつて居る。
あゝ厭《いや》だ。

ジロりと俺《おれ》の顔を見た。
ヤ！歩き出した。
ヤ！蹤《つ》いて来る。蹤いて来《く》る。

右へ曲がると右へ。
左に折れると左へ。
急げば急ぎやがる。
あゝ、厭《いや》な奴《やつ》だ。気味《きみ》の悪《わる》い奴《やつ》だ。
一体どこまでついて来るんだ。
何を目的《めあて》について来るんだ。

畜生行け、行かぬか。
俺《おれ》は何《なん》にも持つて居ない。
行け、行かぬか。シツ！

や！又俺《おれ》の顔を見てやがる。
おい、何がそんなに欲《ほ》しいのだ。
行け、行かないか。
まさか家《うち》まで蹤いて来るのぢやなからうな。
あ、厭だ！

先の「塵溜」同様、拙劣さの覆い難い作品であるが、作者の意図は明瞭である。平易な、或いは卑俗な口語を用いつつ、「毛の抜けた痩犬」につきまとわれる「俺」を描くこの詩に於いて、反復される「厭」という表現が、まとわりついて拭い難い「俺」の嫌悪感、不快感を、苛立ちや不安の裡に強調している。この作品に於いても、日常的現実の中の不快や嫌悪に満ちた状況が、表現の洗練や技巧への顧慮を一切排した口語自由詩形によって、露わに直接的に語り出されているのである。

ところでこれら二篇の自然主義的作品に於いて、殊更に不快、醜悪な光景が共通して呈示されていることは注目に値しよう。そうした醜悪極まりない、不吉でおぞましい光景は、従来の日本の近代詩には絶えて見出すことの出来ない映像と言わなければならないのである。即ち自然主義の詩は、現実生活の「痛苦悲哀」「苦悶」を赤裸々に表白することを求める中で、既述の日露戦後の精神的状況を反映する形で、とりわけ不快で醜悪な、或いは異常で病的な世界を素材として摂取することとなったのであり、それによって詩的表現の領域の拡大という結果をもたらすに至った。それは、文語定型詩から口語自由詩への形式上の革新とともに、日本の近代詩の展開に於いて自然主義が果たした重要な貢献に他ならないのである。

三　印象詩・気分詩・象徴詩

小説に於て、客観界さながらの形式を形式とせんとするに対して、詩は当に情緒主観さながらの発表を以て形をなさねばならぬ。もし詩界に於て自然主義を主張するならば、自《オ》らなる心を、自らなるわが調べもて、自《オ》ら歌ひ出づべきを主張しなければならぬ。詩界に於ける自然主義は、赤裸々なる心の叫びに帰れと云ふにあらねばならぬ。あらゆる伝習を脱し、あらゆる邪念を去り、純なる自己心中の叫びをさながらに発表する、そこに真の詩の意義が存するのではないか。

先に触れた相馬御風「詩界の根本的革新」の枢要をなす一節である。「詩界に於ける自然主義」を主張する右の発言は、しかし「情緒主観さながらの発表」、「純なる自己心中の叫びをさながらに発表する」ことに帰着することによって、直接的な自己表現への欲求を覆い難く露呈させている。換言すれば、詩に於ける自然主義の提唱は、「純なる自己心中の叫び」に集約される主情的な自己表出としてのロマン主義的モチーフを濃厚に宿していたのである。日本の自然主義小説が、自己告白に収斂するロマン主義的性格を内在させていたことは改めて言うまでもないが、近代詩に於いても事情は同様であった。そして近代詩の場合、そうしたロマン主義的欲求を内包した自然主義の性格が、自然主義詩自体の急速な変質と、先行する象徴主義との或る種の混交という状況を不可避的に生み出すことになるのである。

明治四十一年十二月の『帝国文学』に掲載されたR・T・O（折竹蓼峯）「煤払ひ」と題するエッセイの中に、

「近来一部の若い詩人の間に「印象詩」？と名付けられる一種の新体が行はれはじめやうとして居る。」という一文が見える。明治四十一年末に至って成立する「印象詩」と称される新しい詩とは、実は自然主義詩の変容の一様式に他ならない。それは例えば次のような作品である。

白――

明るい海のにほひ、
濁つた雲の静かさ、

白――灰――重苦しい痙攣……
腹立たしいやうな、
掻き毟しつたやうな空。

藻――流木――
磯草のにほひ。

白――
岸と波とのしづかさ。

――忘却――夢

苦悶の影――

白――

波の遠くに遠くにひゞく
　夢の如《や》うな音――狂ひ――嘆き

――白

――濁り――風

風――

しづかな音――

風――

白――

川路柳虹「暴風のあとの海岸」(『早稲田文学』明治四一・一〇)である。暴風が去った後の静けさと明るさを取り戻した海岸、しかし未だ嵐の痕跡と余韻が残る光景、――そのような海辺の光景から感受した瞬間的な印象を、殆ど脈絡もなく、羅列的に定着した作品と言ってよい。動詞は殆ど用いられず、様々の名詞句が極めて断片的に並置されてゆく。並列的、拡散的な詩句の動きにより解体寸前のこの詩を、意味的に統合するのは表題以外にない。この詩はそうした瞬時の断片的な印象の直接的な定着に於いて成立している作品なのである。(8) 柳虹の「印象詩」の典型をなす「感覚の瞬時」（『文庫』明治四一・一一・三）にも感覚的印象の断片性、瞬時性が顕著に示されており、作品末尾の付記が〈今・ここ〉に於いて直接的に定着される感覚の現在性を端的に告げている。

夕、夕、夕、
………………
耳はじ——と鳴る
………………
カタ……タ……
下駄だ……
心は氷のやうに冷えかへつた。
光つた……

女のくる足音。

一九〇八、九月×日　夜九時七分前

（最終連）
既述の如く自然主義的口語自由詩を先駆的に試みた川路柳虹は、またいち早く「印象詩」の創作に向かい、自然主義詩の変容を体現するかの如き歩みを見せている。「自由詩形　強烈なる印象」と題する詩論（『新潮』明治四二・一）の中で柳虹は、「刹那刹那の印象は吾人の忠実なる切実なる主観の叫びそのものである。」と宣言する。「赤裸々なる心の叫び」「純なる自己心中の叫び」は、ここで明らかに「刹那の印象」の直接的な表現へと移行している。そうした転移の裡に「印象詩」の成立が果たされているのである。そして更に「気分詩」も、同様の脈絡に於いて提唱されることになる。

自由詩社による「気分詩」の主張がなされるのは、明治四十二年のことである。自由詩社は、人見東明、加藤介春、三富朽葉、福田夕咲、今井白楊の五名によって同年五月に成った詩社であり、その同人の構成からして、既述の早稲田詩社の後身と見做しうる結社であった。[9] 彼らは機関誌『自然と印象』を刊行し（第一集、明治四二・五～第十一集、明治四三・六）、「気分詩」の創作に専心する。同人の東明が「新らしい詩の内容と様式」（『文章世界』明治四三・三）に於いて「吾れ等が呼んで自由と云ふのは人生観上自由である。何等先人の観念に囚はれず、あるがまゝの心に映ずる姿そのまゝを思ひ浮べると云ふ事である。吾れ等が自由詩はその気分を偽らず飾らざる心、オープンハートに映つた味量を移植するに外ならぬのだ。」と述べ、また介春が後年の回想（「気分詩の思出」、『愛誦』昭和八・一〇）の中で「気分詩の本質が実感にあつたことだけは間違ひない。実感に依つて得た感じそのもの、気持そのものを主体とした詩、それが気分詩だ。」と記しているように、自然主義的な詩の要請を明らかに継承しながら、それを「気分」「感じ」の定着として具現化を試みるところに「気分詩」は生まれたのである。その一例として、『自然と印象』第一集巻頭に掲載された福田夕咲「ツワイライト」を見てみよう。

ほろほろと
花散る――
うつろなる心の奥の
夕暮の
ツワイライトに…………。
女の肌のぬくもりのやうな

やはらかい風——
うつろなる心の奥へ
吹きおくる、淡い淡いにほひを
花の………メランコリーの………

ああ、うつろなる心の奥の
うらさみしいツワイライトに
ほろほろと
花散る………
ほのかに
漂ふメランコリー。

表題に示された「ツワイライト」、夕暮れの淡い微光の中で、「ほろほろと」花の散る微かな気配、「女の肌」のような仄かな「ぬくもり」を帯びて「やはらか」く吹き寄せる微風、その風の裡に漂う花の「淡い淡いにほひ」、そうした淡く仄かで柔らかな光、風、匂いに包まれる外部の世界が、「うつろなる心の奥」に深く静かに浸透してゆく状況がここに呈示されている。そのような相互浸透的な状況の中で、外界と内面を包み込む微かで「ほのか」に漂う「メランコリー」が捉えられているのである。こうした言わば主客未分化の裡に生成する物憂い「メランコリー」の淡い気分に覆われたアモルフな作品世界が、気分詩の基本的性格をなしている。反復される詩句が作品中に瀰漫する気分の表出に深く関与しており、作品世界の内面化への傾斜は、先の「印象詩」よりも一層著しい。

明治四十一年末の時点で「印象詩」への急速な展開を見せた自然主義詩は、翌年に至って更に、倦怠や疲労、悲哀の仄かな気分の定着へと向かう方向を見せている[10]。「現代の生活に密接」した「実感」の切実な表白を志向した自然主義詩は、その「実感」の内実を「印象」へ、更に「気分」へと変質させていく中で、極度に内面化された詩的世界へと変容していったのである。そしてそのような状況に於いて、自然主義詩と象徴詩との交差という事態への言及がなされる。第二篇第五章に於いて言及したように、明治四十年の時点で既に「近代標象詩的作風が、昨年に入つて新たに起り来れる種々の意味に於ける自然派的傾向と相合して最近の我詩壇に一大潮流を成さうとする趨勢」（相馬御風）が指摘されていたが、口語自由詩の成立の後、自然主義詩自体の変質を介して、両者を同一視する発言が改めて提出されることになるのである。例えば、詩に於ける自然主義の立場から先に「詩歌に於ける現実生活の価値」（『新声』明治四一・四）を発表していた服部嘉香は、明治四十二年五月、『秀才文壇』誌上に「実感詩論」と題する詩論を掲載する。嘉香はそこで、まず「赤裸々に痛々しい実感を其のまゝ」表現すること、「実感を最も熱烈に自由に表白する事」を自らの立場として明言する。その上で、「気分を尊重して印象詩を試むるやうになつ」た「此頃」の詩に好意的な評価を下しつつ、「ラムボー、ヴエルレーヌの如きは、吾々には殊の外親しい詩人のやうに思はれる」として次のように記している。

吾等の新詩歌は実感の告白たるべく、又実感の告白は吾等の生活の最も切実な苦悶であり且つ歓楽であらねばならぬ。ボードレール以下のデカダン派、象徴派が持つてゐた自覚は即ち是以外には無かつたのである。

嘉香は、「実感」の切実な表現の範例を、ボオドレール以下、ランボオ、ヴェルレーヌ等のフランス「象徴派」の作品の裡に見出している。そしてその理由として、彼らの「実感の譬喩」という「表白」の「方法」を指摘する。

実感を以て印象し、譬喩し、象徴し、暗示する間にこそ作者の個性が明瞭に表はれるのは当然では無いか。ヴエルレーヌやラムボーの如き詩人の詩はつねに此の実感の譬喩といふ事が特色となつてゐる。

この「実感の譬喩」とは即ち「実感を其のまゝに伝へんとする方法《メソッド》」としての、実感の「印象」的、「譬喩」的、「象徴」的表現の謂に他ならない。自然主義的な詩の要請に基づく、実感を切実に伝達する表現の「方法」という観点に於いて、ボオドレール、ランボオ、ヴェルレーヌら「象徴派」の詩がその最も十全な表現様式として捉えられているのである。最早この発言に於いて自然主義と「象徴派」の差異は全く問題にされてはいない。寧ろ自然主義的志向の優れた達成として、「象徴派」の詩に高い評価が下されているのである。自然主義詩と象徴詩とを同一化、同定化する視点をここに判然と認めることが出来よう。そしてこうした自然主義的認識を背景とした象徴詩の理解、評価の孕む歪曲や欠落が、当時に於ける象徴詩の新たな転化に深く関与したのである。

自然主義の詩は以上のような変容、変質の中で、象徴詩との交差、一体化の方向を如実に示すに至った。先に述べたように詩に於ける自然主義の主張が内在させていた、直接的な自己表現のモチーフに裏打ちされた、本質的にロマン主義的な性格が、印象詩そして気分詩への変移という詩的世界の内面化を促し、またそうした言わばロマン主義的な軌道の上で自然主義と象徴主義との連結を導くこととともなったと考えられる。同時に、自然主義を具現化する形式としての口語自由詩が、先行する文語定型詩の全き否定として、即ちその徹底した否定形としてのみ提示されることによって、実は口語自由詩固有の詩の原理及び「方法」それ自体が不問に付されていたこと[11]も、自然主義の詩の変容の要因をなしていたと言えよう。

明治四十年前後の時期、自然主義の圧倒的な影響下にあったと見做される近代詩壇は、その内実としては如上の自然主義と象徴主義の交差の状況の裡にあったと言わなければならない。第二篇第五章に於いて論じた日露戦後の詩が呈示していた多様な様相も、こうした詩的状況を背景として生じていたと考えられるのである。そうした中で、有明以後の象徴詩の変質という事態が不可避的に招来される。次章に取り上げる北原白秋『邪宗門』は、それを典型的に体現する詩集に他ならないのである。

注

（1）服部嘉香は、明治四十二年の詩壇を回顧した文章の中で、「共に近代詩の新しい神経を現はしてゐる」詩集として『邪宗門』と『廃園』を挙げながら、「自由詩がその形式の方面に於て暗中模索をしてゐた時代の二つの記念である」と述べて（「詩壇の三潮流」、『秀才文壇』明治四三・一）、所謂白露時代の幕開けを告げている。

（2）露風は明治三十八年八月の上京直前に、「閑谷を去る記念の集」として詩歌集『夏姫』（明治三八・七）を自費出版しているが、中央詩壇にデビューするのは第二詩集『廃園』によってである。

（3）（無署名）「近刊の二詩集」（『文庫』明治四〇・五）、葛の葉（森川葵村）「夏書」（『詩人』明治四〇・七）、世詩香（服部嘉香）「言文一致の詩」（『詩人』明治四〇・一〇）等をその例として挙げることができる。

（4）人見圓吉（東明）「明治詩壇の一角 「自然と印象」の復刻について」（『自然と印象（復刻）』昭和女子大学光葉会、昭和三三・一〇）

（5）人見圓吉『口語詩の史的研究』（桜楓社、昭和五〇・二）は、「明治四十年中期」以降、諸誌に掲載される言文一致詩（口語詩）が増加してゆく状況を詳細に跡付けている。

（6）抱月は同論に於いて「故に吾人の希望は、いかなる方法に於てか極めてデイレクトにストレイトになつて欲しい。細かい感想の、シムボリズムでもナチユラリズムでも可いから、深い印象と強い調子とがなくては物足りない。」と述べており、その提言はこの時点で必ずしも自然主義の主張と直結するものではなかったことが明らかである。

（7）「塵溜」は、柳虹の第一詩集『路傍の花』（東雲堂書店、明治四三・九）に収録の際、「塵塚」と改題されている。

（8）川路柳虹は、後年の回想の中で、「私の「路傍の花」は明治四十三年の出版だが、あすこに収めてある自由詩は舊形破壊と新しい形の探求苦悶の試作に他ならない。（中略）私は言葉の機能を追求して今日のアヴンギャルドの諸君と同じく究極まで追ひつめ、「感覚の瞬時」とか「暴風の後の海岸」とか、映像と印象の表出そのものをのみ心がけたから一切の文法的脈絡を断ち切つて「印象の羅列」を好んでやつた。」と述べている（「回想と告白」、『日本現代詩大系』第四巻

（河出書房、昭和二五・一二）「月報」）。

（9）　このうちの人見東明、加藤介春、福田夕咲は、既述の「『有明集』合評」（『文庫』明治四一・二）の執筆者である。

（10）　明治四十二年の文壇に於いて顕著となる印象主義をめぐる論議は、こうした詩壇の動向と対応していると言ってよい。この点に関しては、横井博『印象主義の文芸』（笠間書院、昭和四八・一二）を参照されたい。

（11）　例えば服部嘉香は「詩歌に於ける現実生活の価値」（『新声』明治四一・四）の中で、「自然主義の文学が起つて以来、詩歌に対して、現実生活に直接なれ、現代の実際生活に触れしめよと要求する者が多々あるに至つた。殊に近頃二三の雑誌に於て此の論が激しくなつたやうであるが、然し未だ所謂現実生活に触れた詩が如何なる者で有かは論じた人がない。」と批判している。またＲＴＯ（折竹蓼峰）は「新しき詩歌」（『帝国文学』明治四一・六）に於いて、御風「痩犬」の行分けを取り払い、散文形式に書き換えた上で、「天下に一人能くこれを詩の一聯なると判じ得る者があらうか。」、「我等をして忌憚なく語らしむるならばこれ詩歌たり得べからざるものである。」と指弾する。この発言は、韻律形式を撤廃した口語自由詩がなお散文ならぬ詩として存立しうる根拠についての原理的追求が閑却されていた状況を露呈させていよう。

第二章　象徴詩の転回――北原白秋『邪宗門』論

北原白秋の処女詩集『邪宗門』（易風社、明治四二・三）の巻頭には次のような一文が掲げられている。

詩の生命は暗示にして単なる事象の説明には非ず。かの筆にも言語にも言ひ尽し難き情趣の限なき振動のうちに幽かなる心霊の欷歔をたずね、縹渺たる音楽の愉楽に憧れて自己観想の悲哀に誇る、これわが象徴の本旨に非ずや。

「わが象徴の本旨」を語る右の発言は、「例言」中の「予が象徴詩は情緒の階楽と感覚の印象とを主とす。」という言辞と相俟って、『邪宗門』が象徴詩の集成であることを明らかに告知している。(1) このような象徴詩宣言を巻頭に掲げた『邪宗門』は、有明以後の象徴詩として如何なる詩的世界を開示しているのであろうか。本章では、白秋自らが象徴詩集と規定する『邪宗門』に焦点を据えて、その象徴詩の成立過程と特質について考察を加えてみることにしたい。

『邪宗門』は、《魔睡》《朱の伴奏》《外光と印象》《天草雅歌》《青き花》《古酒》の全六章、百十九篇で構成されている。それらは全て明治三十九年以降に執筆された作品であり、従って詩集『邪宗門』の世界はその時期を以て始発を遂げたと言うことが出来る。明治三十六年に詩作を開始し（「恋の絵ぶみ」、『文庫』明治三六・一二・一五）、文庫派の新進詩人として詩壇の注目を集めていた白秋に於いて、明治三十九年とは即ち文庫派を離脱して『明星』に参加した時点に他ならないが、詩集巻末の詩章《古酒》に収録されたそれら『文庫』離脱直後の初期作品を参照する時、そこには先行する詩人の影響の痕跡が極めて顕著に窺われる。

解纜す、大船あまた。――
黄髪《わうはつ》の伴天連信徒《バテレンしんと》蹌踉《さうらう》と
闇穴道《あんけつだう》を磔《はりき》負ひ駆られゆく如《ごと》、
生《なま》ぬるき悲痛《ひつう》の唸順々《うなりじゆん〳〵》に、
流血《りうけつ》背より黒煙《くろけぶ》り動揺《どうえう》しつゝ、
印度はた、南蛮《なんばん》、羅馬、目的《めど》はあれ、
唯《たゞ》、生涯《しやうがい》の船《ふな》がかり、いづれは黄泉《よみ》へ
消えゆくや、――嗚呼午後七時――鬱憂《うついう》の心の海に。

（「解纜」第三連）

暮れぬらし。何時《いつ》しか壁も灰色《はひいろ》に一間《ひとま》はけぶり、
盤上《ばんじやう》の牡丹花《ぼたんくわ》ひとつ血の彩《いろ》に浮かび爛《たゞ》れて
散るとなく、心の熱《ねつ》も静寂《じやうじやく》の薫《くゆり》に沈み、
卓《しよく》の上両手《もろて》を垂れて瞑目《めつぶ》れば闇はにほひぬ。

（「暮愁」第一連）

両篇ともに『明星』明治三十九年八月号所載の作品であるが、(2) 上田敏『海潮音』や蒲原有明からの詩句及びイメージの直接的な借用が露わに認められる。《古酒》所収の初期詩篇の多くは、他に薄田泣菫も含めてこうした先行詩の影を色濃く宿しているのである。そのように《古酒》の詩が習作と見做すべき性格を未だ覆い難く備えているとすれば、それらは果たして如何なる意味で『邪宗門』の詩的世界を開示する始発点たりえているのであろうか。

白秋は、後年執筆の「明治大正詩史概観」（改造社版現代日本文学全集、第三七篇『現代日本詩集　現代日本漢詩集』（昭和四・四）「巻末附録」）の中で、自らが属していた文庫派の詩風、そして自身と『文庫』との関係について次のような極めて興味深い指摘を行っている。

> ここで所謂『文庫調』の典型なるものについて解説して置く要がある。（中略）内容の香気はやや俳趣を溶かした田園味が多く、時には感傷に稚《をさな》く、謬《あやま》れば古臭で常凡となる。近代の熱情と感覚とからは疎く、ハイカラではない。（中略）『文庫』末期の新進の中にあつて、当時の青春を代表した者に北原白秋があり、（中略）韻文界の鏡花現れたり等の同記者の誇張讃辞と共に、その第一歩の進出は些《いさゝ》か華やかではあつたが、詩そのものは他の評家の所謂美辞麗句の羅列に過ぎなかつた。その処女詩集『邪宗門』に是等の一も採らなかつた所以は自ら深く嫌厭したのである。（中略）白秋は『文庫』の典型と声調とに倦厭たると共に自己の美辞麗句詩をも一蹴した。而して詩についての知見が初めて表に現れた三十九年春の作品『おもひで』の数篇を以て『明星』誌上へ飛躍した。

ここには、文庫派の新進詩人として出発した白秋が、その「近代の熱情と感覚からは疎く、ハイカラではない」、「美辞麗句」を連ねる詩風に厭きたらず、遂に『明星』へと転身するに至る経緯が明瞭に語り出されている。昭和四年、処女詩集刊行より二十年を経ての回想の言であるにしても、それが白秋の詩的歴程を正確に跡付けるものであることは、明治四十四年の時点での以下の発言との確実な対応からも理解しうるはずである。第二詩集『思ひ出』(東雲堂書店、明治四四・六)巻頭の長文の序「わが生ひたち」の中に、白秋は以下のように記している。

さはいへ此集の第三章に収めた「おもひで」二十篇の追憶体は寧ろ「邪宗門」以前の詩風であつた。まだ現実の痛苦にも思ひ到らず、ただ羅漫的な気分の、何となき追憶に耽つたひとしきりの夢に過ぎなかつた。

「現実の痛苦」とは無縁の「ただ羅漫的な気分」に浸されていた「「邪宗門」以前の詩風」、それは文庫派の一員として白秋が書き綴っていた「近代の熱情と感覚からは疎」く「古臭で常凡」な「美辞麗句詩」の性格と明らかに通底している。即ち『邪宗門』の詩的世界は、そうした「近代の熱情と感覚」「現実の痛苦」への意識を基底に据えることによって初めて始発を果たしたものと考えられるのである。そしてそこには白秋に於ける同時代の自然主義との交渉を判然と認めることが出来る。当時の詩壇を席巻しつつあった自然主義の詩は、既述の如く「現代の詩」(島村抱月)として、「実際生活」に深く根差した「痛苦悲哀」や「苦悶」の切実で直接的な表白を求めていた。文庫派からの離脱をめぐる右の発言は、『邪宗門』の始動がそうした自然主義的要請に対する白秋の応答であったことを自ずと語り出していよう。併せて自然主義詩をめぐる議論の過程で、詩の「近代」性が問題化されていたことも白秋の詩的認識の形成に関与していたかも知れない。例えば服部嘉香は「所謂近代的詩歌」と題する詩論(『詩人』明治四一・五)に於いて、「従来の詩歌は真の詩歌ではなかつた」理由として「それは文字を先きにしたる詩であつたからである。美しい文字、詩的の文字、意味のありげな文字を先づ得て後に、其等の文字の為めに自己の思想を作つていた」ことを指摘した上で、「近代的詩歌とは時間的概念に依つて前後を判断したる意味のものと解するよりも寧ろ解脱したる真詩歌、吾人のライフと活きた関係を有する詩といふやうな、日本詩壇に於て詩と云はる、もの、第一歩たるものとしての意味である。仮りに従来の遊戯的のものに対して区別する為めに形容詞を冠らしたものである」と述べている。ここで嘉香は旧来の所謂〈新体詩〉を「遊戯的のもの」として否定し、「吾人のライフと活きた関係を有する詩」を「真詩歌」たる「近代的詩歌」として揚言する。自然主義の立場の下で、日常の現実それ自体の注視の裡に見出される生の「痛苦悲哀」「煩悶」の表出に於いて「近代的詩歌」の成立を告げるこうした発言は、日本の近代詩に於けるモデルニテへの自覚的な問いとして極めて重要である。嘉香は更に『有明集』以後、若き人の第一集に於て吾人は近代的詩歌を見ん事を切望してゐる」とも述べているが、このような詩の「近代」性をめぐる議論の動向が、「美辞麗句詩」を「一蹴」するに至る白秋にとって強い促しとなったであろうことは想像に難くない。前引の詩「解纜」や「暮愁」に示されていたように、もとより白秋が「鬱憂」「悲痛」「衰残」「愁」等の情感を自己の詩に定着する際に、『海潮音』や有明の作品からそれらの表現、イメージを直接的に摂取していたことは疑いない。ただしそれらの先行詩が呈示する世紀末的な様相を濃厚に帯びた「鬱憂」や「悲哀」を、「現実の痛苦」、「近代の幻滅」(「明治大正詩史概観」)として捉え直し、意味づける上で、日露戦後の精神的状況を背景に成立した同時代の自然主義の思潮が決定的な契機の役割を果たしていたものと考えられる。自然主義との交渉は白秋に、向かうべき「近代」の詩の方向を確実に認知させたと言えよう。そうした詩的理念の確立とともに『邪宗門』の世界は始動することとなったのである。そして詩人としての白秋の始発が自然主義との交渉の裡になされたことは、先行する蒲原有明との関係を考える上で看過し得ぬ事態と言わなければならない。

以後、白秋は如上の詩的認識を基軸としつつ曲折に富む詩人としての歩みを示すことになる。『邪宗門』収録詩篇中の最新作は、序詩「邪宗門秘曲」に続いて詩集巻頭に配列された「室内庭園」であり、象徴詩を宣言する本詩集の到達点をこの作品に認めることが許されよう。作品「室内庭園」に帰着する白秋詩の展開を、とくに言語が生起する様態に着目しつつ、以下に跡付けてみることにしたい。

一　〈密室〉と〈窓硝子〉――『邪宗門』の始発

蒲原有明以後の詩人として北原白秋が占める位置について考えようとする時、明治四十一年三月に発表された連作「悪の窓（六篇）」（『新声』）は極めて興味深い。そこには、有明の象徴詩からの展開、或いは白秋詩が存立する固有の位相が判然と示されているからである。

その二、疲　れ

あはれ、いま暴《あら》びゆく接吻《くちつけ》よ、肉《ししむら》の曲《きよく》……
かくてはや青白《あをじろ》く疲《つか》れたる獣《けもの》のおもて
けふもまたわれ見据《みす》ゑ、はかなげにいとはかなげに
色濁《いろにご》る窓硝子外面《まどがらすとのも》より呪《のろ》ひためらふ

いづこにかうち狂《くる》ふヸオロンよ、わがくちびるよ、
身をも燬《や》くべき砒素《ひそ》の壁夕日《かべゆふひ》さしそふ。

その六、うめき

暮《く》れゆく日、血に濁《にご》る床《ゆか》のうへにひとりやすらふ、
街《まち》しづみ、窓《まど》しづみ、わが心もの音《おと》もなし、

載《の》せ来《きた》る板硝子《いたがらす》過《す》ぐるとき車《くるま》軋《や》きつつ
落《お》つる日の照《て》りかへし、そが面《おもて》噎《むせ》びあかれば
室内《むろぬち》の穢《けが》れ、はた、古壁《ふるかべ》に朽《く》ちし鉞《まさかり》
一斉《ひととき》に層《は》らるる牛《うし》の夢《ゆめ》くわとばかり呻《うめ》きもだゆる。

街《まち》の子は戯《たはむ》れに空虚《うつろ》なる乳《ち》の鑵《くわん》たたき、
よぼよぼの飴売《あめうり》はあなしばし、ちやるめらを吹く。
くわとばかり、くわとばかり、
黄《き》に光る牢獄《ひとや》の煉瓦
くわとばかり、あなしばし。——

これらの作品は何れも有明の詩と同様に「室」内を舞台としている。しかし白秋の「室」に於いては、有明詩が設定する密室空間とは異なり、外界が遮断されることは一切無く、「外面」の音響や光が容赦なくその空間に侵入してくる。「その二、疲れ」では、官能の疲れに満ちた「われ」を「呪ひ」、苛む如く、「窓硝子」をとおして「外面」のヴァイオリンの狂乱の響きや「夕日」の光が入り込んでくる。また「その六、うめき」が描き出すのは、「窓」を介して侵入する外部の「街」の様々な状況に曝される中で、「室内の穢れ」を露呈させる落日の眩い光に威嚇され、「呻きもだゆる」「わが心」に他ならない。ここには、有明的〈密室〉からの根本的な変容が確実に認められよう。白秋詩に於いて、有明が周到に設えた〈密室〉——「陰湿《いんしつ》の「嘆《なげき》」の窓《まど》をしも、かく／うち塞《ふさ》ぎ真《ま》白《しろ》にひたと塗《ぬ》り籠《こ》め、／そが上《うへ》に垂《た》れぬる氈《かも》の紋織《あやおり》、——／朱碧《あけみどり》まじらひ匂《にほ》ふ眩《まば》ゆさ」と描き出される「こころづくしの／この一室《ひとま》」（「痴夢」、『早稲田文学』明治三九・四）は最早存在しない。明治四十年末以降に発表された白

秋詩に於いて極めて多くの作品に〈室〉の詩的設定が認められ、それらは「わが想《おもひ》の室《むろ》」という詩句（「序楽」、『中央公論』明治四一・四）が端的に告げるような内面世界を形象化する空間としての性格を担いながらも、しかしそれらの「室」には全て「瞳《ひとみ》の色《いろ》の窓《まど》ひとつ、玻璃《はり》の遠見《とほみ》」（「序楽」第二連）、即ち硝子の窓が穿たれているのである。その「窓」は既述の如く外界を様々に映し出す。但しその「窓硝子」は外部への通路を開き、室内の主体の視覚や聴覚を外界へと誘いつつも、彼方への志向を象るロマン主義的機能を果たすものでは決してない。寧ろそれは、前引の「疲れ」「うめき」が示すように、「室の内」とその外部の現実との間の不調和や異和、敵対を孕んだ関係を多様な形で作品世界に導入する役割を担っているのである。

更にまた白秋詩に於ける「窓」は、外部に向けて開かれながらも、同時にその外部と室内との接触、交渉を疎外し、遮断する障壁としても存在することになる。「色濁《いろにご》るぐらすの戸《と》もて／封《ふう》じたる、白日《まひるび》の日のさすひと間《ま》」という詩句に始まる「幽閉」（『中央公論』明治四一・七）には、「瞳盲《ひとみし》ひたる嬰児《みどりご》」が「ひと間」に「封じ」られたまま、「物病《ものや》ましさのかぎりなる室《むろ》のといきに、／をりをりは忍《しの》び入るらむ戯《おど》けたる街衢《ちまた》の囃子《はやし》」に耳を傾け「笑」い興じる姿が描き出される。

　あはれ、子はひたに聴《き》き入る、
　珍《めづ》らなるいとも可笑《をか》しきちやるめらの外《そと》の一節《ひとふし》。

という最終連は、「嬰児」が「外」――「街衢」の日常的世界に向けて無垢で純粋な関心を寄せつつも「ぐらすの戸」で「封じ」られている「哀れ」な「幽閉」の状況を明瞭に呈示している。盲目の「嬰児」という形象もそうした状況を象徴的に示していよう。同様に、「象」（『新声』明治四一・三）では、窓を閉じた空間に閉塞され、「気倦る」さと「幽鬱」に包まれた象の姿が描き出されている（「窓《まど》ふたぎ窓ふたぎ気倦《けだ》るげに呻吟《うな》りもぞする、／／あはれ、わが幽鬱《いううつ》の象」）。そうした遮断された状況は、「牛のおもへる」（『自然』明治四一・四）に於いては、外部からの視線を拒む「灰色の館の窓の帷」のイメージによって形象化される。

灰色《はいいろ》の館《やかた》の窓《まど》の帷《あげとばり》
花《はな》どくだみの色《いろ》したる見てのみあれど
重《おも》たげに動かず、揺《ゆ》らず、われもまた
熱《あつ》き光に身動《みじろか》ず物をしおもふ。

（中略）

この恐怖《おそれ》いかにかならむ。夏の日に
花《はな》どくだみの色《いろ》したる、曇《くも》ると見つつ
灰色《はいいろ》の館の窓《まど》に倦《う》み疲れ
心は嘆《なげ》け、　帷《あげとばり》つひにあがらず。

（第一・最終第八連）

作中の「われ」は「灰色の館の窓」にひたすら眼差しを注ぎ続けるものの、その「窓の帷」は閉ざされたままでしかない。そこに生じる不充足や倦怠の念が、「おぞましさ」や「恐怖」、「嘆」きという些か過剰な感覚として定着されているのであるが、そのように内部を覗き見ることを拒む「窓」は同時に外部を眺めることも不可能とするのであり、そこに、「窓」が介在しつつも室内と外界との接触、交流が成立し得ない状況が露呈する。

見るがまに焼酎《せうちゆう》の泡《あわ》しぶきひたぶる歎《なげ》く

そが街《まち》よ、立《た》てつづく尖《とが》り屋根《やね》血《ち》ばみ疲《つか》れて
雲《くも》あかくもだゆる日《ひ》、悩《なや》ましく馬車《ばしや》駆《か》るやから
霊《たましひ》のありかをぞうち惑《まど》ひ窓《まど》ふりあふぐ、

その窓《まど》に盲《めし》ひたる爺《おぢ》ひとり鈍《にぶ》き刃《は》研《と》げる。
はた、唖《おし》の朱《しゆ》の笑《わらひ》、痺《しび》れつつ女《をみな》を説《と》ける。
次《つぎ》なるは聾《ろう》しぬる楽師《がくし》のモギタルラ聴《き》ける。

（「狂へる街」第二・三連）

右の「狂へる街」（『趣味』明治四一・五）の中間部では、「窓ふりあふぐ」視線が捉えたものとして「盲ひたる爺」「唖」そして「聾しぬる楽師」の姿が示されているが、それらは「窓」の内部と外部との断絶の状況を象徴的に呈示する表現に他ならないだろう。併せて同時期の白秋詩に繰り返し描き込まれる外光を眩く反射する硝子のイメージも、ガラスの透過性を否定し、遮断の様態を伝える、同様の象徴的映像と見做すことが出来るはずである。これら一連の作品に於いて、室内と外界との境界に穿たれた窓は、両界を繋ぐ通路としての役割を十全に果たすものでは決してない。寧ろそれは、外部から内部への、或いは室内から外界への視線を遮り、内―外の断絶をこそ露呈させていると言わなければならないのである。

明治四十年末から翌年にかけての白秋詩に頻出する〈室〉の〈硝子窓〉は、以上のように硝子が本質的に備える〈透過／遮断〉の両義性を活かしつつ、室内と外部の現実世界との齟齬や対立を孕んだ関係、或いは両者の接触、交渉の不可能性を形象化する特権的なイメージとして機能している。そしてそうした状況の裡に生じる苦悩、悲嘆や憂鬱、恐れ等の情感が作品世界を包み込んでいるのである。このような白秋の詩的世界の構造に、有明象徴詩の〈密室〉的世界との本質的な差異を判然と認めることが出来よう。既述の如く有明の営為は、〈密室〉の詩

的設定に於いて日常の現実とは異質の論理と秩序を備えた内面の夢想の様態それ自体の形象化に向けられていたのであるが、白秋の詩にそうした陶酔と愉悦に満ちた夢想の〈密室〉的空間は既に存在しえない。寧ろ〈硝子窓〉の設定に於いて、有明的〈密室〉の崩壊、解体を前提として成立しているのが白秋の詩的世界に他ならないのである。そしてそうした設定によって不可避的に導入される外部の現実と内部の空間との関係が、白秋詩の世界を構造化することになる。このように考える時、有明の象徴詩からの如上の転移とは、白秋に於ける自然主義的モチーフの介入によって導かれた事態に他ならぬことが明らかとなろう。「実際生活」との接触による「痛苦悲哀」「苦悶」の切実な表白を求める自然主義との交差の裡に始発を遂げた『邪宗門』に於いて、〈硝子窓〉は自然主義的現実認識の投影された設定として、有明以後の、自然主義の時代に詩人として歩み出した白秋の固有性を確実に告げている。

白秋の詩はこの時点で、〈硝子窓〉の穿たれた〈室〉という詩的設定に於いて、室内の空間と外部の現実世界との対立・軋轢に満ちた関係、或いは両者の切断された関係を苦痛、悲哀や憂鬱の裡に形象化するところから固有の展開を開始したのである。

二　象徴詩への志向

白秋が象徴詩の創作に自覚的に取り組み始めたのは、果たしていかなる時点のことであろうか。既述の如く初期詩篇を収録した詩章《古酒》には、上田敏や有明の作品からの詩句やイメージの借用が露わに認められるが、そこに象徴詩の意識的な試みを明瞭に窺うことが出来る訳ではない。白秋自身は、象徴詩への接近に関して次のように記している。明治四十一年四月二十六日付［推定］の河井酔茗宛書簡の一節である。

「新体詩作法」ご執筆中のよし、さぞ御繁多の御事と奉存上候。なにしても御身体を御大切に。詩の引例に小生のも、との御話有之候こと、甚だ御耻かしく、自ら得意の作なぞは一も無之、たゞく不満足をおぼゆるのみに候。

強いて申候へば、詩の高下は兎に角、小生の最近の傾向として、最近の趣味より出でたる象徴詩一二を申上べく候。

新思潮第四号所載『謀叛』

新思潮第六号所載『こほろぎ』

二篇とも小生が最近に志したる象徴の詩にて、すべてが情緒に御座候。

白秋はここで象徴詩が自らの「最近の傾向」であることを強調しながら、その例として、『邪宗門』では《朱の伴奏》に収録されることになる「謀叛」（『新思潮』明治四一・二）及び「こほろぎ」（『新思潮』明治四一・三）の二篇を挙げている。この発言によれば、白秋の象徴詩への志向は明治四十年末から四十一年初頭にかけて形成されたものと見做されよう。その「最近に志したる象徴の詩」について、続く一節には次のような見解が披瀝されている。

内部精神の情緒をそのままにあるものを藉りて最も音楽的に奏で出でんとしたるつもりに御座候へど御如何にや。

即ち象徴の力はこれらの云ふべくして云ひがたく、描くべくして描きがたき、最も複雑に最も深く相錯争したる所謂言語道断の心境をうつし出すにありと存居候。

或は精舎の庭に或は落日のなかに或は噴水の吐息のなかにすすりなくウヰオロンの響はこれ情緒の響に候。

「謀叛」は鎮静の心境よりきざしそめたる謀叛の情緒の漸次に強烈になりゆきつつ、遂に大叫喚の心境に到る内部精神の反乱に御座候。象徴に付これらの詩に対する解釈は人各見を異にすべく、たゞかかる場合に於けるかかる情緒の響を御感じ被下候はゞよろしく候。かるが故に謀叛を恋の謀叛とも御とり被下てもよろし、『こほろぎ』も、強烈なる赤きくるめきのなかに、あるひとすぢのほのかなる情緒の揺曳せる状態にて、如上の意見よりよろしく御推察ねがひ上候。

要するにすべてが情緒に御座候。(3)

ここに提示されている象徴詩理解に、既に第一篇第三章「「象徴詩」の理念」及び第四章「「象徴詩」の再定義――「象徴詩釈義」考――」に於いて検討を加えた上田敏の一連の象徴詩論が色濃い影を落としていることは言を俟たない。「象徴に付これらの詩に対する解釈は人各見を異にすべく、たゞかかる場合に於けるかかる情緒の響を御感じ被下候はゞよろしく候」と述べて、象徴詩を「内部精神の情緒」、「最も複雑に最も深く相錯争したる所謂言語道断の心境」を映し出したものと規定するこの発言は、敏の『海潮音』序文や「象徴詩釈義」と明白な内容上の対応を見せている。或いは、先の白秋書簡と近い時期に発表された敏の象徴詩への言及として、「文学史の見地からすれば、今日の仏蘭西に象徴詩が発生したのは、従前の固い彫刻絵画の様な詩に対する反動で、更に深く観察すれば、近世人の思想が愈精緻になつて来て、幽玄不可説の心情を捉へむとする自然の成行である。(中略)言ひ換れば、今の詩人は象徴を用ゐて読者に一の心情を起さしめ、それより以上は、各自一家の解悟に任せるとい ふ遣方で、一見した処では、廻りくどい難解の方法であるが、実の所、尋常言語の道断えた事物真相の闡明には、これが最も適当な方法であらう。」という一節を含む「マアテルリンク」(『明星』明治三九・五、六、のち『文芸講話』(金尾文淵堂、明治四〇・三)所収)、更にマーテルリンクの詩に関する、

マアテルリンクも此新派(=象徴派――引用者注)の趨勢に走つて、自己の精神状態の極めて幽微な影を余蘊無

く発揮しようとした。これが千八百八十九年に著した詩集『温室』Serres chaudes である。
吾詩人の幻想はこの時まだ室咲きの草花であつた。清明なる透徹した卓見はまだ現はれなかつた。唯幽婉の情緒、憂愁の感情は言語の道も断《た》えるくらゐに、油然と湧き来つて、表現を求めてゐる。（中略）普通の叙景叙事で無い、神話でも無い、風刺でも無い、一地方一時代一個人の風俗、人情、心理を歌つたのでも無い。要するに近代人胸奥の有耶無耶を洩らした心情《ムウド》の詩である。
との指摘（「マアテルリンク」、『哲学雑誌』明治四〇・一二）、これらの敏の発言を白秋の見解が直接的に反映していることは疑いを入れない。この時点に於ける白秋の象徴詩への急速な接近の背景として、このような上田敏の発言による触発を想定することが許されよう。白秋が「最近に志したる象徴の詩」として挙げているのは、次のような作品である。

謀　叛

ひと日《ひ》、わが精舎《しやうじや》の庭《には》に、
晩秋《おそあき》の静《しづ》かなる落日《いりひ》のなかに、
あはれ、また、薄黄《うすき》なる噴水《ふきあげ》の吐息《といき》のなかに、
いとほのに、ヴヰオロンの、その絃《いと》の、
その夢《ゆめ》の、哀愁《かなしみ》の、いとほのにうれひ泣《な》く。

蠟《らふ》の火《ひ》と懺悔《ざんげ》のくゆり
ほのぼのと、廊《らう》いづる白《しろ》き衣《ころも》は
夕暮《ゆふぐれ》に言《もの》もなき素童女《すどうめ》の長《なが》き一列《ひとつら》。

さあれ、いま、ヴヰオロンの、くるしみの、
刺《さ》すがごと、火《ひ》の酒《さけ》の、その絃《いと》のいたみ泣《な》く。

またあれば、落日《いりひ》の色《いろ》に、
夢燃《ゆめも》ゆる噴水《ふきあげ》の吐息《といき》のなかに、
さらになほ歌《うた》もなき白鳥《しらとり》の愁《うれひ》のもとに、
いと強《つよ》き硝薬《せうやく》の、黒《くろ》き火《ひ》の、
地《ち》の底《そこ》の導火《みちび》燬《や》き、ヴヰオロンぞ狂《くる》ひ泣《な》く。

跳《をど》り来《く》る車輛《しやりやう》の響《ひゞき》、
毒《どく》の弾丸《たま》、血《ち》の煙《けむり》、閃《ひらめ》く刃《やいば》、
あはれ、驚破《すは》、火となならむ、噴水《ふきあげ》も、精舎《しやうじや》も、空《そら》も。
紅《くれなゐ》の、戦慄《わなゝき》の、その極《はて》の
瞬間《たまゆら》の叫喚《さけび》燬《や》き、ヴヰオロンぞ盲《めし》ひたる。

詩章《朱の伴奏》の冒頭に配列されることになるこの詩は、「晩秋の静かなる落日」に照らされた「精舎の庭」を舞台としつつ、その落日の光が「薄黄」から「燃ゆる」赤（第三連）へと変化する中で、それに触発された幻想の展開を描き出す。作品後半の戦乱の映像は、赤く燃える落日の色合いから派生的に導かれた「火」と「血」のイメージの結合の内に生成した幻想に他ならない。変容する黄昏の光の中の「精舎の庭」の光景が、そこに感受される気分や印象とともに描き出され、更に派生的に導き出された幻想が作品世界を覆い尽くしてゆくのである。

このような「謀叛」に於いて更に注目されるのは、各連末尾に示される「ヴヰオロン」の音色である。それは、微かな「うれひ」を帯びた音色から次第に「くるしみ」を秘めた「いたみ」を伝える響きに変わり、遂に「狂」ったように響き渡る。そして突然その音が途絶えるのである。こうした「ヴヰオロン」の音色の変化は、作品世界の展開との対応を示していると見做されるのであるが、実は寧ろこの「ヴヰオロン」の音色によって作品の展開に一義的な意味が付与されていると言うべきであろう。そのような音響の変質に統一的に方向付けられることによって、この詩は、外界の落日の光景とそこに生じる印象や気分、そしてそれに触発された幻想の展開という複合的な表現構造を備えつつ、同時にそれが内面世界の状況そのものを暗示的に伝える「象徴詩」としての性格を明瞭に示すことになる。冒頭部の「わが精舎の庭」という詩句は、そうした外界と内面世界の重層化の意図を端的に告げる一句なのであり、「謀叛」という表題もその内面の動揺の内実を暗示するものと見てよいだろう。

ところで白秋は先の酔茗宛書簡の中に、前引の部分に続けて、「先日二六新聞にいで候近時の詩壇にて小生を批判したるものの中、この二詩に就て云々したるところはおほよそ当りたるところも有之候。しかれども、これらの情緒を最も音楽的に錯争せんとせる小生の努力は或は知らざるもののやうにも相見え申候」という興味深い一節を認めている。ここに言及されているのは、『東京二六新聞』の明治四十一年三月十八日から二十九日にかけて七回にわたり連載された（よ、よ生）「詩界の近状」に於ける、以下のような評言に相違ない。

蒲原氏に次で詩界の新潮に棹す才人は北原白秋氏である。（中略）氏の立場は蒲原氏と異つて、寧ろ其豊饒なる情緒を主として歌はむとする所にあるらしい。象徴詩が情緒芸術の高潮であるとすれば、予等は北原氏の作に初めて象徴詩の成立を認め、近作『謀叛』、『こほろぎ』の如き佳什あるを推称する。岩野泡鳴氏の論議に一部の真理として読者を惹く霊肉燃焼の表象詩は、北原氏に由つて幾分実現せられて居るかと思ふ。但し氏の欠点は蒲原氏と同じく、往往自家の豊富なる情緒と技巧とを弄んで、部分の美はあるも、全篇の聯絡を欠き統一を破つて、読者をして頭痛と厭倦とを催さしめる事である。此欠点は概して氏の長篇に著しい。

（「詩界の近状（六）」、『東京二六新聞』明治四一・三・二八）

こうした指摘を踏まえた右の書簡の中で白秋は、「全篇の聯絡を欠き統一を破つて」いるという「欠点」を補い、或いは回避するための「情緒を最も音楽的に錯争せんとせる小生の努力」に触れている。「情緒の響」を伝える「ヴヰオロンの響」によって「全篇の聯絡」と「統一」が保持されているというのが白秋の反論であるが、しかし各連末尾に反復される聴覚的イメージによって統括される作品世界の構造が「技巧」的であるとの批判は免れないだろう。換言すれば、この白秋の「努力」は、こうした作品全体を枠付け、統合する言わば〈枠〉の存在が不可欠な程に、その詩の実質が、脈絡・「聯絡」を欠いた多様な詩句やイメージの羅列的な並置の上に成立する非「統一」的で拡散的な世界に他ならぬことを逆に証し立てているのである。このような白秋詩の表現の機構については、現在に至るまで批判的に言及されることが少なくない。例えば三好達治は、「謀叛」「こほろぎ」の両作品を取り上げながら、「いささか長つたらしい作であるが、内容はただ一点に探り入らんとして手を代へ品を代へ、例の辻褄をあはせつつ詩語を置き代へ積み代へしてゐる体である。（中略）詩はひたすらに横すべりにすべつてゐる感じで、「赤」といひ「血」といひ「日」といひ「黒」といひその他さまざまの刺激語でしきりに脚光を浴びせてゐるが、（中略）どこまでいつても単調に同じ一つの平面上をうろついてゐるに止まる。さうして後には漠とした徒労の焦燥感が残される。」と述べて、その詩語の「平面」的で「単調」な「組立て」「積重ね」に厳しい指弾を加えている。[4] 同様に、「謀叛」に於けるイメージの構成法を、「ある一つのイメージを別のイメージに置き換えるという形で、並列的に呈示される」、「イメージの並列的呈示」と見做し、「呈示されるイメージが多くなればなるほど、一つ一つのイメージの存在感は稀薄になる。一つ一つのイメージが、常に他のイメージと代替可能なものとして意識されるからである。」と指摘する見解も提出されている。[5] このように否定的な評価が下されてきた如上の表現の在り方は、しかし寧ろ白秋が象徴詩の試みに於いて意識的、積極的に採用した方法と捉えるべきではなかろうか。「こほろぎ」と題された白秋の象徴詩をここで取り上げてみよう。

微《ほの》にいまこほろぎ啼《な》ける。

日《ひ》か落《お》つる——眼《め》をみひらけば
朱《しゆ》の畏怖《おそれ》くわと照《て》りひびく。
内心《ないしん》の苦《にが》きおびえか、
めくるめく痛《いた》き日《ひ》の色
眼《め》つぶれど、はた、照《て》りひびく。

そのなかにこほろぎ啼《な》ける。

とどろめく銃音《つゝおと》しばし——
痍《きず》つける悪《あく》のうごめき
そこここに、あるは疲《つか》れて
轢《し》きなやむ砲車《はうしや》のあへぎ、
逃《に》げまどふ赤《あか》きもろごゑ。

（第一—四連）

この作品は、前引の「謀叛」と極めて近似した構造を備えていると言ってよい。冒頭第二連に描き出される激しい眩さで照り輝く落日の光景は、強烈な「朱」の色彩と、「照りひびく」という共感覚的表現の反復を介して陽光の熾烈さに照応する轟きどよもす音響を喚起しつつ、「畏怖」や「苦きおびえ」を触発する。そしてそうしたイメージと感覚を基底として生成する多様な幻想的映像が以下に列挙されてゆくのである。初めに浮上するのは、「謀叛」と同様に冒頭の視覚的・聴覚的表現から派生的に展開するイメージと「畏怖」「おびえ」の感覚との結合によって導かれた戦乱の光景の幻想であるが、そこから「盲ひゆく恋のまぼろし」へと転化する（第六連「盲《めし》ひゆく恋《こひ》のまぼろし――／その底《そこ》に疼《うづ》きくるしむ／肉《しゝむら》の鋭《するど》き絶叫《さけび》、／はた、暗《くら》き曲《きよく》の死《し》の楽《がく》／霊《たましひ》ぞ弾《ひ》きも連《つ》れぬる。」）。「疼きくるしむ／肉の鋭き絶叫」を潜めた、この盲目的な恋の陶酔への没入の幻影は、先行する「内心の苦きおびえ」「悪のうごめき」「疲れ」「あへぎ」等の詩句が伝える感覚から派生的に生成した想念と見做されよう。更にそこに生じる「死」への傾斜のモチーフが先に喚起された戦場の場面と相俟って「呻吟」の声を招き寄せ、そして「幽界の呪詛」、「寝がへれば血に染み顫ふ／わが敵面ぞ死にたる」という「畏怖」に満ちた幻想を生み出す（第八連）。続く第十連も「畏怖」の感覚を基調としながら、「我ならぬ獣のつらね／真黒なる楽して奔る」姿を呈示する。それは、戦場の「弾丸」の映像、第六連の「暗き曲の死の楽」のイメージ、或いは第八連の「幽界の呪詛」という詩句等との派生的関係を孕む異様な幻想と言うべきであろう。その中で「燬き」尽くされる「我」は、最終部の一連に於ける「我はや死ぬる」状況へと導かれる。

日《ひ》や暮《く》るる、我《われ》はや死《し》ぬる。
野《の》をあげて末期《まつご》のあらび――
暗《くら》き血《ち》の海《うみ》に溺《おぼ》るる
赤《あか》き悲苦《ひく》、赤《あか》きくるめき
ああ今《いま》しくわとこそ狂《くる》へ。

この第十二連は「日や暮るる」という一句によって再び落日の映像を呈示しつつ、その「朱」の色合いに染め上げられた光景から触発された、「暗き血の海に溺るる」「我」の「末期」——その狂乱と「悲苦」の裡の死の姿を描き出すことになるのである。

この「こほろぎ」という作品は、冒頭部の落日の光景が喚起する感覚とイメージを中核として、そこから派生し、触発される多様な幻想や想念が並列的に、言わば横滑り的に連鎖してゆくという、拡散的な構造を展開の骨子としている。そしてそのような形で連なる詩句の集積の裡に、中核をなす感覚が様々に映し出されているのである。「微にいまこほろぎ啼ける」或いは「そのなかにこほろぎ啼ける」という一行詩節のルフランは、そうした作品の拡散的、遠心的な動きを抑制的に枠付ける機能を果たすことになる。中核的な感覚の脈絡の上に、合理的な一元性とは無縁に、並列的、羅列的に連鎖してゆく詩句、換言すれば作品世界の求心的統合とは対蹠的な如上の表現の機構を、「謀叛」「こほろぎ」に共通する、白秋の象徴詩の特徴的な性格と見做すことが出来よう。

明治四十一年初頭の時点で北原白秋が「最近の傾向」として試みた象徴詩は、以上のように感覚的な脈絡に於いて派生的、横滑り的に展開する詩句によって構成される。そこに「論理上の関係」「聯絡」は介在せず、整合的な「統一」性、一貫性を認めることも出来ない。寧ろ論理的整合性に基づく求心的統合とは無縁の機構に於いて、作品世界を統御する〈枠〉の存在が不可欠な程に、言語は自在な連なりを見せるのである。そうした言わば感覚的アナロジーを基底とした言語の水平的な連鎖と置換の自在な動きこそが、白秋の象徴詩への志向の中で新たに獲得された表現の論理に他ならないだろう。象徴詩観が披瀝された前引の書簡に於いて白秋は「内部精神の情緒をそのままにあるものを藉りて最も音楽的に奏で出でんとしたるつもりに御座候」と記していた。しかし実は「謀叛」「こほろぎ」以後の作品に、そうした「音楽的」象徴への意図そのものは殆ど認めることが出来ない。寧ろそこには上述の表現手法の徹底化の様相が判然と窺われる。白秋に於ける象徴詩への接近の意味とは従って、このような白秋固有の表現様式の確立にこそあったと考えられるのである。

北原白秋に於ける象徴詩への接近の意味を、そのように白秋固有の表現様式の確立の裡に認める時、注目すべきは、以後の作品に於いて既述の〈室〉の〈硝子窓〉の設定の上に成立する詩的世界の確実な変容が生じるに至ったことに他ならない。例えば明治四十一年九月、「新詩六篇」の総題（『中央公論』）の下に発表された「蜜の室」は次のような作品である。

薄暮《くれがた》の潤《うる》みにごれる靄《もや》の内《うち》、
甘《あま》くも腐《くさ》る百合《ゆり》の蜜《みつ》、はた、靄《もや》ぼかし
色赤《あか》きいんくの壜《びん》のかたちして
ひそかに点《とも》る豆《まめ》ランプ息《いき》づみ曇《くも》る。

『豊国《とよくに》』のぼやけし似顔《にがほ》生《なま》ぬるく、
曇硝子《くもりがらす》の窓《まど》のそと外光《ぐわいくわう》なやむ
ものの本《ほん》、あるはちらばふ日のなげき、
暮《く》れもなやめる霊《たましひ》の金字《きんじ》のにほひ。

接吻《くちつけ》の長き甘《あま》さに倦《あ》きぬらむ。
そと手をほどき靄《もや》の内《うち》さぐる心地《ここち》に、
色盲《しきまう》の瞳《ひとみ》の女《をみな》うらまどひ、
病《や》めるベリガンいま遠き湿地《しめぢ》になげく。

かかるときおぼめき摩《なす》るヰオロンの
なやみの絃《いと》の手触《てさはり》のにほひの重《おも》さ。
鈍《にぶ》き毛の絨氈《じゆたん》に甘《あま》き蜜《みつ》の闇
重《おも》み饐《す》ゑつつ——血のごともランプは消《き》ゆる。

「曇硝子の窓」で隔てられた「室」の内と「そと」という設定は、先に検討を加えた一連の作品と同一である。しかしこの「蜜の室」に於いては、明らかにその内部と外部との相互浸透的な均質化が成立している。そしてその均質性を可能にし、保証しているのは、この詩の表現機構それ自体に他ならない。

第一連、冒頭に描き出される「薄暮」の「靄」に包まれた外界の「潤みにごれる」状況は、続く「甘くも腐る百合の蜜」という籠もった鬱陶しさを伝える詩句へと横滑り的に連鎖し、その重たく澱んだ、気怠い息苦しさの感覚を基調にして、「息づみ曇る」「豆ランプ」が「ひそかに点る」「室」内の空間との間に照応関係を結んでゆくことになる。第二、三連では、「窓」を介して室内に「外光」が射し込み、「病めるベリガン」の声が聞こえてくるが、そこに並列的に、脈絡を欠いたままに列挙される「室」内外の多様な事物は何れも、第一連に喚起された感覚の脈絡に沿って並置されている故に、何よりも「窓」を通路とした内部と外部の均質性を形成する作用を果たしている。感覚的秩序に基づいて自在に連鎖する言語が、室内と外界を一元的に織り上げてゆくのである。そして最終連では、この作品の展開の基底をなす中核的な感覚が、巧緻で複雑な共感覚的表現によって捉えられる[6]。ここには極めて多様な感覚的イメージ——触覚・聴覚・嗅覚・味覚・視覚に相渉る表現が並置、列挙されている。冒頭の「おぼめき摩るヰオロン」という詩句は、鈍くかすかな触覚と聴覚に跨る感覚を伝えるが、続く詩行に於ける助詞「の」の反復の中で「にほひ」に相渉りつつ、「重さ」の感覚に収束する。その「重さ」は第四連前半二行を貫く感覚の脈絡に於いて、漠たる「なや」ましさの感覚を伝えるものに他ならない。そしてその鈍い漠たる感触から、「鈍き毛の絨毯」のイメージが喚起され、また次第に広がる「闇」、更に「腐る百合」（第一連）の「甘き蜜」の香りが、重たく淀んだイメージとして派生的に導かれるのである。このように感覚の秩序に従ってまさに横滑り的に派生する種々のイメージが並列的に連ねられているのであるが、その連鎖を支えているのが、作品冒頭部に示された感覚と見事に照応する漠として重たく澱んだ気怠さに他ならない。第四連はこうした意味で、この詩の表現機構をミニマルな形で表象することともなっているのである。

「蜜の室」は以上のように「窓」を境界とした内部と外部の設定に依拠しながらも、その両者が均質化し、一元化した世界として成立している。そこには、白秋に於ける〈窓〉の詩の変質が判然と認められよう。かつての〈窓〉の詩が提示していた、室内とその外部との間の対立や軋轢を孕んだ関係、或いは両者の断絶が余儀なくされた状況は、ここでは完全に解消されている。寧ろ「蜜の室」に於いては、「硝子窓」が〈室〉の内部と外部との連続性、照応関係を成立させる媒体として存在していると言うべきであろう。そして既述の如く象徴詩の試みに於いて確立した独自の表現の論理が、そうした均質空間が言語的に生成することを可能にしているのであり、「ひそかに点る豆ランプ息づみ曇る」から「血のごともランプは消ゆる」へと変化する詩句が提示する時間の経過が、この作品世界を枠付けるのである。明治四十一年九月初出のこの詩以後、「浴室」（『新声』明治四一・一〇、総題「邪宗の詩八篇」）、「濃霧」（『明星』明治四一・一二）、「天鵞絨のにほひ」「秋のをはり」（以上『スバル』明治四二・一、総題「邪宗門新派体」）その他の作品に共通して、内部と外部を包摂する均質空間としての言語的世界の成立を認めることが出来る。初出の際の総題（「新詩」「邪宗の詩」「邪宗門新派体」）は、それらの作品が白秋詩の展開の新たな段階に位置していることを示唆していよう。自然主義の文芸思潮との交渉の下に、有明的〈密室〉の解体に於いて始発を遂げた白秋詩は、象徴詩への接近を経由することによって、如上の詩的世界を開示するに至ったのである。それは、前章に触れた「気分詩」と一面の近接を示しながらも、白秋固有の表現機構に確固として支えられている。そして『邪宗門』の到達点を示す詩「室内庭園」もこうした展開の中から生み出されることになる。

三　「室内庭園」――白秋象徴詩の帰結

白秋の「室内庭園」は『趣味』明治四十二年三月号に初出の作品である。既述の如くこの詩は『邪宗門』中の最新作であり、序詩に続く詩集劈頭に置かれているが、初出の際の同時発表作「曇日」は冒頭の詩章《魔睡》の中間部に配列されていることを考え併せるならば、この作品には象徴詩を宣言する本詩集の到達点を示す一篇としての位置が与えられていると言ってよいだろう。

ところで〈室内庭園〉とは何か。既に指摘されているように(7)、それは、同一の題材を扱った短歌、

温室《むろ》の内月《うち》の吐息《といき》に暮れもやらず赤き花さく静《しづ》こころなし　（「もののあはれ」、『スバル』明治四二・五）

温室の内月の吐息にやるせなく赤き花さく静こころなし　（「密語」、『八少女』明治四二・五）

に描き出された「温室」であり、具体的には小石川植物園の温室に他ならない。「春のSUGGESTION（植物園スケツチの一）」（『創作』明治四三・五、のち「植物園小品」と改題し『桐の花』（大正二・一、東雲堂書店）所収）にも示されているように、白秋が頻繁に訪れた小石川植物園は当時、東京大学理学部附属植物園として一般に公開されており、そこには「当時の日本ではまだめずらしい」「洋式のガラス張りの温室」が設置されていたのである(8)。〈室内庭園〉が全面ガラス張りの温室であると考える時、それは、白秋に於ける〈硝子窓〉の穿たれた〈室〉という詩的設定の拡張されたヴァリアントに他ならぬことが明らかとなる。事実この作品には、既述の「蜜の室」以降の作品が備える詩的世界の特質が一層明瞭に窺われるのである。

晩春《おそはる》の室《むろ》の内《うち》、
暮《く》れなやみ、暮《く》れなやみ、噴水《ふきあげ》の水《みづ》はしたたる……

そのもとに、あまりりす赤《あか》くほのめき、
やはらかにちらぼへるヘリオトロオブ。
わかき日《ひ》のなまめきのそのほめき静《しづ》こころなし。

尽《つ》きせざる噴水《ふきあげ》よ……
黄《き》なる実《み》の熟《う》るる草《くさ》、奇異《きい》の香木《かうぼく》、
その空《そら》にはるかなる硝子《がらす》の青《あを》み、
外光《ぐわいくわう》のそのなごり、鳴《な》ける鶯《うぐひす》、
わかき日《ひ》の薄暮《くれがた》のそのしらべ静《しづ》こころなし。

いま、黒《くろ》き天鵞絨《びろうど》の
にほひ、ゆめ、その感触《さはり》……噴水《ふきあげ》に縺《もつ》れたゆたひ、
うち湿《しめ》る革《かは》の函《はこ》、饐《す》ゆる褐色《かちいろ》。
その靄《もや》に暮《く》れもかかる空気《くうき》の吐息《といき》……
わかき日《ひ》のその夢《ゆめ》の香《か》の腐蝕《ふしよく》静《しづ》こころなし。

三層《さんかい》の隅《すみ》か、さは
腐《くさ》れたる黄金《わうごん》の縁《ふち》の中《うち》、自鳴鐘《とけい》の刻《きざ》み……
ものなべて悩《なや》ましさ、盲《し》ひし少女《をとめ》の
あたたかに匂《にほひ》ふかき感覚《かんかく》のゆめ、

わかき日《ひ》のその靄《もや》に音《ね》はひびく、静《しづ》こころなし。
晩春《おそはる》の室《むろ》の内《うち》、
暮《く》れなやみ、暮《く》れなやみ噴水《ふきあげ》の水《みづ》はしたたる……
そのもとにあまりりす赤《あか》くほのめき、
甘《あま》く、また、ちらぼひぬ、ヘリオトロオブ。
わかき日《ひ》は暮《く》るれども夢《ゆめ》はなほ静《しづ》こころなし。

温室たる「室」を舞台とするこの作品に於いて、冒頭と末尾の両連に繰り返される「晩春の室の内、／暮れなやみ、暮れなやみ、噴水の水はしたたる」という詩句、及び各連末尾のルフランに示されているように、暮れ方の時間、「晩春」という季節、そして「若き日の薄暮」という暮れがてのたゆたいの時が作品世界の枠組みをなしながら、それら三つの「くれがた」の重層化の裡に喚起される「静こころな」く揺らめく情感が作品の中核をなす。そのような定めなく揺れ動く仄かな感覚を基調として、「室」内外の多様な形象が列挙されてゆくのである。

温室内部の光景を、ひそやかで仄かな、柔らかな動きを帯びた様相の下に描き出す第一連に続いて、第二連には、この詩に於ける「室」の設定の機能、即ち硝子温室が担う〈遮断／透過〉の両義性が明瞭に示されている。それは密閉された保温空間として異邦の「奇異の」植物を繁茂させつつ、同時に「硝子」をとおして視線が「はるか」な空、暮れなずむ「外光」の柔らかな明るみに向かうことを可能にし、また鶯の鳴き声を内部に伝える。この「室」は「硝子」によって内部と外部を遮断しながら、他ならぬその「硝子」をとおして内―外の相互通行的な交渉と相関関係の形成を導いているのである。このような内部と外部の関係の成立の上に生成する詩的世界の性格は、第三連に最も特徴的に示されている。

第三連の冒頭には「いま、黒き天鵞絨の／にほひ、ゆめ、その感触」という詩句がやや唐突に現れるが、それはこの作品の中核をなす感覚に根差した、派生的イメージとしての性格を担う表現に他ならない。そしてこの詩句が言わば宙吊りの形で定着されることによって、そこに喚起される柔らかで微かな、定かならぬ感覚が、この一連全体に緩やかに波及するのである。二行目後半でそれは「噴水に縺れたゆたひ」という詩句と結び付き、しっとりと水気を含みつつ柔らかに揺らめきたゆたう「室」の内部の気配を伝えるが、この水のモチーフは続く「うち湿る革の函」のイメージに連鎖してゆく。第三行目が伝えるのは「革」のしっとりと馴染むような手触り、「饐ゆる」匂いの感覚であり、冒頭の詩句と連繋することによって、その「感触」「にほひ」は柔らかさやかそけさを帯びたイメージとしての膨らみを備えることになる。同時にこの「函」は、密閉空間としての温室の形態から類比的に派生したイメージと見做されるが、その「褐色《かちいろ》」の色彩的イメージによって次行の「暮れもかかる」空の映像に結び付く。そして外部の様相を描く「空気の吐息」の表現が伝える仄かな揺らめき、柔らかなたゆたいの感覚が再び冒頭の詩句との照応関係を成立させることになるのである。この第三連は、イメージがイメージを呼び起こし、招き寄せて、横滑り的に連鎖してゆく構造を顕著に示している。そうした並列的な言語の連なりを導いているのは、冒頭の詩句が伝える柔らかで微かな、漠として定かならぬ感覚――この詩全体の中核をなす感覚の脈絡なのであり、そうした表現の機構に於いて、「室」の内部と外部に係わる表現とイメージが一つに絡み合い、綯い合わされてゆく。こうして内部と外部とが一元的に融合し、均質化した空間がここに生成することになるのである。「盲ひし少女の／あたたかに匂ふかき感覚の夢」という感覚表現を中心に据えた第四連も同一の構造を備えていることは最早注解を要しないだろう。「室内庭園」は、このように中核的な感覚の秩序に沿って横滑り的に派生し、並列的に連鎖する詩句をとおして、「室」の内部と外部とが均質化した言語的空間を作り上げているのであり、そしてそうした均質空間の裡に、三つの「くれがた」の時を迎える「静こころな」き内面の状況が、柔らかさ、微かさに包まれた、不定で流動的な、たゆたいの様相として形象化されているのである。象徴詩への

志向に於いて獲得された表現手法の見事な結実をここに認めることが出来よう。(9)

ところで先に言及した上田敏「マアテルリンク」（『哲学雑誌』明治四〇・一二）は、マーテルリンクの文学の象徴主義的特質について、詩集『温室』—*Serres chaudes*（Léon Vanier, 1889）—を中心に論じたものであった。白秋の象徴主義観の形成を促したと推定されるこの評論には、同詩集所収の温室の詩「温室」「愁の室」その他の翻訳が掲げられているが、(10)白秋の「室内庭園」の成立に於いてそれらの訳詩の何らかの関与を認めるべきであろうか。

森の奥なる花室《はなむろ》よ、
とはに閉ざせる室《むろ》の戸よ。
圓天井の下に生ふる
草性《くさだち》木性《きだち》、わが心。

右の「温室」第一連に判然と認められるように、マーテルリンクに於ける温室は、「とはに閉ざせる室の戸」、完全に密閉された空間として設定されつつ、「わが心」と緊密に重ね合わされている。(11)そのように温室と同定化された「わが心」の状況は、第二連に列挙されるイメージ（「飢忍ぶ王女の思、／舟葉の砂漠の悩、／病窓に軍楽の音。／更になほ温《ぬく》き隅《すみ》には／収穫《とりいれ》の日に絶入りし女の心地」）をとおして、激しい不充足感や苦痛、或いは不安に覆われていることが示される。「わが心」を象る温室はまさに「愁の室」に他ならないのである。そうした中で「わが心」は、ガラスの仕切りの外部の世界に視線を放つ。

月影に透かし見よ。
（物皆は処を得ざり。）

法官の前に狂人、
帆を張りて運河を過ぐる軍艦《いくさぶね》、
白百合に夜の鳥なき
真昼がた死を告ぐる鐘の音、
(その音は鐘楼のかたぞ。)
平原に患者の宿泊《やどり》、
晴れし日に依的児《エエテル》匂ふ。

(第三連)

密閉された温室内部に幽閉され苦悩する「わが心」がガラスをとおして外部に「すかし見」るのは、右の一連の詩句が描き出す悲惨、病い、死に満ちた世界の光景に他ならない。ここには詩集『温室』の詩的構造が端的な形で示されていると言うことが出来る。永遠に閉ざされた温室の内部と外部という設定に於いて、その内部の閉塞状況と重層化された「わが心」が不充足と憂愁に満ちた様相として呈示される。そして又その外部も悲惨な状況を映し出す世界でしかありえないのである。そこには「二重の両義性」[12]が生じている。外界は、内部の閉塞状態からの脱却を可能にする「自由」の場として求められつつも、死や狂気に溢れた「危険な」世界として立ち現れ、また内部はそうした外界からの「避難所」であると同時に、澱んだ倦怠と苦悩に覆われた世界でもある。永久に閉じられたガラスの仕切りによって隔てられたこうした内部と外部の複層の関係の裡に、「わが心」を苛む深いアンビヴァランスが浮上するのである。

あなあはれ、あな、あはれ、いつ雨ふらむ、
雪ふらむ、風吹かむ、この花室に。

という末尾の詩句は、温室内部の澱んだ温気を解消してくれるはずの「雨」や「雪」「風」—「清涼さ」「爽やかな冷たさ」[13]を表象する自然の到来を神に向かって空しく希求する姿[14]を描いている。

以上のようなガラスで仕切られた内—外の二元的設定の上に成立するマーテルリンク『温室』の詩的世界と白秋「室内庭園」との存立の異相は既に明らかであろう。白秋の象徴詩は、そうした二元的世界からの脱却に於いてこそ成立していたのである。[15]寧ろ象徴詩への傾斜以前の作品、前引の「悪の窓」その他の〈硝子窓〉の穿たれた〈室〉の詩が、マーテルリンク的温室の詩の構造に近似していると言うべきであろう。従って「室内庭園」の成立に於いて、マーテルリンクの温室の詩が範例とされたとは考えがたい。敏の評論が白秋の象徴詩への接近の契機をなしたにしても、その詩的営為は、有明以後の詩人として独自の展開を見せているのである。そしてそれを可能にしたのが、白秋固有の表現機構の確立に他ならなかった。「室内庭園」という作品に、『邪宗門』に於ける象徴詩の試みの紛れもない帰結を十全な形で見出すことが出来るのである。

四　『邪宗門』の位相

以上のような白秋の詩的世界の生成に於いて枢要をなすのが、特異な言語の作用であることは改めて言うまでもない。それは、前引の例に示されているように〈落日〉の光景がその〈赤〉の色彩を介して〈血〉や〈火〉のイメージを派生させ、更にそれらのイメージが連鎖して〈戦乱〉の映像を導き出すという、横滑り的に派生してゆく詩句の並列的な連なりであった。そのような言わばシニフィアンのレヴェルに於ける表現の連鎖的展開の裡に、所謂「述語的世界」としての表現の論理を認めることも可能であろう。中村雄二郎氏は、「〈主語—述語〉関係における主語性の重視によって、必然的に概念やシニフィエを中心に言語がとらえられ、その結果、現実あるいは実在が主語的同一性によって固定化され、〈制度化〉されるのに対して、「述語性が重視されるとき、対象は主語的同一性の拘束から免れて、おのずとシニフィアン優越の世界が開かれる」と指摘する。[16]白秋詩の表現機構を、こうした「述語性（述語的同一性）」の論理に於いて捉える時、そのような「述語的世界」に於いて、表現の主体が主語的に定立されることは無論ありえない。即ちそこで主体は、イメージの創造者ないし所有者としての自己同一的な実体性の喪失という状況の裡に置かれているのである。換言すればそれは、主体の固定的な実体性、帰属性の流失と、言語の「述語性」の論理との共起に於いて成立する世界に他ならない。そして「述語的同一性」に支えられた表現が一篇の詩作品として存立する上で、言わばそうした表現を定着せしめる何らかの作品の枠組み、或る種の固定的な〈枠〉の存在が不可避的に要請されることになるだろう。派生的、横滑り的に連鎖するイメージの非求心的で並列的な展開を見せる詩句が、自らを定位させうる場の存在を前提とすることが、作品成立上、不可欠であったと考えられるのである。そうした白秋的表現の生起＝定着を可能とする作品世界の〈枠〉として、例えば前引の一連の作品に判然と認められた、時間の経過を示して作品全体を枠付ける詩句や各連毎に反復されるルフランの存在を挙げることが出来る。既述の如く「聯絡」「統一」を欠いた白秋詩の表現は、そうした〈枠〉の存在によって一篇の作品としての成立を果たし得ていた。そしてその点で更に重要であったのが、〈窓〉で仕切られた〈内部〉と〈外部〉という設定だったと言えよう。それは先に触れたように自然主義的認識の介入によって必然的に導入された設定であり、外界の現実との対立、軋轢の関係に身を曝す、有明以後の詩人としてのアポリアの表象でもあったのであるが、象徴詩への傾斜をとおしてその〈枠〉は、自在な拡散的展開を示す詩句を貫く「述語的同一性」の論理が存分に発現可能な表現の場として機能することになったのである。「述語性」に支えられた言語は、〈窓〉を通路とした内部と外部の双方に自在に跨り、相渉りつつ、感覚の脈絡に沿って派生、置換、横滑りを重ねてゆく。そのような表現によって、言わば「主語的同一性にもとづく通常の論理によって統一されている現実」（中村雄二郎）に於ける〈内／外〉の二元性は解消され、両者は一元的に綯い合わせられてゆく。そうした〈枠〉の存在を前提として均質化された詩的世界の生成が果たされていたことについては、既に

「蜜の室」そして「室内庭園」の分析をとおして明らかにしたところである。このように考えてくる時、「室内庭園」とほぼ同時期の作品である「如何に呼べども」（『中学文壇』明治四一・一一、『邪宗門』では「陰影の瞳」と改題）や「赤き花の魔睡」（『スバル』明治四二・二）が呈示する特異な作品世界の構造も理解が可能となろう。

夕《ゆうべ》となればかの瞳《ひとみ》曇《くもり》硝子《がらす》をぬけいでて、
廃《すた》れし園《その》のなほ甘きときめきの香《か》に顫《ふる》へつつ、
はや饐《す》え萎《な》ゆる芙蓉花《ふようくわ》の腐《くさ》れの紅《あか》きものかげと、
縺《もつ》れてやまぬ秦皮《とねりこ》の陰影《いんえい》にこそひそみしか。

如何《いか》に呼《よ》べども静《しづ》まらぬ瞳《ひとみ》に絶《た》えず涙《なみだ》して、
帰《かへ》るともせず、密《ひそ》やかに、はた、はてしなく見入《みい》りぬる。

（「如何に呼べども」部分）

日は真昼《まひる》、ものあたたかにETHER《エエテル》の
波動《はどう》は甘《あま》く、また緩《ゆ》るく、戸《と》に照《て》りかへす……
その濁《にご》る硝子《がらす》のなかに音もなく
CHLOROFORME《コロロホルム》の香《か》ぞ滴《した》る……毒《どく》の音楽《おんがく》……
遠くきく電車《でんしや》のきしり……
……すてられし水薬《すゐやく》のゆめ………

やはらかき猫《ねこ》の柔毛《にこげ》と、蹠《あなうら》の
ふくらのしろみ悩《なや》ましく過《す》ぎゆく時よ。
窓のもと、生《せい》の痛苦《つうく》にただ赤く戦《そよ》ぎえたてぬ草の花
亜鉛《とたん》の管《くだ》の
湿《しめ》りたる筧《かけひ》のすそに……いまし魔睡《ますゐ》す……

（「赤き花の魔睡」）

これらの作品に描き出されているのは、〈硝子窓〉で隔てられた〈内―外〉の〈枠〉を設定しつつ、室内に身を置く主体の「瞳」が自在に外界に「ぬけいでて」ゆく、或いは、視線を発する主体の位置が〈内―外〉の間を自由に往還し、内部と外部が言わば反転しつつ重層化してゆく状況である。ここには、「述語的世界」を織りなす主体の在り方、即ち主語的な定立の対極に位置する、本質的に不定で流動的なその様態を明瞭に認めることが出来よう。このような主体の存在性に於いて、白秋固有の詩的世界の成立が果たされていたのである。

そしてそれは又、日露戦後の精神的状況に深く根差した主体の様態に他ならなかったと言わなければならない。先に検討を加えたように（第二篇第五章「『有明集』の位相」参照）、日露戦争後という時代に於いて、個々の主体は自己を支える理想や規範の一切を失い、向かうべき方向も帰属すべき場所も見出し得ない状況の中で憂鬱や不安、孤立感に「閉塞」され（石川啄木「時代閉塞の現状」参照）、主体としての自己同一性の喪失、自己の固定的な実体性の流失という事態がもたらす苦渋や煩悶、憂鬱に苛まれていたのである。[17] 自然主義の詩が主張したのは、そのような状況の裡に置かれた、「痛苦悲哀」「苦悶」に満ちた「真の我の声」を赤裸々に表白することであった。こうした日露戦後の時代状況に強いられた個としての主体の様態を白秋も又共有していたことは言うまでもない。しかしながら白秋の場合、その主体の存在の在り方が、象徴詩への志向の中で寧ろ「述語的世界」の生成の可能性へと転化されることとなったのである。前章に述べたように、「我そのものの声」という言わば「主語的世界」

への拘泥に於いて不可避的に詩的世界の変質を生じるに至った自然主義詩に対して、白秋は、日露戦後的主体の様態が固有に開示しうる言語的世界の可能性を象徴詩の試みをとおして見出していったと言えよう。そしてそのように考える時、白秋自らが宣言する象徴詩は、『有明集』とは大きく異なる位相に成立していたと見做されなければならない。有明の象徴詩とは、〈密室〉その他の〈閉ざされた世界〉の詩的設定の下に、固有の論理と秩序に支えられた内面世界の様相を、日常的現実と対立、拮抗する位相に於いて自立的に形象化する試みであった。それに対して白秋は、そうした外界の現実と対峙する自己同一的な主体の存在性の喪失、解体に於いてこそ生成する言語的世界として、自らの象徴詩の定立を果たしたのである。それは、有明の象徴詩の不毛性、虚妄性を厳しく宣告する自然主義の潮流の中から詩人としての歩みを開始した白秋が至り着いた固有の位置であったと言ってよい。但し同時にそこには、象徴詩自体としての『邪宗門』の存立の位相もまた判然と示されている。即ち有明象徴詩の成立の契機をなし、その内面世界固有の様態の自立的な形象化の試みの基底をなしていた超越的性格、或いはイデアリスムの喪失、解消という事態がここに確実に認められるのである。そしてその超越性こそがサンボリスムの本質的な基盤をなすものであることを考える時、有明から白秋への展開が告知するのは、日本に於ける象徴詩それ自体の決定的な変容に他ならないことが明らかとなるのである[18]。それ故、白秋が見出した固有の位置とは、取りも直さずフランス象徴主義の理念からの根本的な変質或いは逸脱として、日本近代象徴詩史上の極めて大きな屈折点を示していると言わなければならない。そして以後の白秋は、『邪宗門』に於いて確立した表現手法を一層徹底させつつも、

時は逝く、赤き蒸汽の船腹《ふなばら》の過ぎゆくごとく、
穀倉の夕日のほめき、
黒猫の美くしき耳鳴のごと、
時は逝く、何時しらず、柔かに陰影《かげ》してぞゆく。

時は逝く、赤き蒸汽の船腹《ふなばら》の過ぎゆくごとく。

という「時は逝く」（『創作』明治四四・五）を典型とする詩集『思ひ出』の「感覚表現」（「増訂新版について」、『思ひ出』増訂新版（アルス、大正一四・七））の世界へと急速に傾斜してゆくことになるのである。

注

（1）白秋は以後も、「私は同時に「邪宗門」の象徴詩を公にし、今はまた「東京景物詩」の製作にも従ふてゐる」（「わが生ひたち」、『思ひ出』（東雲堂書店、明治四四・六））、或いは「作品の多数は四十二年「PAN」の盛時に成れるものの如く、且つ又邪宗門系の象徴詩より一転して俗謡の新体を創めたるも概ねその前後なり」（「余言」、『東京景物詩及其他』（東雲堂書店、大正二・七））その他、『邪宗門』を象徴詩集と規定する同趣旨の発言を繰り返している。

（2）本章では、白秋の象徴詩の成立過程の問題を扱うため、初出稿を検討の対象とする。従って白秋詩の引用は全て初出本文である。

（3）本書簡は、『新体詩作法』執筆中の河井酔茗より、同書中に引用する白秋の作品について自選の依頼があったことを伝えている。事実、酔茗『新体詩作法』（博文館、明治四一・六）には「謀叛」が掲載され、「此詩は全くの象徴詩で、或る情緒（恋としてよし）を音楽的に歌うて居る。（中略）複雑した、喜怒哀楽と云ふやうに、きつぱりと区分の出来ない心の状態を、いろ〳〵その状態を表はすに適した複雑な言葉で現はしてある。」という一文に続いて、白秋書簡の内容を直接踏まえた解説が加えられている（一六四―八頁）。

（4）三好達治「萩原朔太郎詩の概略」（『萩原朔太郎』筑摩書房、昭和三八・五）

（5）菅原克也「「邦語の制約」と象徴詩の実験――蒲原有明の難解さ」（叢書比較文学比較文化5　川本皓嗣編『歌と詩の系譜』中央公論社、平成六・七）

（6）白秋詩に於ける共感覚的表現については、江島宏隆「共感覚という方法――フランス象徴主義と北原白秋――」（『奥羽大学文学部紀要』一三、平成一三・一二）参照。

（7）尹　相仁「白秋の初期詩集におけるデカダン的特質」（『比較文学』三〇、昭和六三・三）

（8）大場秀章編『日本植物研究の歴史　小石川植物園三〇〇年の歩み』（東京大学総合研究博物館、平成八・一一）参照。

（9）木下杢太郎「詩集『邪宗門』を評す」（『スバル』明治四二・五）は、こうした白秋の象徴詩の機構を的確に捉えた批評であると言ってよい。杢太郎はそこで次のように指摘している。——「『邪宗門』の詩は美しき様々の動詞によりて綴られたる美しき様々の名詞の列である。其詩章の第一聯と第二聯との間に殆んど智的合理《インテレクチユアルコンセクエンス》は発見することが出来ないのである。唯是等の名詞、形容詞等の表現する心象が、相似たる情調を惹起するやうに選ばれてゐるが故に（死と生、神と娼婦とをも尚能く結合せしめ得る）凡ての不可解的対象を奈何にかして解釈せむとする事に、努力する人間の聯想作用は、比較的容易に此詩の暗示を知解し、其命ずる一種の遊戯に耽るのである。」

（10）上田敏はその後、*Serres chaudes* 所収の詩の翻訳として、「温室」「火取玉」「心（その末段）」「愁の室」を『明星』明治四十一年一月号に、また「祈祷」「たましひ」「病院」「めつき」を『スバル』明治四十二年二月号に掲載している。

（11）原詩では《Et tout ce qu'il y a sous votre coupole!/Et sous mon âme en vos analogies!》（1.3,4）という表現によって、《mon âme（わが魂）》と温室内部との重層化が一層明瞭に示されている。

（12）Michael Riffaterre, "Traits décadents dans la poésie de Maeterlinck", in *La Production du texte*.(Seuil, 1979) p.207

（13）Toyama Hiroo, "Une lecture des *Serres chaudes*", in *La Fin de siècle en Flandre*. (Geirin-shobo, 1990) pp.110-1

（14）原詩の末尾は、《Mon Dieu! mon Dieu! quand aurons -nous la pluie, /Et la neige et le vent dans la serre!》という神への直接的な呼びかけによる、不可能な嘆願の表白となっている。

（15）同時期の日本に於ける温室の詩として、河井酔茗「温室の花」（『文庫』明治　三七・一・一）、薄田泣菫「温室」（『スバル』明治四二・二）、蒲原有明の散文詩「仙人掌と花火の APPRECIATION」（『屋上庭園』明治四三・二）、西條八十の散文詩「温室」（『車前草』大正二・四）を挙げることができ、他に木下杢太郎の戯曲「温室」（『屋上庭園』明治四二・一〇）がある。これらは何れも基本的に〈内部／外部〉の二元的構図の上に成立しており、温室の内部が非日常的な幻想性、官能性を宿す空間として形象化されていると言ってよい。

（16）中村雄二郎『述語的世界と制度』（岩波書店、平成一〇・五）。中村氏は同書に於いて、《私は処女です。／聖母マリアは処女です。／ゆえに、私は聖母マリアです。》という、「〈主語の同一性〉に基づく通常の三段論法とは異なる言述を取り上げ、この〈私〉と〈マリア〉との結合に「述語の同一性にもとづいた推論或いは思考」を認めることによって、

「述語的同一性による思考」の可能性について論じている。

(17) こうした日露戦後の時代に於ける主体の状況を最も典型的な形で捉えていたのが、先に言及した「メランコリア」を初めとする三富朽葉の詩である。

(18) 当時の詩壇に於いて白秋と併称された三木露風の場合、その象徴詩に向けられた詩的営為の最も優れた達成は、第四詩集『白き手の猟人』(東雲堂書店、大正二・九)に認められる。この詩集には、明治四十四年から大正二年にかけて創作された詩、全五十三篇と散文(詩論)七篇が収録されているが、とくに詩集中央部に配列され、露風の詩論として最も重要な「冬夜手記」「蠱惑の源」の両篇に挟まれた五篇の詩作品――「櫂」(初出『朱欒』大正元・一二)、「現身」「さぎりのみね」「梅檀」「恋の囀り」(以上、初出『朱欒』明治四五・六)――が、露風の象徴詩の到達点を示していると言ってよい。

慕《した》はしや、春《はる》うつす
永遠《えいゑん》のゆめ、影《かげ》のこゑ
身《み》には揺《ゆ》れどもいそがしく
入日《いりひ》の花《はな》のとゞまらず。

(「現身」第五連)

右の「現身」の一節に示されているように、それらの作品を貫いているのは、黄昏という限られた時空間の裡に宿され、その「影」が映し出される「永遠」なるものへの「あくがれごこち」、思慕憧憬のモチーフに他ならない。それは、現実の光景の背後に束の間透かし見られる、「現身」の「わが身にとゞ」めることの出来ない何ものかである。露風はそうした詩境を「黄昏の詩想」と名付け(「書束」、『朱欒』大正元・一二)、その「あくがれ」の対象について詩論の中で繰り返し語り出している。露風によれば、それは物象の「奥秘」に潜む、「形が無い」「手にもとられぬ」、「不可見」の「永遠」なる「幻形」「幻影」であり、詩人はそうした「神思恍惚の世界」「永生の源」に激しく「蠱惑」され、深い「悩ましさ」を覚えるという(「冬夜手記」「蠱惑の源」参照)。こうした発言は、露風象徴詩の性格、モチーフの所在を的確に言い当てていると言ってよい。露風の象徴詩とは、そのように万象の裡に「源」として内在化しつつ、その「幻影」

を束の間顕現させる神秘的な恍惚の世界、現実の奥処に潜む「不可見」、不可言の領域への志向に於いて成立している。その極めて内在論的な詩の理念に、従来屢々指摘されてきた露風に於ける伝統的性格を顕著に認めることが出来よう。露風は、白秋とは全く別途の歴程を辿りながら、蒲原有明以後の日本の象徴詩の変質に深く関与していたのである。なお超越論的志向とは対蹠的な、日本の伝統的な内在論的認識の問題に関しては、Earl Jackson, Jr., "The Metaphysics of Translation and the Origins of Symbolist Poetics in Meiji Japan.", in *PMLA* (Vol.105,no.2,March 1990) を参照されたい。

第三章　イデアリスムの帰趨――北村透谷と蒲原有明――

一　〈詩的近代〉の位相

蒲原有明の象徴詩の達成を示す『有明集』は、既述の如く刊行直後に激しい批判に曝された詩集であった。「『有明集』合評」（『文庫』明治四一・二）に於いて、例えば評者の一人である藪白明は、「此の詩篇は殆ど凡てが、その歌ふところの対象を極端にアイデアライズしてゐるから、ファンタステイカルで、何物も、吾が実際生活に触れたものとは思へない」と指摘する。そこには、「現実に切実であり生活に親触して居る」詩（松原至文）を希求する立場から、有明詩に於ける「実際生活」との接触の欠如を徹底的に否定しようとする意図が判然と示されている。そしてそれが、島村抱月の「新体詩」批判と「現代の詩」の提言（「現代の詩」、『詩人』明治四〇・一一）を契機に急速に詩壇を席巻しつつあった自然主義の文芸思潮に依拠する発言であったことはこれまで繰り返し述べてきたとおりである。如上の『有明集』への批判とは即ち自然主義の立場による有明象徴詩の全面的な否定に他ならなかった。

しかしながら実はこのような近代の詩に於ける「現実」との「直接的」な「接触」の欠落への批判は、近代詩の歴史に於いて『有明集』に対して初めて差し向けられたものであった訳ではない。例えば『国民之友』第一七一号（明治二五・一一・三）の巻頭に掲載された「詩人の題目」の中で、徳富蘇峰は当時の新体詩（近代詩）について以下のような発言を行っている。

夫の新体詩なるもの、其希望とする所は、新社会の思想を、自由に発表するを得んと云ふにあらずや。而して今ま将た如何ん。其歌ふ所は一二の人を除くの他は万葉、古今と同じく、依然として風雲月露恋無常に限らるゝ也。其思想は、毫も人生の実際に触着せず、公卿が宮殿に蟄居せる時代の思想にして、自然を歌ふか、物の哀れを歌ふか、怠慢なる恋愛を歌ふか、然らずんば、咏物に過ぎざる也。（中略）苟も詩人にして此の如く、人生の生活に触着するの地位に立つ能はず、空しく咏物詠史に終らば、天地英霊の気に対して何の顔色かあらん。

『新体詩抄』（丸善、明治一五・八）公刊後僅か十年という時点で、蘇峰は右のように述べて、「人生の実際に触着」することなき当時の新体詩を強く指弾している。それは、近代の詩が「現実」との間に取り結ぶべき関係に関わる、既述の『有明集』批判と同趣旨の発言と言えよう。新体詩の草創期に於いて既に、近代詩が日常的現実の世界との関係に於いて如何なる位相に存立すべきかという根本的な問いが提出されていたのである。従って『有明集』への批判とは、当時の詩壇の情勢の中で不可避的に招来された事態としての外観を呈しながらも、寧ろ明治末期の自然主義の潮流を背景としつつ、近代の詩をめぐる本質的な問題が改めてそこで問われていたと見做すべきであるに相違ない。換言すれば、旧来の詩歌とは異質たるべき「新体」としての近代詩の存立の位相をめぐって、〈詩的近代〉の内質そのものが問われ続けていたのである。

本章では、以上のような日本の近代詩をめぐる状況を視野に入れながら、既述の有明象徴詩の基底をなすイデアリスムの問題について、先行する北村透谷の詩的営為との相関に於いて検討を加えてみることにしたい。

二　北村透谷をめぐって

徳富蘇峰の「詩人の題目」を初出の明治二十五年十一月の時点に置き据えてみる時、その発言の趣旨が、当時の北村透谷の認識と鋭く対立するものであったことが明らかとなる。前月の同じ『国民之友』第一六九・一七〇号（明治二五・一〇・一三、二三）に連載された透谷の「他界に対する観念」には次のような一節が見出される。

詩歌の世界は想像の世界にして、霊あらざるものに霊ありとし、人ならざるものに人の如くならしめ、実ならざるものを実なるが如くし、見るべからざるものを見るべきものとするは、此世界の常なり、（中略）想像は必ずしもダニエルの夢の如くに未来を暁らしむるものにあらざるも、朝に暮に眼前の事に齷齪たる実世界の動物が冷潮する如く、無用のものにはあらざるなり(1)。

透谷はこの評論に於いて、「詩の世界は人間界の実象のみの占領すべきものにあらず」、或いは「実界にのみ馳求する思想は、高遠なる思慕を産まず」との認識を前提として、「詩歌の世界は想像の世界」であることを明言する。そこでは、詩的世界の成立が、「想像」による、「実世界」「実界」とは異質の領域、即ち「他界」への志向の裡に認められているのである。こうした透谷の認識が、前引の「詩人の題目」と対蹠的な方向を孕んでいることは言うまでもなかろう。「人生の実際に触着」することを要請する蘇峰の提言は、透谷にとっては「実界にのみ馳求する思想」に他ならないのである。そのような発想は、透谷が評論活動を開始した最初期の時点で既に明瞭に語り出されている。即ち「厭世詩家と女性」（『女学雑誌』明治二五・二・六、二〇）に於いて透谷は、「想世界即ち無邪気の世界と実世界即ち浮世又は娑婆と称する者」という二元論的発想を前提として、「夫れ詩人は頑物なり、世路を濶歩することを好まずして、我が自ら造れる天地の中に逍遙する者なり。厭世主義を奉ずる者に至りては、其造れる天地の実世界と懸絶すること甚だ遠し」と記す。詩人が「厭世主義」の裡に「自ら造れる天地」、その「実世界と懸絶」した「理想の小天地」としての「想世界」への志向がここに鮮やかに示されていると言えよう。(2)

透谷の評論活動は、「世の詩歌の題目を無理遣りに国民的問題に限らんとする輩」、その「常に人世《アース》の境域にのみ心を注《あつ》め」る「地平線的思想」を厳しく拒絶しつつ（「国民と思想」、『評論』明治二六・七・一五）、詩が固有に存立しうる領域を執拗に追求する姿勢に貫かれている。評論中に用いられた「実在の荘厳なる円満境」（「一種の攘夷思想」、『平和』明治二五・六）、「故郷」（「我牢獄」、『白表・女学雑誌』明治二五・六・四）、「心の奥の秘宮」（「各人心宮内の秘宮」、『平和』明治二五・九）、「大、大、大の虚界」「現象以外の別乾坤」（「人生に相渉るとは何の謂ぞ」、『文学界』明治二六・二）その他の多様な言辞も、透谷の一貫した思考に確固として支えられたものに他ならない。そしてそれは、後述のように「インスピレーシヨン」を介して「暫く人生と人生の事実的顕象を離れ」て「超自然のものを観る」、「アイデアリスト」の立場として認識されることになる（「内部生命論」、『文学界』明治二六・五）のである。

但し透谷の所謂「想世界」は、単に「実世界」と全く無縁な世界として、隔絶した彼方の境域に位置付けられている訳ではない。その世界は、「厭離」「厭世」の対象である現実世界と実は深い相関関係で結ばれてもいるのである。

吾人は凡ての地に就けるものを醜悪なりと専断するにあらず、然《しか》れども、地に就けるもの、現象界に属するものには、少くとも吾人を厭離せしむるものあるを信ずるなり。（中略）現実の世界に満足する能はずして、応援を他界に求むるは自然の情なり。然《しか》れども吾人もし徒らに現実を軽んじて、只管《ひたすら》空理空論に耽ることあらば、人間として何の価値あるを知らざるべし。空想は人間の脚を奪ふものなり、彼は天にまで達せしむるが為に人間の脚を奪ふにあらず、地に定めしめんとてにもあらず、天と地との間に巣棲するところなからしめんとするものなり。空想に耳を傾くるは、今日《こんにち》を忘れ又た明日《みやうにち》をも忘れんとするにて、人間として戦ふべき戦場を逃出《のがれい》でんとする卑怯武士に過ぎず。

想像は養ふべし。空想は剪除すべし。

右の「想像と空想」（『平和』明治二六・三）に示されているように、透谷は「醜悪」な現実を没却し、空無化する「空想」への耽溺を峻拒し、寧ろ「脚」を「地に定め」、現実に身を置く中で「想像」によって「他界」に参入することを求める。詩人は「現実を軽んじ」るのではなく、「天と地との間に巣棲する」存在として、言わば「現象界」と「他界」、「実世界」と「想世界」の間を絶えず往還しつつ、両世界の「争闘」、その「戦場」をこそ生きなければならないのである。換言すれば透谷にとって、「想世界」とは常に「実世界」と相関しつつ拮抗する位相に存立する世界に他ならない[3]。

このような透谷の認識の形成に、当時の所謂形想論争、そして想実に関する論議が関与していたであろうことは疑いを容れない。明治二十年代の新体詩壇に於いては詩の本質の所在をめぐって内容と形式の間で二者択一的な議論が交わされていたのであるが、そうした所謂形想論争に対して透谷は、後に触れる『楚囚之詩』（明治二二・四）の「自序」の中で、「新体詩とか変体詩とかの議論が囂し」い「近頃文学社界」の状況に触れながら、「元より是は吾国語の所謂歌でも詩でもありませぬ、寧ろ小説に似て居るのです。左れど、是れでも詩です、余は此様にして余の詩を作り始めませう。」と記している。婉曲的な発言ながら、ここには詩壇の形想論議に対する透谷の姿勢が窺われよう。定型を備えた当時の新体詩や短歌とは異なる「余の詩」、それは詩の本質を定型という韻文の形式の裡に見る立場を退け、寧ろ「想」、内容にこそ詩の根拠を据える見解に確固として支えられている。同時に、「余の詩」を「寧ろ小説に似て居る」と見做す透谷は他方で、詩壇の論争とは別途に、殆ど没交渉になされていた小説に於ける想実をめぐる議論に対しても直接的な言及を繰り返している。[4]「想世界」「実世界」という発想が同時代の想実をめぐる議論を前提としていることについては既に指摘がなされているが、[5]明治二十年代の想実論の文脈の中に透谷を位置付けてみるとき、その固有の立場もまた明らかと言わなければならない。即ち透谷の場合、既述の如く現実「厭離」の意識を背景として「想世界」と「実世界」の明確な二元論的発想に立ち、両者の対立、拮抗する関係をこそ強調しているのであり、「想世界」の担う独自の性格と意義を、常に「実世界」との関係に於いて執拗に追求し続けたのである。透谷は、切実な「厭世」の念に促されつつ、言わば当時の想実の関係をめぐる美学的、或いは技法論的な議論を、現実に於ける詩と詩人の存在の意味に関わる問題として根底的に捉え直すことによって、詩に於ける「想」の認識を確実に深めていったと考えられる。そしてそれは、『新体詩抄』以来、近代詩の「想」をめぐって「連続したる思想」（外山正一「新体詩抄序」）、「千種万態の詩想」（大西祝「国詩の形式に就いて」、『早稲田文学』明治二六・一〇）、「種々変化ある思想及び情緒」（外山正一「新体詩」、『新体詩歌集』大日本図書、明治二八・九）等の発言がなされつつも、その内実それ自体が全く問われることなく、形想二元論に終始していた詩壇の状況にあって、透谷の占める特異な位置を明瞭に告げているはずである。

造化主は吾人に許すに意志の自由を以てす。現象世界に於いて煩悶苦戦する間に吾人は造化主の与へたる大活機を利用して、猛虎の牙を弱め、倒崖の根を堅うすることを得るなり。現象以外に超立して、最後の理想に到着するの道、吾人に開けてあり。（「人生に相渉るとは何の謂ぞ」）

詩人は「現象世界」のもたらす「煩悶苦戦」の中で、「意志の自由」のもとに、その世界を「超立」して「最後の理想」、即ち「絶対的の物、即ち Idea」に到達する。そしてその「大、大、大の虚界」に於いて「清涼宮を捕握」し、それを「携へ帰りて、俗界の衆生に其一滴の水を飲ましめ」なければならないのである。透谷の姿勢は一貫して、現実世界、「実世界」との関係に於いて「想世界」、即ち詩が存立すべき世界が担う固有の意義の追求に向けられていたと言ってよいだろう。「実世界」と「想世界」の明快な二分法は、両世界が隔絶した両極として、無縁のまま併存することを意味するのでは決してない。寧ろその二つの世界は、相関しつつ拮抗、対立する関係にあり、詩人はいわばそれら両世界の間を不断に往還する。そしてそうした詩人の「想世界」への希求を支えているのが「自由」に他ならない。「実世界」に於いて、「社界組織の網縄に繋がれて不規則規則にはまり、換言すれば想世界より実世界の擒となり、想世界の不羈を失ふて実世界の束縛となる」(「厭世詩家と女性」)と透谷は言う。そのような「憤激して起つ可き社界」(「時勢に感あり」、『女学雑誌』明治二三・三・八)、近代日本の現実に対する確固たる認識の下で、「人性の大法」、つまり人間の本来性としての「自由」への意志(「明治文学管見」、『評論』明治二六・四・八、二二、五・六、二〇)が、詩人を「想世界」へと不可避的に導く。詩はそこにこそ成立するのである。明治二十年代の透谷が告知していたのは、小説とは異質な、「想像の世界」としての詩が担いうる固有性の問題であった。日常的現実、「実世界」と対峙、拮抗しつつ、本来的な「自由」の領域、「絶対的」な「Idea」として存立する「他界」「想世界」に、近代の詩の固有の所在が見出されていたのである。

三　透谷から有明へ

北村透谷の評論活動が本格的に開始されるのは、周知の如く明治二十五年のことである。「厭世詩家と女性」(『女学雑誌』明治二五・二・六、二〇)を発端として、以後晩年に至る二年余の間に極めて旺盛な発言がなされてゆくが、それは取りも直さず、透谷の詩『楚囚之詩』(春祥堂、明治二二・四)および『蓬萊曲』(養真堂、明治二四・五)の上梓後に、精力的な評論の執筆が始められたことを示している。事実、評論執筆開始後の詩作品は、晩年の時期を中心に断続的に発表された数編が我々の手元に残されているに過ぎない。透谷の文学活動は、詩の創作から評論へという明瞭な展開を見せているのである。

透谷の評論の枢要をなす見解は、既述の如く「実世界」との関係に於いて「想世界」、即ち詩が存立しうる固有の場所の追求に一貫して差し向けられていた。そしてそれらに先行する透谷の詩作品には、そうした認識の母胎、或いは原型をなすイメージが刻み込まれている。言うまでもなく『楚囚之詩』『蓬莱曲』両篇に共通する〈牢獄〉のイメージである。

獄舎《ひとや》！　つたなくも余が迷入れる獄舎《ひとや》は、
二重《ふたへ》の壁にて世界と隔たれり　（「第二」）

『楚囚之詩』に於いて、「獄舎」に繋がれた「余」は、「暗き壁」によって外部から隔てられ、一切の「自由を失」っている。深い「憂鬱」に閉ざされた「獄舎」の内部は「惨憺たる墓所《はかしよ》」「暗らき、空しき墓所《はかしよ》」として死の様相を濃密に帯びている。そのような「穢《きた》なき此の獄舎」にあって、「余」の「清浄《せいじやう》なる魂《たま》」のみは「軽るく獄窓を逃伸び」てゆくのであり、その外部に見出されるのが「昔の花園《はなその》」「故郷」なのである。

余が愛する少女の魂《たま》も跡を追ひ
諸共に、昔の花園《はなその》に舞ひ行きつ
塵《ちり》なく汚《けがれ》なき地の上にはふ［ママ］バイヲレット
其名もゆかしきフォゲツトミイナット
其他種々《いろ》の花を優しく摘みつ
ひとふさは我胸にさしかざし

他のひとふさは我が愛に与へつ　（「第五」）

恨むらくは昔の記憶の消えざるを、
　若き昔時《むかし》……其の楽しき故郷！
暗らき中にも、回想の眼はいと明《あか》るく、
　画と見へて画にはあらぬ我が故郷！　（「第十三」）

「獄舎」の内部からの希求、憧憬の視線の裡に捉えられた「昔の花園」「故郷」の世界、それは「有る――無し――の答は無用なり、／常に余が想像には現然たり」と記されるように、「墓所」「地獄」と化した「獄舎」の裡に於いて生成する「想像」の光景に他ならない。「暗き壁」によって隔てられた「獄舎」の内部と外部の極めて対照的な様相がここに鮮やかに描き出されていよう。『楚囚之詩』の世界は、このような明快な二元的構図の反復的呈示によって、その全体が支えられているのである。そして作品は、「第十六」の「大赦の大慈《めぐみ》」による「余」の放免の場面で極めて唐突に閉じられることになる。

一方、全三齣からなる『蓬莱曲』では、冒頭近く〈牢獄〉のイメージが次のように示される。

牢獄《ひとや》ながらの世は逃げ延びて
　幾夜旅寝《いくよたびね》の草枕、
（中略）
　眠るといふも眼《まなこ》のみ、
心は常に明《あき》らけく、世の無情《むじやう》をば

睨みつ慨きつ喞《かこ》ちけれ。
左程にきらはる丶われなれば、
逃げ出《いで》んこそ易《やす》けれど
わが出《いづ》る路《みち》にはくろがねの
連鎖《くさり》は誰《た》がいかなる心ぞ、
去らばとて留《とゞ》まらんとすれば
笞《しもと》を挙《あ》げて追ふものぞある。

（「第一齣」）

主人公柳田素雄は「牢獄ながらの世」に苛まれ、それを厭い、脱しようとする。この作品に於いて「世」は一貫して獄中のイメージを伴って描き出されており、素雄は「鉄《てつ》の鎖《くさり》につながれて、窓には風も通《かよ》はさぬ／囚牢《ひとや》」「この囚牢《ひとや》、この籠を、／こよひならねば何時破るべき」（「第一齣」）との意志の中で「霊山」蓬莱山頂に向かうことになる。しかしながら素雄と「世」との関係は一義的には規定しがたい振幅を見せている。即ち「世」に対する「左程にきらはる丶われ」或いは「むごく悲しく世のあらゆる者に捨られし／このわれ」（「第二齣　第五場」）という発言は、取りも直さず素雄の「世」への執着の意識を明かしているのであり、それは後の場面での素雄の言葉――「出でしとて世はわがまことに悪《にく》む所ならず、／まことに忘れ果《はつ》る所ならねばなり」（「第三齣　第二場」）――によって判然と語り出されることになる。こうした「世」に対する両義的な在り方は、大魔王との対峙の場面に於いて素雄の本質的な「性《さが》」として深く認識されるに至る。

おもへばわが内には、かならず和《やは》らがぬ両《ふた》
つの性《さが》のあるらし、ひとつは神性《かみ》、ひとつ

は人性《ひと》、このふたつはわが内に、
小休《こやみ》なき戦ひをなして、わが死ぬ生命《いのち》の盡《つ》
くる時までは、われを病ませ疲《つか》らせ悩ます
らん。

（「第三齣　第二場」）

素雄の孕む両義性は恐らくこの「両つの性」に由来する。「神性」は「塵の世を離れて高きが上に／彌《いや》高く形而《かたちの》上《うへ》をのみぞ注視《みつめ》ることへと導き、一方で「人性」は「形骸《むくろ》」としての生の存続へと誘い、「世」への執着の意識をもたらす。「内なる其のた、かひ」こそが素雄の長い「さすらへ」と苦悩を促してきたのであり、この蓬萊山頂に於いて素雄は自己の「おのれ」の存在、「このおのれてふ物思はするもの、このおの／れてふあやしきもの」（「第二齣　第二場」）の内実を確実に探り当てている。従って素雄にとって「人界とこの「己れ」とを離る、」ことが根源的な「欲望《のぞみ》」となる。こうして素雄は自らを苛む一切のものを排除し払拭した世界への到達を希求することになるのであるが、しかしこの作品は「わが家いずこ？　わが行くところ？」という混迷の姿を描いて閉じられ、その「世の外」の世界は、素雄の死を媒介として、「蓬萊曲別篇」の「彼岸」に至る「慈航湖《じかうのうみ》」の光景として断片的、抽象的に描き出されるに過ぎないのである。

『楚囚之詩』『蓬萊曲』両篇に共通する作品の構図が、当時の透谷の創作のモチーフの所在を端的に告げていると言ってよいだろう。何れも主人公を苦しめ苛む「世」が〈牢獄〉のイメージをもって捉えられ、それとは対蹠的な、一切の苦渋や悲嘆を払拭した世界が〈牢獄〉の外部、「世の外」に設定される。後年の評論で論じられる「実世界」と「想世界」の関係の原型をそこに確かに認めることができるはずである。ただしその外部の世界は、〈牢獄〉の内部と際立った対照性を付与されつつ、極めて抽象的に、或いは類型的な形の下に語り出されるにすぎず、〈牢獄〉の「世」に拮抗しうる具象性を担ってはいない。換言すればそうした「世の外」が、既に指摘されているように「世」の「否定形のかたちでしか想定しえ」ていないのであり、「想世界を託すべき場そのものを具象化する試み」(6)はそこで挫折に終わっていると言わなければならないのである。これら両作品が極めて唐突な、或いは未完の形で収束せざるをえなかった理由の一端もその点に関わるに相違ない。従って以後の透谷の評論活動とは、このような詩的営為の言わば挫折の上に開かれていったと考えられよう。既述の如くそこで「想世界」「他界」の所在と意義が執拗に追求されていたのも、それ故必然の道程であったと見做される。このような近代の詩の存立する固有の領域としての「想世界」の詩的形象化の可能性こそが、詩の創作から評論へと至る透谷の文学的展開を通して、以後の詩人たちに託された課題に他ならなかった。そしてその課題を詩作行為の枢軸に据えた詩人が蒲原有明であったのである。

有明の詩に〈牢獄〉のイメージが判然と刻み込まれるのは、第三詩集『春鳥集』（本郷書院、明治三八・七）に於いてである。

くぐもる殻《から》は生《お》ひかはり、
翅《つばさ》掩へる当来《たうらい》の
鳥座《とぐら》ぞとほき。——真夜《まよ》、まひる、
まぼろし、夢の憂《う》かる世を、
嗚呼破《や》りがたし、石人の
領《し》らす囚獄《ひとや》は。

（「宿命」最終連）

見よ、簿冊《ぼさつ》の金字《きんじ》——
星なり、運命《うんめい》の

巻々《まき》音《おと》もなし。
一ぢやう、おひめある
ともがら（われもまた）
償《つぐな》ふたよりなさ、
囚獄《ひとや》の暗《やみ》ふかき
死《し》の墟《つか》、——いかならむ、
嗚呼、その魂《たま》の夜《よる》。

（「魂の夜」最終連）

これらの作品には、「魂」を「暗」の内に閉ざす「憂かる世」が「囚獄」の形象をもって呈示されつつ、それを不可避の「宿命」「運命」として認知する、深い呻吟が表白されている。既に考察を加えたように、先行する詩集『草わかば』（新声社、明治三五・一）、『独絃哀歌』（白鳩社、明治三六・五）に於いては、それとは対極的な世界が開示されていた。即ちそこでは、「地《つち》なる愁」（「頼るは愛よ——」二参照）の対蹠をなす「かなた」の「楽園」、理想郷への憧憬を根元的なモチーフとして、「際限《はて》なきもの」たる「虚空」と「海」、そして遍満する「光」のイメージが言わば三位一体となった〈無限の広がり〉に満ちた世界が成立しているのである。第三詩集は従って、「憂かる世」「つらき世」（「みなといり」参照）を「宿命」と見做す絶望的な現実認識の形成の中で、彼方の理想郷への憧憬という浪漫主義的モチーフが悉く払拭されることによって、作品世界が反転を強いられ、「地なる愁」に厚く塗り込められるに至ったことを告げていよう。そのように「われ」を封じ込め、拘束する宿命的な現実こそが「囚獄」のイメージによって呈示されているのである。『春鳥集』が展開するのはそうした〈牢獄〉としての現実に就縛され、苦悩と呻吟を重ねる絶望的な生の諸相なのであり、それは続く第四詩集『有明集』の作品世界をも強く規定している。前章で既に言及した集中の初期作品「絶望」には次のような詩句が綴られていた。

現《うつゝ》こそ白《しら》けたれ、香油《にほひあぶら》の
艶《つや》も失《う》せ、物《もの》なべて呆《ほゝ》けて立《た》てば、
夢映《ゆめうつ》すわが心《こゝろ》、鏡《かがみ》に似《に》てし
性《さが》さへも、痴《うつ》けたる空虚《うつろ》に病《や》みぬ。

（中略）

眼《ま》のあたり侘《わび》しげの徑《こみち》の壊《くづ》れ、
悲《かなし》みの雨《あま》そそぎ洗《あら》ひさらして、
土《つち》の膚《はだ》すさめるを、まひろき空《そら》は、
さりげなき無情《つれな》さに晴《は》れ渡《わた》りぬる。

（中略）

霊《たま》燻《く》ゆる海《うみ》の色《いろ》、宴《うたげ》のゐまひ、
皆《みな》ここに空《あだ》の名《な》や、噫《あゝ》、望《のぞみ》なし、
匂《にほ》ひなし、この現《うつつ》われを囚《とら》へて、
日《ひ》は檻《をり》の外《そと》よりぞ酷《むご》くも臨《のぞ》む。

（第一、四、六連）

かつて〈無限の広がり〉を表象していた「空」や「海」は「無情さ」を露わにし、或いは「空の名」に過ぎぬものと化して、「われ」は「檻」としての「この現」に幽閉されたまま脱する術もありえないという絶望的な状況――ここには、『春鳥集』との連続性が確実に認められよう。しかしながら最終的に「豹の血」の諸篇に至り着く有明の詩の帰趨は、寧ろそこからの更なる展開によって導かれている。それは既に指摘した〈牢獄〉としての現実に封じ込められた「われ」の内部の世界への徹底した沈潜の方向であり、その内部の世界が〈密室〉的空間として呈示されるのである。『有明集』の詩の達成は、言わば〈牢獄〉の詩から〈密室〉の詩への展開において果たされている。先に検討を加えたように、〈密室〉という〈閉ざされた場〉の詩的設定に於いて、内面世界は、日常的現実とは異質の秩序や論理に支えられた固有の領域として、その自立的な形象化が果たされているのである。自己の内側への沈潜を通して、「囚獄」としての「この現」とは異質の現実を開示すること、それはいわば「檻」に閉ざされた〈内部〉に〈外部〉を穿つ試みであり、〈彼方〉の領域への新たな接近に向けられた詩的営為であったと言ってよいだろう。有明が到達していたのは、そのように現実と対峙しつつ詩が自立的に存立しうる固有の場所に他ならなかったのである。

以上のような有明の詩的営為が、近代詩の歴史的展開の中で、透谷によって託された課題の継承とその実現としての意義を担うことは既に明らかであろう。有明詩に於いて現実とは異質の、自立的な別乾坤として生成する内面世界は、透谷が評論を通して提起し続けた「想世界」と深い相同性で結ばれている。そして又透谷の「想世界」が現実の空無化に於いて成立するのではなく寧ろ「実世界」と相関しつつ対立する関係として捉えられていたように、有明の詩は現実と絶えず拮抗、対峙する位相に存立していた。既述の如く、『有明集』の詩的世界がそのように「現」への絶望的認識を基盤としながら、それとの激しい緊張関係に置かれていることは、「苦悩」「痴夢」「水のおも」その他の作品が確実に告げるところであった。同様に、有明の詩の達成を示す「豹の血」の諸作品が開示する〈密室〉としての詩的空間も又〈酔〉や〈まどろみ〉のもたらす束の間の夢想の裡に辛うじて生成する世界として、常に虚妄性、不毛性にさらされていたのである。そこに共通して認められるのは、抑圧的な

「実世界」から「自由」な外部としての「想世界」への逃避或いは超出に向かう発想では決してない。寧ろそうした浪漫主義的志向の徹底的な剥離による現実逃避の不可能性の認知の中で、現実の内部に於いて「想世界」という「自由」の領域の開示を試みようとする絶望的な希求に他ならないのである。

我々の手元には、有明の透谷に関する言及が少なからず残されている。それらの殆どは「天性の詩人」「その素質に於て明治過去文壇最大の詩人」（「日本詩の発達せざる原因」、『文章世界』明治四〇・一）としての透谷、とくにその「過去韻文界の紀念柱」（「新しき声」、『新声』明治四〇・一〇・一）たる『蓬萊曲』に対する賛辞を趣旨としているが、そうした中で次のような発言がなされていることは注目に値する。

透谷は何としても惜しい文学者の一人であつた。あれだけの強烈な感情と複雑多様な素質を有しながら、それが真に指導的精神となるべき唯一の核心に到達する機縁に触れ得なかつたことはまことに止むを得ぬことである。透谷には思想の動揺を統一する信念の代りに主我的瞑想があつた。唯心自性に沈む結果は早くもその出世作たる『蓬萊曲』に予想せられてゐたと見られやう。曲中には弘誓の船が描かれてある。ここらは『神曲』的ではあるが、その弘誓の船は現実から絶縁された実現力のない空想的施設である、従てそれは勿論宗教的とはいはれない。透谷をして煩悩熾盛の人生を痛感することからさまたげたのはその主我的瞑想であつた。

「詩人としての藤村氏」（『人間』大正一〇・四）の中で有明はこのように述べて、「蓬萊曲別篇」に於いて柳田素雄と露姫を彼岸へと導く「弘誓の船」の設定を「現実から絶縁された実現力のない空想的施設」として厳しく批判する。この当時の有明の宗教的志向が色濃く滲む言辞であるにしても、透谷が遂に挫折に終わった「想世界」の詩的形象化の課題に賭した詩人たる有明にして初めてなしえた批評と見做されるべきであろう。創始期の詩壇に於いて透谷が提起した近代の詩をめぐる本質的な問題は、有明によって確実に継受されていたのである。

四　イデアリスムの帰趨

北村透谷と蒲原有明とを結び合わせることによって、日本の近代詩が孕む一つの方向が鮮明に浮かび上がる。「厭世」と絶望に充ちた深甚な現実認識を背景として、小説や伝統詩歌とは異なる近代詩の固有の「想」の内実が追求される中で、現実世界と相関しつつ対立、拮抗する位相に詩の存立の場が見出される。「近代化されてゆく社会構造への反逆ないし違和から文学の近代化がはじまったという逆説」の指摘はここでも有効であろう。(7)「文芸上の理想派（アイデアリスト）」（透谷「内部生命論」）を宣言し、或いは「人間中心の思想」の脱却の意志（有明「詩人の覚悟（中）」、『東京二六新聞』明治四一・六・八）を表明する彼等の詩的営為は、日常的現実を唯一の客観的実在と見做す合理主義的世界観からの決定的な離脱に於いて、「想世界」「絶対的現実」を詩的空間として開示することに賭けられていたのであり、詩の「近代」性を意識的に追求する彼等の姿勢がそこに判然と認められるのである。そして実は島崎藤村はこうした方向を徹底して回避した詩人に他ならない。

人妻恋ふる悲しさを
君が情けに知りもせば
せめてはわれを罪人と
呼びたまふこそうれしけれ

あやめもしらぬ憂《う》しや身は

くるしきこひの牢獄《ひとや》より
罪の鞭責《しもと》をのがれいで
こひて死なんと思ふなり

（「別離」『文学界』明治二九・一〇、初出題名「いきわかれ」）

『若菜集』（春陽堂、明治三〇・八）所収のこの詩に於いて、「人妻恋ふる」「われ」を「罪人」と見做す意識から導き出される「くるしきこひの牢獄」という詩句が、透谷―有明の〈牢獄〉のモチーフに託された切実な現実認識とは全く無縁であることは明らかであろう。しかもこの作品は、「人妻をしたへる男の山に登り其／女の家を望み見てうたへるうた」という小引の告げる仮構性の上にこそ成立しているのである。「想世界」と「実世界」の対立、葛藤の狭間にあって、その「争闘」の裡に身を置くことを詩人としての自己に課した透谷に対して、藤村はその一切を捨象する。寧ろ「今日こゝにあり、われらは今日と共に歩めり。われら不幸にして自ら誇るべきものなし、たゞ誇るべきものは今日のみ。」（「聊か思ひを述べて今日の批評家に望む」、『文学界』明治二八・五）という徹底した「今日こゝ」の受容の意志の中で、近代日本の現実を遮断して「春」という季節に集約される生の肯定のモチーフを伝統的な定型律に載せて歌い上げることへと藤村は向かう。その『若菜集』を近代詩の真の始発を告げた詩集と見做す通説の中で、透谷の営為が担う〈近代〉性は閑却されざるを得ないだろう。しかし既述の如く透谷の意志は有明によって確実に継承されていたのである。藤村の没後、有明は藤村との長きに渉る交友を回想する中で、「藤村には形而上学がない」と指摘している（「先駆者としての藤村」、『芸林間歩』昭和二三・一）。この簡潔極まりない発言は、藤村の本質を確実に射抜いた評言に他ならない。そのような批評が可能な境位に、詩人としての透谷と有明はあったのである。

北村透谷の最晩年の著述は、「拾貳文豪」第六篇として刊行された『ヱマルソン』（民友社、明治二七・四）である。巻頭の「ヱマルソン小伝」に続く、エマソンのエッセイ、*Nature*（James Munroe & Co., 1836）、"Conpensation"、"Self-Reliance"（以上、*Essays: First Series.*（James Munroe & Co., 1841）所収）、"Plato; or, The Philosopher"（*Representative Men.* (1850)）の抄訳と注解、そして末尾の「ヱマルソン小論」からなる本書に於いて、透谷は「唯心的思想家」エマソンについて次のように語り出している。

> 彼は生命の中心を心霊とし、万物の中心を同じく万物の心霊とせり、而して是等の一切のもの、元素、一切のもの、原因にして、すべての関係を離れたるもの、凡ての雙対を離れたるもの、即ち「全《ホール》」なるもの、之を以て神とせり。この「全《ホール》」は即ち彼の「一《ワンネツス》」にして、此の「一」は凡てのものの原因にして、又た結果たり、部分にして又た全体たり、この「一」に於て、凡ての法の源あり、「心《マインド》」と「物《マツター》」との相結托するは、即ち此の「一」に於てなり、此の「一」に於て彼は「自然」と「心霊」の区別を没せり、此の「一」よりして、凡ての精神的法《スピリチユアル・ロウス》は流れ出るものなることを認めたり。（中略）彼は一切の事情《サーカムスタンセス》を以て、一切の「自然」を以て、一切色界の現象を以て、無限の心霊の反映と認めたり。（中略）一切諸物は、時間と空間の配合に従ひて、種々態々なる現象となりて、或は現はれ或は消え、或は生じ或は滅すると雖も、是等は真正の事実にあらず、真正の事実は奥妙なる「心」にあり。宇宙は事実の堆積にあらずして、「心」の実在なり。この実在の「心」、この不退転の霊、之れ即ちヱマルソンの楽天主義の本源なり。
> （「ヱマルソン小論」）

透谷のエマソン観の枢要が告げられた一節である。ここには、万物を貫く「法」の存在を認め、その根源をなす絶対的中心としての「心霊」の実在を確信するエマソンの「唯心論」「アイデアリズム」の核心が明瞭に捉えられている。[8] こうした透谷の理解が、エマソンの『自然（Nature）』《The world thus exists to the soul to satisfy the desire of beauty. This element I call an ultimate end. No reason can be asked or given why the soul seeks beauty. Beauty, in its largest and profoundest sense, is one expression for the universe. God is the all-fair. Truth, and goodness, and beauty, are but different faces of the same All.》(p.24).《We learn that the highest is present to the soul of man; that the dread universal essence, which is not wisdom, or love, or beauty, or power, but all is one, and each entirely, is that for which all things exist, and that by which they are; that spirit creates; that behind nature, throughout nature, spirit is present.》(pp.63-4)）、「自己信頼（*Self-Reliance*, in *Essays: First Series*）」《This is the ultimate fact which we so quickly reach on this, as on every topic, the resolution of all into the ever-blessed ONE. Self-existence is the attribute of the Supreme Cause, and it constitutes the measure of good by the degree in which it enters into all lower forms. All things real are so by so much virtue as they contain.》(p.70)）、「償い（*Compensation*, in *Essays: First Series*）」《There is a deeper fact in the soul than compensation, to wit, its own nature. The soul is not a compensation, but a life. The soul *is*. Under all this running sea of circumstance, whose waters ebb and flow with perfect balance, lies the aboriginal abyss of real Being. Essence, or God, is not a relation or a part, but the whole.》(pp.120-1)）、「精神的法則（*Spiritual Laws*, in *Essays:First Series*）」《A little consideration of what takes place around us every day would show us that a higher law than that of our will regulates events; (...). O my brothers, God exists. There is a soul at the centre of nature and over the will of every man, so that none of us can wrong the universe.》(pp.138-9)）、「大霊（*The Over-Soul*, in *Essays:First Series*）」《We live in succession, in division, in parts, in particles. Meantime within man is the soul of the whole; the wise silence; the universal beauty, to which every part and particle is equally related; the eternal ONE.》(p.269)）、「プラトン（*Plato*, in *Representative men*）」《What is the great end of all, you shall now learn from me. It is soul, —one in all bodies, pervading, uniform, perfect, preeminent over nature, exempt from birth, growth and decay, omnipresent, made up of true knowledge, independent, unconnected with unrealities, with name, species and the rest, in time past, present and to come. The knowledge that this spirit, which is essentially one, is in one's own and in all other bodies, is the wisdom of one who knows the unity of things.》(p.50)）等の一連の言説を周到に踏まえて形成されていることは明らかである。そしてこのようなエマソンの「唯心的思想」と晩年近い透谷自身の理念との契合も又明瞭に認められ

る。

「内部生命論」（『文学界』明治二六・五）に於いて透谷は、「偏狭なるポジチビズムの誤謬」を批判しつつ、万物の根源に存する「宇宙の精神」について語り（「造化も亦た宇宙の精神の一発表なり、神の形の象顕なり、その中に至大至粋の美を籠むることあるは疑ふべからざる事実なり」）、また文芸上の「アイデアリスト（理想家）」を、「理想家が暫らく人生と人生の事実的顕象を離れて、何物にか冥契する」、「瞬間の冥契」に於いて存立する立場と見做す。そしてその「瞬間の冥契」即ち「インスピレーション」について、本論の末尾に次のように記されている。

必竟するにインスピレーションとは宇宙の精神即ち神なるものよりして、人間の精神即ち内部の生命なるものに対する一種の感応に過ぎざるなり。（中略）この感応によりて瞬時の間、人間の眼光はセンシユアル・ウオルドを離る、なり、吾人が肉を離れ、実を忘れ、と言ひたるもの之に外ならざるなり、然れども夜遊病患者の如く「我」を忘れて立出るものにはあらざるなり、何処までも生命の眼を以て、超自然のものを観るなり。再造せられたる生命の眼を以て。

このように「宇宙の精神即ち神なるもの」との瞬時の「感応」に於いて感覚世界（sensual world）を離脱し、「超自然」へと参入する経緯を語ることに帰着する「内部生命論」の趣旨の裡に、既述のエマソンの唯心的境位との確実な接点が窺われる。更に右の一文は、先の「人生に相渉るとは何の謂ぞ」中の発言（「彼は実を忘れたるなり、彼は人間を離れたるなり、彼は肉を脱したるなり。実を忘れ、肉を脱し、人間を離れて、何処にか去れる。杜鵑の行衛は、問ふことを止めよ、天涯高く飛び去りて、絶対的の物、即ち Idea にまで達したるなり。」）に触れているように、「想世界」に向けられた透谷の一貫した志向を確認するものでもあった。『ヱマルソン』に於いてエマソンの「楽天主義」を強調する筆致には、現実世界との「争闘」を不可避とする透谷の異和を含んだ微妙な距離の意識が折り込まれているにしても、両者は、イデアリスム（アイデアリズム）の紐帯によって強く結び付いていたのである。ところでギリシア哲学を遥かな淵源とするイデアリスムは、ヨーロッパ十九世紀に於いて復活、再生を遂げることとなった。現実世界への幻滅、嫌悪、そこに生じる倦怠や生の無気力を土壌として、日常的現実の全的な否認の衝動の裡に、広く欧米に於いてイデアリスムの思潮が開花するに至った経緯については既に繰り返し指摘がなされている。[10]その性格について、アンリ・ペイルは次のように指摘している。

詩人は事物の表層的な外観で満足することはない。彼が理想の美を見出すのは、彼の前にある現実の中に於いてではない。彼にとってあらゆるものが神秘的なのであり、物質世界が向かってゆく霊的な（spirituel）真実を彼は読み解き、表現する。そこで彼は、多様なものの背後に統一性（unité）を掴むのであり、この世界の事物がその青ざめた近似値でしかない美の範型を自ら作り出すのは、その想像力によってなのである。[11]

ペイルは更にその本質を「至高の世界、イデーの世界、魂を満たす美の世界への詩人の渇望」に見出しているが、このような十九世紀のイデアリスムの潮流の中に、既述のエマソンの思想もその位置を占めていることは言うまでもなかろう。そして他ならぬ世紀末のサンボリスムも又そうした思想状況を背景に成立することとなるのである。前引の如くマラルメは十九世紀末期の諸流派の「交点」を「イデアリスム」の立場（le point d'un Idéalisme）に認めていたが、更に「詩の定義」として、

詩とは、本質的なリズムに換言された人間の言語による、存在の諸様相が孕む神秘的な意味の表現である。それ故それは、我々の滞在に正統性を付与し、唯一の精神的な義務をなすのである。[12]

と述べているところにも、それは明瞭に窺われる。「在るものしか存在しない（n'est que ce qui est）という絶対の公式」を否定し、「〈彼方（*au-delà*）〉」「彼岸に輝くもの（ce qui la-haut éclate）」を希求する「音楽と文芸」（"La

Musique et les Lettres", 1894）の発言も同趣旨のものと言えよう。科学と実証主義の時代に対する反措定的な思想の水脈としてのイデアリスムがフランス象徴主義の成立を導いていたのであり、象徴主義の基盤はこのような思想的潮流を背景として形成されていたのである。そしてこうした十九世紀ヨーロッパに於ける精神史的芸術史的展開の総体を視野に入れる中で、エマソンはサンボリスムの先行者の位置を与えられることになる。既に多くの言及がなされているように、通常ロマン主義に分類されるエマソンは、実は「象徴主義的精神が深く浸透し」[13]、「高度に象徴主義的な美学を精細に説いた」[14]、「サンボリスムの予告者」[15]、「潜在的な象徴主義」[16]者に他ならないのである。

以上のように考える時、エマソンとサンボリスム、北村透谷と蒲原有明の四者が、イデアリスムの世界観、現実認識を基軸として緊密に連関し、結び付いていることが理解されよう。既述の透谷と有明の間に認められる類縁関係とは、こうしたエマソンと象徴主義との「全き血縁関係」[17]に由来しているに相違ない。そして透谷が未発に終わった「想世界」の詩的形象化の試みが有明に於いて結実を果たすに至ったのは、ともにイデアリスムを基盤としつつも、有明が、サンボリスム受容を介して詩的言語に関する根本的な認識を獲得していたことが深く関与していたと考えられる。前篇に於いて考察を加えたように、そのような象徴主義的営為に於いて、言語の本来的な属性であるイメージや音楽の存分な活用をとおして、言語的世界としての別種の現実の生成が果たされたのである。

如上の文脈に於いて考えるならば、先に触れた自然主義による『有明集』批判――「実際生活に触れ」ることなき、「アイデアライズ」された詩への指弾――とは、有明象徴詩の本質的基盤をなすイデアリスムの現実認識それ自体の全面的な否定に他ならなかったと言わなければならない。同時に、前章に述べたように、そのような「現実に切実であり生活に親触して居る」詩の裡に「近代的詩歌」（服部嘉香）としてのモデルニテの所在が確認されてもいたのである。そして有明の象徴詩が曝されたこうした状況は、透谷の所謂「他界に対する観念の欠乏せる」

日本（「他界に対する観念」参照）に於いて不可避的に招来された事態と見做されるべきかもしれない。有明自身が自らの詩に対して「弱所」の苦い認識を抱え込まざるを得なかったのは、恐らくそれ故のことであった。先にも引用したように、後年執筆の自伝的作品『夢は呼び交す』（東京出版、昭和二二・一一）には、その折の体験について「危機はもとより外から来た。併しかれの内には外から来る危機に応じて動くばかりになつてゐたものを蔵してゐたといふこともまた争はれない。（中略）危機に襲はれて、これまで隠してゐた弱所が一時に暴露したことを、かれは不思議と思つてゐない。そのためにかれは独で悩み、独で敗れることになつたのである。」と記されていた。ここに、自己の詩の基盤をなすイデアリスムを支える土壌の脆弱さ、フランス象徴主義の受容をとおして成立した日本の象徴詩が孕む本質的な危うさを見据える有明の苦渋の意識を読み取ることは決して強弁ではあるまい。日本に於ける近代象徴詩の創出に賭した詩人、有明の覚醒した認識がそこには滲んでいる。それは、「他界に対する観念」末尾に於ける、

　我文壇の他界に対する観念に乏しきことは、概《おほむね》前述の如し。写実派と理想派との区別漸く立たんとする今日の文壇に、理想詩人の、万人に願求せられながら出現することの晩きも、強ち怪むに足らじと思はるゝなり。

　ギヨオテの想児フオウストと共に

Oh! if indeed Spirits be in the air,
Moving 'twixt heaven and earth with lordly wings,
Come from your golden "incense-breathing" sphere,
Waft me to new and varied life away.

と絶叫する理想詩人、遂に我文壇に待つべきや否や。疑はしと言ふべし。

という透谷の深い懐疑の念と確実に通底する有明の苦渋であったと考えられる。こうして透谷からの展開の系脈

に於いて、イデアリスムを基盤として成立した有明の象徴詩は、徹底した否認に曝される。そしてその事態は、以後の日本の象徴詩の根本的な変質を不可避的に導くことになる。前章に論じた北原白秋、三木露風の詩的世界はそうした日本近代象徴詩の変容を典型的に告げるものに他ならなかったのである。

大正十二年、第二詩集『青猫』（新潮社、大正一二・一）の「序」に於いて、萩原朔太郎は次のように記している。

かくて私は詩をつくる。燈火の周囲にむらがる蛾のやうに、ある花やかにしてふしぎなる情緒の幻像にあざむかれ、そが見えざる実在の本質に触れようとして、むなしくかすてらの脆い翼をばたばたさせる。私はあはれな空想児、かなしい蛾虫の運命である。

されば私の詩を読む人は、ひとへに私の言葉のかげに、この哀切かぎりなきえれぢいを聴くであろう。その笛の音こそは「艶めかしき形而上学」である。その笛の音こそはプラトオのエロス――霊魂の実在にあこがれる羽ばたき――である。（中略）

私の詩の本質――よつて以てそれが詩作の動機となるところの、あの香気の高い心悸の鼓動――は、ひとへにただあのいみじき横笛の音の魅惑にある。あの実在の世界への、故しらぬ思慕の哀傷にある。

朔太郎はここで、「霊魂の実在」への「思慕」を語りつつ、同時にそれが常に「幻像にあざむかれ」る、「むなしく」「あはれな」営みにすぎないことを告げている。「あの実在の世界への、故しらぬ思慕」は、その世界への到達不可能性の認識に於いて、「涙ぐましい」、「哀傷」に満ちた「あこがれ」でしかありえない。この両極に引き裂かれた朔太郎に於いて、詩は、「哀切かぎりなきえれぢい」として語られざるを得ないのである。有明が胸底に秘めていた「弱所」の意識は、朔太郎に於ける「あはれな空想児」という「かなしい」自己認識へと変換する。

その両者の隔離の背後にあるのは、日本に於けるイデアリスムの可能性をめぐる認識の差異に他ならない。渋沢孝輔氏は、「朔太郎の言葉は、結局のところ、現実的なものにせよ非現実的なものにせよ、とにかく彼の自我を超えてなお存在する客体を具体的にはなにもたないことの裏返しの表現にしかすぎなかったといわなければならない。信じられたのは彼自身の「あこがれ」であって、「あこがれ」の先にある実在ではない。」と述べ(18)、「詩的幻想の自立化」を徹底して推し進めることの出来なかった朔太郎の詩的歴程(19)を周到に跡付けているが、その苦悩と悲哀は一人朔太郎だけのものであったわけではない。『青猫』「序」の一文は、これまで述べてきた日本に於ける近代象徴詩の帰趨もまた明らかに語り出していると言わなければならないのである。

注

（1）北村透谷に関する引用は全て岩波書店版『透谷全集』全三巻に拠る。

（2）こうした透谷と、徳富蘇峰を主筆とする『国民之友』を主たる活動の舞台として「文学のユチリチー論」の立場に立つ山路愛山との間で、所謂文学相渉論争が生じたのも蓋し必然的な帰趨であったと言えよう。「文章即ち事業なり。文士筆を揮ふ猶英雄剣を揮ふが如し。（中略）萬の弾丸、千の剣芒、若し世を益せずんば空の空なるのみ。華麗の辞、美妙の文、幾百巻を遺して天地間に止るも、人生に相渉らずんば是も亦空の空なるのみ。」と告げる愛山（「頼襄を論ず」、『国民之友』明治二六・一・一三）に対して、透谷は「空の空の空を撃ちて、星にまで達せん」こと、「吾人の霊魂をして吾人の失ひたる自由を、他の大自在の霊世界に向つて縦《ほしいまゝ》に握らしむる事」という「高遠なる虚想」を主張する（「人生に相渉るとは何の謂ぞ」、『文学界』明治二六・二）。ここに透谷の一貫した論理が判然と窺われるはずである。

（3）透谷が、明治二十年代の「他界を代表する空間」としての「月宮」（十川信介「故郷・他界―明治二十年代の想界について―」（『「ドラマ」・「他界」』、筑摩書房、昭和六二・一一）参照）を描いた嵯峨の屋おむろの「夢現境」（『国民之友』明治二四・一）を指弾した（「他界に対する観念」参照）のも、その「想世界」の認識からすれば当然の仕儀であった。そしてこのような透谷の認識を所謂浪漫主義の埒内で捉えることの不当性もまた明らかなはずである。

（4）「「伽羅枕」及び「新葉末集」」（『女学雑誌』明治二五・三・一二、一九）、「「歌念仏」を読みて」（『白表・女学雑誌』

明治二五・六・一八）、「徳川氏時代の平民的思想」（『白表・女学雑誌』明治二五・七・二、一六、三〇）、「他界に対する観念」、「明治文学管見」、「内部生命論」等に於いて、透谷は同時代の想実論に直接関わる言及を行っている。

（5）磯貝英夫「想実論の展開」（『国文学攷』二八、昭和三七・五）参照。なお想実論の問題に関しては、前掲の十川信介『「ドラマ」・「他界」』に於いて詳細な考察がなされている。

（6）松村友視「主題としての〈未完〉—透谷「蓬莱曲」をめぐって—」（『文学』平成五・一〇）

（7）三好行雄「日本の近代化と文学」（『日本文学の近代と反近代』、東京大学出版会、昭和四七・九）

（8）この透谷の見解が妥当なものであることは、エマソンの *Nature* の中核をなす章が **"Idealism"** と題され、またエッセイ"The Transcendentalist" (in *Nature*) に於いて《What is popularly called Transcendentalism among us, is Idealism》(p.329)と述べられているところから確認できる。なおエマソンの引用は、*The Complete Works of Ralph Waldo Emerson*. 12vols. Reprint of the 1903-04 ed. (AMS, 1979) に拠る。引用本文末尾に付した(p.)の表記は、*Nature* は本全集第一巻、*Essays:First Series* は同第二巻、*Essays:Second Series* は同第三巻、*Representative men* は同第四巻の頁数である。

（9）「内部生命論」の趣旨は、エマソンの例えば次のような見解と確実な対応を見せている。——《Standing on the bare ground, — my head bathed by the blithe air and uplifted into infinite apace, — all mean egotism vanishes. I become a transparent eyeball; I am nothing; I see all; the currents of the Universal Being circulate through me; I am part or parcel of God.》(*Nature*. p.10),《For through that better perception he stands one step nearer to things, and sees the flowing or metamorphosis; perceives that thought is multiform; that within the form of every creature is a force impelling it to ascend into a higher form; and following with his eyes the life, uses the forms which express that life, and so his speech flows with the flowing of nature. All the facts of the animal economy, sex, nutriment, gestation, birth, growth, are symbols of the passage of the world into the soul of man, to suffer there a change and reappear a new and higher fact. He uses forms according to the life, and not according to the form.》("The Poet" in *Essays:Second Series*. pp.20-1)

（10）この問題に関して最も広範な考察がなされているのは、Sandrine Schiano-Bennis, *La renaissance de l'idéalisme à la fin du XIXe siècle*. (Honoré Champion, 1999) である。同書は、イデアリスムの成立の背景について、「生の無気力という共通の感情がイデアリスムの態度の出発点の一つをなす。それらを一つに結び付けているのは、時代に対する神経質な不満感、芸術の効力への強固な期待感、また「ひどく住み難い空間」と宣告された見せかけの社会の全的な否認である。」と指摘している。

（11）Henri Peyre, *Qu'est-ce que le symbolisme ?*. (P. U. F., 1974) pp.24-5.

（12）S. Mallarmé, "Définition de la Poésie." (*La Vogue*, 18 avril 1886). 引用は、Guy Michaud, *Message Poétique du Symbolisme*. (Nizet, 1947), "La Doctrine symboliste (Documents)" に拠る。マラルメはまた「音楽と文芸（*La Musique et les Lettres*）」の中で次のように述べている。――「絶対的な公式の虜である我々は確かに、存在するものしか存在しないということを知っています。しかしながらそんな口実の下に、手に入れたいと思っている喜びを否定して、直ちに誘惑を退けるならば、我々の言行不一致をさらけ出すことになるでしょう。なぜなら、その「彼方（*au-delà*）」こそがその喜びの動因なのですから。（中略）彼方に輝いているものが我々の裡に欠けているという意識を、一種のトリックによって、どうにかして雷鳴の轟く禁じられた或る高みにまで打ち上げる営みを私は深く崇めているのです。」（*S. Mallarmé Œuvres complètes*. Bibliothèque de la Pléiade. (Gallimard) p.647）

（13）René Jullian, *Le mouvement des arts du romantisme au symbolisme*. (Albin Michel, 1979) p.426

（14）René Wellek, "What is Symbolism ?", in *The Symbolist movement in the literature of european languages*. (Akadémiai Kiadó, 1982). p.24

（15）René Jullian, *op.cit.* p.425

（16）Henri Peyre, *op. cit.* p.25

（17）Anna Balakian, *The Symbolist Movement. A Critical Appraisal.* (New York U. P., 1977) P.15

（18）渋沢孝輔「萩原朔太郎論Ⅰ」（『詩の根源を求めて』思潮社、昭和五二・四）参照。

（19）このような朔太郎の認識のあり方が、その「郷愁」の構造及び内実に直接的に反映していることについては、拙稿「萩原朔太郎に於ける〈家郷〉」（文学・思想懇話会編『近代の夢と知性　文学・思想の昭和一〇年前後』翰林書房、平成一二・一〇）を参照されたい。

後書き

本書は、蒲原有明を中心とした明治期の日本近代象徴詩に関する論考を集成したものである。
私にとって、詩を読む喜びを最も深く豊かにもたらしてくれたのが象徴詩であった。初めて学んだフランス語をとおして、辞書を片手に、おぼつかないながらフランス象徴詩の世界に分け入ろうとした学生時代の満ち足りた時間は未だ忘れがたい。詩の言葉の一つ一つが備えるニュアンスやコノテーションを掘り下げ、音楽的効果を測定しながら、その喚起力や暗示性を手探りしつつ言葉の動きそのものを辿りゆく中で、詩は少しずつその豊かな世界を開示してくれる——そうした詩の生成の現場に僅かでも触れることは何ものにも換えがたい喜びであった。象徴詩を読む中で私はそのような愉悦を味わい続けていたと言ってよい。そして日本の近代詩に目を向けた時、蒲原有明の詩集『有明集』に、象徴詩としてのこの上なく豊かな言語的世界を見出すことになったのである。ここに収めた論考の中心をなすのは、そのような象徴詩をめぐる私自身の体験を背景として、その愉悦の内質を解き明かすべく、言葉が生動的に作用する場自体を注視しつつ、詩的世界が生成する機構を可能な限り言語化しようとした試みである。もとよりこうした試みが十全な成果に至り着くはずもなく、ここから改めて作品そのものに送り返されることになるだろう。本書はそうした過程での報告書に他ならない。

本書所収の論考は以下の初出論文を基としている。収録にあたって、各論とも加筆・訂正等、大幅な改変を加えたことをお断りしておきたい。

第一篇
第一章「上田敏の翻訳態度」　片野達郎編『日本文芸思潮論』（桜楓社、一九九一年三月）
第二章「〈秋の歌〉」　『東北大学教養部紀要』第五二号（一九八九年一二月）

第三章「「象徴詩」の理念」
原題「上田敏『海潮音』に於ける「象徴詩」」『東北大学日本文化研究所研究報告』第三二集（一九九六年三月）
第四章「「象徴詩」の再定義」
原題「上田敏「象徴詩釈義」考」『東北大学文学部研究年報』第四八号（一九九九年三月）

第二篇

第一章「『春鳥集』から『有明集』へ」
原題「蒲原有明「月しろ」考」『日本文学ノート』第二四号（一九八九年一月）

第二章「『有明集』論」
第一節「主題論的構造」　原題「蒲原有明『有明集』論（上）」『文芸研究』第一三五集（一九九四年一月）
第二節「表現の機構」　原題「蒲原有明『有明集』論（中）」『文芸研究』第一三七集（一九九四年九月）
第三節「有明象徴詩の形成」　原題「蒲原有明に於ける『海潮音』」『比較文学』第四一巻（一九九九年三月）

第三章「蒲原有明の詩的理念」　原題「蒲原有明とマラルメ」『日本近代文学』第五八集（一九九八年五月）
第四章「「人魚の海」論」原題「蒲原有明「人魚の海」論」
佐々木昭夫編『日本近代文学と西欧―比較文学の諸相―』（翰林書房、一九九七年七月）
第五章「『有明集』の位相」　原題「蒲原有明の位置」『東北大学文学研究科研究年報』第五〇号（二〇〇一年三月）
第六章「散文詩への展開」原題「日本近代散文詩の成立―蒲原有明を中心として―」
『東北大学日本文化研究所研究報告』第二九集（一九九三年三月）

第三篇

第一章「自然主義と象徴詩」　書き下ろし
第二章「象徴詩の転回」
第三章「イデアリスムの帰趨」
『文芸研究』第一五四・一五五集（二〇〇二年九月、二〇〇三年三月）

原題「〈詩的近代〉の一面―透谷と有明―」『文芸研究』第一五〇集（二〇〇〇年九月）

本書の上梓を慫慂して下さったのは、恩師の菊田茂男先生である。菊田先生は、拙い歩みを重ねる私に対して暖かいご指導を惜しまれず、常に私を導いて下さった。とくに記して深謝申し上げたい。また比較文学という研究領域・方法に関しては、菊田先生とともに、佐々木昭夫先生、渡邊　洋先生より学恩を賜ったことに、改めて御礼申し上げる。

本書の刊行に際して、翰林書房社主今井肇氏には、ひとかたならぬご理解とご厚情を賜った。ここに深く感謝申し上げたい。

本書の編集の作業に取り組んでいるさなか、母が八十二歳で没した。これまで私の全てを受け入れてくれた母に本書を捧げることにしたい。

佐藤伸宏

二〇〇五年七月

【著者略歴】
佐藤伸宏（さとう・のぶひろ）
1954年生れ。
東北大学文学部卒業。
東北大学大学院文学研究科博士課程退学。
現在　東北大学大学院文学研究科教授。

日本近代象徴詩の研究

発行日	2005年10月20日　初版第一刷
著　者	佐藤伸宏
発行人	今井　肇
発行所	翰林書房
	〒101-0051　東京都千代田区神田神保町1-14
	電　話　03-3294-0588
	FAX　03-3294-0278
	http://www.kanrin.co.jp/
	Eメール●kanrin@mb.infoweb.ne.jp
印刷·製本	アジプロ

落丁・乱丁本はお取替えいたします

ISBN4-87737-214-8